엘러리 퀸 *Ellery*

20세기 미스터리를 대표하는 거장. 작가 ......ᅳ 미스터리 연구가, 장서가, 잡지 발행인으로 잘 알려져 있다. 또한 '엘러리 퀸'은 그의 작품 속에 등장하는 탐정 이름이기도 한데, 셜록 홈스와 명성을 나란히 하는 금세기 최고의 명탐정이다.

엘러리 퀸은 한 사람의 이름이 아니라 만프레드 리(Manfred Bennington Lee, 1905~1971)와 프레더릭 다네이(Frederic Dannay, 1905~1982), 이 두 사촌 형제의 필명이다. 둘은 뉴욕 브루클린 출신으로 각각 광고 회사와 영화사에서 일하던 중, 당시 최고 인기 작가였던 밴 다인(S. S. Van Dine)의 성공에 자극받아 미스터리 소설에 도전하기로 마음먹는다. 그들의 계획을 현실로 만든 것은 〈맥클루어스〉 잡지사의 소설 공모였다. 탐정의 이름만 기억될 뿐 작가의 이름은 쉽게 잊힌다고 생각한 그들은, '엘러리 퀸'이라는 공동 필명을 탐정의 이름으로 삼았다. 그들이 응모한 작품은 1등으로 당선됐으나, 공교롭게도 잡지사가 파산하고 상속인이 바뀌어 수상이 무산된다. 하지만 스토크스 출판사에 의해 작품은 빛을 보게 되는데, 이것이 바로 엘러리 퀸의 역사적인 첫 작품 《로마 모자 미스터리》(1929)였다.

이후 엘러리 퀸은 논리와 기교를 중시하는 초기작부터 인간의 본성을 꿰뚫는 후기작까지, 미스터리 장르의 발전을 이끌며 역사에 길이 남을 걸작들을 생산해냈다. 대표작은 셀 수 없을 정도이나, 그가 바너비 로스 명의로 발표한 《Y의 비극》(1932)은 '세계 3대 미스터리'로 불릴 만큼 높은 평가를 받고 있으며 중편 〈신의 등불〉(1935)은 '세계 최고의 중편'이라는 별칭을 가지고 있다. 이외 《그리스 관 미스터리》(1932), 《이집트 십자가 미스터리》(1932), 《X의 비극》(1932), 《샴쌍의 서리》(1942), 《열흘간의 불가사의》(1948) 등은 미스터리 장르에서 언제나 거론되는 걸작들이다. '독자에의 도전'을 비롯해 그가 작품에서 보여준 형식과 아이디어는 거의 모든 후대 작가들에게 영향을 미쳤으며 특히 일본의 본격, 신본격 미스터리의 기반이 됐다.

작품 외에도 엘러리 퀸은 미스터리 장르의 전 영역에 걸쳐 두각을 나타냈다. 비평서, 범죄 논픽션, 영화 시나리오, 라디오 드라마 등에서도 활동했으며, 미국미스터리작가협회 회장을 역임했다. 또 현재에도 발간 중인 《EQMM 엘러리 퀸 미스터리 매거진》(1941년 시작됨)을 발간해 앤솔러지 등을 출간하며 수많은 후배 작가를 발굴하기도 했다. 미국미스터리작가협회는 이런 엘러리 퀸의 공을 기려 1969년 '《로마 모자 미스터리》 발간 40주년 기념 부문'을 제정하기도 했으며, 1983년부터는 미스터리 분야에서 두각을 나타낸 공동 작업에 '엘러리 퀸 상'을 수여하고 있다.

SIGONGSA *design* 김지연
photo ⓒ *Eric Schaal*

Ellery Queen Collection

중간의 집

Halfway House

중간의 집

엘러리 퀸 지음
배자온 옮김

검은숲

차례

등장인물

뉴욕 시민

보든, 재스퍼

핀치, 그로브너

(상원의원) 프루, 사이먼

김볼, 앤드레아

김볼, 제시카 보든

김볼, 조지프 켄트

존스, 버크

필라델피아 주민

에인절, 윌리엄

윌슨, 조지프

윌슨, 루시

트렌튼 주민

아미티, 엘라

(서장) 드종, 아이라

(검사) 폴린저, 폴

서문

내 기준에서 볼 때, 그동안 엘러리 퀸의 활약을 충실히 지켜봐온 미스터리 중독자들이라면 가장 최근의 그의 업적을 기록한 이 작품을 접하고 상당히 충격을 받을 것 같다.

나 역시 엘러리 퀸의 열광적인 추종자 중 한 사람으로서, 이 세상에 죽음과 그에 수반되는 일들보다 더 확실한 것이 있다면 그건 바로 영원토록 이어질 퀸의 책 제목일 거라고 오랫동안 생각해왔다. 《로마 모자 미스터리》가 세상에 나온 1929년 가을부터 마지막 《스페인 곶 미스터리》까지, 교묘하고 기교적인 일련의 제목들은 온전히 유지되며 이어져왔다. 그런 형식의 반복 때문에 나는 그의 책 제목이 그렇게 비슷한 형태로 무한히 계속될 것이라 기대했던 것 같다……. 아니면 적어도 지구상에서 제목으로 쓸 지명이 다 떨어질 때까지는 계속될 것이라고 말이다.

그런데 갑자기, 7월의 눈처럼 뜬금없이……. 《중간의 집》이라니!

"이건 자네 잘못이야."

소식을 듣고 그에게 연락이 닿자마자 나는 엘러리에게 따졌다.

"자네의 그 빌어먹을 이야기들을 연구하다 보니 모든 것에 '왜'라고 묻도록 훈련이 되었거든. 그래서 말인데…… 도대체 왜?"

엘러리는 조금 놀란 것 같았다.

"하지만 그게 그렇게 중요한가, J. J.?"

"아니겠지. 그래, 아무튼 중요한 건 아냐. 이건 다만…… 음, 이건 마치 체스터튼의 새 단편을 읽고 있는데 갑자기 '이런 미친놈!'이라고 외치는 브라운 신부님을 보는 것과 비슷해."

"비유로는 좀 약한데. 체스터튼이 듣고 우쭐해할 만큼은 아니야."

엘러리는 이렇게 대꾸하고는 킬킬 웃었다.

"그래도 나라면 브라운 신부님이 '이런 미친놈!'이라고 외치는 게 논리적으로 완벽하게 말이 되는 상황을 간단하게 만들 수 있지."

애초에 제정신으로 엘러리와 토론하기란 불가능한 일이다.

"자네가 그런 식으로 말한다면야, 물론 할 수 있겠지. 하지만 이봐, 그건 내 질문에 대한 답이 아니잖아."

"실은 아주 간단해. 가이아가 날 저버렸어."

"누가 저버렸다고?"

"가이아. 텔러스 마테르. 대지의 어머니 말이야."

"제목을 지을 나라 이름이 다 떨어졌단 뜻인가? 나 참, 엘러리. 무슨 그런 헛소리를 하고 있어. 그게 헛소리란 건 스스로 잘 알겠지."

"그런 무례한 말을 할 땐 미소라도 지으면서 하라고."

"좀 진지할 순 없어? 원고를 읽는 내내 아무리 이해하려 해도 이해할 수가 없었네. 그 책의 제목으로는 아마도…… 음, 그러니까 이를테면…….”

나는 이론적으로 ‘딱 들어맞는’ 그 제목을 떠올렸다. 솔직히 말하자면 그 제목을 내내 생각하고 있었다.

하지만 막 입을 열려고 하는 찰나, 엘러리가 말했다.

“혹시 무슨 《스웨덴 성냥 미스터리》 같은 걸 생각한 건 아니겠지? 그래?”

“단언하건대 자넨 악마 그 자체야.”

나는 낮게 투덜거렸다.

“그리고, 그 제목이 뭐 어때서? 다른 제목들의 특징과 딱 들어맞잖아.”

“하지만 J. J. 그건 스웨덴 성냥이 아니었는데.”

엘러리가 중얼거렸다.

“그런 식으로 날 얕보지 마. 나도 그건 알아. 하지만 그 관이 그리스풍 디자인이 아니었어도 《그리스 관 미스터리》라는 제목을 쓰는 데 아무 문제 없었잖아. 안 그래? 《프랑스 파우더 미스터리》가 파리 화장품하고 무슨 상관이 있었나? 《네덜란드 구두 미스터리》도 네덜란드 나막신과 아무 관계 없긴 마찬가지지! 그러니 나한테 그런 식으로 말하지 말라고.”

그는 씩 웃었다.

“사실은…… 그 제목은 엘라 아미티가 알려준 거야. 너무 적절해서 안 쓸 수가 없었어.”

“소설에서도 그렇게 말하긴 했지.” 내가 쏘아붙였다. “하지만 그 말은 안 믿었어. 그뿐인 줄 알아? 지금도 안 믿어.”

“계속 그렇게 좋은 말만 해주다니, 자네 오늘 기분이 아주 좋

은 모양이지? 처음엔 내 얘기를 헛소리라고 하더니 이젠 나더
러 거짓말쟁이라고 하고."

"엘라 아미티라니! 차라리 엘라 '불협화음'이 낫겠군.* 그 여
자가 자네 인생에 끼어든 건가?"

"이젠 터무니없는 말까지 하네."

"《중간의 집》이라고! 그래, 뭐 괜찮을지도 몰라. 단지……."

"괜찮다고! 이봐, 친구. 자네는 그 제목이 지닌 완벽한 아름
다움을 깨닫지 못한 것 같은데."

엘러리는 팔을 휘저으며 말했다.

"그걸 윌슨 사건에 적용하면 말이야. 그 대책 없는 몽상가에
게 트렌튼의 오두막집은 옴팔로스**였고, 존재의 중심이자 무
게중심이었어. 그곳에서 그는 필라델피아와 뉴욕을 쳇바퀴 돌
듯 도는 궤도에서 벗어나 두 도시로부터 완벽하게 같은 거리를
유지하며 견고한 실체로서의 자신을 찾고 휴식과 유예를 누렸
던 거지……. 적절한 제목? 맙소사, 그런 말로는 턱없이 부족
해!"

아마도 내가 입을 벌리고 있었던 것 같다.

"게다가 탐정적 요소에 대해 적용해보면 또 어떤가? 완벽하
게 부합되지! 그 오두막이 중간에 있었다는 사실은 대단히 중
요한 의미를 지닌다고, J. J.!"

엘러리는 진짜로 흥분해서 외쳤다.

"난 잘 모르겠는데. 그 오두막이 뉴어크에 있든 엘리자베스
에 있든, 무슨 차이가 있단 말인가. 그 집이 중간이 아니라 4분

* '아미티'는 친선, 우호의 뜻이 있다.
** 라틴어로 '배꼽', '세계의 중심'을 뜻한다.

의 3 지점에 있었다면 또 어떻고?"

나는 눈살을 찌푸리며 말했다.

"그렇게 고지식하게 굴지 마."

엘러리는 참지 못하고 말했다.

"사실 트렌튼은 필라델피아와 뉴욕의 중간이 아니야. 엘라의 제목은 시적 일탈이었던 거지. 나는 순수하게 비유적 측면에서 말하는 거야. 논리적 관점에서 볼 때 중요한 사실은 그자가 중간의 집에서, 그러니까 잠시 들렀다 가는 곳, 옴팔로스, 유예의 장소에서 살해당했다는 것이지. 그로부터 어떤 논리적 의문이 제기되는가? 흠, 자네도 나만큼 잘 알겠지만, 그리고 자네도 일이 어떻게 풀렸는지 다 알지만……."

"그래그래. 자네 말을 믿겠네……."

나는 힘없이 말했다.

"그리고 그 범인만 해도 그래."

엘러리는 파이프를 휘두르며 외쳤다.

"이 '중간'이라는 제목을 범인에게 적용하면 맥락상 어떤 의미인가? 바로 이거라고! 만일 이 논리적 문제의 답을 찾지 못했다면 나는 범인이 알아야만 했던 그 충격적인 결론에 절대 도달하지 못했을 것이고……."

그렇게 해서 엘러리는 나에게 어느 정도까지는 답을 주었다. 그러나 그의 답을 들은 지금도 여전히 당혹스러운 독자가 있다면—엘러리의 설명은 명료했지만, 여전히 희미하게 혼란스러운 마음이 남아 있다 해도 전혀 이상할 것은 없다—나로서는 윌슨 사건을 극화한 이 이야기를 어서 빨리 읽어보라는 충고를 드리는 수밖에 없다.

J. J. 맥

1936년 3월, 뉴욕

  주의사항: 그럼에도 불구하고 나는 아직도 작가의 열정에서 헤어나지 못했다. 그걸 엘러리에게 털어놓을 배짱은 없었지만, 내가 쓰는 이 서문 안에서만큼은 자유가 허용되므로 이 자리를 빌려 이 책의 제목으로는 《세 도시 이야기》가 더 나았을 거라고 제안하겠다.

I. 비극

"트렌튼은 뉴저지의 주도입니다. 1930년 인구 통계에 따르면 남자, 여자, 아이 다 합쳐서 123,356명이고요. 원래는 왕립 치안판사 윌리엄 트렌트의 이름을 따 트렌트 타운으로 불렸었죠. (그거 알고 있었습니까, 클로펜하이머 씨?) 네, 물론 델라웨어 강 옆에 있습니다. 미국 전체를 통틀어 가장 아름다운 강이에요."

체구가 작고 쭈글쭈글한 늙은 남자가 신중하게 고개를 끄덕였다.

"델라웨어요? 그러니까 이곳은 조지 워싱턴이 헤센 부대를 물리친 곳이죠. 그게 1776년 크리스마스였나요."

덩치 큰 뚱뚱한 남자는 이렇게 말하고는 도자기 맥주잔에 코를 처박았다.

"끔찍한 폭풍우가 몰아치던 날이었습니다. 우리의 조지 워싱턴은 병사들을 배에 태우고 델라웨어 강을 건너 잠입해서 그

---

* 에드거 앨런 포 〈정복자 벌레〉, 《까마귀》, 손나리 옮김(시공사, 2018).

애송이 헤센인들의 바지를 벗겨가지고 몽땅 잡아들였던 거죠. 우리 쪽 군사는 한 명도 잃지 않았어요. 역사에 기록된 내용이 그래요. 그게 어디였다고요? 트렌튼입니다, 클로펜하이머 씨. 트렌튼요!"

클로펜하이머 씨는 빈약한 턱을 문지르며 작게 웅얼거렸다.

"그렇고말고요."

뚱뚱한 남자는 쾅 소리를 내며 도자기 맥주잔을 내려놓았다.

"그리고 그거 아십니까? 트렌튼이 이 나라의 수도가 될 뻔한 적도 있었습니다! 이것도 역사적 사실이에요. 1784년에 이 작고 오래된 도시에서 의회가 열렸고요, 클로펜하이머 씨. 연방 수도를 강 한편에 세우기로 투표를 했었죠."

"하지만 수도가 된 건 워싱턴이잖아요."

클로펜하이머 씨는 소심하게 지적했다.

뚱뚱한 남자는 비웃었다.

"정치란 게 그렇잖습니까, 클로펜하이머 씨. 그건……."

으스스한 분위기의 허버트 후버를 닮은 덩치 큰 남자는 생기 없는 클로펜하이머 씨의 귀에 대고 한참 동안이나 트렌튼의 영광을 읊고 있었다. 그 옆 테이블에 코안경을 걸친 호리호리한 젊은 남자는 완전히 홀려서 앞에 놓인 독일식 족발과 사우어크라우트 그리고 옆에서 펼쳐지는 장황한 이야기에 골고루 신경을 쏟고 있었다. 에드거 앨런 포의 추론 능력까지 동원하지 않더라도 뚱뚱한 남자가 소심한 남자에게 뭔가를 팔고 있다는 결론은 쉽게 이끌어낼 수 있었다. 하지만 뭘 파는 걸까? 트렌튼 시? 그건 말이 안 되는데……. 그러다가 클로펜하이머 씨가 "홉"이라고 말하는 소리가 들렸고, 그런 다음 경건한 어조의

"보리"란 단어가 튀어나왔다. 안개는 걷혔다. 클로펜하이머 씨는 양조업에 대해 관심을 보이고 있었고, 뚱뚱한 남자는 그 지역 상공회의소의 대변인임이 틀림없었다.

"양조장을 세우기엔 이상적인 위치죠."

뚱뚱한 남자는 얼굴을 빛내며 말했다.

"아, 안녕하세요, 상원의원님! ……자, 보십시오, 클로펜하이머 씨……."

미스터리는 해결되었고, 호리호리한 젊은 남자는 더 이상 그들의 대화를 듣지 않았다. 눈앞에 독일식 족발과 맥주가 놓여 있었지만, 그의 주식(主食)은 퍼즐이었다. 그리고 그의 입맛에 맞는 담백한 수수께끼는 없었다. 그래도 그 뚱뚱한 남자가 30분 정도는 도와준 셈이었다. 경마장을 연상시키는 빨간색과 흰색의 식탁보와 나무 칸막이 너머 유리잔들이 요란스럽게 부딪치는 스테이시 트렌트 호텔의 바에서, 실내를 가득 메운 남자 손님들 틈에 파묻혀 있음에도 불구하고, 그는 자신이 낯선 곳에 온 이방인임을 질실히 느끼고 있었다. 근처 웨스트 스테이트 스트리트에 화려한 금색 돔의 주 의회 의사당 건물이 있어서인지 스테이시 트렌트 호텔에는 그들만의 언어를 구사하는 남자들이 끊임없이 드나들고 있었다. 실내 공기는 여러 가지 입법안들에 관한 대화들로 자욱했다. 그리고 그는 의원 연합과 전당대회도 구분하지 못하는 사람이었다! 호리호리한 젊은이는 한숨을 쉬었다. 그는 웨이터에게 신호를 보내 두꺼운 애플파이와 커피를 주문하고는 손목시계를 들여다보았다. 8시 42분. 나쁘지 않다. 그는…….

"엘러리 퀸, 이 늙다리 탐정!"

놀라 고개를 드니 그만큼이나 키가 크고 호리호리한 젊은 남자가 그를 굽어보고 웃으며 손을 내밀고 있었다.

"오, 빌 에인절."

엘러리가 기쁨에 겨운 목소리로 말했다.

"침침한 내 눈이 속임수를 쓰는 건 아니겠지. 빌! 앉아, 앉아. 도대체 어디에서 나타난 거야? 웨이터, 맥주 한 잔 더요! 도대체……."

"한 번에 하나씩만 물어봐."

젊은 남자는 웃으며 의자에 앉았다.

"여전히 반응이 빠르구나, 엘러리. 난 아는 사람을 만나러 잠깐 들렀어. 알아보는 데 꼬박 1분이 걸렸다, 이 못생긴 아일랜드 놈아. 그동안 어떻게 지냈어?"

"뭐, 그럭저럭. 필라델피아에 사는 줄 알았는데."

"맞아. 여긴 개인적으로 볼일이 있어 온 거야. 아직도 탐정 일 하고 있어?"

"여우는 가죽은 바꿀지언정 습관은 못 바꾸지."

엘러리는 인용문을 읊었다.

"아니면 라틴어로 말해줄까? 자넨 항상 내 고전 인용구에 짜증을 내곤 했잖아."

"여전하구나. 트렌튼에는 무슨 일로?"

"그냥 지나던 길이야. 사건 때문에 볼티모어에 있었어. 자, 아무튼 빌 에인절. 정말 오랜만이다."

"거의 11년은 됐나? 그래도 여우가 가죽을 많이 바꾸진 않은 것 같은데."

에인절의 검은 눈은 흔들림 없이 통제되고 있었다. 그러나 엘러리는 그 눈에 깃든 기쁨이 이면에 도사린 걱정을 덮고 있는 것 같다고 느꼈다.

"난 보기에 어때?"

"눈가에 주름이 잡혔고."

엘러리는 냉정히 관찰하며 말했다.

"턱에도 전에 없던 살이 좀 잡히고, 코도 조금 뾰족해진 게 예민해 보이는데. 관자놀이의 머리카락도 숱이 약간 줄었고. 주머니에는 뾰족한 연필들이 가득 들어 있는데, 적어도 일이 잘돼서 바쁘다는 걸 보여주는 상징이겠지. 옷은 대충 차려입었고 다림질은 안 했지만, 그래도 꼼꼼히 잘 지은 옷이야. 자신감과 신중한 경계심이라고 할 만한 태도가 뒤섞여 있고…… . 빌, 자네도 나이를 먹는군."

"그 추론은 여전한데."

에인절이 말했다.

"하지만 근본적으로는 같은 사람이야. 여전히 세상의 불의에 마음 아파하는 반항심 가득한 어린 소년. 그리고 아주 잘생긴 청년이기도 하고. 빌, 자네에 관한 소식은 계속 들었어."

에인절은 얼굴을 붉히며 맥주잔을 집었다.

"시시한 얘기들이지, 뭐. 신문에서 집요하게 떠들어대는 바람에. 그 커리의 유언장 사건도 운이 좋았던 경우였는데."

"운이 좋기는! 그 사건은 나도 꼼꼼히 들여다봤어. 샘슨— 그 뉴욕 카운티 지방검사 말이야—샘슨 말로는 올해 법학 연구 사례 가운데서 그 사건이 가장 뛰어나다고 하던데. 그러면서 자네에게 밝은 미래가 펼쳐질 거라고 예언하더군."

젊은 남자는 조용히 맥주를 조금 마시며 어깨를 으쓱했다.

"그 미래가 부자들 세상에서 펼쳐지진 않겠지. 미래? 난 아마 별 볼 일 없는 결말을 맞이하게 될 거야. 소액 사건을 맡아 입 냄새 풍기는 고약한 늙은 염소들 앞에서 애원하면서."

"방어적인 태도는 여전한데. 대학 다닐 때도 자넨 만성적인 열등의식에 사로잡혀 있었지."

"가난한 사람한테는 그런 거……."

에인절은 작고 하얀 이를 드러내며 웃었다.

"그만하자, 이 얼간아. 내 화를 돋우려고 일부러 그러는 거지. 경감님은 어떻게 지내서? 그분을 참 좋아했었는데."

"아주 잘 지내시지. 물어봐줘서 고마워. 결혼은 했어?"

"아니, 천만에. 내가 아는 가난한 아가씨들은 다 나를 이상한 사람이라고 생각해. 그리고 내가 부잣집 아가씨들을 어떻게 생각하는지, 아마 모를 거다."

"부잣집 아가씨 중에도 그런대로 괜찮은 사람을 좀 알았는데."

엘러리는 한숨을 쉬었다.

"자네의 그 아름다운 여동생은 어때?"

"루시? 잘 지내지. 결혼은 했어. 외판원이랑……. 조 윌슨이라고 아주 괜찮은 사람이야. 술도 안 마시고, 담배도 안 피우고, 도박도 안 하고, 손찌검도 안 하지. 자네도 좋아할 만한 친구야."

에인절은 시계를 들여다보았다.

"루시는 기억 못 할 줄 알았는데."

"기억 못 한다고! 그 아이한테 홀딱 반해서 내 가엾은 어린 심장이 얼마나 괴로워했는지 지금도 생생한데. 보티첼리도 루시를 보면 그 자리에서 졸도했을걸."

"지금도 아주 예뻐. 페어몬트 공원 근처의 수수한 작은 집에서 살고 있지. 조도 꽤 잘 해나가고 있어. 중산층치고는."

"자, 자, 그쯤 해두시지. 그래서 조가 취급하는 상품이 뭔데?"

엘러리가 꾸짖는 말투로 물었다.

"싸구려 액세서리. 장신구. 겉만 번드레한 것들."

빌의 목소리가 씁쓸했다.

"이런 식으로 말하면 오해할 것 같은데. 사실을 말하자면 매제는 혼자 힘겹게 사업을 꾸려가고 있고 행상인보다 나을 게 없어. 아, 그래도 인정할 만은 해. 가족도 없이 혼자 힘으로 그만큼 이루었으니까. 우리 시대 자수성가의 표본이랄까. 하지만 난 항상 동생이 그보다는 나은 사람과……."

빌은 얼굴을 찌푸렸다.

"여기저기 다니면서 정직하게 물건을 팔며 생계를 유지하는 사람이 도대체 뭐가 잘못됐다는 거야? 속물 같으니라고!"

"아, 물론 정직한 일이지. 내가 좀 바보 같긴 해. 조는 루시를 미친 듯이 사랑하고 있어. 루시도 그렇고. 돈 문제에 있어서도 루시에게 넉넉하게 생활비를 대주고 있지. 다만 내가 불편한 건, 줄리어스 시저의 말처럼 그 갈망하는 듯 메마른 표정이야."

"뭔가 냄새를 맡은 건가."

"맙소사! 그냥 내가 죄책감이 들어서 그래. 그게 다야. 내가 사는 아파트는 시내 한가운데 있어서 루시를 자주 만나지 못하거든. 내가 좀 너무하긴 하지. 조는 길 위에서 대부분의 시간을 보내고, 동생은 지독하게 외로울 텐데."

"오. 그럼 여자 문제를 의심하는 건가?"

빌 에인절은 손을 계속 내려다보았다.

"나 참, 자네한텐 뭘 감출 수가 없군. 자넨 이런 일에 관해서는 마술사나 마찬가지니까. 문제는 조가 항상 집을 너무 자주 비운다는 거야. 일주일에 4, 5일씩. 그렇게 10년째야. 결혼한 후 지금까지 계속. 물론 조는 자동차가 있고, 사업 외에 다른 일로 밖으로 나돈다고 의심할 근거는 특별히 없어. 그냥 내가 좀 의심이 많은 사람이라 그런 거지."

그는 다시 시계를 들여다보았다.

"이봐, 엘러리. 난 이제 가야 해. 이 근방에서 9시에 조를 만나기로 약속했거든. 그런데 벌써 10분 전이네. 언제 뉴욕으로 출발할 건가?"

"저 늙은 듀센버그에 다시 생명을 불어넣게 되면 곧바로."

"듀센버그! 맙소사, 아직도 그 골동품 차를 끌고 다니나? 한참 전에 스미스소니언에 기증했을 거라고 생각했는데. 뉴욕으로 돌아가는 길에 동행이 있으면 어떨까?"

"빌! 그거 좋은 생각인데."

"한 시간 정도 기다릴 수 있겠나?"

"밤을 새라고 해도 기다릴 수 있어."

빌은 천천히 말하며 자리에서 일어섰다.

"조와는 오래 만나지 않을 거야."

그는 잠시 말을 멈췄고, 다시 입을 열었을 때는 무심한 말투로 돌아와 있었다.

"아무튼 오늘 밤에는 뉴욕으로 갈 생각이었어. 내일은 일요일이고, 내일이 아니면 만날 수 없는 뉴욕 고객이 있어서. 내 차는 트렌튼에 두고 가야겠어. 자넨 어디 있을 건가?"

"저기 보이는 로비에 있을게. 오늘 밤엔 아버지와 나와 함께 우리 집에 머물 거지?"

"그거 좋지. 한 시간 안에 돌아올게."

엘러리 퀸은 긴장을 풀고, 친구의 넓은 어깨가 외투 보관소 직원을 지나치며 사라지는 모습을 지켜보았다. 가엾은 빌! 그는 언제나 그 넓은 어깨로 다른 사람들의 짐을 걸머지고 살아왔다…… 엘러리는 잠깐 동안 빌이 여동생의 남편과 무슨 일로 만나는 건지 궁금했다. 그러다가 그가 알 바 아니라는 생각이 들어 어깨를 으쓱하고는 커피를 한 잔 주문했다. 기다리는 동안 그는 생각에 잠겼다. 의기소침하든 아니든, 빌은 활력소 같은 친구였다. 그와 동행하면 홀랜드 터널까지 가는 90분은 순식간에 지나갈 것이다.

그리고 참으로 이상한 운명이었다. 비록 그 순간에는 알지 못했지만, 엘러리 퀸이나 필라델피아의 젊은 변호사 윌리엄 에인절 모두 그 온화했던 6월 1일 토요일 밤에 뉴욕으로 떠날 수 없는 운명이었던 것이다.

델라웨어 강 동쪽 기슭과 나란히 뻗은 좁은 램버튼 로드 위를 빌 에인절의 낡은 폰티액 쿠페가 매연을 내뿜으며 달렸다. 자동차 불빛에 비친 울퉁불퉁한 검은색 쇄석도로* 중간중간에 물웅덩이가 희미하게 보였다. 오후부터 내리던 따뜻한 비는 7시 전에 그쳤지만, 도로와 황량하게 버려진 쓰레기들과 좌측의 들판은 여전히 진흙을 뒤집어쓰고 있었다. 서쪽으로 흐르는 강 위

* 잘게 부순 돌을 타르에 섞어 바른 도로.

로 문 섬이 있는 자리에서 불빛 몇 개가 힘없이 깜박였고, 동쪽
으로는 울퉁불퉁한 땅이 회색 페인트를 칠해놓은 것처럼 평평
하게 펼쳐져 있었다.

빌은 강을 따라 길게 이어진 건물을 지나며 속도를 늦췄다.
선착장이었다. 거의 다 왔다고 그는 생각했다. 조가 가르쳐준
대로라면……. 그는 이 길을 잘 알았다. 캠든 교를 건너 필라
델피아에서 트렌튼까지 자동차로 자주 오갔기 때문이었다. 선
착장 주위는 음울하게 버려진 땅 말고는 아무것도 없었다. 동
쪽에 들어선 하수구 처리시설 때문에 주택 택지로서의 가치를
잃어서 인근에는 마을이 없었다. 방향은 틀림없었다. 트렌튼을
출발해 선착장을 지나 몇 백 미터 정도 더 가면…….

그는 브레이크를 밟았다. 오른쪽 강이 있는 방향으로, 깊은
황혼이 남긴 빛 한 자락을 받아 강철처럼 매끄러워 보이는 강
물과 램버튼 로드 사이 좁은 기슭 위에, 작은 건물 하나가 서
있었다. 건물 창문에서 희미한 불빛이 새어 나오고 있었다.

폰티액이 쿵쿵거리다가 잠잠해졌다. 빌은 그 자리에서 움직
이지 않고 건물을 살펴보았다. 강을 등지고 검게 보이는 그 건
물은 오두막 정도의 크기였다. 빛바랜 판자로 지어진, 세월에
닳은 보잘 것 없는 오두막. 경사진 지붕의 지붕널은 반쯤 떨어
져 나갔고 굴뚝은 당장에라도 바스러질 것 같았다. 오두막은
도로에서 적당히 뒤로 물러난 위치에 있었고, 램버튼 로드에
서 시작되는 반원형 진입로가 완만하게 휘어지며 집 앞으로 연
결되었다가 다시 도로로 이어졌다. 어스름한 저녁 빛의 그림
자 안에 버티고 서 있는 그 오두막은 뭔가 혐오스러운 분위기
를 풍겼다. 오두막의 닫힌 문 앞에, 대형 로드스터가 돌계단에

바짝 붙어 서 있었다. 운전자는 보이지 않았다. 괴물의 주둥이
가 말없이 그를 향하고 있었다. 빌은 의심 많은 동물처럼 몸을
틀어 짙푸른 어둠 속에서 유심히 차를 관찰했다. 저 차는…….
루시에게는 소형차가 있었다. 루시가 늘 외롭다는 걸 이해하는
조가 루시를 배려해 소형차를 마련해주었다. 조는 낡았지만 그
럭저럭 쓸 만한 패커드를 몰았다. 그렇지만 이건 아름다우면서
도 강력한 16기통짜리 캐딜락이었다. 차체도 특수 제작된 것
같았다. 큰 차였는데도 기묘하게 여성적인 느낌이 들었다. 어
둠 속에서도 차의 색깔이 크림색인 것과 다양한 크롬 장식들이
부착된 것을 알아볼 수 있었다. 부잣집 여자의 스포츠카…….

그러다 빌은 조의 패커드가 더 가까운 곳에, 오두막 벽을 마
주 보고 세워져 있는 것을 발견했다. 그리고 그제야 두 번째 진
입로가 있다는 것을 알아챘다. 이 지저분하고 더러운 진입로는
램버튼 로드에서 갈라져 나와 그의 차 몇 미터 앞으로 이어져
있었다. 길 위에는 진흙이 엄청나게 쌓여 있었다. 그 길은 반원
형 진입로와 이어지지 않고 안쪽으로 실쩍 굽어 집 측면의 두
번째 문으로 연결되어 있었다. 두 개의 진입로, 두 개의 문, 두
대의 차…….

빌 에인절은 그 자리에 꼼짝 않고 앉아 있었다. 밤은 평화로
웠고 귀뚜라미 소리, 강 위에 떠 있는 배의 희미한 엔진 소리,
자동차 엔진이 내는 허밍에 주위의 정적이 더욱 강조되었다.
트렌튼 외곽을 벗어난 이래로 선착장과 선착장을 마주 보는 작
은 경비초소 말고 다른 건물은 만나지 않았다. 그리고 오두막
너머로는 황량한 대지만이 평평하게 뻗어 있었다. 여기가 만남
의 장소였다.

그곳에 얼마나 오랫동안 앉아 있었는지 그는 알지 못했다. 그러다가 갑자기 끔찍한 소리가 울리면서 밤의 적막이 폭발했다. 그의 감각이 그 소리를 채 깨닫기도 전에 경고 신호를 받은 심장이 경련을 일으켰다. 비명이었다. 여성에게서 터져 나온 비명. 공포로 인한 마비에서 풀린 순간 튀어나온, 팽팽한 줄을 퉁기듯 예리하게 울린 일발의 비명이었다. 그 소리는 짧고 날카로웠으며, 들렸을 때와 마찬가지로 예상치 못하게 사라졌다. 폰티액 운전대 앞에 얼어붙은 채 앉아 있던 빌 에인절은 그 비명에 압도당했다. 여자의 비명을 들은 것은 처음이었다. 그의 내면에서 소리에 반응하며 뭔가가 진동했고, 그는 그 반응을 순수한 놀라움이라고 느꼈다. 그와 동시에, 설명할 수 없는 이유로 손목시계로 눈길이 갔다. 그는 계기판의 불빛으로 시각을 확인했다. 9시 8분이었다.

그러나 그는 재빨리 고개를 들었다. 눈앞에 보이던 불빛이 미묘하게 변했다. 정문이 활짝 열리고, 문이 오두막 안쪽 벽에 부딪치면서 쾅 소리가 들렸다. 오두막에서 흘러나온 빛의 프리즘이 돌계단 앞에 서 있는 로드스터의 옆면을 물들였다. 그러더니 어떤 형체가 그 빛을 조금 가렸다. 빌은 운전석에서 반쯤 일어선 자세로 집중해서 바라보았다. 여자의 형체였다. 터무니없는 광경을 보지 않으려는 듯 손으로 얼굴을 가리고 있었다. 그 여자는 아주 잠깐 그 자리에 서 있었을 뿐이라 자세한 모습은 확인하기 어려웠다. 빛을 등지고 선 모습으로 보면 젊었을 수도 늙었을 수도 있었다. 체형이 호리호리한지도 가늠하기 어려웠다. 옷차림도 알아볼 수 없었다. 비명을 지른 것은 이 여인이었다. 그녀는 혐오감에 구역질이 나는 것처럼 막무가내로 오두막에서 달려 나왔다.

그때 그녀가 폰티액을 보았다. 그녀는 로드스터를 향해 달려가 문을 낚아채듯 열고 전광석화처럼 차에 올라탔다. 캐딜락은 빌의 차가 있는 쪽을 향해 출발해 반원형 진입로의 커브 길을 따라 돌았다. 그 차가 거의 덮치기 직전에 이르러서야 빌의 몸이 움직이기 시작했다. 그는 폰티액의 기어를 전진 1단에 놓고 급히 출발시킨 후 운전대를 오른쪽으로 크게 틀었다. 차는 오두막 옆의 진흙 길 위로 뛰어들었다.

두 차의 바퀴 축이 서로 맞닿으며 거칠게 긁혔다. 캐딜락이 한쪽 옆으로 심하게 들리면서 바퀴 두 개로 크게 회전했다. 두 운전자가 나란히 스치는 그 찰나의 순간에, 빌은 여인이 장갑 낀 오른손으로 손수건을 쥐고 얼굴을 가리고 있는 것을 보았다. 손수건 위로 부릅뜬 눈에는 순수한 공포가 깃들어 있었다. 곧 로드스터는 램버튼 로드를 따라 트렌튼 방향으로 질주했고, 눈 깜짝할 사이 어둠에 삼켜졌다. 그녀를 쫓아가봤자 소용없다는 것을 빌은 알았다.

빌은 잠시 멍하게 있다가, 진흙투성이 옆길로 폰티액을 몰아 조의 낡은 패커드 옆에 세웠다. 손이 땀으로 축축해진 것을 그제야 알았다. 그는 시동을 끄고 자동차 발판에서 오두막 옆 나무로 만든 작은 포치 위로 건너뛰었다. 문은 살짝 열려 있었다. 그는 마음을 다잡고 문을 밀어 열었다.

방 안의 불빛에 눈을 깜빡이면서, 그는 실내를 대강 훑어보았다. 천장이 낮은 방이었다. 빛바랜 벽에 칠해놓은 회반죽은 여기저기 갈라져 떨어져 나갔다. 반대쪽 벽에는 넣었다 뺐다 할 수 있는 구식 옷걸이가 있었고, 거기에 남자 옷이 걸려 있었

다. 구석에는 우중충한 철제 세면대와 동굴 같이 생긴 낡은 벽
난로가 있었다. 방 한가운데 놓인 원형 테이블에는 전등이 있
었다. 전등 불빛이 힘겹게 방 안을 밝히고 있었다. 침대도 침상
도 없고, 스토브도 옷장도 없었다. 낡은 의자가 몇 개 있었고,
원래는 불룩하게 속이 채워졌어야 하는 팔걸이의자는 심하게
푹 꺼져 있었다……. 빌은 몸이 굳었다.

테이블 뒤쪽 바닥에 남자가 누워 있었다. 바지를 입은 두 다
리가 무릎을 굽힌 채 놓여 있었다. 그 두 다리는 왠지 모르게
죽음의 기운을 풍기고 있었다.

빌 에인절은 그 자리에 그대로 서 있었다. 옆문 바로 안쪽에
서서, 천천히 생각을 했다. 입이 딱딱하게 굳었다. 오두막 안은
매우 조용했다. 그는 그곳에서 온몸을 짓누르는 외로움을 느꼈
다. 살아 숨 쉬는 사람들은 너무 멀리 있고, 손닿지 않는 곳에
있는 웃음은 상상조차 할 수 없는 사치였다. 델라웨어 강에서
불어온 미풍에 창문 커튼이 살짝 나부꼈다……. 다리 하나가
움직였다. 빌은 다리가 움직이는 것을 보고 둔탁하고 비현실적
인 놀라움을 느꼈다. 그는 자신의 몸이 움직이는 것을 느꼈다.
빌은 카펫이 깔린 마룻바닥을 가로질러 테이블 뒤쪽으로 다가
갔다.

남자가 등을 바닥에 대고 누워 멀건 눈으로 천장을 바라보고
있었다. 기이하리만치 회색인 손이 손가락 운동을 하는 것처럼
느릿느릿 꾸준하게 카펫을 긁고 있었다. 황갈색 신사복 상의는
헤쳐져 있고 흰 셔츠는 심장 부근에서 뿜어 나온 피에 젖어 선
명한 빨간색으로 물들어 있었다. 빌은 무릎을 꿇고, 마찬가지
로 둔탁하고 비현실적인 놀라움을 느끼며 낮게 들리는 자신

의 목소리를 들었다.

"조, 맙소사, 조."

그는 매제의 몸은 만지지 않았다.

게슴츠레하던 남자의 눈에 순간적으로 생기가 돌아왔다. 그의 눈이 슬그머니 옆으로 움직이더니 초점이 맞았다.

"빌."

"물을 좀……?"

회색 손가락이 더 빠르게 카펫을 긁었다.

"아니. 그건 너무……. 빌, 난 죽을 것 같아."

"조. 도대체 누가…….."

"여자. 그 여자."

갈라진 목소리는 멎었지만 입은 계속해서 달싹거렸다. 입술이 열리다 닫히고, 혀가 아래위로 움직였다. 그러다 다시 목소리가 이어졌다.

"……여자."

"어떤 여자인데, 조? 조! 아, 이런 맙소사!"

"여자. 베일. 두꺼운 베일…… 얼굴…… 볼 수가 없었어. 칼로 나를…… 빌, 빌!"

"도대체 누가…….."

"루시…… 사랑해. 루시를, 빌, 루시를 잘…….."

"조!"

입의 움직임이 멎고, 입술이 벌어지고, 혀가 떨리더니 곧 잠잠해졌다. 눈빛은 다시 초점을 잃었다. 의아함과 극도의 고통에 사로잡힌 그 눈빛은 사납게 빌을 노려보았다. 그러다 빌은 카펫을 긁던 손가락의 움직임이 멈췄다는 걸 깨달았다. 그는 뻣뻣하게 일어서서 오두막을 나왔다.

*

엘러리 퀸은 스테이시 트렌트의 로비 안 야자수 아래에 안락하게 다리를 뻗고 앉아 있었다. 브라이어 파이프에서 피어오르는 연기에 묻혀 슬며시 눈을 감고 있는데, 그의 이름을 부르는 소리가 들렸다. 놀라 눈을 떠보니, 갈색과 초록색의 호텔 제복을 입은 벨보이가 로비 안을 돌아다니는 것이 보였다.

"어이! 여기야."

로비는 혼잡했고, 사람들의 호기심 어린 눈이 그를 향했다. 푸른색 방 안에 그의 이름이 쩌렁쩌렁 울렸던 탓이었다. 그는 약간 짜증을 내며 벨보이에게 손짓을 했다.

"퀸 씨신가요? 전화 왔습니다."

엘러리는 소년에게 동전을 던져주고 눈살을 찌푸리며 데스크로 향했다. 벨보이의 고함에 고개를 들었던 사람들 가운데 갈색 트위드 정장을 입은 빨간 머리의 젊은 여자도 있었다. 그녀는 기묘하게 입술을 일그러뜨리며 재빨리 엘러리의 뒤를 쫓았다. 그녀의 긴 다리가 대리석 바닥 위를 소리 없이 스쳤다.

엘러리는 전화기를 집어 들었다. 젊은 여자는 몇 미터쯤 뒤에 자리를 잡고는, 등을 돌리고 핸드백을 열어 립스틱을 꺼내 입술 위에 덧바르기 시작했다.

"빌?"

"아, 하느님 감사합니다."

"빌! 무슨 일이야?"

"엘러리……. 오늘 밤엔 같이 뉴욕으로 돌아갈 수 없겠어. 난……. 혹시 자네……?"

"빌, 무슨 일이 있구나."

"맙소사, 맞아."

변호사는 잠시 말을 멈췄고, 수화기 너머로 목청을 세 번 가다듬는 소리가 들렸다.

"엘러리, 이건 그냥…… 이건 악몽이야. 이런 일이 벌어지다니. 내 매제가…… 조가…… 죽었어."

"뭐라고!"

"살해당했어. 가슴에 칼을…… 꼭 무슨…… 무슨 도살당한 돼지처럼."

"살해당했다고!"

엘러리는 눈을 깜박였다. 그의 뒤에 있던 젊은 여자도 전기 충격을 받은 것처럼 몸이 굳었다. 그러더니 그녀는 어깨를 웅크리고 난폭하게 립스틱을 발랐다.

"빌……. 지금 어디야? 언제 그랬어?"

"몰라. 한참 된 건 아닌데. 내가 도착했을 땐 아직 살아 있었어. 말도 했고……. 그러더니 죽었어. 엘러리……. 어떻게 이런 일이 내 주위 사람에게 일어날 수가 있지? 루시한테는 어떻게 말하지?"

엘러리는 끈기 있게 말했다.

"빌. 정신 차리고 내 말 잘 들어. 경찰에 신고는 했어?"

"아니……. 아니야."

"지금 어디야?"

"선착장 경비초소 길 건너. 엘러리, 우릴 좀 도와줘!"

"당연하지, 빌. 스테이시 트렌트에서 거리가 얼마나 돼?"

"한 5킬로미터 정도. 여기로 오려고? 엘러리, 여기 올 거야?"

"당장 갈게. 어떻게 가는지나 말해. 최단거리로. 이젠 정신이 좀 드나, 빌? 정신 똑바로 차리고 있어야 해."

"난 괜찮아. 난 괜찮아."

전화선 위로 그의 숨소리가 들렸다. 신생아가 헐떡거리며 공기로 폐를 가득 채우는 것처럼 오싹해지는 숨소리였다.

"제일 빠른 길이……. 그래. 지금 거기가 이스트 스테이트와 사우스 윌로가 만나는 곳이지. 차는 어디에 댔어?"

"호텔 뒤 주차장에. 프런트 스트리트일걸."

"프런트에서 동쪽으로 두 블록만큼 가. 그럼 사우스 브로드를 만날 거야. 거기에서 우회전을 해서 법원 앞을 지나고, 다시 우회전하면 센터 스트리트가 나와. 그럼 법원을 기준으로 남쪽으로 한 블록만큼 더 가. 센터 스트리트로 두 블록을 간 다음 우회전하면 페리 스트리트가 나올 거야. 그렇게 한 블록을 더 가면 램버튼 로드가 나오지. 거기에서 좌회전하고 램버튼 로드를 따라 계속 남쪽으로 가면 선착장을 만나게 돼. 찾기 어렵지 않을 거야. 오두막은…… 그 너머 몇 백 미터 정도 되는 곳에 있어."

"프런트에서 사우스 브로드, 센터, 그다음 페리, 그다음 램버튼이라고. 램버튼 전까지는 계속 우회전, 램버튼에서는 좌회전. 15분 안에 갈게. 그 경비초소에서 날 기다려줘. 빌, 오두막으로 돌아가지 말고. 알았어?"

"안 갈게."

"트렌튼 경찰에 신고해. 난 지금 출발할게."

엘러리는 전화를 끊고 모자를 눌러 쓰고 소방관처럼 달려 나갔다. 빨간 머리의 젊은 여자는 개암 같은 눈으로 탐욕스러운 눈빛을 발하며 그의 뒷모습을 쳐다보고는 가방을 닫았다.

엘러리가 선착장 맞은편 경비초소 앞에서 브레이크를 밟은 것은 9시 40분이었다. 빌 에인절은 손으로 머리를 감싸 쥐고 폰티액의 발판 위에 걸터앉아 물기에 젖은 도로를 노려보고 있었다. 호기심을 띤 사람들이 이미 경비초소 입구에 모여 있었다. 두 남자는 서로 눈길을 가볍게 주고받았다.

"정말이지 끔찍해. 끔찍해!"

빌은 목이 메었다.

"알아, 빌. 나도 잘 알아. 경찰은 불렀나?"

"곧 올 거야. 나는……. 루시에게도 전화를 걸었어."

빌의 눈에는 절망의 기운이 역력했다.

"집에 없더군."

"어디 있는데?"

"잊고 있었는데, 그 아인 토요일 밤이면 항상 영화를 보러 시내에 나가. 조가…… 조가 집에 없을 땐. 그래서 전화를 안 받은 거야. 난 루시에게 이리로 오라고 전보를 보냈어. 조가…… 사고를 당했다고. 전보가 동생보다 먼저 도착하겠지. ……현실을 외면하려 해봤자 아무 의미 없잖아. 안 그래?"

"맞는 말이야, 빌."

빌은 주머니에서 손을 꺼내 들여다보았다. 그러다가 고개를 들고 검은 하늘을 보았다. 초승달이 떠 있었고, 비에 씻긴 작은 별들이 반짝이고 있었다.

"가자."

빌은 우울하게 말하며 일어섰다. 두 사람은 폰티액에 올라탔다. 빌은 차를 돌려 다시 남쪽으로 향했다.

"천천히, 아는 걸 다 말해봐."

잠시 후 엘러리가 말했다. 그의 시선은 전조등이 빚어내는 원뿔형 불빛으로 향해 있었다.

빌은 엘러리에게 그간 있었던 일을 이야기했다. 캐딜락 로드스터를 탄 여자 얘기가 나오자, 엘러리는 친구의 얼굴을 힐끔 보았다. 빌의 표정은 어둡고 험악해 보였다.

"베일을 쓴 여자란 말이지."

엘러리가 중얼거렸다.

"운이 좋았어, 빌. 그러니까 가엾은 윌슨이 자네한테 그런 얘기를 해줄 만큼 숨이 남아 있었다는 게 운이 좋았다고. 그 여자는 베일을 쓰고 있었나?"

"모르겠어. 그 여자가 내 옆을 지나갈 때는 그런 건 쓰지 않았어. 하지만 모자 위로 걷어 올렸을 수도 있지. 모르겠어……. 조가…… 조가 죽고 나서는 차가 있는 곳으로 나왔고, 측면 도로를 타고 큰길로 나와서 선착장을 향해 달렸지. 그런 다음 자네한테 전화를 한 거야. 그게 전부야."

저 앞에 희미하게 오두막이 보였다. 빌은 힘없이 운전대를 틀었다.

"잠깐!"

엘러리가 날카롭게 말했다.

"여기서 멈춰. 손전등 있어?"

"도어 포켓에."

엘러리는 손전등 불빛을 비추며 폰티액에서 내렸다. 불빛을 이리저리 비추면서 그는 눈앞의 장면을 지워지지 않게 마음속에 새겼다. 조용한 오두막. 그 옆으로 이어지는 진흙투성이 길. 정문 앞의 반원형 진입로. 도로와 경계를 이루는 무성한 잡초밭. 그는 측면도로의 진흙 위로 손전등을 비추고 살짝 쭈그려 앉았다. 지금까지 질척한 땅 위에는 타이어 자국만 남아 있었고 사람이 만든 흔적은 없었다. 타이어 자국들은 몇 가지 다른 종류의 타이어가 만든 것 같았다. 엘러리는 잠시 동안 타이어 자국들을 자세히 조사한 후 폰티액으로 돌아왔다.

"빌! 여기서부터는 걸어가지."

"그래."

"아, 차를 돌려서 길을 막는 게 좋겠어. 이 도로에 다른 차들이 다니지 않게 하고 싶어서. 진흙 위에 발자국이 없는데, 그게 중요할 수도 있어. 이미 나 있는 타이어 자국들은 당연히 보존되어야 하고. 오늘 오후에 내린 비는 신의 도우심이었어……. 빌! 듣고 있어?"

"응. 그래, 물론이지."

엘러리는 부드럽게 말했다.

"그럼 내 말대로 해줘."

엘러리는 반원형 진입로가 시작되는 지점을 향해 달려갔다. 그러고는 진입로에 발자국이 남기지 않도록 주의하며 램버튼 로드 가장자리에 멈춰 섰다. 곤죽 같은 땅 위에는 선명하게 찍힌 타이어 자국이 많이 남아 있었다. 그는 잠시 타이어 자국을 바라보다가 뒤로 물러섰다.

"내 생각이 옳았군. 빌, 아무래도 자넨 여기 밖에서 길을 지키고 있는 게 낫겠어. 경찰이 오면 여기 진입로 위로 걷지 말라고 경고해줘. 저쪽으로 돌아서 잡초 밭 위를 걸어 집으로 들어오라고 해……. 빌!"

"난 괜찮아, 엘러리. 다 이해했어."

빌이 중얼거렸다. 그는 몸을 떨며 주머니를 더듬어 담배를 찾았다.

빌은 주 도로 한가운데 세워둔 차에 기대어 섰고, 그의 눈에 깃든 무언가가 엘러리의 발길을 잡았다. 엘러리는 충동적으로 뒤를 돌아보았다. 빌은 미소를 짓고 있었다. 섬뜩한 미소였다. 엘러리는 다소 무기력하게 빌의 어깨를 두드려주고, 손전등을 들고, 서둘러 더러운 길로 돌아갔다. 그는 불빛을 비추며 강가의 잡초들을 뛰어넘어 조심스럽게 오두막의 옆문을 향해 발걸음을 옮겼다.

엘러리는 포치에서 5미터 정도 되는 곳에서 멈췄다. 그 너머로는 잡초가 없었고, 잡초 밭의 경계와 포치 사이는 맨땅이었다. 그는 옆에 서 있는 낡은 패커드 쪽을 힐긋 쳐다보았다. 그의 주의를 끈 건 차 주변과 그 너머의 땅바닥이었다. 한동안 그는 손전등으로 주위로 훑었고, 그 범위 안으로는 찍힌 발자국이 없다는 확신이 서면서 막연히 만족감을 느꼈다. 그러고 나서 그는 진흙 위로 발을 디뎠다.

나무 포치는 작았다. 사각형 플랫폼의 널빤지가 썩어 진흙 위로 몇 센티미터 정도 솟아올라 있었다. 반쯤 열린 옆문과 그 안의 둥근 테이블 너머로 불쑥 튀어나온 움직임 없는 다리는 잠시 무시하기로 했다. 그 대신 엘러리는 포치의 먼 끝으로 가서 손전등으로 땅을 비추었다. 그의 눈썹이 치켜 올라갔다. 포치에서 강을 향해 좁은 길이 한 줄기 나 있었다. 이 길의 진흙 위에는 남자 발자국이 두 방향으로 찍혀 있었다. 하나는 오고 하나는 가는 것이었다. 포치 쪽으로 향하는 발자국의 대부분은 강으로 향하는 발자국과 겹쳐 있었다. 대충 봐도 두 발자국 모두 같은 발의 발자국이었다.

엘러리는 길을 따라 불빛을 휘둘렀다. 길은 약 12미터쯤 떨어진 델라웨어 강기슭의 작고 허술한 건물로 곧장 이어져 있었다. 외관만 봐서는 이 두 번째 오두막이 훨씬 더 비참해 보였다.

"차고가 아니면 보트하우스겠군."

엘러리는 작은 오두막을 바라보며 생각했다. 그는 재빨리 손전등을 끄고 오두막의 옆문 쪽으로 다가갔다. 램버튼 로드의 트렌튼 방향에서 굉음이 점점 커지며 다가오고 있었다. 자동차의 고출력 엔진 소리 같았다.

그는 서둘러 방 안을 훑어보았다. 그러나 서둘렀다고는 해도 엘러리 퀸은 빠르고 정확한 관찰의 천재였고, 그 첫 조사에서 아무것도 놓치지 않았다……. 이 지저분한 가축우리 같은 방 안에서 제일 먼저 눈길을 끄는 것은 카펫이었다. 많이 닳았지만 품질이 대단히 좋은 제품이었다. 부드럽고 털이 길어 푹신했고, 특별한 문양은 없는 따뜻한 황갈색 카펫이었다. 가장자리가 보이지 않고 마루와 벽이 만나는 곳에서 접혀 있는 걸로 보아 여기보다 더 큰 방에 맞게 재단되었던 것 같았다.

"현대적 분위기의 여성용 침실에 깔려고 제작한 것 같은데. 내기를 걸어도 좋아. 그런데 그런 걸 왜 여기다 갖다놓았을까?"

엘러리가 중얼거렸다.

그러다가 카펫에 티끌 하나 묻지 않았다는 사실을 깨닫고, 진흙이 묻은 신발 밑창을 옆문의 문턱에 대고 문질렀다. 누군가 그보다 앞서 같은 일을 한 흔적이 남아 있었다. 엘러리는 조심스럽게 안으로 들어갔다.

조지프 윌슨의 눈은 여전히 부릅뜬 채였고 고개는 옆으로 틀어져 있었다. 이제 그의 눈은 김이 서린 유리처럼 부옜다. 가슴에서 출혈이 어마어마해서 셔츠는 흠뻑 젖은 상태였다. 그러나 상처의 특징은 뚜렷했다. 엄청난 피의 소용돌이 안, 심장 바로 위 가는 절개선이 나 있었다. 그런 상처는 날이 예리한 칼로만 낼 수 있는 것이었다. 다가오는 자동차 소리가 이제는 천둥소리처럼 들렸다.

그는 재빨리 싸구려 전등 불빛에 비춘 테이블 위를 조사했다. 불빛 한가운데 이 빠진 도자기 접시가 놓여 있고, 접시 위에는 타고 남은 노란색 종이 성냥 도막들이 꽤 많이 놓여 있었다. 그것만 아니면 접시는 깨끗했다. 접시 근처에 청동 자루가 달린 봉투칼이 있었는데, 그 길고 사악한 칼날은 물론이고 칼자루에까지 마른 피가 묻어 있었다. 칼끝에 뭔가가 박혀 있었다. 끝을 자른 작은 원뿔 모양이었는데, 재질은 알 수 없었고 그을음이 표면을 덮고 있었다. 뭔지는 몰라도 불에 완전히 그슬린 상태였다. 엘러리는 죽은 사람에게 다시 시선을 돌렸다.

일그러진 윌슨의 얼굴을 처음 봤을 때부터 뭔가 마음에 걸리는 것이 있었음을, 엘러리는 짜증 섞인 감정으로 깨달았다. 죽음으로 인해 뒤틀린 모습을 무시하면 꽤 매력적인 얼굴이었다.

시원시원한 이목구비에 눈길을 끄는 얼굴이었고, 미묘하게 잘생겼다고도 말할 수 있었다. 아마도 서른다섯에서 마흔 사이의 한창때였을 거라고 엘러리는 판단했다. 이마는 높고 매끄러웠으며, 입술 선은 고왔다. 코는 날렵했고 턱에 희미하게 옴폭 팬 자국이 있었다. 관자놀이의 곱슬곱슬한 갈색 머리는 숱이 적었지만 여전히 힘을 잃지 않았다. 그 얼굴의 무엇이 마음에 걸렸는지 엘러리는 알 수가 없었다. 어쩌면 섬세한 지성의 흔적이나, 세련된, 좋은 혈통의 암시 같은 것 때문에…….

"당신은 도대체 누구요?"

서늘한 베이스 목소리가 들렸다.

"아, 경찰이시군요. 들어오시죠, 신사분들. 들어오세요. 카펫 위에 올라오기 전에 신발의 흙은 잘 털어주시고요."

엘러리는 테이블 위에 무언가를 무심히 던지듯 내려놓으며 말했다.

옆문은 사람들로 북적이고 있었다. 맨 앞에 선 키 크고 어깨가 떡 벌어진 남자가 감정 없는 눈으로 엘러리를 보고 있었다. 그와 엘러리는 잠시 서로를 마주 보았다. 그러다가 키 큰 남자가 퉁명스럽게 말했다.

"다들, 신발 잘 닦아."

키 큰 남자도 신 밑창을 문틀에 문지르고 들어왔다. 그는 엷은 황갈색 카펫과 엘러리를 유심히 보고는 방 안으로 성큼 들어와 엘러리가 테이블 위에 내려놓은 것을 집어 들었다.

"오호."

남자는 그것을 다시 엘러리에게 돌려주었다.

"여기서 만나게 되어 기쁘군요, 퀸 씨. 밖에 있던 에인절이란 남자가 당신 이름은 말하지 않아서요. 아버님은 한두 번 만난 적이 있습니다. 나는 트렌턴 경찰서장 드종이라고 합니다."

엘러리가 고개를 끄덕였다.

"조금 둘러보고 있었습니다. 진입로를 짓밟고 돌아다니진 않으셨겠죠."

"에인절이 당신 말을 그대로 전하더군요. 직감이 좋았소. 진입로들은 막아놨어요. 그럼 시체를 좀 볼까요."

갑자기 방 안이 북적북적해졌다. 방 안을 가득 메운 사람들이 이리저리 돌아다녔다. 드종은 죽은 남자 옆에 무릎을 꿇었다. 검은 가방을 멘 온화한 노신사가 드종을 옆으로 밀고 자리를 잡았다. 카메라 플래시가 조용히 터졌다. 빌 에인절은 한쪽 구석에 서서 냉담한 눈빛으로 지켜보고 있었다.

"무슨 일이 있었는지 전부 말씀해주시죠, 퀸 씨."

구슬리는 말투의 여자 목소리가 엘러리의 뒤에서 들려왔다.

죽은 남자의 얼굴로 향했던 혼란스러운 시선을 뒤로 돌리자 키가 크고 젊은 빨간 머리 여자가 수첩 위에 연필을 대고, 선명한 색깔의 입술로 그를 향해 미소 짓고 있었다. 그녀는 거대한 원반처럼 생긴 모자를 볼품없이 뒤로 넘겨 썼고, 빨간색 곱슬머리 한 가닥이 반짝이는 눈 위로 드리워 있었다.

"내가 왜 그래야 합니까?"

엘러리가 물었다.

"왜냐하면."

젊은 여자가 말했다.

"내가 사람들의 목소리이자 양심이기 때문이죠. 나는 일반 시민들과 트집 잡기 좋아하는 빌어먹을 광고주들을 대변하는 사람이에요. 자, 어서 말해봐요, 퀸 씨."

엘러리는 파이프에 불을 붙이고 다 탄 성냥을 조심스럽게 주머니에 떨어뜨렸다.

"그나저나 전에 당신을 어디선가 본 것 같은데요."

"퀸 씨! 클레오파트라가 독사에게 젖을 물리던 시절에나 쓰던 진부한 대사를 하시는군요. 당신이 스테이시 트렌튼 로비에서 친구에게 온 전화를 받았을 때 몇 미터 뒤에 앉아 있었어요. 멋져요, 셜록. 명성 그대로시네요. 저 바닥에 쓰러진 잘생긴 친구는 누구죠?"

"우리는 서로 소개도 하지 않은 사이인데요."

엘러리가 끈기 있게 말했다.

"아, 젠장! 난 엘라 아미티라고 해요. 〈트렌튼 타임스〉의 특별 기사 전문 기고가입니다. 자, 이제 말해주세요. 다른 사람들을 제치고 한참 먼저 달려왔는데, 이런 평화가 오래 가진 않을 거라고요. 얼른 털어놔봐요!"

"미안합니다. 먼저 드종부터 만나보시는 게 좋을 것 같군요."

"거만하기는."

아미티 양은 엘러리를 노려보았다. 그러더니 가방을 멘 노신사와 드종 서장 사이를 파고들어, 미치광이처럼 노트에 뭔가를 쓰기 시작했다. 드종은 엘러리에게 윙크를 보내고 그녀의 둥근 엉덩이를 찰싹 때렸다. 아미티는 소리 내어 웃고, 빌 에인절에게 달려들어 질문을 퍼붓고, 뭔가를 더 수첩에 적고는, 그에게 키스를 날리고 곧바로 오두막을 나갔다. 곧이어 그녀가 외치는 소리가 들렸다.

"여기 제일 가까운 전화가 어딨어요?"

"어이, 이봐요. 풀밭 위로 걸어 다녀요."

남자가 걸걸한 목소리로 주의를 주었다. 잠시 후 자동차가 선착장 쪽으로 달려가는 소리가 들렸다.

드종이 친밀한 목소리로 불렀다.

"에인절."

사람들이 옆으로 비켜 빌에게 길을 내주었다. 엘러리는 시체를 굽어보는 사람들 무리에 끼어들었다.

"그럼 시작해봅시다. 머피, 기록해. 에인절, 이 사람이 당신 매제라고 밖에서 말해주었지요. 이 사람 이름은?"

"조지프 윌슨입니다."

빌의 눈빛이 다시 초점을 되찾았다. 그는 선 채로 턱을 내밀고 필라델피아 페어몬트 공원 근처 집 주소를 불러주었다.

"이 사람이 여기서 뭘 하고 있었소?"

"모릅니다."

"그리고 퀸 씨, 당신은 어쩌다 이 일에 말려들게 된 겁니까?"

엘러리는 트렌턴에서 젊은 변호사를 만났던 얘기를 들려주었고, 그런 다음 누가 끼어들 새도 없이 빌이 오두막에 처음 와서 보고 들은 것들을 그대로 털어놓았다.

"베일을 썼다고, 윌슨이 말했다고요?"

드종은 눈살을 찌푸렸다.

"이 캐딜락을 타고 사라진 여자는 아는 사람이었습니까, 에인절?"

"내가 본 건 그 여자 눈뿐이었어요. 그리고 그 눈은 공포로 뒤틀려 있었고요. 그래도 그 차는 확실히 봤습니다."

그는 차의 외관을 설명했다.

"이 오두막은 누구 소유입니까?"

드종의 질문에 빌이 중얼거렸다.

"전혀 모르겠습니다. 저도 여기는 처음 와봤습니다."

"지독한 곳이야."

드종은 투덜거렸다.

"이제 기억나요. 여긴 노숙자들이 사용하던 오두막이었소. 그 사람들은 몇 년 전에 쫓겨났는데. 지금도 누가 살고 있는지는 몰랐군요. 토지는 시 소유이고……. 지금 동생은 어디 있습니까, 에인절?"

빌은 몸이 굳었다. 엘러리가 조용히 대답했다.

"빌이 계속 동생에게 전화를 했는데, 지금 외출 중입니다. 그래서 전보를 보냈어요."

드종은 냉정하게 고개를 끄덕이고 사라졌다. 그러더니 잠시 후 돌아와서 다시 물었다.

"이 윌슨이란 사람은 무슨 일을 했습니까?"

빌이 그에게 대답했다.

"흠, 그래요. 슬슬 냄새가 나기 시작하는데. 이봐요, 검시관님, 사인은 뭡니까?"

노신사는 힘겹게 일어섰다.

"칼이 심장을 관통한 거요. 상처가 깊어요. 아주 깔끔하게 처리했는데. 즉사를 안 한 건 기적이오."

"게다가 공격 직후 부상 부위에서 무기를 즉시 제거했는데도 말이죠."

엘러리가 말했다.

서장은 그를 날카롭게 노려보고는, 테이블 위의 피가 덕지덕지 묻은 봉투칼을 바라보았다. "그거 재미있군. 그런데 그 끝에 뭐가 박힌 것 같군요. 그게 뭐요?"

"잘 보시면 코르크라는 걸 아시게 될 겁니다."

엘러리가 말했다.

"코르크!"

"네. 봉투칼을 처음 살 때 끝에 박혀 있는 그런 코르크 조각 말입니다."

"흠. 이 친구가 칼에 찔릴 때 그 코르크가 끝에 박혀 있지 않았다는 건 바로 알겠어. 누군가 죽이고 난 후 칼끝에 그걸 끼웠군."

드종은 짜증 섞인 시선으로 접시 위에 타고 남은 성냥개비들을 살펴보았다.

"그리고 코르크를 완전히 까맣게 태웠어. 도대체 왜?"

엘러리가 파이프 담배를 피우며 말했다.

"상당히 서사적인 질문이로군요. 게다가 적절하기도 하고요. 그건 그렇고, 근처에 성냥은 떨어뜨리지 않는 게 좋을 겁니다. 저는 범죄 현장에 물건을 흘리는 건 절대 용납 못 하는 사람이라서요."

"여기 당신 말고 담배 피우는 사람은 아무도 없소."

드종은 무례한 태도로 말했다.

"난 당신의 그 환상적인 수사 방식에는 그다지 관심이 없어요, 퀸 씨. 그러니 기본적인 것들부터 시작해보죠. 에인절? 매제와 약속이 있었다고 했죠? 그 얘기를 전부 다 들어봅시다."

빌은 잠시 동안 움직이지 않았다. 그러고 나서 손을 주머니에 넣어 구겨진 노란 봉투를 꺼냈다.

"그래야 할 것 같군요."

그는 거친 목소리로 말했다.

"지난 수요일에 조가 출장을 갔다가 집에 돌아왔습니다. 그러고는 오늘 아침 다시 출장을 나갔고……."

"그걸 어떻게 알았소?"

서장은 봉투를 보며 쏘아붙였다.

"금요일 오후―어제였죠―저에게 사무실로 전화를 했습니다. 무슨 일이 있어 날 만나고 싶다고요. 그리고 다음 날 아침에―그러니까, 오늘이죠―다시 출장을 가야 한다고 말했습니다. 그래서 안 겁니다."

빌의 눈빛이 떨렸다.

"오늘 정오쯤 사무실에서 이 전보를 받았습니다. 읽어보세요. 이 섬뜩한 사건에 대해 제가 아는 건 이게 전부입니다."

드종은 봉투를 열고 전보를 꺼냈다. 엘러리는 거인의 어깨 너머로 그것을 읽었다.

오늘 밤 꼭 만나야 함 / 다른 사람에겐 절대 비밀로. 나에겐 아주 중요한 일 / 델라웨어 강 근처 오두막에 있겠음. 램버튼 로드를 따라 트렌턴에서 5킬로미터 남쪽. 선착장에서 남쪽으로 몇 백 미터가량 / 근처에 다른 집은 없으니 찾기 쉬울 것 / 반원형 진입로가 있고 뒤쪽에 보트하우스 있음 / 9시 정각에 만나기로 / 대단히 긴급한 사안. 엄청난 곤경에 처해 있으며 당신의 조언이 필요 / 오늘 밤 9시 꼭 와주길……. 조.

"기묘하군요."

드종이 중얼거렸다.

"맨해튼 시내에서 전보를 보낸 것도 그렇고. 그 마지막 출장의 목적지가 뉴욕이었습니까, 에인절?"

"모릅니다."

빌은 간단하게 대답했다. 그의 시선은 시체에 고정되어 있었다.

"그가 당신에게 무슨 얘기를 하려던 겁니까?"

"모른다고 말씀드렸잖습니까. 이게 조에게 받은 마지막 소식은 아니었습니다. 오늘 오후 2시 반 뉴욕에 와서 제 사무실로 전화를 했죠."

"오호? 그래요?"

빌은 천천히 말했다.

"조가 무슨 말을 하는지 알아들을 수가 없었습니다. 굉장히 절망적인 것 같았고 무척이나 진지했습니다. 그는 나에게 전보를 받았는지, 오늘 밤 약속장소에 올 것인지 확인하고 싶다고 말했습니다. 그러면서 그게 그에게 얼마나 중요한지를 거듭 강조했죠. 물론 저는 만나러 가겠다고 했어요. 이 오두막집에 대해 그에게 물었더니……."

빌은 이마를 문질렀다.

"그는 그게 자기 비밀의 일부라고 말했습니다. 자기가 아는 사람 중 이 집의 존재를 아는 이는 아무도 없다고. 이곳이 대화를 나누기엔 최적의 장소지만 그 이유는 말할 수 없다고도 했어요. 그러면서 점점 흥분하더니 횡설수설하기 시작했습니다. 나는 조를 재촉하지 않았고, 그는 전화를 끊었습니다."

"아무도 모른단 말이지……. 루시도 모르나?"

엘러리가 중얼거렸다.

"조는 그렇게 말했어."

"흠, 분명 중요한 일이었을 거요."

드종이 느릿느릿 말했다.

"조가 입을 열기 전 누군가 그의 입을 꽉 닫아버렸으니까. 게다가 조의 말도 사실이 아니고요. 누군가 이 집에 대해 알고 있었어요."

"이를테면, 저도 알고 있었죠."

빌이 냉랭하게 말했다.

"전보를 받았을 때 알게 되었습니다. 그 말을 하시려는 겁니까?"

"자, 자, 빌."

엘러리가 달랬다.

"감정부터 앞서는 것 같군. 뭐, 당연한 일이지만. 그건 그렇고, 윌슨이 어제 필라델피아에 있는 자네 사무실에 들렀다고 했지. 뭔가 중요한 얘기라도?"

"어쩌면 그럴 수도, 아닐 수도 있어. 그가 두툼한 봉투를 보관해달라며 가져왔어."

"그 안엔 뭐가 들었습니까?"

드종이 쏘아붙였다.

"모릅니다. 밀봉이 되어 있었고, 조도 말하지 않았고요."

"음, 제기랄, 그가 그것에 대해 아무 말도 안 했습니까?"

"그냥 잠시 그를 위해 맡아달라고만 했습니다."

"그건 지금 어딨습니까?"

"제 금고 안에요. 지금도 그대로 있을 겁니다."

빌이 묵직하게 말했다.

드종은 툴툴거렸다.

"당신이 변호사인 걸 잊었군요. 흠, 에인절 씨, 그건 좀 이따 다시 얘기합시다. 검시관, 이 남자가 정확히 언제 찔렸는지 확인할 근거가 있소? 9시 10분에는 확실히 죽었다는 건 압니다. 칼에 찔린 게 정확히 언제요?"

검시관은 고개를 저었다.

"그건 모르죠. 그보다 한참 전은 아닐 겁니다. 이 사람이 집요하게 목숨을 붙들고 있었던 건 틀림없어요. 대충 추측은 할 수 있겠는데 아마 8시 30분쯤? 하지만 너무 믿진 말아요. 왜건을 부르러 보낼까요?"

"그래요. 아, 아니요."

드종은 이를 보이며 말했다.

"아닙니다. 잠시 그를 여기 둬야겠어요. 왜건은 내가 원할 때 부르죠. 집에 돌아가시오, 검시관. 내일 아침에 부검을 해줬으면 좋겠소. 사인이 자상인 건 확실한 거죠?"

"확실합니다. 하지만 다른 게 있는지 찾아보죠."

"검시관님."

엘러리가 느릿느릿 말했다.

"혹시, 손이나 다른 부위에 화상 흔적이 있는 거 보셨습니까?"

노신사는 엘러리를 노려보았다.

"화상? 화상이라고요? 그런 건 확실히 없었소!"

"부검하실 때 화상이 있는지 빈틈없이 찾아봐주시겠습니까?

특히 손가락 끝 부위에요."

"그런 한심한 소리를. 알았어요. 알았어!"

검시관은 혼자 씩씩거리면서 발소리를 쿵쿵 내며 나갔다.

드종이 막 뭔가를 물으려던 차에, 입가에 상처가 있는 뚱뚱한 형사가 성큼성큼 다가와서 그에게 말을 걸었다. 빌은 주위를 서성거렸다. 잠시 후 형사가 뒤뚱뒤뚱 걸어 나갔다.

"여기는 온통 지문 천지라고 내 부하가 그러는군요."

드종이 툴툴거렸다.

"하지만 대부분은 윌슨의 지문 같다고……. 카펫 위에서 뭐하고 있는 거요, 퀸? 꼭 개구리 같아 보이는군요."

엘러리는 무릎을 짚고 일어섰다. 그는 지난 몇 분 동안 방 안을 기며 황갈색 카펫을 뒤지는 데 자기 목숨이 달린 것처럼 샅샅이 조사하고 있었다. 빌은 기묘한 눈빛으로 문 앞에 못 박힌 듯 서 있었다.

"아, 제가 가끔씩 이렇게 동물로 변하곤 합니다."

엘러리가 미소를 지었다.

"건강에 좋거든요. 카펫이 굉장히 깨끗합니다, 드종. 진흙 조각이고 뭐고 아무것도 없어요."

드종은 황당해하는 것 같았다. 엘러리는 차분하게 파이프 담배를 피우며 벽에 걸린 나무 옷걸이를 향해 걸어갔다. 그러면서 곁눈질로 문가에 서 있는 친구를 보았다. 빌은 갑자기 고개를 숙이고 자기 발을 들여다보면서 얼굴을 찡그리더니, 허리를 숙여 왼쪽 구두의 신발 끈을 더듬었다. 다시 일어서는 그의 얼굴은 갑작스런 동작으로 인해 붉게 달아올랐고, 오른손은 주머니 안에 깊숙이 넣고 있었다. 엘러리는 한숨을 쉬었다. 그는 슬쩍 주위를 둘러보면서, 자신이 미처 찾지 못한 무언가를 빌이 카펫 위에서 주운 사실을 다른 사람들은 알아채지 못했음을 확인했다.

드종이 걸어 나가면서 부하인 머피에게 경고의 눈빛을 보냈다. 엘러리와 빌은 드종이 나무 포치 위에서 지시를 내리는 고함을 들었다. 빌은 의자에 주저앉아 팔꿈치를 무릎에 괴고, 씁쓸한 눈빛으로 시체를 바라보고 있었다.

"자네 매제라는 이 특별한 사람에게 점점 더 빠져들고 있어."

엘러리가 선반 앞에서 말했다.

"뭐?"

"이 옷들 말이야. 윌슨은 옷을 어디에서 샀지?"

"필라델피아 백화점. 대개는 워너메이커의 재고 처리 세일 때 샀지."

"정말?"

엘러리는 코트 하나를 뒤집어 라벨이 보이도록 했다.

"이상하네. 이 라벨을 보면 뉴욕 5번가에서도 가장 고급 양복점의 고객이었는데."

빌이 고개를 홱 쳐들었다.

"말도 안 돼."

"옷감을 재단한 솜씨나, 이렇게 공을 들인 것이나, 옷감 재질이나 이런 걸 보면 라벨이 거짓말을 하는 것 같진 않아. 한번 볼까……. 그래그래. 여기 걸린 옷 네 벌이 다 같은 5번가 양복점 제품이야."

"정말이지 놀랍군!"

"아, 물론 이 오두막이나 이 안에 있는 것들이 그 사람 소유
가 아니라고 설명할 수도 있지."

엘러리가 말했다.

빌은 겁에 질린 시선으로 옷걸이를 노려보며 간절한 어조로
말했다.

"물론이야. 그래, 그렇겠지. 조는 살면서 옷 한 벌에 35달러
이상을 써본 적이 없다고!"

"반면."

엘러리는 눈살을 찌푸리며 옷걸이 아래 바닥에서 뭔가를 주
웠다.

"여기 구두 두 켤레는 애버크롬비 앤드 피치 제품이야. 그리
고."

그는 옷걸이 못에 걸린 하나뿐인 모자로 손을 뻗었다.

"이 모자는 이탈리아제 중절모인데. 이 정도로 옷을 잘 갖춰
입는 남자라면 적어도 20달러쯤 하는 모자일 거야."

"조의 것일 리 없어!"

빌이 외치며 벌떡 일어섰다. 그는 놀라 입을 벌리고 있는 형
사를 옆으로 밀치고 매제의 시체 옆에 무릎을 꿇었다.

"자, 이거 보여? 워너메이커 라벨이잖아!"

엘러리는 모자를 다시 못에 걸면서 부드럽게 말했다.

"괜찮아, 빌. 이제 좀 진정해. 지금 이런 혼란은 곧 정리될 거
야."

"그래. 그렇게 되겠지."

빌은 다시 의자로 돌아가 앉아 눈을 감았다.

엘러리는 다시 느긋한 걸음걸이로 조심스럽게 방 안을 돌아

다녔다. 아무것도 만지지 않고 아무것도 놓치지 않았다. 간간
이 그는 친구를 곁눈질했다. 그러고는 얼굴을 찌푸리고 거부할
수 없는 충동에 따르듯 걸음을 조금 재촉했다…… 그의 주의
를 *끄는* 한 가지가 있었다. 오두막 안은 방 한 칸으로 되어 있
었고 임시로 숨을 만한 구석이나 옷장이 없었다. 벽난로 안도
들여다보았지만 높이가 매우 낮고 연통도 너무 작아서 사람이
숨을 만한 공간은 없었다.

　잠시 후 드종이 허둥지둥 돌아와 테이블 뒤에 쪼그리고 앉
아, 죽은 사람의 옷을 분주하게 뒤졌다. 빌은 눈을 떴다. 그는
다시 일어서서 테이블로 다가가 주먹으로 테이블을 짚고 의지
하며 드종의 거대한 목을 내려다보았다. 오두막 밖에서 여러
사람들의 소리가 들려왔다. 진입로 두 곳에서 중요한 작업을
처리하는 데 몰두하고 있는 것 같았다. 말 없는 남자들 틈에서
상스러운 농담을 하는 엘라 아미티의 새된 소리가 들려왔다.

　"자, 퀸 씨. 무슨 아이디어라도?"

　드종은 고개도 들지 않고 계속 일에 열중하며 친밀한 말투로
물었다.

　"버나드 쇼의 초인처럼, 맞서 싸울 만한 것은 없습니다. 왜
요?"

　"일 처리가 빠르다고 들어서요."

　거인의 목소리에는 냉소적인 기색이 스며 있었다.

　엘러리는 소리 내어 웃으며 벽난로 위 선반에서 뭔가를 집었
다.

　"물론 이건 보셨겠죠?"

　"뭔데요?"

빌의 고개가 번개처럼 번쩍 들렸다. 그는 쉰 목소리로 물었다.

"도대체 그게 뭐야?"

"그래요. 그게 뭐 어쨌다는 거요, 퀸?"

드종이 느릿느릿 물었다.

엘러리는 빌을 가볍게 쳐다보았다. 그러더니 자신이 발견한 것을 포장지와 함께 둥근 테이블 위에 놓았다. 빌은 집어삼킬 듯 그것을 노려보았다. 갈색 가죽으로 만든 데스크 문구용품이었다. 삼각형 가죽 케이스에 든 압지 패드, 청동 베이스 위에 만년필 두 자루를 꽂을 수 있도록 만든 펜 홀더, 그리고 둥글게 휜 모양의 작은 청동 압지 홀더. 커다란 패드 한구석에 달린 포켓에는 흰색 카드가 꽂혀 있었다. 깨끗한 카드 위에 크고 깔끔한 필체로 쓴 푸른색 글씨가 한 줄 적혀 있었다. '빌에게. 루시와 조가.'

"곧 생일이 다가옵니까, 에인절?"

드종이 죽은 사람의 가슴 주머니에서 꺼낸 종이를 가늘게 뜬 눈으로 보면서 다정하게 물었다.

빌이 고개를 돌렸다. 그의 입이 움직였다.

"내일입니다."

"참 사려 깊은 매제로군."

서장이 웃었다.

"이 카드의 글씨는 그의 필적이오. 이건 확실해요. 우리 애들 중 하나가 윌슨의 옷에서 나온 필적 샘플과 비교해서 확인했으니까. 직접 봐요, 퀸 씨."

그는 들고 있던 종이를 테이블 위에 던졌다. 특별한 의미는 없는 내용이었다.

"아, 서장님을 믿습니다."

엘러리는 문구류 세트를 보며 눈살을 찌푸렸다.

"그 문구류 세트에 관심이 있는 것 같군요."

드종이 여러 가지 잡동사니들을 테이블 위에 올리며 말했다.

"난 도통 모르겠소만! 하지만 난 늘 새로운 트릭을 배울 준비가 되어 있지요. 말해봐요, 퀸. 내가 뭔가를 놓친 거요?"

"서장님이 일하시는 걸 지켜보는 기쁨을 누려본 적이 한 번도 없다 보니, 저로서는 서장님의 관찰 능력이나 정확도를 가늠할 만한 입장이 아닙니다."

엘러리가 중얼거렸다.

"하지만 적어도 가설의 관점에서는 흥미로울 만한 세부 사항들이 좀 있죠."

"그래요?"

드종은 흥미를 보이며 물었다.

엘러리는 선물 포장지를 집었다.

"한 가지 예를 들자면, 이 책상용 문구 세트는 필라델피아의 워너메이커에서 산 겁니다. 고백하건대 이 자체로는 큰 의미가 없어요. 하지만…… 이건 사실입니다. 그리고 엘리스 파커* 버틀러라면, 사실은 사실이라고 말할 겁니다."

"흠, 그걸 어떻게 알았소?"

드종은 테이블 위 잡동사니 중에서 영수증을 손가락으로 만졌다.

---

* 미국의 추리소설 및 유머소설 작가. 탐정 파일로 거브 시리즈를 썼으며, '돼지는 돼지다'라는 유행어를 남긴 것으로 유명하다.

"이걸 저 사람 주머니에서 찾았소. 온통 구겨져 있었어요. 어제 이걸 워너메이커에서 샀더군요. 현금 구매로."

"어떻게 알았냐고요? 특별히 놀라운 방법은 아닙니다. 워너메이커의 포장지를 알아본 거죠. 오늘 오후 필라델피아에 들른 김에 아버지에게 드릴 작은 선물을 샀거든요."

엘러리는 부드럽게 말을 이었다.

"물론 포장지 상태는 보셨겠죠. 그럼 한 가지 의문이 생깁니다. 누가 선물 포장을 풀었는가?"

"그게 왜 의문인지 모르겠군요."

드종이 말했다.

"하지만 당신이 던진 미끼를 물어보지요. 도대체 누가 그런 사악한 짓을 했소?"

"누구든 할 수 있었겠지만 가엾은 윌슨만큼은 아니었을 겁니다. 빌, 오늘 밤 내가 여기 들어오기 전에 이 방에서 뭐든 만진 것 있나?"

"아니."

"서장님 부하 중에 이 포장을 푼 사람도 없었고요?"

"당신이 본 그대로 벽난로 선반 위에서 발견되었소."

"그렇다면 한 가지 가능성은 살인범, 그 '베일 쓴 여인'이 풀었다는 것입니다. 윌슨이 죽기 전 빌에게 말했다는 그 여자요. 물론 가능성일 뿐입니다. 두 번째 침입자가 손을 댔을 수도 있으니까요. 하지만 확실한 건 윌슨은 아닙니다."

"왜 그렇죠?"

"이 문구 세트는 선물로 산 것입니다―그 카드랑 선물 포장을 보세요―가격표도 떼고, 영수증도 함께 포장하지 않고 윌슨의 주머니 안에 들어 있었습니다. 따라서 누가 이걸 샀는지는 몰라도 빌 에인절에게 선물할 목적으로 산 겁니다. 아마 윌슨이 직접 샀겠죠. 하지만 윌슨이 아닌 다른 사람이 대신 샀다고 해도, 선물에 관한 아이디어는 윌슨이 내놓은 것일 겁니다. 따라서 윌슨이 여기에서 포장을 뜯을 이유는 없죠."

"그거야 알 수 없죠."

드종이 반박했다.

"예를 들어 문구 세트를 사면서 상점에서 선물 카드를 쓰지 않았다고 가정해봐요. 그래서 여기에서 포장을 풀고 펜으로 카드를 썼을 수도 있잖습니까."

"펜에는 잉크가 없었어요. 그건 제가 이미 확인했습니다."

엘러리가 인내심을 가지고 말했다.

"당연히 윌슨도 그걸 알았을 테고요. 하지만 행여 여기에서 포장을 꼭 뜯어야만 하는 이유가 있었다고 해도, 그리고 그게 내가 납득할 만한 이유였다고 해도, 선물을 주는 사람이 포장지를 이렇게 찢고 구길 이유는 없었을 겁니다!"

엘러리는 포장지를 가리키며 손가락을 튕겼다. 포장지는 마구잡이로 거칠게 뜯겨 있었다.

"이 포장지는 이제 다시 선물 포장용으로 사용할 수 없어요. 그리고 이 집 안에는 다른 포장 재료가 없습니다. 따라서 적어도 윌슨은 포장을 뜯지 않았어요. 만일 윌슨이 뜯었다면 포장지가 찢어지지 않도록 조심했을 테니까요. 반면 살인자는 그런 걸 고민할 필요가 없었지요."

"흠, 그래서?"

드종이 물었다.

엘러리는 멍한 눈으로 바라보았다.

"친애하는 드종 서장님. 무슨 그런 터무니없는 질문이 다 있습니까! 저는 범인이 여기 범죄 현장에서 어떤 행동을 했는지 조사해나가며 흥미를 느끼는 겁니다. 그 여자가 포장을 푼 이유는 중요하든 중요하지 않든, 나중에 걱정하기로 하죠……. 그 흉기로 사용된 봉투칼은 여기 이 문구 세트에서 나온 것입니다. 이건 확실하죠……."

"그래요, 그래."

드종이 툴툴거렸다.

"그래서 그 여자가 포장을 뜯은 것이구먼. 칼을 꺼내려고. 아까부터 그 포장을 뜯은 게 살인자라고 말할 수도 있었는데."

엘러리는 눈썹을 치켜 올렸다.

"하지만 절대 그 이유 때문은 아닙니다. 그 선물은 겨우 어제 산 것이었습니다. 과연 범인이 그 안에 오늘 밤 범행에 편리하게 사용할 수 있는 날카로운 봉투칼이 들어 있다는 걸 알았을까요? 아뇨, 아닙니다. 봉투칼을 흉기로 쓴 건 완전히 우연입니다. 전 그렇게 확신해요. 살인자가 범행 전에 도착해 여기저기 기웃거리다가 순전히 호기심에서 포장을 풀어봤을 가능성이 훨씬 더 큽니다. 아니면 이제 곧 해야 할 일을 생각하면서 신경이 곤두선 나머지 흥분을 가라앉히기 위해 뜯었을 수도 있죠. 그러다가 자연스럽게 봉투칼을 발견했고, 준비해 온 무기보다 그걸 사용하는 쪽이 더 낫겠다고 판단했던 겁니다. 그 여자가 이 범행을 미리 계획해왔다면 말이죠. 지금으로서는 그렇게 보이지만. 게다가 아주 오래전부터 여성들은 자신의 범죄 본능을 충실히 표현하는 도구로서 칼을 애용해왔거든요."

드종은 코를 긁었다. 화가 좀 나 있는 것 같았다. 빌은 껄끄러운 대화를 중단시키려고 입을 열었다.

"만일 이 안을 기웃거릴 시간이 있었다면……. 여기 한참 동안 혼자 있었다는 얘기인가. 그럼 그동안 조는 어디 있었지? 그 여자가 먼저 그를 공격했나? 검시관 말로는……."

"자, 자, 빌."

엘러리가 달래듯 말했다.

"그렇게 조바심 내지 말고. 아직 사실들을 충분히 수집한 게 아니야. 선물에 대해서는 아는 게 없나?"

"전혀. 이건 좀……. 좀 놀라워. 난 생일 같은 건 그다지 챙기지 않는 편인데. 조는……."

빌은 고개를 돌렸다.

드종은 어깨를 으쓱했다.

"흠, 생일선물로 목 졸린 매제라니, 끔찍하다는 건 인정해야겠군요. 다른 건 또 뭘 찾았습니까, 퀸 씨?"

"완전한 요약을 원하시는 겁니까?"

엘러리는 차분하게 말했다.

"아시겠지만, 여러분 같은 전문가들은 아마추어를 멸시하는 게 문제란 말이죠. 전문가에 가까운 아마추어들을 좀 아는데, 그런 아마추어들은 전문가를 멸시하지 않거든요. 머피, 만일 내가 당신이라면 기록을 하겠습니다. 당신의 지방검사가 언젠가는 그걸 무척이나 고마워할 겁니다."

머피는 당황한 것 같았다. 그러나 드종은 진지하게 미소를 지으며 고개를 끄덕였다.

"오두막과 그 안의 사물에 대해 일반적인 방식으로 관찰을 해보면 다소 흥미로운 결론으로 이어집니다."

엘러리는 신중하게 파이프 담배를 피우며 말했다.

"이 한 칸짜리 오두막에는 침대도 침상도 없습니다. 잠을 잘 수 있는 가구가 전혀 없어요. 벽난로는 있지만 장작은 없습니다. 타고 남은 재나 부스러기도 없고, 특히 난로가 아주 깨끗합니다. 이 벽난로가 지난 몇 달간 사용된 적이 없다는 건 확실합니다.

또 뭐가 있죠? 고장 난 낡은 석탄 난로. 이건 녹이 잔뜩 슬어서 요리나 난방용으로는 아무 짝에도 쓸모가 없어요. 틀림없이 노숙자들이 이 오두막에서 지냈을 때 쓰고 남은 물건들일 겁니다……. 같은 맥락에서 양초나 석유램프도 없고, 가스 연결관도 성냥도 없다는 점을 눈여겨보시면……."

"그 말이 맞소."

드종이 인정했다.

"에인절, 윌슨이 담배는 안 피웠나요?"

"안 피웠습니다."

빌은 정면 창문 밖을 바라보았다.

엘러리는 말을 이었다.

"그러므로 이 안에서 빛을 밝힐 수 있는 도구는 테이블 위 전등뿐입니다. 이 근처에 발전소가 있나요?"

드종은 고개를 끄덕였다.

"이 오두막 주인이 전기선을 끌어와 설치했는지 아니면 원래 이렇게 되어 있었는지, 그런 것은 중요하지 않습니다만 아마 후자일 거예요. 아무튼 다시 사실 확인을 해봅시다. 여기엔 이 빠진 그릇 몇 개가 있을 뿐 식료품도 전혀 없어요. 아무리 가난

해도 갖춰놓기 마련인 흔한 응급 의약품 상자도 없습니다."

드종은 킥킥 웃었다.

"다 적었나, 머피? 근사하군요, 퀸 씨. 내가 했어도 그보단 더 잘 정리하지 못했겠소. 그래서, 이 모든 걸 종합해봤을 때 얻는 게 뭐요?"

"생각보다 많은 걸 얻을 수 있죠. 이 집에 사는 사람은 잠을 자지도 먹지도 않습니다. 이 오두막은 집으로서의 특징이 거의 없어요. 이곳은 오히려…… 임시 보호소, 길가의 쉼터, 아니면 단순한 단기 체류 장소 정도로 보입니다. 뿐만 아니라 여러 가지를 종합해볼 때 이 오두막 소유주의 특징을 유추할 수 있습니다. 노숙자들이 여기 머물던 시절에는 이 황갈색 카펫은 없었을 겁니다. 지나치게 고급이고 값비싼 제품이니까요. 누군지는 몰라도 이곳을 사용한 사람이 중고품 상점에서 합리적인 가격으로 사다놓았을 겁니다. 자신의 호화로운 취향이 어느 정도는 반영된 물건이겠지요. 꽤 의미심장하지 않습니까? 옷걸이에 걸린 옷이나 창문에 걸린 커튼도 이 사람의 사치스러운 취향을 보여줍니다. 부자의 물건이지만 걸어놓은 모양새는 영 허술합니다……. 물론 남자의 손길인 거겠죠. 마지막으로 내부가 숨 막힐 정도로 깨끗합니다. 카펫 위 어디에도 먼지나 재나 얼룩 하나 없고, 벽난로도 호루라기처럼 깨끗하죠. 이렇게 샅샅이 조사하는데도 먼지는 좀처럼 눈에 띄지 않습니다. 도대체 이런 그림에 맞는 인간은 어떤 종류의 인간일까요?"

빌이 창문에서 고개를 돌렸다. 그의 눈에 붉은 테가 둘려 있었다. 그는 쉰 목소리로 말했다.

"확실히 조 윌슨은 아니야."

"그래. 분명 그렇지."

엘러리가 말했다.

드종의 미소가 사라졌다.

"하지만 오늘 윌슨이 전화로 에인절에게 한 말과는 일치하지 않는 내용이로군요. 이곳을 아는 사람은 윌슨 자신 말고는 아무도 없다고 했잖소!"

"그럼에도 저는 분명히 다른 사람이 개입되어 있다고 생각합니다."

엘러리는 기이한 목소리로 말했다.

밖에서 사람들 소리가 크게 들렸다. 드종은 턱을 문지르며 생각에 잠겼다가 입을 열었다.

"빌어먹을 기자들이 왔나보군요."

드종은 밖으로 나갔다.

"자, 그럼 이제 우리의 친구 드종이 가엾은 윌슨의 주머니에서 뭘 찾았는지 한번 보자고."

엘러리가 부드러운 목소리로 말했다.

테이블 위에는 남자의 소지품으로 보이는 이런저런 잡동사니들이 늘어져 있었다. 열쇠 뭉치, 지폐로 236달러가 든 낡은 지갑. 엘러리는 여전히 창밖을 내다보고 있는 빌을 힐끔 곁눈질했다. 그리고 신문 기사를 오려낸 조각들 여러 장, 등기우편 영수증 몇 장, 윌슨의 이름으로 된 운전면허증, 그리고 수수하고 작은 목조 주택 앞에 서 있는 아주 예쁜 여인의 사진. 엘러리는 사진 속 여인이 빌의 여동생 루시임을 곧바로 알아보았다. 기억 속의 모습보다 더 성숙했지만, 그가 대학 시절에 알던 그대로 여전히 따뜻하고 생기 넘치는 모습이었다. 필라델피아가스 회사에서 발행한 고지서 영수증도 있었다. 그리고 만년필한 자루와, 앞면에는 월슨의 주소, 뒷면에는 잡다한 숫자 계산이 적힌 낡은 빈 봉투도 몇 장 있었다. 엘러리는 예금통장을 집어 들어 펼쳤다. 필라델피아의 대형 저축은행에서 발행한 것으로 4천 달러 조금 넘는 잔액이 찍혀 있었다.

"저금통장인가."

엘러리는 움직이지 않는 빌의 등을 향해 말했다.

"몇 년 동안 출금한 적이 없는데. 잔액은 많지 않지만 꾸준히 저금을 했군."

"그래."

빌이 돌아보지 않고 말했다.

"조는 저축을 하고 있었어. 우체국 예금 쪽으로도 돈을 얼마쯤 넣어두었을 거야. 조의 사회적 지위에 비해 루시는 정말로 어떤 부족함도 없이 살고 있지."

"채권이나 주식은 좀 가지고 있었나?"

"이봐, 엘러리. 우리가 대공황 이후 5년째를 보내는 중하층민이라는 사실을 잊었나."

"아, 미안해. 그럼 당좌 예금 계좌는? 수표책은 못 봤는데."

"아니. 그런 건 갖고 있지 않았어. 조는 항상 사업하는 데 수표가 필요 없다고 말했어."

빌이 말을 멈췄다.

"그거 정말 이상한데. 그건······."

엘러리는 놀라워하며 말했다. 그러고는 잡동사니 더미를 다시 살펴보았다. 그러나 다른 것은 더 없었다.

엘러리는 만년필 뚜껑을 열고 종이 위에 글씨를 써보았다.

"흠. 펜이 거의 다 말랐군. 그 선물용 카드를 어디에서 썼는지 확실해졌어. 분명한 건 여기서는 아니야. 소지품 중에 연필은 없었고, 펜은 말랐으니까. 여기에 내가 조사한 결과에 의해 이 오두막 안에는 어디에도 필기도구나 잉크가 없다는 점을 확신할 수 있지. 이 사실이 암시하는 것은……."

엘러리는 테이블을 빙 돌아 죽은 남자 옆에 무릎을 꿇고 한참을 움직이지 않았다. 그러다가 뭔가 희한한 일을 하기 시작했다. 윌슨 옷의 빈 주머니들을 뒤집어 보석 세공인 같은 예리한 눈으로 솔기의 먼지를 샅샅이 조사했다. 그러고는 자리에서 일어나 옷걸이로 가서 그곳에 걸린 옷 네 벌의 주머니도 같은 방식으로 조사했다. 조사를 마친 그는 곤혹스러운 표정으로 만족한 듯 고개를 끄덕였다. 그는 다시 시체로 돌아와 죽은 남자의 손을 들어 올리고 굳은 손가락을 꼼꼼히 조사했고, 얼굴을 찡그려가며 힘겹게 죽은 이의 입술을 벌려 그 아래 굳게 다문 치아를 살펴보았다. 한참 후 그는 일어서서 고개를 끄덕였다.

엘러리는 테이블 위에 걸터앉아 찌푸린 표정으로 조지프 윌슨의 뒤틀린 얼굴을 내려다보았다. 그때 드종이 들어왔고, 그 뒤로 형사 몇 명이 뒤따랐다.

"잠깐 기자들을 처리하고 왔소."

서장이 씩씩하게 말했다.

"어떻게, 재미 좀 봤소, 퀸? 아마 우리가 발견한 내용을 듣고 싶어 할 것 같은데요."

"고맙습니다. 정말 친절하시네요."

빌이 창가에서 돌아섰다.

"당신들이 여기서 이렇게 돌아다니는 동안 그 캐딜락을 탄 여자가 멀리 달아났을 거란 생각은 물론 하고 계시는 거겠죠?"

드종은 엘러리에게 윙크를 했다.

"우리가 그냥 작은 마을의 별 볼 일 없는 경찰이란 거요? 자, 자, 에인절. 침착해요. 여기 오자마자 5분 만에 경보를 울렸소. 아직 들어온 보고는 없지만, 주 경찰 병력 전체가 고속도로를 빗질하듯 훑고 있어요. 주 경찰청장인 메리 경시감이 지휘를 맡고 있고."

"그 여잔 벌써 뉴욕에 갔을 겁니다."

엘러리가 무덤덤하게 말했다.

"이미 많이 늦었어요, 드종. 자, 뭘 발견하셨습니까?"

"아주 많이. 바깥의 진입로 두 곳에서."

"아, 그 타이어 자국이요."

엘러리가 말했다.

"해니건 경사한테 들어봐요."

소 같은 인상을 풍기는 얼굴의 남자가 불쑥 고개를 들었다.

"해니건이 자동차 바퀴 자국을 조사했소. 얘기해, 해니건."

"흠, 퀸 씨."

경사는 엘러리를 향해 말했다.

"집 앞의 주 진입로, 그러니까 에인절 씨가 캐딜락을 봤다는 이 곡선 도로 말입니다. 그 위 진흙에 타이어 자국이 세 세트 찍혀 있습니다."

"세 세트?"

빌이 목이 막혔다.

"난 캐딜락밖에 못 봤습니다. 그리고 내 차는 집 앞 진입로로 들어오지 않았어요."

"세 세트라는 것은 차가 석 대라는 말이 아닙니다."

해니건은 단호하게 말했다.

"사실 차는 두 대였습니다. 세 세트 중 둘은 같은 차에서 찍힌 것이었습니다. 캐딜락이요. 접지면이 독특한 차입니다. 대형 캐딜락이었습니다, 에인절 씨. 세 번째 세트는 파이어스톤사 제품이었는데 유난히 작습니다. 확실히 말씀드릴 수 없지만 아마 포드 차일 겁니다. 타이어 자국은 선명하게 남았는데 많이 닳은 흔적이 보였습니다. 그러니 31년형 아니면 32년형 포드일 겁니다. 하지만 너무 믿진 마시고요."

"알겠습니다."

엘러리가 말했다.

"그 '두 세트'의 캐딜락 자국이 실제로는 한 세트가 아니라는 건 어떻게 아셨습니까?"

"뭐, 간단합니다."

경사가 말했다.

"첫 번째 캐딜락 자국이 있습니다. 그렇죠? 그 자국의 일부에 파이어스톤 자국이 겹쳐 있습니다. 그러니까 캐딜락이 거기에 먼저 왔다는 거죠. 그런데 그 파이어스톤 자국 위 어느 위치에서 캐딜락이 또 다른 자국을 남겼단 말입니다. 정리하자면 먼저 캐딜락이 거기 왔다가 사라졌고, 그다음 포드가 왔다가 사라진 겁니다. 그런 다음 캐딜락이 돌아왔고요."

"그렇군요."

엘러리가 말했다.

"상당히 실력이 좋으시군요. 하지만 대형차의 바퀴 자국 두 세트가 같은 차에 의해 찍혔다는 건 어떻게 아십니까? 첫 번째

자국은 다른 차가 만든 것이지만 타이어만 같은 종류라고도 볼 수 있지 않을까요?"

"그럴 리 없습니다, 퀸 씨. 타이어 자국은 지문과도 같아요."

경사는 자신의 절묘한 표현에 흡족해하며 기침을 했다.

"타이어 접지면 어딘가에 깊은 상처가 나 있었는데 그 상처의 흔적이 두 세트의 타이어 자국에 동일하게 나타나 있습니다. 같은 차예요."

"방향은요?"

"아주 적절하고 예리한 질문입니다. 캐딜락이 처음에 트렌튼 방향에서 왔고, 돌계단 앞에서 멈췄다가 커브 길을 돌아 캠든 방향으로 갔습니다. 포드는 캠든 쪽에서 접근해서 돌계단 앞에서 멈췄고, 진입로를 따라가다가 램버튼 로드에서 크게 꺾어서 다시 왔던 방향인 캠든 쪽으로 돌아갔습니다. 그런 다음 캐딜락이 캠든 쪽에서 돌아왔고, 돌계단 앞에서 멈췄습니다. 그때 에인절 씨가 그 차가 다시 트렌튼 쪽으로 가는 것을 목격했죠."

엘러리는 코안경을 벗어서 턱의 옴폭 패인 부분을 두드렸다.

"놀랍군요, 경사님. 손에 잡힐 듯이 생생합니다. 이쪽 오두막 옆으로 난 흙길 진입로는 어떻습니까?"

"거긴 특별한 게 없습니다. 에인절 씨가 말한 윌슨 소유의 낡은 패커드는 트렌튼 방향에서 들어왔습니다. 젖은 진흙 자국이 남았으니 패커드는 비가 내리기 시작한 후 이곳에 왔다고 말할 수 있겠죠."

"비가 그친 후에 왔을 가능성이 더 클 겁니다. 그렇지 않았다면 타이어 자국이 다 씻겨 나갔을 테죠."

엘러리가 중얼거렸다.

"맞습니다. 다른 차들의 자국도 마찬가지고요. 비는 오늘 저녁 7시 조금 전에 그쳤습니다. 따라서 차들 전부가 여기에 7시 무렵부터 왔을 겁니다⋯⋯. 측면 진입로에 찍힌 다른 자국은 에인절 씨의 폰티액에서 나온 것인데요. 한 번 들어오고 한 번 나갔습니다. 이야기가 그렇게 된 겁니다."

"아주 훌륭한 설명입니다. 경사님. 오두막으로 접근하는 발자국은 어떤가요?"

"하나도 없어요. 4.5미터가량 이어지는 당신 발자국 말고는."

드종이 말했다.

"여기 들어오면서 그 위에도 널빤지를 댔죠. 좋아, 해니건. 나가서 타이어 자국 본뜨는 걸 지켜보게."

경사는 인사를 하고 물러났다.

"집 주위에도 두 진입로에도 모두 발자국은 없습니다. 진입로는 둘 다 작은 포치로 이어지는데, 오늘 밤 여기 온 사람들은 모두 차에서 내려 땅을 딛지 않고 포치로 뛰어넘었을 겁니다."

"그리고 그 보트하우스로 이어지는 길에 찍힌 발자국들은요?"

드종은 테이블 뒤에서 시체의 발을 가지고 씨름을 하는 형사를 힐긋 내려다보았다.

"어때, 조니?"

남자가 올려다보았다.

"이 시체의 발자국입니다. 서장님. 여기 들어오기 전 옆쪽 포치에서 발을 문질러 닦았던 것 같습니다. 아무튼 저 바깥 길의 발자국은 이 사람 구두가 만든 겁니다. 우리가 생각했던 대로

요."

"아. 그럼 강으로 걸어 내려갔던 사람은 윌슨이었군요. 그리고 돌아와서 죽었어요. 저쪽 오두막에는 뭐가 있습니까, 드종? 저건 보트하우스가 맞죠? 아닌가요?"

엘러리가 물었다.

드종은 윌슨의 굳은 얼굴을 향해 눈살을 찌푸렸다.

"그래요."

그의 냉정한 눈빛이 혼란스럽게 흔들렸다.

"그리고 이 오두막을 사용한 다른 사람이 있다는 당신 말이 맞는 것 같소. 저쪽엔 모터 달린 작은 요트가 있어요. 꽤 비싼 장난감 같더군. 모터는 아직도 따뜻해요. 선착장에 있는 사람 중 하나가 와서 진술을 했는데, 윌슨과 같은 인상착의를 한 남자가 오늘 밤 7시 15분쯤 저 아래 선착장에서 요트를 타고 나가는 걸 봤다고 합니다."

"조가요? 조가 요트를 탔다고요?"

빌이 중얼거렸다.

"그래요. 윌슨이 돌아오는 것도 봤다고 했소. 그때가 8시 30분쯤이었다고 해요. 나갈 때는 돛만 썼고 들어올 때는 모터를 켰다고 합니다. 기억하겠지만 7시 30분쯤 바람이 잦아들었으니 말이죠."

엘러리는 목 뒷덜미를 문질렀다.

"이상하군……. 윌슨은 혼자였습니까?"

"선착장 직원 말로는 그래요. 선실도 없는 작은 배였으니 잘못 보진 않았을 거요."

"배를 타고 나갔다. 흠."

엘러리는 죽은 이의 얼굴을 바라보았다.

"9시에 대단히 중요한 문제로 에인절과 만날 약속을 했는데, 그 두 시간 전에 배를 타고 나갔다……. 긴장이 돼서. 긴장을 풀기 위해서. 혼자 있고 싶어서……. 그래요. 이해가 갑니다. 물론."

그는 빌을 쳐다보지 않으면서 기이한 말투로 덧붙였다.

"윌슨이 요트를 사용했다고 해서 그게 그 사람 소유라는 뜻은 아니란 걸 서장님도 아시죠?"

"그야 물론이오. 단지."

대답하는 드종의 눈빛이 흔들렸다.

"이 선착장 직원은 전에도 윌슨이 요트를 타고 나가는 걸 몇 번이나 봤다고 해요. 항상 혼자였다고. 사실 그 직원은 윌슨을 이곳 주민으로 알고 있는 것 같았소."

"전에도 조가 여기 왔었다고요?"

빌이 외쳤다.

"몇 년 동안."

바깥에서 누군가의 웃음소리가 들렸다.

"못 믿겠어."

빌이 말했다.

"뭔가 대단히 큰 착오가 있는 거예요. 그럴 리가 없어요……."

"그뿐만이 아니오."

드종은 표정을 바꾸지 않고 계속 말했다.

"뒤쪽 차고에 차가 한 대 더 있어요."

엘러리는 조용히 물었다.

"다른 차가요? 그게 무슨 말입니까?"

빌의 뺨이 잿빛으로 바뀌었다.

"링컨 스포츠 로드스터. 최신형 모델이요. 열쇠는 꽂혀 있고. 하지만 엔진은 완전히 차갑게 식어 있고, 화려한 방수포로 덮어놨죠. 차 안에 자동차 등록증은 없지만 일련번호를 추적하는 것쯤이야 식은 죽 먹기지. 완전히 식은 죽."

드종은 두 사람을 향해 웃었다.

"그 차는 이 오두막에 황갈색 카펫을 깔고 사용해온 남자의 소유임에 틀림없어요. 이건 진짜 살아 있는 단서일 거요. 그래요……. 또 뭐가 좀 더 있는데. 피네티!"

"맙소사. 또 뭡니까?"

빌이 목을 졸린 것 같은 목소리로 말했다.

드종 뒤에 말없이 서 있던 남자들 중 하나가 한 발 앞으로 나와 드종에게 작고 평평한 여행 가방을 건넸다. 드종은 그것을 열었다. 카드 모양의 두꺼운 종이에 꽂힌 싸구려 장신구들이 아무렇게나 잔뜩 들어 있었다. 목걸이, 반지, 팔찌, 커프스단추, 배지 같은 것들이었다.

"조의 것입니다. 샘플이에요. 재고이기도 하고."

빌은 입술을 핥았다.

드종은 툴툴거렸다.

"이건 그의 패커드에서 나온 겁니다. 내가 하려던 말은 이게 아니고요. 피네티. 그 다른 것."

형사는 금속 물체를 꺼냈다. 드종은 그것을 손가락으로 집어 유심히 들여다보는 척하며 이리저리 뒤집었다. 그러다 곧 차가운 시선으로 빌의 얼굴을 바라보았다.

"이거 전에 본 적 있소, 에인절?"

드종은 그것을 빌의 손에 내려놓았다.

대단히 희한한 일이었다. 마치 드종의 질문이 기름으로 만들어지기라도 한 듯, 빌의 태도가 돌변했다. 표정에서는 감정이 사라졌고 몸도 딱딱하게 굳었다. 엘러리는 놀랐고, 드종은 눈을 가늘게 떴다. 빌이 손가락으로 그것을 집을 때 그의 변화를 더 생생히 볼 수 있었다. 눈, 코, 입이 제자리로 돌아왔고, 찌푸려서 생겼던 이마의 주름이 반듯이 펴져서, 차분하고 속내를 알 수 없는 표정으로 돌아왔다. 눈빛은 대리석처럼 단단했다.

"물론이죠. 여느 자동차에 흔히 붙어 있는 것 아닌가요."

빌은 미소를 지으며 손바닥 위에 놓인 그 물체를 천천히 돌려보았다. 그것은 자동차 라디에이터 캡의 일부였다. 금속으로 만든 머리카락과 팔을 뒤로 뻗고 날아가는 모양의 여인의 나신 조각상이었다. 그 조각상은 녹이 많이 슬고 발목 부위가 부러져 있었다. 나사로 고정되는 작은 발이 있어야 할 부분에는 삐죽삐죽한 단면만 남아 있었다.

드종은 코웃음을 치며 조각상을 낚아챘다.

"이건 단서입니다, 신사분들. 이 집 바로 앞 진입로에서 찾은 거요. 해니건 말로는 포드가 지나간 자리에 반쯤 파묻혀 있었다고 합니다. 이게 그 자리에 한 달쯤 전부터 묻혀 있었을 수도 있죠. 하지만."

그는 입술을 말아 올리며 음흉하게 웃었다.

"아닐 수도 있고요. 내 말 무슨 말인지 알겠소?"

빌이 차갑게 말했다.

"방금 그 물건이 증거물로서 지닌 약점을 서장님이 직접 지적하셨군요. 서장님이 아주 운 좋게 그 조각상이 원래 붙어 있

던 자동차를 발견한다고 해도, 검사는 그게 정확히 6월 1일 밤
에 부러졌음을 입증하기 위해 꽤나 골치 아픈 시간을 보내게
될 겁니다."

"아, 물론이죠. 난 당신들 변호사가 어떤 사람들인지 잘 압니
다."

드종이 말했다.

엘러리는 멍한 눈빛으로 작은 여인의 나신과 빌의 얼굴을 번
갈아 보았고, 눈을 깜박이다가 테이블을 빙 돌아갔다. 그는 죽
은 남자를 굽어보았다. 그의 시선은 윌슨의 손가락에 고정되었
다. 죽어가면서 카펫을 움켜쥐었던 그 손가락……. 반지가 없
다. 반지가 없다. 그것은 좋은 일이라고, 그는 생각했다. 엘러
리는 구부정한 자세를 유지한 채로 눈만 움직이고 있었다. 그
리고 그날 밤에만 스무 번째로 윌슨의 차가운 얼굴을 짜증 섞
인 표정으로 노려보고 있었다.

드종은 의기양양해하며 말하고 있었다.

"……그러니까 이게 달려 있던 자동차를 곧장 추적하기 시
작할 겁니다. 알겠소? 그리고 그걸 찾으면……."

엘러리가 천천히 몸을 일으켰다. 그는 조지프 윌슨의 시체
너머 친구를 바라보았고, 순간적인 충동에 굴복할 것 같은 기
분이 들었다. 그는 곧 죽은 남자를 다시 내려다보았다. 시체를
바라보는 표정에서 이제는 미심쩍은 기색과 짜증이 사라졌고
그 자리를 호기심과 확신, 그리고 동정심이 대신 차지하고 있
었다.

"실례합니다."

엘러리는 감정 없는 목소리로 말했다.

"잠깐 바람 좀 쐬러 나가겠습니다. 이 안이 답답해서……."

드종과 빌이 엘러리를 쳐다보았다. 그는 희미하게 미소를 지으며 답답해서 견딜 수 없다는 듯 서둘러 오두막 밖으로 나갔다. 간접 조명에 비친 젖은 흑옥처럼 하늘이 검게 빛났고, 그 위로 점점이 박힌 별들이 수를 놓았다. 땀에 젖은 그의 뺨에 차가운 공기가 상쾌하게 와 닿았다. 형사들이 그가 지나가도록 옆으로 비켜 길을 내주었다. 그는 허둥지둥 진흙이 쌓인 옆길을 따라 느슨하게 깔아놓은 판자 위를 성큼성큼 걸어갔다.

난감한 문제였다. 정말로 난감하다고 그는 생각했다. 그러나 결국에는 밝혀지게 되어 있었다. 내가 독단적으로 결정할 수 있는 문제라면……. 그가 램버튼 로드로 나가자 빼곡히 주차된 차들의 그림자 속에서 담배를 피우던 한 무리의 검은 형체들이 서로를 마구 밀치고 그에게 달려들며 질문을 쏟아냈다.

"미안합니다. 지금은 말할 수 없어요."

그는 마침내 사람들을 모두 떨쳐냈다. 주차된 차 중 한 대 안에 엘라 아미티가 남자 무릎 위에 앉은 걸 본 것 같았고, 그 옆을 지나갈 때 그녀가 차분하게 그를 향해 미소를 지었던 것 같았다. 엘러리는 선착장 길 건너 작은 목조 주택에 도착했다. 그는 안으로 들어가 그곳에 있던 노인에게 뭐라 말하고, 그의 손에 지폐를 쥐어주고 전화기를 집어 들었다. 노인은 그를 호기심 어린 눈으로 바라보았다. 엘러리는 교환수에게 전화를 걸어 뉴욕 시의 어느 장소로 연결해달라고 했고, 기다리는 동안 초조한 듯 손목시계를 바라보았다. 11시 10분이었다.

엘러리가 선착장 근처에 세워두었던 듀센버그를 타고 오두막으로 돌아온 것은 12시 15분이었다. 당장에라도 무너질 것

같은 집 안에서 무슨 일이 난 것 같았다. 신문기자들이 들이닥
치고, 경찰과 형사들의 욕설 세례를 받으며 뒤로 물러나고 있었
다. 엘러리가 저지선을 헤치고 들어가자 아미티가 그의 팔을 애
원하듯 움켜잡았지만, 그는 그녀를 떨쳐내고 걸음을 재촉했다.

안에 있는 사람들 말고는 오두막 안은 바뀐 것이 없었다. 형
사들은 나가고 없었다. 드종은 여전히 거기에 있었고, 만족스
러운 기색이 서린 낮은 목소리로 키 작고 밋밋한 갈색 얼굴의
어떤 남자에게 말하고 있었다. 그리고 빌이 있었고, 루시 윌슨
이, 결혼 전에는 루시 에인절이었던 그녀가 있었다.

거의 11년 만이었지만 엘러리는 한눈에 그녀를 알아보았다.
엘러리가 문 앞에서 지켜보았지만 그녀는 엘러리를 보지 않았
다. 그녀는 테이블 옆에 서서, 가느다란 손을 빌의 어깨에 얹
고, 겁에 질린 멍한 표정으로 바닥을 내려다보고 있었다. 그녀
의 표정만큼이나 불편해 보이는 검은색과 흰색의 수수한 드레
스는 발목까지 내려왔다. 팔걸이의자 위에는 가벼운 외투가 대
충 걸쳐져 있었다. 구두에는 진흙이 약간 묻어 있었다…….

그녀는 그가 기억하던 그 모습 그대로 여전히 아름답고 활기
찬 사람이었다. 오빠만큼이나 키가 컸고, 오빠와 똑같은 단단
한 턱과 검은 눈을 지니고 있었다. 몸은 스프링처럼 단단하고
나긋나긋했다. 그녀의 몸은 세월에 의해 예전에 없던 우아함
과 생기가 깃들어 있었고, 성적인 매력마저 풍기고 있었다. 엘
러리 퀸은 여자에 관해 특별한 감정을 느끼는 사람은 아니었지
만, 과거 그녀의 존재 앞에서 그러했듯 지금도 그녀의 순수한
매력에 본능적으로 끌리는 것을 느꼈다. 그의 기억 속의 루시
는 그녀 스스로는 의식하지 못하는 매력을 지닌 순수한 아가씨

였다. 그런 그녀에게 반해서 수많은 남자들이 접근했지만, 그런 남자들을 뿌리칠 때마다 그녀의 매력은 더욱 빛을 발하곤 했다. 그녀는 수수하지도 않았고, 그렇다고 도발적이거나 세련된 구석도 없었다. 촉촉하고 매끄러운 흰 피부, 달콤한 입술과 눈, 시원시원하고 우아한 몸놀림이 아름다운 소녀였다……. 그런 것들이 지금은 모두 뻣뻣이 굳어 있었고, 남편의 싸늘한 시신을 바라보는 그녀의 눈에서 우러나오는 공포만이 온몸을 덮고 있었다. 루시는 빌의 어깨에 기대어 서서 가쁘게 숨을 몰아쉬었는데, 돌을 던진 연못처럼 가슴이 파르르 진동하는 것이 보였다.

엘러리는 괴로운 목소리로 불렀다.

"루시 에인절."

루시가 천천히 고개를 들었다. 잠시 동안 그녀의 검은 눈에는 마룻바닥 위 그것의 끔찍한 현실 외에는 아무것도 담겨 있지 않았다. 그러다 갑자기 그 눈에서 빛이 났다.

"엘러리 퀸. 정말 반가워요."

루시는 손을 내밀었고 엘러리는 다가가 그 손을 잡았다.

"할 말이 없네. 물론……."

"당신이 여기 와 있어서 다행이에요. 정말 이건, 이런 끔찍한, 끔찍한……. 상상도 할 수 없는 일이에요."

그녀는 몸을 떨었다.

"나의 조가 죽다니……. 이런 끔찍한 곳에서. 엘러리, 어떻게 이럴 수가 있을까요?"

"이럴 수가 없지. 하지만 이렇게 됐어. 현실을 직시해야 해."

"당신이 어떻게 여기 오게 됐는지 오빠가 말해줬어요. 엘러리……. 여기 같이 있어줘요."

엘러리는 루시의 손을 꼭 잡았다. 그녀는 간신히 미소 비슷한 것을 지어 보였다. 그러더니 엘러리에게서 돌아서서 다시 아래를 내려다보았다.

빌이 냉정하게 말했다.

"드종이 더러운 수를 썼어. 루시에게 전보를 보냈다고 말해줬는데. 그런데도 자기 부하를 필라델피아로 몰래 보내서 루시가 돌아오길 기다렸고, 루시가 영화를 보고 집에 오자마자 바로 차에 태워 여기 데리고 왔어. 꼭 무슨…… 마치……."

"오빠."

루시가 부드럽게 말했다. 엘러리는 자신의 손안에 잡힌 그녀의 손이 따뜻하다고 생각했다. 넷째 손가락에 끼워진 무늬 없이 가느다란 금반지가 그의 손바닥에 단단하고 고집스럽게 느껴졌다. 빌의 어깨에 올린 루시의 손에는 장신구가 하나도 없었고, 고통으로 인해 하얗게 질려 있어 투박한 소나무 십자고상을 연상시켰다.

"내가 해야 할 일을 잘 한 것뿐이오, 에인절."

드종이 특별한 유감의 감정 없이 말했다.

"윌슨 부인을 잘 아시는 것 같군요, 퀸 씨. 옛 친구인가요? 퀸 씨도 부인이 뭐라 하는지 궁금할 것 같은데요?"

엘러리는 얼굴을 붉히고 따스한 손을 놓았다.

빌은 낮게 으르렁거렸다. 그러나 루시는 돌아보지 않고 평이한 목소리로 말했다.

"저도 말해주고 싶어요. 하지만 이렇다 할 게 없어요, 엘러리. 내가 설명해줄 수 있는 게 없어요……. 난 여기 이분의 질문에 전부 대답했어요. 내가 진실을 말했다는 걸 엘러리 오빠가 설득해주실 수도 있겠네요."

"아, 부인. 절 오해하지 마십시오. 이건 내 일이니까요."

드종은 불쾌해하는 것 같았다.

"좋아. 셀러스. 잘했네. 계속 근처에 있어."

드종과 키 작은 갈색 남자 사이에 뭔가 이해했다는 비밀스런 시선이 오갔다. 형사는 무표정하게 고개를 끄덕이고 밖으로 나갔다.

"그러니까 이렇게 된 겁니다. 윌슨 부인은 남편이 오늘 아침 패커드를 타고 집을 떠나 평소처럼 출장을 떠났다고 합니다. 그때가 남편을 보고 대화를 나눈 마지막이었다고 하고요. 윌슨은 괜찮아 보였다고 합니다. 조금 멍한 상태이긴 했는데, 부인은 단순히 사업 문제로 걱정이 있거나 그런 것이라고 생각했다고 합니다. 맞습니까, 윌슨 부인?"

"네."

루시의 시선은 죽은 남자의 얼굴에 계속 머물러 있었다.

"그리고 부인은 페어몬트 공원 옆 자택에서 오늘 저녁 약 7시쯤 나왔고요. 비가 막 그친 후였습니다. 저녁식사는 집에서 혼자 했습니다. 부인은 전차를 타고 시내로 갔습니다. 그리고 폭스 극장에 가서 영화를 봤습니다. 그런 다음 다시 전차를 타고 집으로 왔고요. 내가 보낸 부하가 기다리고 있었고, 부인을 여기로 데려왔습니다."

"한 가지 빼먹으셨습니다."

빌이 으스스한 목소리로 말했다.

"동생은 토요일 밤에 남편이 출장을 나가고 없으면 늘 영화를 보러 간다는 얘기 말입니다."

"네, 맞습니다."

드종이 말했다.

"잊고 있었군요. 아셨죠, 퀸 씨? 그럼 다시 범죄 얘기로 돌아와서."

그는 턱 끝을 손가락으로 두드렸다.

"부인은 이 오두막에 대해서는 들은 적도 본 적도 없다고 합니다. 윌슨은 부인에게 이 집에 대해 한마디도 하지 않았고요. 그러니까 윌슨 부인의 말이 그렇다는 거죠. 부인은 윌슨이 어떤 문제가 있었는지 전혀 몰랐습니다. 그는 언제나 부인에게 잘 대해주었고요."

드종은 미소를 지었다. "부인이 아는 한에서는, 신실했습니다……."

"아, 제발요."

루시가 속삭였다.

"당신들이 어떻게 생각하는지, 이런 사건을 수사하면서 어떤 생각을 하는지 알아요. 하지만 그이는 저에게 신실했어요. 그이는요! 그이는 날 사랑했어요. 날 사랑했어요!"

"부인은 남편의 사업에 대해서 많이 알지 못합니다. 그 이유는 윌슨이 사업 얘기를 숨기는 경향이 있었고 부인은 꼬치꼬치 캐묻고 싶지 않았기 때문이죠. 부인은 서른한 살, 윌슨은 서른여덟입니다. 10년 전 3월에 결혼했고, 아이는 없습니다."

"아이는 없다."

엘러리가 중얼거렸다. 그의 눈에는 기이하고 특이한 기쁨이 서렸다.

드종은 침착하게 말을 이었다.

"부인은 윌슨이 요트를 탄다는 것도 몰랐습니다. 하지만 그가 엔진이나 기계를 잘 다룬다는 건 압니다. 부인은 그에게 부자 친구들이 있다는 것도 몰랐습니다. 부부의 친구들—부인 말에 따르면 필라델피아에 있는 몇 안 되는 친구들—그 친구들은 윌슨 부부처럼 가난한 사람들이라고 합니다. 윌슨은 나쁜 습관은 없었다고 합니다. 술도 안 마시고, 담배도 안 피우고, 도박도 안 하고, 약물도 안 합니다. 부부는 윌슨이 집에 있을 때는 피크닉을 가고, 일요일에는 윌로 그로브로 드라이브를 나가거나, 아니면 집에서⋯⋯."

드종은 루시의 옆모습을 힐끔 쳐다보며 비웃음을 머금고 말했다.

"사랑의 대화를 나눴습니다. 맞습니까, 윌슨 부인?"

빌이 발끈했다.

"이 개자식이⋯⋯."

엘러리가 빌의 팔을 잡고 드종에게 말했다.

"이봐요, 드종. 도대체 무슨 생각을 하고 있는 겁니까? 이렇게까지 빈정거리는 이유를 모르겠는데요."

루시는 움직이지 않았다. 이제 그녀의 눈은 아득히 먼 곳을 응시하고 있었고, 고인 눈물로 깊어져 있었다. 드종은 키득키득 웃었다. 그는 문으로 가서 외쳤다.

"그 언론사 인간들 들여보내!"

시간이 흘렀다. 그들은 소음의 바다에 떠다니며 뒤흔들렸다. 여러 면에서 그것은 악몽이었다. 천장이 낮은 오두막집 안의 공기는 금세 탁해지고 담배 연기로 자욱해졌다. 가끔씩 카메라 플래시 불빛이 번쩍 터지고, 웃음소리와 떠들썩한 말소리가 벽에 부딪혀 반향을 일으켰다. 드종이 죽은 남자의 얼굴에 덮어놓은 신문지는 몇 분에 한 번씩 들춰졌다. 기자들은 여러 각도에서 사진을 찍어댔다……. 엘라 아미티는 빨간 머리 하피*처럼 이 사람에게서 저 사람에게로 날아다녔지만, 그녀의 시선은 항상 원치 않는 여왕 자리에 즉위한 것처럼 팔걸이의자에 어색하게 앉아 있는 검은 눈의 여인에게로 돌아갔다. 엘라는 전매특허라도 낸 것 마냥 루시 주위를 맴돌았고, 그녀에게 속삭이고, 손을 잡고, 머리카락을 부드럽게 어루만져주었다. 빌은 그 모습을 뒤에서 지켜보며 말없이 분노했다.

결국 사람들이 모두 나갔다.

"좋아요, 여러분."

마지막으로 출발하는 자동차 소리가 사라지자 드종이 말했다.

"오늘 밤은 이걸로 됐습니다. 물론 계속 연락이 닿을 수 있는 곳에 계셔야 합니다, 윌슨 부인. 이제 부군의 시신을 영안실로 옮길 건데……."

"드종. 기다려요."

엘러리가 구석에서 말했다.

"기다려요? 뭘?"

"상상할 수도 없을 만큼 중요한 겁니다. 그러니 기다리세요."

엘러리의 목소리는 엄숙했다.

---

* 그리스 로마 신화에 나오는 여자의 머리와 새의 날개와 발을 한 괴물.

엘라 아미티는 문 앞에서 키득키득 웃었다.

"언제나 직감에 따라 행동하라. 소매 끝에 뭘 감춘 거예요, 퀸 씨? 이 꼬마 엘라는 속일 수 없답니다."

그녀의 빨간 머리는 흐트러져 있었고, 하얀 치아가 어슴푸레하게 빛났다. 벽에 기대어 서서 지켜보는 모습이 코브라 같았다. 사람들은 강에서 들려오는 소리가 서서히 오두막 안으로 스며들어 올 때까지, 익사할 것 같은 시간이 흐를 때까지 그 자리에 그대로 가만히 서 있었다.

"좋아요."

한참 후 드종이 성질을 내며 밖으로 나갔다. 루시는 한숨을 쉬었다. 빌은 입을 꾹 다물었다. 다시 한참 후 드종이 들것을 든 제복 차림의 남자 둘과 함께 돌아왔다. 남자들은 들것을 시체 옆에 놓았다.

"아뇨."

엘러리가 말했다.

"아직은 아닙니다. 시체를 그냥 두세요, 제발."

드종이 제복 입은 남자들에게 쏘아붙였다.

"밖에서 기다려."

그러고는 시가를 질겅질겅 씹으며 적대적인 시선으로 엘러리를 노려보았다. 그러다 결국 서성이는 것을 멈추고 자리에 앉았다. 아무도 움직이지 않았다. 그들은 모두 한참 동안 움직이지 않아 몸이 뻣뻣해졌고, 힘이 없어서 무슨 말을 하거나 항의를 할 수도 없었다.

마침내 새벽 2시가 되자, 미리 약속이라도 한 것처럼 램버튼 로드에서 자동차 한 대가 굉음을 내며 다가왔다. 엘러리는 팔을 조금 움직이며 몸을 풀었다.

"자, 서장님, 그럼 나가볼까요."

엘러리는 덤덤하게 말하며 문으로 향했다. 드종은 입을 꾹 다물고 뒤를 따랐다. 그리고 엘라 아미티는 빨간색 매니큐어를 칠한 손가락을 의기양양하게 세웠다……. 빌 에인절은 주저하다가 여동생의 얼굴을 한 번 보고, 조용히 밖으로 나갔다.

기사가 모는 리무진이 도로에 미끄러지듯이 들어와 집 앞에서 멈추고, 세 사람이 내렸다. 형사들의 안내에 따라 그들은 진입로 위에 깔린 널빤지 위로 조용히 무거운 발걸음을 옮겼다. 중년 여성과 젊은 여성, 그리고 중년 남자는 모두 비슷하게 키가 컸고, 이런 상황에서도 그런대로 침착한 태도를 보이고 있었다. 세 사람 모두 야회복 차림이었다. 나이 많은 여자는 금속 스팽글로 장식된 흰색 드레스 위에 흑담비 모피 코트를 걸쳤고, 젊은 여자는 바닥에 끌리는 빨간색 시폰 드레스 위에 짧은 족제비 모피 외투를 걸쳤다. 남자는 손에 실크 모자를 들고 있었다. 여자들은 울고 있었다. 남자는 화가 났는지 근엄하고 다부진 얼굴에 주름이 단단히 잡혀 있었다.

엘러리가 냉랭한 목소리로 물었다.

"김볼 부인?"

나이 든 여자가 눈을 치켜떴다. 눈 밑은 탁한 회색을 띠었고 불안정한 푸른 눈동자는 자신감 없이 떨렸다.

"그러니까 당신이, 우리 아버지에게 전화를 건 신사분이시겠군요. 그래요. 내가 김볼 부인입니다. 이쪽은 내 딸 앤드레아고요. 여기 이분은 가까운 친구이신 그로브너 핀치 씨예요. 그이는 어디에……?"

"그래서, 그게 지금 무슨 상관입니까?"

드종이 부드럽게 말했다.

빌이 환한 문 앞에 서 있다가 갑자기 어두운 그림자 안으로 달려들었다. 그는 가늘게 뜬 눈으로 젊은 여자의 아름답고 가냘픈 왼손 손가락을 노려보았다. 그러고는 짧은 족제비 숄이 손에 닿을 정도로 그녀에게 가까이 다가갔다. 의심스러워하는 드종의 굵고 낮은 목소리, 실크 모자를 쓴 남자의 세련된 목소리, 잔뜩 지쳐서 떨리는 나이 많은 여자의 목소리가 빌의 귀에는 거의 들리지 않았다. 그늘 속에 선 그는 머뭇거렸고, 그의 시선은 젊은 여자의 손에서 얼굴로 옮겨갔다.

이 여자는 앤드레아 김볼이다. 빌은 생각했다. 그게 그 여자의 이름이었다. 그는 그녀의 얼굴에서 훼손되지 않은 풋풋한 아름다움을 보았다. 그가 아는 젊은 여자들과는, 신문 사교란에 꾸준히 등장하는 젊은 여자들의 사진 속 얼굴과는 전혀 달랐다. 조금도 비슷하지 않았다. 섬세하고, 부드럽고, 어떤 면에서는 사람의 마음을 울리는 얼굴이었다. 그는 그녀와 얘기를 나누고 싶다는 기묘한 기분이 들었다. 머릿속 한구석에서 날카로운 경고음이 울렸지만, 그는 무시했다. 빌은 그늘에서 손을 뻗어 그녀의 맨팔을 건드렸다.

그녀가 천천히 빌을 향해 고개를 돌렸다. 빌은 그녀의 푸른 눈동자가 경계의 기색을 띠며 어두워지는 것을 지켜보았다. 그녀의 피부가 갑자기 차갑게 느껴졌다. 만지면 안 되었던 것일까. 빌은 그녀가 본능적으로 물러서는 것을 느꼈다. 그럼에도 알 수 없는 충동으로 그는 그녀의 팔을 꽉 잡고 끌어당겼다. 조용히 그러나 반쯤은 거부하면서, 그녀는 그의 그늘로 끌려 들어갔다.

"당신……. 당신은……."

그녀는 입을 다물고 빌의 얼굴을 제대로 보려고 안간힘을 썼다. 어두워서 희미하게 밖에 보이지 않았지만, 그의 손에 잡힌 팔에 따뜻하게 온기가 돌고 잔뜩 경계하던 눈빛이 누그러지는 걸 보니 그녀도 조금은 마음을 놓은 것 같았다. 빌은 죄책감을 느끼며 잡은 팔을 놓아주고, 나지막하게 속삭였다.

"김볼 양. 시간이 별로 없습니다. 일단 내 얘기를……."

"누구세요?"

그녀가 부드럽게 물었다.

"그건 중요하지 않습니다. 나는 빌 에인절입니다. 내가 누구든 상관없어요."

하지만 그는 자신의 말이 사실이 아님을 알고 있었다.

"김볼 양. 잠깐 동안은 당신에 관해 전부 털어놓아야겠다고 생각했었습니다. 난……. 이젠, 모르겠습니다."

"나에 관해 털어놔요? 무슨 말씀이세요?"

그녀는 불안하게 더듬거렸다.

그늘 안에서 빌은 앤드레아에게 바짝 다가갔다. 둘 사이가 너무 가까워서 그녀의 머리카락과 피부에서 풍기는 희미한 향기도 맡을 수 있었다. 빌은 그녀의 왼손을 잡아 들어 올리며 말했다.

"반지를 보세요."

앤드레아가 놀라서 손을 눈앞에 들어 올려 바라보는 태도를 보고 빌은 자신이 옳았음을 알았다. 그리고 그와 동시에 희한하게도 자신이 틀렸기를 바라는 마음이 들었다. 그 정도로 앤드레아는 그가 이제껏 머릿속에 그려왔던 여자들과 달랐다.

"내 반지…….."

그녀는 말하는 것이 힘에 겨워 보였다.

"내 반지가. 알이…… 알이 빠졌네요."

그녀의 왼손 넷째 손가락에는 놀랍도록 섬세하게 만들어진 백금 반지가 끼워져 있었다. 반지의 보석을 고정시키는 발 두 개가 약간 휘어 있었고, 보석이 있어야 할 자리는 텅 비어 있었다.

"그 알은 내가 찾았습니다. 저기에서요."

빌은 속삭이며 오두막 방향을 향해 고갯짓을 했다. 갑자기 빌은 주위를 둘러보았다. 빌의 태도로부터 그가 뭔가를 경계하고 있음을 눈치챈 그녀의 눈빛에 다시 두려워하는 기색이 돌아왔다. 그녀는 조심스럽게 빌에게 조금 다가갔다.

"시간이 없어요. 사실대로 말해봐요. 아까 그 캐딜락을 타고 있었습니까?"

빌이 속삭였다.

"캐딜락?"

그녀의 목소리는 겨우 알아들을 수 있을 정도였다. 이 급박한 순간에 그녀의 향기가 그의 코를 가득 채웠다.

"사실대로 말하세요."

빌은 중얼거렸다.

"경찰에 말할 수도 있었습니다. 당신은 오늘 밤 일찍 이곳에 캐딜락 로드스터를 타고 왔어요. 다른 옷을 입고요……. 좀 더 짙은 색 옷이었어요. 당신은 이 집에서 나왔습니다. 여기에서 뭘 하고 있었습니까, 김볼 양? 말해보세요!"

그녀가 너무 오랫동안 침묵을 지켜서 빌은 그녀가 자신의 말을 못 들은 게 아닌가 하는 생각이 들었다. 잠시 후 그녀가 입을 열었다.

"오, 빌 에인절 씨. 난 정말 무서워서…… 나는…… 무슨 말을 해야 좋을지 모르겠어요. 난 그런 생각은 한 번도……. 당신을 믿을 수만 있다면……."

빌은 씁쓸하게 생각에 잠겼다. 여자에게 약하게 군 대가가 이런 것이다. 이 여자는 영악한 걸까, 아니면 절박한 걸까? 빌은 낮은 목소리로 말했다.

"생각할 시간이 없어요. 난 여자는 믿지 않습니다. 그게 내 규칙이에요. 하지만……."

여자의 호리호리한 몸이 빌에게 살며시 기대어졌고, 조금씩 굳어갔다. 그녀의 억양이 기이하게 들렸다.

"빌 에인절 씨, 당신이 누구인지는 몰라도, 나한테 이런 말할 권리가 없다는 건 잘 알아요. 하지만…… 아무 말도 하지 말아주세요! 날 지켜주실 거죠? 아, 저 사람들은…… 저 사람들은 쉽게 오해해버릴 거예요!"

그녀는 찬물에서 지금 막 나온 것처럼 몸을 부들부들 떨었다.

"저……."

한참 후 빌이 입을 열었다.

"저기……. 그래요. 아무 말 않겠습니다."

마치 음악 같은, 기쁨의 짧은 탄성이 울렸다. 잠깐 동안 아득한 느낌이 들면서 빌은 자신의 목을 두른 그녀의 팔과 자신의 입술 위를 스치다가 곧 강하게 누르는 그녀의 입술을 느꼈다. 그러다 그녀는 그의 그림자를 벗어났다. 빌은 고독을 느끼며 몸을 떨었고, 잠시 후 그늘에서 나와 오두막과 추한 현실로 다시 돌아왔다.

엘러리가 근처 그늘진 곳에서 조용히 말하고 있었다.

"드종 서장님, 이런 건 조금 미뤄놓아도 될 겁니다."

여자의 어머니와 키 큰 남자, 드종 서장 모두 그녀를 잊어버리고 있었다. 그들은 다들 입을 다물고 있었고, 곧 드종이 그들을 집 안으로 안내했다. 루시 윌슨은 아까 그 자리에 그대로 앉아 있었다. 창백해진 얼굴로 굳은 채 앉아 있는 모습을 보면 시간이 거의 흐르지 않았던 것처럼 느껴졌다. 빌은 구석에서 바닥을 노려보고 있었다. 이유는 모르겠지만 족제비 숄을 두른 여인을 쳐다볼 수가 없었다. 그러나 그의 몸 안의 조직 하나하나가 이 대담한 불빛 안에서 그녀를 다시 한 번 바라보라고 강하게 주장했다. 그녀는 예쁠 것이라고, 아니, 아름다울 것이라고 그는 생각했다. 그는 도대체 무슨 짓을 했던 것일까?

"어디에……?"

흑담비 코트를 입은 여인이 문 근처에서 주저하며 입을 뗐다. 원래 나이보다 더 들어 보이는 그녀의 눈이 불확실한 태도로 사람들의 얼굴을 하나씩 훑었다. 그러다가 테이블 뒤로 뻗은 굳은 다리들을 보고 서서히 공포에 질렸다.

앤드레아 김볼이 중얼거렸다.

"어머니. 제발. 제발 진정하세요."

그때 빌은 그녀를 바라보았다. 전등 불빛에 비친 그녀의 모습은 우아하고 젊고 아름다웠다. 그리고 아직도 입술 위에서 느껴지는 압력 때문에 입술이 화끈거렸다. 소용없는 일이다. 지금은 최악의 타이밍이다. 빌은 속으로 생각했다. 이 여인은 그가 항상 멸시하던 모든 것을 대표하는 사람이었다. 사교계에 갓 데뷔한 젊은 여성. 상류사회. 재물. 속물 혈통. 게으름. 그와 루시가 속한 환경과 가치관과 모든 것에 반하는 개념들. 그가 해야 할 일은 뚜렷했다. 법에 대한 의무 이상의 다른 무언가가 있었다. 그는 아직도 의자에 죽은 듯이 앉아 있는 동생을 힐긋 쳐다보았다. 동생도 아름답다……. 그러나 다른 종류의 아름다움이었다. 게다가 루시는 그의 동생이다. 이런 상황에서 어떻게 그런 생각을 할 수 있을까……. 이제는 입술과 주머니 안에 있는 손가락, 두 군데가 화끈거렸다. 그의 손가락은 카펫 위에서 주운 다이아몬드를 꼭 움켜쥐고 있었다.

엘러리의 냉정하고 감정 없는 목소리가 들렸다.

"김볼 부인. 시신을 확인해주시겠습니까?"

루시 윌슨의 얼굴에서 핏기가 사라졌다. 점점 창백해지는 동생의 얼굴을 보며 빌 에인절은 재빨리 정신을 차렸다.

"아직 잘 모르겠군요. 지금 도대체 뭘 하자는 겁니까, 퀸 씨?"

드종 서장은 혼란스러운 말투로 말했다.

그러나 흑담비 코트를 입은 여자는 몽유병자처럼 황갈색 카펫 위를 서성거렸다. 호리호리하고 꼿꼿하고 당당한 몸은 뻣뻣하게 굳어 있었다. 젊은 여자는 그 자리에 가만히 서 있었고, 실크 모자를 쓴 남자는 손을 내밀어 그녀를 부축했다. 드종의 콧구멍이 떨렸다. 그는 테이블 뒤로 곧장 다가가 조지프 윌슨의 얼굴에서 신문지를 치웠다.

"저 사람은…… 저 사람은……."

여자는 중얼거리다가 다시 입을 다물었다. 그녀는 보석으로 잔뜩 치장한 손으로 뒤에 있는 테이블을 더듬었다.

"확실합니까? 잘못 보셨을 가능성은 없습니까?"

엘러리는 문 쪽에 서서 차분하게 물었다.

"네……. 잘못 봤을 리 없어요. 그이는 15년 전에 자동차 사고를 당한 적이 있어요. 왼쪽 눈썹 위에 흉터가 남은 거 보이시죠."

루시 윌슨이 낮게 비명을 지르며 벌떡 일어섰다. 내내 절제하던 태도가 무너졌다. 수수한 드레스 아래로 그녀의 몸이 거칠게 요동쳤다. 루시는 여자를 갈가리 찢어버리려는 듯 앞으로 뛰쳐나갔다. 루시가 외쳤다.

"무슨 소리예요? 그게 무슨 말이에요? 여기 온 이유가 뭐예요? 당신 누구예요?"

키 큰 여자는 천천히 고개를 돌렸다. 두 여자의 눈이 마주쳤다. 젊고 뜨거운 검은 눈과 나이 들고 불안정한 푸른 눈.

김볼 부인은 흑담비 코트를 모욕적인 태도로 좀 더 바짝 여몄다.

"그러는 당신은 누구죠?"

"나요? 내가 누구냐고요?"

루시가 날카롭게 소리를 질렀다.

"난 루시 윌슨이에요. 이 사람은 필라델피아에 사는 조 윌슨이고요. 이 사람은 내 남편이에요!"

순간 야회복을 입은 여자는 어리둥절해하는 것 같았다. 그러더니 문 옆에 선 엘러리를 돌아보고, 다시 냉랭하게 말했다.

"말도 안 돼요. 이해가 잘 안 가는군요, 퀸 씨. 이건 무슨 게임인가요?"

"어머니, 제발요. 어머니."

앤드레아 김볼이 번민에 찬 목소리로 말했다.

엘러리는 움직이지 않고 말했다.

"윌슨 부인에게 여기 마룻바닥에 쓰러진 남자가 누구인지 정확히 말씀해주시죠, 김볼 부인."

여자는 냉랭하게 말했다.

"이 사람은 조지프 켄트 김볼이에요. 뉴욕 파크 애비뉴에 살고요. 이 사람은 내 남편이에요. 내 남편."

"오, 맙소사."

엘라 아미티는 이렇게 외치고는 고양이처럼 밖으로 뛰쳐나갔다.

II. 흔적

"……독사의 흔적이 온 사방에 있다."

"정말이지 놀랍군. 어이, 이봐요, 당신!"

드종은 인정사정없는 몸짓과 함께 입에서 시가를 떼어 사납게 바닥에 던지고는 아미티를 쫓아 밖으로 뛰어나갔다.

루시 윌슨은 목이 폭발할까봐 두려운 것처럼 목을 잡고 서 있었다. 킴볼 부인에게 향해 있던 검은 눈동자는 극도의 고통에 잠긴 채 바닥에 쓰러진 시체로 향하며 힘없이 흔들렸다. 앤드레아 킴볼은 몸을 떨며 입술을 깨물었다.

"킴볼이라고."

빌이 충격을 받은 목소리로 말했다.

"맙소사, 킴볼 부인. 부인이 지금 무슨 말씀을 하는 건지 아세요?"

사교계의 여인은 가는 핏줄이 도드라진 섬세한 흰 손가락으로 고압적인 제스처를 취했다. 보석이 불빛 아래서 반짝거렸다.

"이런 터무니없는 경우가. 퀸 씨, 이 사람들은 다 누구죠? 그리고 남편이…… 여기 이렇게 죽어서 누워 있는 마당에 왜 내가 이런 우스꽝스러운 꼴을 당해야 하는 건가요?"

폭풍을 받은 돛처럼, 루시의 코가 활짝 펼쳐졌다.

"당신 남편? 당신 남편이라고요? 이 사람은 조 윌슨이라고요. 내가 말했잖아요. 아마 당신 남편이 조와 비슷하게 생긴 거겠죠. 아, 제발 나가주세요. 네?"

"내 개인적인 일을 당신하고 얘기하고 싶지는 않아요."

흑담비 코트를 입은 여자는 거만하게 말했다.

"여기 책임자는 어디 있죠? 모욕도 이런 모욕이……."

"제시카."

키 큰 중년 남자가 인내심을 발휘하며 말했다.

"일단 자리에 앉는 게 좋겠어요. 퀸 씨와 내가 이 문제를 처리할 테니까. 뭔가 끔찍한 오해가 있는 것 같지만, 이렇게 신경을 곤두세우고 소란을 일으켜봤자 도움이 안 돼요."

그는 아이를 달래듯 말했다. 미간에 잡혀 있던 화난 표정의 주름은 사라지고 없었다.

그녀의 입술이 쓸쓸한 평행선을 그렸다. 그녀는 자리에 앉았다.

"제가 듣기로는, 필라델피아 페어마운트 파크에 사시는 루시 윌슨 부인이라고요?"

실크 모자를 쓴 남자가 정중하게 물었다.

"네, 그래요!"

루시가 외쳤다.

"알겠습니다."

루시를 보는 그의 시선은 냉정하고 다소 계산적이었는데, 그녀의 어디까지가 진짜고 어디까지가 가짜인지를 신중히 가늠하는 것 같았다.

"알겠습니다."

그는 다시 중얼거렸다. 미간에 주름이 다시 잡혔다.

"아직 그쪽 성함을 못 들은 것 같은데요."

빌이 힘없이 말했다.

키 큰 남자는 씁쓸한 표정으로 대답했다.

"그로브너 핀치입니다. 기억도 나지 않을 만큼 오래전부터 보든과 김볼 집안의 가까운 친구입니다. 오늘 밤 여기 온 건 재스퍼 보든 씨, 그러니까 김볼 부인의 아버님이 직접 올 수 없으니 딸의 옆을 지켜달라고 나에게 부탁했기 때문입니다."

핀치는 실크 모자를 조심스럽게 테이블 위에 올려놓고, 조용히 말을 이었다.

"방금 말한 대로 제가 여기 온 건 김볼 부인의 친구로서입니다. 이제는 방문 목적이 완전히 달라진 것 같군요."

"그게 무슨 뜻입니까?"

빌이 부드럽게 물었다.

"그렇게 묻는 신사분께서는 누구신지 물어봐도 되겠습니까?"

핀치의 질문에 빌의 눈이 번득였다.

"저는 빌 에인절이라고 합니다. 필라델피아의 변호사고, 윌슨 부인의 오빠이기도 하고요."

"윌슨 부인의 오빠라고요. 알겠습니다."

핀치는 엘러리를 힐끔 보고, 의아한 표정으로 고개를 끄덕였다. 엘러리는 문 앞에서 꼼짝도 하지 않은 채로 혼잣말을 중얼거리고 있었다. 핀치는 테이블을 돌아가서 시체를 굽어보았다. 그는 시체를 만지지 않았다. 잠깐 동안 천장을 보다가 다시 얼어붙은 시체의 얼굴만 가만히 응시했다. 그러고는 낮은 목소리로 말했다.

"앤드레아, 잠깐 이쪽으로 와서……?"

앤드레아는 침을 삼켰다. 메스꺼워하는 것 같았다. 그러나 그녀는 이를 악물고 앞으로 다가와 핀치의 옆에 서서 억지로 아래를 내려다보았다.

"네."

앤드레아는 잿빛 얼굴로 돌아섰다.

"조예요. 조가 맞아요, 더키."

핀치는 고개를 끄덕였다. 앤드레아는 어머니가 앉은 자리로 다가가 다소 무기력하게 그 뒤에 섰다.

"윌슨 부인. 이제 부인이 끔찍한 실수를 하셨다는 걸 아시겠죠."

핀치는 기품 있게 말했다.

"아니에요!"

"다시 말씀드리지만, 실수일 겁니다. 저는 진심으로 그것이 실수 이상은 아니기를 바랍니다."

루시의 손이 저항하듯 거세게 펄럭였다.

"다시 한 번 안심시켜드리죠."

키 큰 남자는 냉정하게 말했다.

"지금 여기 바닥에 누워 있는 신사는 뉴욕의 조지프 켄트 김볼입니다. 저기 의자에 앉은 부인과 법적으로 혼인한 사이고요. 부인의 결혼 전 이름은 제시카 보든이었고, 그 전에는 리처드 페인 몬스텔 부인이었으며, 몬스텔 씨의 뜻밖의 이른 죽음 이후 조지프 켄트 김볼 부인이 되었습니다. 저기 젊은 아가씨 는 조지프 김볼의 의붓딸인 앤드레아입니다. 제시카 김볼 부인 과 첫 번째 남편 사이에서 낳은 딸입니다."

"가계도는 그렇게 상세히 설명하지 않으셔도 됩니다."

엘러리가 말했다.

핀치의 투명하고 정직한 회색 눈은 흔들리지 않았다.

"나는 조 김볼을 20년 넘게 알고 지냈습니다. 그가 프린스턴 대학생이었을 때부터요. 그의 아버지인 로저 김볼도 알고요. 그는 백베이* 출신이고, 전쟁 때 세상을 떴습니다. 조의 어머니 프로비던스 켄트는 6년 전 돌아가셨어요."

그는 잠시 망설였다.

"……김볼 가문은 유서 깊은 가문 중 하나입니다. 이제 이 남자가 부인의 남편이라는 게 얼마나 말이 안 되는지 아시겠습 니까, 윌슨 부인?"

루시 윌슨은 기이한 한숨을 짧게 내쉬었다. 마치 사라진 희 망을 날숨으로 뱉는 것 같았다.

"우린 그렇게 특별한 사람들이 아니에요. 그냥 일하는 사람 들이죠. 조도 그랬고요. 조가 그렇게……."

"자, 루시."

빌이 부드럽게 동생을 달래고는, 핀치에게 말했다.

"재밌는 건 우리도 마찬가지로 이 사람을 조 윌슨이라고 확 신한다는 겁니다. 필라델피아 주민이며, 출장을 다니는 외판원 으로 중산층 주부들에게 싸구려 장신구를 팔며 생계를 유지해

---

* 아일랜드 이민자들이 많이 거주하는 보스턴의 한 지역.

온 사람이죠. 조의 차가 밖에 있고, 차 안에는 그가 팔던 물건들의 재고가 있습니다. 주머니 속 소지품도 확인했어요. 필적 샘플을 포함한 이 모든 증거들이 이 사람이 외판원 윌슨이지 사교계의 김볼이 아니라는 걸 보여주고 있습니다. 말이 안 된다고요. 핀치 씨? 그 말을 진심으로 믿지는 않으실 테죠."

키 큰 남자는 다시 빌을 돌아보았다. 그의 잘생긴 턱에는 뭔가 머뭇거리고 고집스러운 태도가 배어 있었다.

제시카 김볼이 혐오감에 구역질을 할 것 같은 목소리로 말했다.

"외판원?"

앤드레아는 공포에 질린 눈빛으로 빌을 바라보았다. 그 공포는 그녀가 오두막에 들어온 이래로 한순간도 사라지지 않았다.

그때 엘러리가 문 앞에서 말했다.

"답은 확실합니다. 물론 자네도 추측했겠지, 빌."

엘러리는 어깨를 으쓱했다.

"이 남자는 둘 다입니다."

드종이 의기양양하게 눈을 부라리며 방 안으로 뛰어 들어오다가 곧 걸음을 멈췄다.

"오, 화해했습니까?"

그는 손을 마주 비비며 말했다.

"그래야지요. 서로 언성을 높여봤자 좋을 게 없습니다. 그냥 상황이 아주 안 좋은 것뿐입니다. 아주 안 좋아요."

그러나 그는 여전히 손을 비비고 있었다. 밖에서는 떠나는 자동차들의 소리가 계속 이어졌다.

"지금 막 결론에 도달했습니다, 드종."

엘러리가 천천히 앞으로 걸어 나오며 말했다.

"무슨 소설 속 쌍둥이 같은 것도 아니고, 배우의 연기도 아닙니다. 고의적으로 의도된 부도덕한 이중인격의 한 사례죠. 사람들이 일반적으로 생각하는 것보다 이런 경우는 굉장히 흔합니다. 지금 이 상황에서 다른 의문은 있을 수 없습니다. 이 시체는 양쪽 모두의 신원으로 확인될 겁니다. 모든 것이 꼭 맞아요."

"그래요?"

드종이 유쾌하게 말했다.

"우리는 이 남자가 조지프 윌슨으로서 지난 몇 년간 일주일에 겨우 2, 3일가량 필라델피아에서 루시 윌슨과 지냈음을 알고 있습니다. 빌, 자네도 자네 매제의 특이한 행동을 썩 달가워하지 않았지. 그리고 김볼 부인도 부군께서 뉴욕의 김볼 저택에서 머무는 시간이 일주일에 며칠밖에 되지 않았음을 확인해 주시리라 확신합니다."

중년 부인의 퀭한 눈이 분노로 붉어지면서 앙상한 얼굴에 빛이 나기 시작했다.

"몇 년 동안이나 그랬어요. 조는 항상……. 아, 도대체 어떻게 그런 짓을 할 수가? 그는 혼자 있는 시간이 꼭 필요하다고, 그렇지 않으면 미쳐버릴 거라고 늘 말했어요. 이런 짐승, 짐승 같은 놈!"

부인의 목소리가 격하게 갈라졌다.

"어머니."

앤드레아가 떨고 있는 어머니의 어깨에 날렵한 손을 조용히 올렸다.

"의붓아버지 조는 뉴욕에서 멀지 않은 곳에 자신만의 공간을 마련해두었다고 했어요. 거기가 어딘지는 어머니나 누구에게도 말하지 않았습니다. 그저 남자는 사생활을 누릴 권리가 있다고만 했을 뿐이에요. 우린 전혀 의심을 하지 않았습니다. 조는 사교 생활을 전혀 좋아하지 않았기 때문에……."

"이제 알겠어."

김볼 부인이 외쳤다.

"그건 그냥 달아나서 여기 이…… 이 여자와 놀아나기 위한 구실이었을 뿐이야!"

루시는 얻어맞은 것처럼 몸을 떨었다. 그로브너 핀치는 김볼 부인을 향해 경고를 보내며 나무라는 눈빛으로 고개를 저었다. 그러나 부인은 멈추지 않았다.

"난 조금도 의심하지 않았어. 바보처럼! 천박해. 천박해. 이런 천박한 짓을…… 나한테 하다니."

"천박하다는 건 하나의 관점입니다, 김볼 부인."

빌이 냉정하게 말했다.

"이 일에 내 동생도 얽혀 있다는 것을 기억해주십시오. 내 동생은 아주 좋은……."

"빌."

엘러리가 말했다.

"이런 식의 아이들 같은 맞대응으로는 아무것도 해결되지 않아. 일반 상식에 따라 이 상황을 정리해보는 게 좋겠어요. 이 장소는 이중인격 가설을 그대로 확증해주고 있습니다. 이곳에서 두 인격이 섞여 있는 것을 발견할 수 있죠. 월슨의 옷과 김볼의 옷. 월슨의 차와 김볼의 차. 여긴, 그러니까 말하자면, 중간입니다. 그는 필라델피아로 가는 길에 항상 이곳에 들러 윌슨의 옷으로 갈아입고 윌슨의 패커드를 타고 갔을 겁니다. 그리고 뉴욕으로 돌아갈 때도 이곳에 다시 들러 김볼의 옷을 입고 김볼의 링컨을 몰고 가는 거죠. 물론 그는 그 싸구려 장신구를 판 적이 없습니다. 윌슨 부인에게 자기가 그런 일을 한다고 말했을 뿐입니다……. 그건 그렇고 김볼 부인. 부인은 무엇 때문에 부인의…… 이 사람이 윌슨 부인과 그런 저속한 불륜을 저지르고 있다고 생각하게 된 겁니까?"

여자의 입술이 말려들었다.

"조 김볼 같은 남자가 도대체 이런 여자를 왜 원했겠어요? 아, 물론 그런 면에서는 이 여자는 매력적이긴 해요."

이 무례한 말에 루시는 얼굴을 붉혔다.

"……하지만 조는 교양 있고 취향이 고급스런 사람이었습니다. 이건 그냥 우연히 지나가는 일시적인 바람 이상은 아니에요. 남편이라고! 말도 안 돼. 이건 모함이에요."

김볼 부인은 살기 어린 눈빛으로 루시를 샅샅이 훑어보았고, 그 눈빛은 루시가 걸친 것들을 부식시켜 고스란히 발가벗겨놓았다. 루시는 부식성을 띤 여자의 눈빛에 찔리기라도 한 것처럼 움찔했다. 그러나 루시의 눈만은 생생히 빛났다. 빌은 속삭이며 동생을 달랬다.

"김볼 부인……."

엘러리가 냉랭한 어조로 입을 열었다.

"됐어요! 됐으니까 이 사람들 좀 어떻게 해봐요, 더키. 제발요. 이 여자한테 뭐든 줘요. 왜 그 입막음을 대가로 주는 돈 있잖아요! 수표든 뭐든! 그런 걸 주면 이 여자는 입을 다물 거예요. 이런 여자들이 다 그렇잖아요.”

“제시카. 제발 좀.”

핀치가 화난 목소리로 말했다.

엘러리가 쏘아붙였다.

“김볼 부인, 그렇게 간단하진 않을 것 같은데요. 루시⋯⋯.
루시!”

루시의 검은 눈동자가 멍하게 엘러리에게로 향했다.

“네?”

“이 조지프 윌슨이라는 사람과 결혼식 올렸어?”

“그이는 나랑 결혼했어요. 나는 그런 여자가⋯⋯ 그이는 나
랑 결혼했어요!”

“결혼했다고. 흥, 뻔한 얘기야!”

사교계 여자는 코웃음을 쳤다.

“결혼식을 어디에서 올렸지?”

엘러리가 조용히 물었다.

“필라델피아 시청에 혼인신고를 했어요. 우리는⋯⋯ 우리
는 시내 외곽의 교회에서 목사님 주례로 식을 올렸고요.”

“혼인증명서는 가지고 있어?”

“아, 네. 네.”

김볼 부인이 다시 들썩거렸다.

“도대체 이런 말도 안 되는 얘기들을 언제까지 듣고 있어야
하나요? 이게 다 모함이라는 건 분명하잖아요. 더키, 어떻게
좀 해봐요! 혼인증명서라니⋯⋯.”

앤드레아가 속삭였다.

“엄마, 윌슨 부인이⋯⋯ 엄마가 말한 그런 분이 아니라는 걸

모르시겠어요? 이건 생각보다 더 심각해요……. 아, 어머니 제
발 좀 이성적으로 처신하세요!"

빌 에인절이 목 졸린 목소리로 물었다.

"조지프 켄트 김볼과는 언제 결혼하셨습니까, 부인?"

부인은 고개를 치켜들고 질문을 무시했다. 그러나 그로브너
핀치가 걱정스러운 목소리로 말했다.

"두 사람은 1927년 6월 10일 뉴욕 세인트 앤드류 성당에서
결혼했습니다."

루시가 비명을 질렀다. 승리자의 외침 같은 그 비명에 맞은
편에 냉랭하게 앉아 있던 부인은 깜짝 놀랐다. 두 사람은 서로
를 노려보았다. 1.5미터 정도의 공간과 울타리처럼 뻗은 죽은
이의 뻣뻣한 다리를 사이에 두고.

"일요일. 5번 애비뉴."

루시가 부들부들 떨며 중얼거렸다.

"성당. 정장 모자, 리무진, 보석, 꽃을 든 들러리들, 사교란
기자들, 주교……. 오, 맙소사!"

루시는 웃었다.

"조가 필라델피아에서 나에게, 윌슨이란 이름 뒤에 숨어서
구애했던 건 천박한 일이었겠죠. 아마 그이는 자기 본명으로
그런 천박한 일에 휩쓸리는 걸 두려워했을 거예요. 그이가 나
와 사랑에 빠져 결혼한 것도 천박한 짓이었겠죠."

루시는 벌떡 일어섰다. 충격에 빠진 사람들은 침묵을 지켰
고, 정적 가운데 그녀의 목소리만 낭랑히 울렸다.

"하지만 지난 8년 동안 천박한 건 그 사람과 당신들이었어
요. 내가, 천박하다고요? 지난 8년간 당신은 그 남자와 같이 살

왔지만, 당신은…… 당신은 거리의 여자보다도 더 그럴 권리가 없는 사람이었어요!"

앤드레아가 속삭였다.

"그게 무슨 말이에요, 윌슨 부인?"

빌이 천천히 말했다.

"그는 조지프 윌슨이라는 이름으로 내 동생과 1925년 2월 24일 결혼했습니다. 아가씨 어머니와 결혼하기 2년 전이에요, 김볼 양."

이후 몇 초 동안 실내에는 제시카 김볼의 날카로운 울음소리만 들릴 뿐이었다. 그러다 김볼 부인이 말했다.

"1925년? 그이를 중혼자로 몰다니, 그리고 날…… 날……. 그건 다 거짓말이죠. 당신들 모두 거짓말을 하고 있어요!"

"확실해요, 빌 에인절 씨? 아아, 정말 확실한 거예요?"

앤드레아 김볼이 속삭였다.

빌은 손가락으로 입술 위를 훑었다.

"사실입니다, 김볼 양. 우린 증명할 수 있어요. 부인 쪽에서 1925년 2월 24일보다 선행하는 혼인증명서를 내놓지 않는 한, 당신 어머니는 곤란한 상황에 처하게 됩니다. 우린 보잘것없는 사람들이지만 법은 우리 편이에요. 우리는 우리 스스로를 보호해야 하고요."

"아, 하지만 이건 정말이지 너무해! 어딘가 실수가 있었을 거예요. 틀림없이!"

김볼 부인이 미친 듯이 화를 내며 외쳤다.

그로브너 핀치가 말했다.

"자, 급하게 서두르지 맙시다. 에인절 씨, 당연한 얘기지만 김볼 부인은 잔뜩 긴장을 한 상태입니다. 물론 동생분께 한 말에 대해서는 미안해하고 있을 겁니다. 이 일을 어떻게든 바로잡을 수 있을까요? 제시카, 잠깐만! 어쩌면, 퀸 씨가 영향력을 조금 발휘해서…….”

“너무 늦었습니다.”

엘러리가 냉랭하게 말했다.

“아까 그 빨간 머리 여자가 뛰쳐나가는 것 보셨죠? 그 여자는 기자입니다. 이 이야기는 이미 전보로 퍼져 나갔을 겁니다, 핀치.”

“하지만 이 중혼 이야기는. 그 기자는 이 이야기를 못 들었잖습니까. 내가 볼 땐…….”

빌이 사나운 눈빛으로 서성거리기 시작했다.

“저 사냥개들이 결혼 날짜를 뒤지는 건 이 세상 그 무엇도 막을 수 없어요. 우리 함께 이 사실을 직시해야 합니다. 우리는 지금 모두 같은 구렁텅이에 빠진 겁니다.”

루시는 여전히 시체처럼 말없이 앉아 있었다.

“좋아요.”

핀치가 천천히 말했다. 거대한 턱의 근육들이 미세하게 떨렸다.

“우리가 싸워야 한다면, 나한테 활용할 수 있는 카드가 있으니까…….”

“이 정도면 할 만큼 한 것 같습니다.”

구석에서 냉소적인 말투로 드종이 말했다. 그는 사람들을 향해 건조하게 웃어 보였다. 그들은 서장을 까맣게 잊고 있었다.

“여러분이 점점 추한 꼴을 보이고 있으니 내가 좀 더 강경하게 나가야겠습니다. 머피, 전부 다 기록했나?"

문가에 서 있는 형사가 고개를 끄덕이며 연필을 씹었다.

"자, 그럼, 이제 정리를 좀 해보죠."

드종은 앞으로 한 발 나서며 말을 이었다.

"퀸, 당신이 먼저요. 일단 오늘 밤 당신이 한 행동부터 설명을 들어야 할 것 같군요."

엘러리는 어깨를 으쓱하며 파이프를 입에서 뗐다.

"이 남자의 얼굴이 계속 신경 쓰였습니다. 왜인지는 몰랐고요. 그러다 갑자기 생각이 났습니다. 시체가 누군가와 굉장히 닮아서였습니다. 몇 달 전 누군가가 주최한 영예로운 연회장에 참석한 적이 있었는데, 그곳에서 어떤 사람을 만나 대화를 나누었습니다. 그리고 여기에서 루시의 남편 조 윌슨이라고 알게 된 이 사람이, 그때 만났던 사람과 쌍둥이처럼 닮았던 겁니다. 하지만 그때 그 사람은 뉴욕의 조지프 켄트 김볼이라고 소개받았거든요. 필라델피아의 조지프 윌슨이 주기적으로 꼬박꼬박 집을 비운다는 얘기를 듣고, 윌슨과 김볼이 동일 인물일지도 모르겠다는 비극적인 가능성이 떠올랐습니다. 그래서 저쪽 길을 건너 전화로 뉴욕 시 김볼 저택에 연락을 했던 거죠."

"그건 우리도 바로 확인했을 겁니다. 아무튼, 그래서요?"

드종이 주춤거리며 말했다.

엘러리는 드종을 바라보며 설명을 계속했다.

"집에는 재스퍼 보든 씨만 계셨습니다. 그러니까 김볼의 장인이죠. 저는 몇 가지 질문을 하면서 김볼이 지난주 중반부터 집을 비웠다는 걸 알아냈고, 내가 방향을 제대로 잡았다는 걸 알았죠. 그리고 이곳에서 있었던 일을 전했습니다. 보든 씨는 가족이 외출 중이지만 곧 연락을 취해서 최대한 빨리 이곳으로 보내겠다고 말했습니다."

"보든이라고요?"

드종이 중얼거렸다.

"그 늙은 철도 사업가? 왜 아버지랑 같이 오지 않았습니까, 김볼 부인?"

앤드레아가 한숨을 쉬며 대답했다.

"할아버지는 지난 몇 년 동안 외출을 못 하세요. 1930년에 뇌졸중이 와서 왼쪽 반신이 완전히 마비되었거든요."

"오늘 밤 당신들은 어디에 있었습니까? 보든 씨가 당신들을 어디에서 찾은 겁니까?"

"어머니와 저는 월도프 호텔에서 열린 자선 무도회에 참석 중이었습니다. 친구들 여러 명과 함께 있었어요. 핀치 씨랑 제 약혼자인 뉴포트의 버크 존스 씨, 그리고……."

"그 사람들이 전부 다요? 꽤 큰 무도회였나보군요."

드종이 말했다. 도무지 알 수 없는 이유로, 빌 에인절은 얼굴이 붉어지고 있었다. 알아챘어야 했다고 그는 생각했다. 그는 앤드레아의 얼굴을 힐끗 보았고, 그런 다음 그녀의 왼손으로 시선을 옮겼다. 손가락에서 반지를 빼놓았는지 반지는 보이지 않았다.

핀치가 냉랭한 태도로 입을 열었다.

"만일 지금 그 얘기가 우리 중에 누군가가 몰래 빠져나와 여기까지 차를 몰고 와서 조 김볼을 칼로 찔러 죽였을 수도 있다는 말이라면, 가설로서는 성립할지도 모르겠습니다. 하지만 이런 엉터리 같은 얘기가 다 끝났으면 내 얘기를 좀 해야겠습니다…….”

“좋은 알리바이는 누구에게도 해가 되지 않는 법이죠. 안 그
렇습니까?”

드종이 느릿느릿 말했다.

“그래서 당신의 남자친구란 그 사람은 어디 있습니까, 김볼
양? 그 존스라는 친구요.”

“죽은 사람이 정말 조인지 확실치가 않아서…….”

앤드레아는 갑자기 말을 끊었고, 빌의 시선을 외면했다.

“그래서…… 버크에겐 말하지 않았어요. 할아버지의 전화를
받은 건 어머니였고, 우린 그 말을 안 믿었거든요. 하지만 할아
버지가 우리한테 여기 와서 꼭 확인을 해야 한다고 강력하게
주장하셨어요. 저는 이 일에 버크를 휘말리게 하고 싶지 않아
서…… 이런 일에…….”

“아, 그래요. 알겠습니다.”

드종이 말했다.

“혼담이 깨질지도 모른다고 생각했겠군요. 남자친구가 차버
릴까봐. 그런 일이 신문에 나면 곤란하겠죠. 젠장! 자, 그럼 핀
치 씨. 지금껏 계속 뭘 꺼내놓겠다고 말씀하셨죠. 꺼내보세요.”

핀치는 뻣뻣한 말투로 대답했다.

“일반적인 상황이었다면 이런 일을 입에 담는 것조차 싫었
을 겁니다. 하지만 우리도 방어를 해야 하는 입장이니까요. 중
산층 사람들이 상류사회 사람들에게 가진 적개심은 가끔은 정
말이지 짜증이 납니다. 그래요. 공개할 게 있습니다. 그리고 그
내용은 대단히 불쾌할 겁니다.”

엘러리가 몸을 움직였다.

"요점을 바로 짚어주시겠습니까?"

"내가 누구인지 아마 모르실 겁니다. 다른 때라면 중요하지 않고, 저도 굳이 밝히지 않았을 겁니다. 하지만 어쩌다 보니 내가 얘기할 내용과 중요한 상관관계가 있어서요. 나는 내셔널 생명보험회사의 부사장입니다."

"그래요?"

드종이 대꾸했다. 그는 크게 감명을 받은 것 같지 않았지만, 내셔널 생명보험회사는 세계에서 가장 큰 생명보험회사 중 하나였다.

핀치는 부드럽게 이야기를 이어갔다.

"회사 임직원으로서 나는 꽤 많은 친구들에게 보험 가입을 주선했습니다. 브로커로서는 아니고요. 이쪽 업계도 예전보다는 많이 발전했지요."

그는 희미하게 미소를 지었다.

"순수하게 협상을 통해서 가입시킨 겁니다. 제 친구들을 저를 세계에서 가장 봉급을 많이 받는 보험 브로커라고 부릅니다. 하하!"

"하하하. 그래서요?"

드종이 심술궂게 말했다.

"내가 개인적으로 보험 증권을 처리한 사람이 몇 안 되는데, 그중에 김볼이 있었습니다. 우리는 그 일로 농담도 자주 했어요. 보험 약관이 다소 특이했거든요. 1930년에 김볼은 나를 찾아와서 백만 달러짜리 보험을 들게 해달라고 부탁했습니다."

"얼마요?"

드종은 숨을 들이마셨다.

"백만 달러요. 그 정도면 어느 모로 보더라도 내가 처리한 계약 중 가장 큰 액수라고는 할 수 없습니다. 그러나 그렇게 젊은 보험가입자로는 최고 액수라고 봐도 됩니다. 아시겠지만 1930년에 김볼은 겨우 서른셋이었습니다. 1년에 내는 보험료가 거의 2만 7천 달러에 육박했으니까요. 아무튼 우리는 김볼의 요청대로 계약을 처리해주었습니다. 그의 건강 상태는 완벽했고요. 보험 증권은 그 해에 발급되었습니다."

"내셔널사에서 전액을 다 맡은 건가요? 제가 알기론 법에 따라 보험회사 한곳이 그렇게 큰 리스크를 감당하는 것이 금지되어 있는데요."

엘러리가 중얼거렸다.

"맞습니다. 단일 회사가 취급할 수 있는 법적 한도는 30만 달러입니다. 그 금액을 초과하는 계약의 경우 초과분은 다른 회사에서 인수합니다. 상당히 일반적인 절차죠. 그래서 내셔널이 30만을 할당받고, 다른 일곱 개 회사가 각각 10만씩 떠안도록 처리했습니다. 계약은 단위당 처리되기 때문에 김볼은 내셔널을 통해 보험 납입금을 지불했습니다. 보험 증권은 최상의 조건입니다. 보험 담보 대출도 걸려 있지 않고 납입금은 정확한 날짜에 입금되었고요."

"백만 달러라고."

빌은 멍한 얼굴로 중얼거렸다. 드종은 경외하는 시선으로 굳은 시체를 내려다보았다.

"그래서 요점이 뭡니까?"

엘러리는 인내심 어린 목소리로 물었다.

핀치는 엘러리의 눈을 바라보며 감정 없는 목소리로 말했다.

"나는 내셔널의 직원입니다. 모든 보험회사는 보험 가입자의 죽음에 의문을 품을 의무가 있습니다. 지금 우리는 누가 봐도 살인이 분명한 사건을 눈앞에서 보고 있습니다. 명백한 살인사건이고, 게다가 백만 달러짜리 보험에 가입한 사람이 피살된 사건이죠. 여러분 모두 법을 잘 아시리라 생각합니다. 법에서는 보험 가입자가 보험 수익자에 의해 죽음에 이르렀다는 충분한 증거가 있을 경우 보험 계약은 자동으로 무효화된다고 명시하고 있습니다."

순간 침묵이 흘렀다. 그러다가 킴볼 부인은 숨을 들이마시며 말했다.

"하지만, 더키……."

"더키! 미쳤어요?"

앤드레아가 외쳤다.

핀치는 미소를 지었다.

"당연히 나는 회사의 이익을 최우선으로 할 의무가 있습니다. 그러므로 우선은 이 살인을 완벽하게 조사하도록 지시할 겁니다. 관련된 금액이 상당하니까요. 킴볼이 보험 수익자에 의해 살해당했다는 증거가 확실하다면 내셔널과 일곱 개의 다른 회사들은 그가 납입한 금액과 누적된 배당금 그리고 보험금을 납입한 5년간의 이자에 대해서만 책임이 있습니다. 특히 중도해지 반환금을 고려하면 액면 금액인 백만 달러에 비해 무시할 수 있는 정도의 돈이 될 겁니다."

"맙소사. 내셔널 같은 생명보험회사가 30만 달러짜리 보험금 지불도 감당 못 한다는 얘기는 아니겠죠."

드종이 외쳤다. 핀치는 충격을 받은 것 같았다.

"아니, 지금 중요한 건 그게 아닙니다. 법률에서는 재정 상태가 위태로운 회사가 보험 가입을 받는 것 자체를 금하고 있잖습니다. 내셔널의 재정 상태에 대해서 말하면…… 그건 터무니없는 얘깁니다! 제가 말씀드리는 건 원칙 문제예요. 그게 전부입니다. 만일 보험회사들이 스스로를 보호하기 위해 그런 조사를 하지 않는다면, 도덕적으로 균형이 잡히지 않은 수익자들이 너도나도 보험 가입자들을 죽이는 사태를 초래할 겁니다."

"그럼 김볼의 수익자는 누구입니까?"

엘러리가 물었다.

몇 시간 전 들것을 들고 나타났던 제복 입은 남자 둘이 다시 들어와서 들것을 시체 옆에 내려놓았다.

김볼 부인이 갑자기 뻣뻣한 얼굴을 손에 파묻고 흐느껴 울기 시작했다. 그로브너 핀치와 앤드레아의 얼굴에 나타난 망연자실한 표정으로 미루어보아 제시카 김볼이 눈물을 흘리는 광경이 사하라 사막에 비가 내리는 것만큼이나 보기 드문 일임을 직감할 수 있었다.

"제시카."

핀치가 괴로운 목소리로 말했다.

"제시카! 당신 설마 내가……."

"날 만지지 말아요, 이……. 이 유다 같은 인간! 어떻게 날 그렇게 몰아갈 수가 있어요?"

중년 여인은 흐느껴 울며 외쳤다.

"김볼 부인이 수익자입니까?"

엘러리가 물었다. 그는 아무 표정 없이 그들을 지켜보았다.

"제시카. 그만 울어요, 제발. 내가 말을 잘못한 것 같은

데……. 퀸 씨. 물론 난 제시카 김볼이 살인 용의자라고 말하려던 게 아닙니다. 그건…….”

그는 그게 얼마나 우스꽝스러운 생각인지 표현하고 싶었지만 적절한 말을 찾을 수 없었다.

“나는 제시카 김볼이 조 김볼의 수익자‘였다’는 사실을 설명하려 했던 겁니다. 지금은 수익자가 아니에요.”

흐느끼던 여인의 몸이 굳었다. 앤드레아는 호리호리한 몸을 벌떡 일으켰다. 그녀의 파란 눈은 분노로 빛났다.

“이 정도면 충분하지 않아요, 더키? 어머니가 조의 보험 수익자라는 사실은 우리 모두가 다 알고 있어요. 애초에 조에게 보험을 들라고 권했던 게 할아버지셨어요. 남편으로서의 ‘책임감’이라는 구식 아이디어에서 그런 제안을 하셨던 거고요. 엄마가 돈이 필요해서가 아니라요! 지금 진담으로 그러시는 건 아니죠?”

“아니, 난 진지해, 앤드레아.”

핀치는 비참한 목소리로 말했다.

“제시카, 나는 당신에게 알려줄 만한 입장이 아니었어요. 그랬다면 진작 말을 했겠죠. 이 문제는 기밀이었고, 조가 수익자를 변경했다는 사실을 알게 되었을 때는 그가 나에게 입을 다물어달라고 신신당부를 했습니다. 내가 달리 어떻게 할 수 있었겠습니까?”

“얘길 좀 정리해봅시다.”

드종이 말했다. 그의 맹수 같은 눈이 빛났다.

“처음부터 시작해보지요. 조가 당신을 찾아간 게 언제였습니까?”

"찾아오지 않았습니다. 약 3주 전—그날이 5월 10일이었지요—비서 재커리 양으로부터 김볼이 수익자 변경 양식 서류를 우편으로 보냈고 절차를 진행해달라는 요청을 했다는 사실을 전해 들었습니다. 저는 조가 따로 그런 문제를 얘기해온 적이 없었기 때문에 좀 놀랐습니다. 그의 보험은 제 다른 고객 몇 명과 함께 개인적으로 따로 처리해왔거든요. 그러나 어차피 달라질 건 없었습니다. 김볼의 보험과 관련된 문제는 어차피 자동으로 나에게 오게 되어 있었으니까요. 물론 수익자 변경 절차는 즉시 처리되었습니다. 그런 다음 나는 조의 사무실로 전화를 걸었죠."

"잠깐만요."

드종이 쉰 목소리로 말했다.

"이봐, 거기. 그거 얼른 밖으로 내 가. 얼른! 빌어먹을, 왜 거기 서서 목을 길게 빼고 있는 거야?"

제복 입은 남자들은 엿보던 것을 멈추고 천을 덮은 시신을 들고 허둥지둥 밖으로 나갔다.

"조."

루시는 닫힌 문을 바라보며 중얼거리고는, 입을 다물었다. 김볼 부인은 통한의 표정으로 문을 바라보았다. 죽은 남자가 한 짓을 절대 용서할 수 없다는 표정이었다. 보석으로 장식된 여인의 손가락들이 꿈틀거렸다.

키 큰 남자는 재빨리 말했다.

"나는 그에게 확인 차 전화를 했습니다. 조가 왜 수익자를 바꾸고 싶어 한 건지 이해할 수가 없었죠. 물론 엄격하게 말하자면 그건 제가 관여할 바는 아니었습니다. 그래서 그에게 그렇게 말했죠. 하지만 조는 화를 내지 않았고, 다만 긴장을 좀 하고 있었던 것 같아요. 그래요. 그는 그렇게 말했습니다. 그는 수익자를 바꾸게 된 데는 뭔가 굉장히 복잡한 사정이 있어 그렇게 된 것이라는 취지로 얘기했습니다. 그는 그저 막연하게, 제시카는 자급자족이 가능할 만큼 부자이니 보험금 같은 썩은 돈으로 보호를 받을 필요가 없다고 했어요. 그러고는 나에게 이런 일을 비밀에 부쳐달라고, 적어도 그가 나를 따로 찾아와 설명할 수 있을 때까지만이라도 입을 다물어달라고 했습니다."

"그래서, 조가 찾아왔나요?"

엘러리가 웅얼거리며 물었다.

"아니요, 불행하게도. 그 3주 전 전화 통화 이후로 그와 만나거나 얘기를 나누지 못했습니다. 그가 날 피하는 것 같다는 느낌도 들었고요. 아마 설명해주겠다고 약속은 했지만 그러고 싶지 않아서가 아니었을까요. 그렇게 해서 새로 작성된 보험 증서의 새 수익자 이름을 보았을 때는 그 이름은 아무 의미도 없었습니다. 그리고 처음에는 제시카와 조 사이가 조금 틀어진 게 아닐까 걱정도 되었지만, 시간이 지나면서 그 일을 완전히 잊어버리고 있었죠."

"그런 얘기가 오가고 무슨 일이 있었습니까?"

드종이 물었다.

"그는 서식을 채워서 며칠 후 증권과 함께 우편으로 저에게 보냈습니다. 다른 회사들과 함께 그 안건을 처리하는 데 몇 주 정도 걸렸고요. 변경된 새 증권은 지난 수요일에 그에게 발송되었습니다. 그리고 그게 끝이었죠."

핀치는 눈살을 찌푸렸다.

"그리고 오늘 밤 그는 누군가의 손에 의해 죽음을 맞이했습니다. 기가 막히게 이상하죠."

"이 구불구불한 경로를 따라오다가 드디어 중요한 지점에 도달한 것 같습니다. 계속 말씀해주시죠."

엘러리가 인내하며 청했다.

핀치는 사람들의 얼굴을 바라보며 불편한 기색으로 말을 이었다.

"제가 여러분께 단순히 사실만을 전하고 있다는 것을 이해하시겠죠. 저는 아직 생각도 정리하지 못했고, 오해를 받을 입장에 서게 될 것도 신경 쓰지 않습니다……. 이 수익자 변경 건이 얼마나 중요한지는 오늘 밤 이 오두막에 들어와 시신을 발견하기 전까지는 머릿속에 전혀 떠오르지 않았습니다……."

그는 잠시 말을 멈췄다.

"김볼은 서류와 증권들을 보내면서, 수익자를 제시카 보든 김볼에서…… 루시 윌슨 부인으로 변경하도록 명시했습니다. 다시 말씀드립니다. 수익자는 루시 윌슨 부인입니다. 주소는 필라델피아 페어마운트 파크의 주소로 적혀 있었습니다."

"나요?"

루시가 힘없이 말했다.

"내가? 백만 달러?"

"확실합니까, 핀치 씨? 지금 날 골탕 먹이려고 이야기를 꾸며내는 건 아니겠지요?"

드종은 몸을 잔뜩 앞으로 숙이며 물었다.

핀치는 냉랭하게 대답했다.

"이런 상황에서는 뭐든 그냥 넘어가선 안 되겠다고 생각했던 겁니다. 나는 윌슨 부인에 대해서는 아무런 악감정이 없음을 여러분께 분명히 말씀드리겠습니다. 이분은 오늘 밤 이전에는 만나본 적도 없었고, 이분 역시 끔찍한 오해를 받고 있는 피해자라고 분명히 느끼고 있습니다. 아무튼 다시 요점으로 돌아와서, 서장님의 표현대로 이 '이야기를 꾸며내는' 행위는 상당히 바보 같은 짓이라고 생각합니다. 내셔널은 개인의 교묘한 책략 따위가 통할 수 없는 회사니까요."

"아하, 그러신가요."

핀치는 드종을 노려보았다.

"내가 당신의 모욕적인 태도를 왜 참아야 하는지 잘 모르겠군요. 하지만 계속 얘기를 진행시키자면 공식적인 기록이 존재하고, 나와 해서웨이 내셔널 사장을 포함해서 이 세상 그 누구도 문서는 위조할 수 없습니다. 뿐만 아니라 조지프 켄트 김볼의 서류가 그의 필적으로 작성되었음을 확인하시게 될 겁니다. 이 필적은 우리가 보유한 사진 복사 파일과 그의 증권 모두에서 확인할 수 있으며, 조의 사무실 금고나 은행 금고 안에 보관된 서류의 필적과도 비교해보실 수 있을 겁니다."

드종은 참지 못하고 고개를 끄덕였다. 그의 시선은 루시에게로 향해 있었다. 의자에 앉은 루시에게 향한 시선은 점점 더 노골적으로 매서워지고 있었다. 루시는 움츠러들었고, 손가락으로 옷에 달린 단추를 만지작거리기 시작했다.

"조가 짐승 같은 짓을 했어."

김볼 부인이 분노에 차 외쳤다.

"이…… 이 여자가 수익자라고, 그의 아내라고…… 난 그냥

못 믿겠어. 돈 때문이 아니야. 하지만 그이가 이런 냉혹하고 저
속한 짓을······."

"히스테리를 부려봤자 도움이 되지 않습니다, 부인."

엘러리가 말했다. 그는 코안경을 벗고 무심한 태도로 렌즈를
힘차게 문질러 닦았다.

"말씀해보세요, 핀치 씨. 이 수익자 변경 건에 대해서는 아무
에게도 얘기 안 하셨습니까?"

"당연히 안 했죠."

핀치는 불쾌해하며 내뱉듯 말했다.

"조가 비밀을 지켜달라고 부탁했습니다. 그래서 그렇게 했어
요."

"물론, 김볼 자신도 아무에게도 말하지 않았겠죠."

엘러리는 생각에 잠겼다.

"그는 분명히 일종의 감정적 교차로에 서 있었습니다. 그는
행동을 취했고, 그 사실을 어떻게 알릴지 결심을 한 상태였습
니다. 보다시피 모든 게 아주 매끄럽게 이어집니다. 빌 에인절
은 윌슨에게서 어제 아침 전보를 받았어요—아무래도 그의 두
인격 사이의 불연속성을 좀 이어줘야 할 것 같군요—윌슨은 빌
에게 어젯밤 이곳에 와달라고 부탁을 했습니다. 대단히 시급한
일이라고 하면서요. 그는 전보에서 자신이 곤란한 지경에 처했
노라고 말했습니다. 분명히 그는 빌에게 모든 걸 다 털어놓을
생각이었습니다. 자신이 처한 상황을 솔직히 다 털어놓고, 앞
으로 어떻게 해야 할지 조언을 들으려 했던 겁니다. 그가 확실
하게 마음을 굳혔다는 것을 저는 의심하지 않습니다. 그가 보
험 수익자를 루시로 변경했기 때문입니다. 그러나 자신이 완전

히 다른 사람이라는 걸 고백했을 때 루시가 그 사실을 어떻게 받아들일지 굉장히 불안했을 겁니다. 어떻게 생각해, 빌?"

"난 아무 생각이 없어. 하지만 자네 말이 맞는 것 같아."

빌이 멍하게 대답했다.

"그리고 금요일에 자네한테 두툼한 봉투를 맡겼다고 했지? 거기에 여덟 장짜리 보험 증권이 들어 있을 거란 생각은 안 들었어?"

"들었지."

"흠, 그렇다면 여기까지 생각하는 데 그렇게 천재적인 능력이 필요한 것도⋯⋯."

"윌슨 부인. 날 봐요."

드종이 무례하게 말했다.

루시는 최면에 걸린 듯 지시에 따랐다. 당혹감, 고통, 충격이 아직도 그녀의 나긋나긋하면서도 강인한 몸에서 가시지 않은 상태였다.

빌이 낮게 으르렁거렸다.

"그 말투가 마음에 안 드는군요, 드종."

"그럼 그냥 받아들여요. 윌슨 부인, 김볼이 보험에 든 사실을 알고 있었습니까?"

"내가요?"

그녀는 불안하게 더듬거렸다.

"내가 알았냐고요? 아뇨, 사실 나는⋯⋯ 조는 보험 같은 건 들지 않았어요. 네, 확실히 안 들었어요. 한 번은 그이에게 왜 보험을 안 드느냐고 물었는데, 그이가 그런 건 안 믿는다고 했었어요."

"물론 그게 이유는 아닙니다."

엘러리가 느릿느릿 말했다.

"조 윌슨으로서 보험에 가입하려면 병원에서 신체검사도 해야 하고 서류에도 서명을 해야 하죠. 자신의 이중생활이 폭로될 것을 내내 두려워하는 사람이라면 당연히 어디든 자기 이름을 서명하는 일은 최대한 피하려 할 겁니다. 그러므로 윌슨이 당좌 계좌를 가지고 있지 않은 것도 설명이 됩니다. 위험성은 미미하지만, 그는 속임수를 유지하기 위한 긴장감에 지쳐 아마 지독한 신경쇠약을 앓았을 겁니다. 나는 그가 글씨를 써야 하는 일은 거의 전혀 만들지 않았을 거라고 감히 말합니다."

"윌슨 부인, 김볼이 보험을 들었다는 사실을 알았을 뿐 아니라 보험 수익자를 김볼 부인에서 부인으로 바꾸도록 그를 설득하지 않았습니까?"

드종은 엘러리를 노려보며 루시를 향해 쏘아붙였다.

빌이 경고하기 위해 한 발 앞으로 나섰다.

"드종……."

"조용히 해요, 에인절!"

뉴욕에서 온 세 사람은 얼어붙었다. 그 순간 허름한 방 안에 알 수 없는 위협적인 분위기가 번졌다. 드종의 얼굴이 매우 붉어지고, 관자놀이의 동맥이 부풀어 올랐다.

"무슨 말인지 모르겠어요."

루시가 속삭였다.

"난 그가 다른 사람인 걸 몰랐다고 말했는데요……. 그러니까 조 윌슨이 아닌 다른 사람이란 걸요. 이 부인을 내가 어떻게 알았겠어요?"

드종은 비아냥대는 투로 코웃음을 쳤다. 그러더니 옆문으로 가서 문을 열고 손가락으로 누군가를 불렀다. 루시를 오두막으로 데려왔던 키 작은 갈색 남자가 안으로 들어와서는, 눈이 부신지 눈을 조금 깜박거렸다.

"셀러스, 여기 이분들에게 어젯밤 필라델피아의 윌슨 부인 댁에 가서 무슨 일이 있었는지 말씀드리게."

"집은 잘 찾았고요. 차에서 내려서 초인종을 눌렀습니다."

형사는 지친 목소리로 대답했다.

"응답이 없었습니다. 집은 캄캄했고요. 그냥 일반 단독주택이었습니다. 저는 포치에서 잠시 기다렸고, 그러다가 주위를 한번 둘러봐야겠다고 생각했습니다. 뒷문도 정문처럼 잠겨 있었습니다. 창고도 마찬가지였고요. 저는 차고를 돌아보았습니다. 문이 닫혀 있었습니다. 문을 가로지른 철제 빗장이 녹이 슬고 부서져 있었고, 거기에는 자물쇠가 없었습니다. 저는 문을 열고 불을 켰습니다. 차 두 대가 들어갈 수 있는 차고였는데 안은 비어 있었습니다. 다시 문을 닫고 포치로 돌아가서 윌슨 부인이 돌아올 때까지 기다렸습니다……."

"됐어, 셀러스."

드종이 말했다. 갈색 남자는 밖으로 나갔다.

"자, 윌슨 부인. 부인은 영화를 보러 시내로 나갈 때 차를 가지고 나갔던 게 아니죠. 아까 전차를 탔다고 본인이 직접 말했잖습니까. 그럼 부인 차는 어디에 있습니까?"

"내 차요?"

루시가 힘없이 되물었다.

"그게, 그럴 리가 없어요. 그분이…… 그분이 엉뚱한 차고를 보신 모양이에요. 저는 어제 오후에 차를 타고 잠깐 나갔다가 비가 올 때 돌아왔고 차는 차고에 넣어두었어요. 문은 제가 직접 닫았고요. 차는 거기 있었을 거예요. 거기 있어요."

"셀러스가 없다면 없는 겁니다. 그럼 차가 어떻게 됐는지 모르시는 거죠. 안 그렇습니까, 윌슨 부인?"

"말씀드렸다시피……."

"차종이 뭡니까? 연식은?"

"더 이상 대답하지 마, 루시."

빌이 조용히 말했다. 그는 앞으로 걸어 나와 덩치 큰 드종 앞에 가슴을 맞대고 바짝 다가섰다. 잠시 동안 두 사람은 이글거리는 눈빛으로 서로의 눈을 노려보았다.

"드종, 당신의 질문이 담고 있는 그 고약스런 암시가 영 마음에 안 드는군요. 알겠습니까? 나는 내 동생에게 더 이상의 대답을 금지시키겠습니다."

드종은 그를 말없이 지켜보았다. 그러더니 그의 얼굴에 비뚤어진 미소가 피어올랐다.

"자, 좀 진정하십시오, 에인절 씨. 이게 그냥 일반적인 절차라는 건 아시잖습니까. 난 누구를 비난하려는 것이 아닙니다. 그저 사실을 수집하고 있는 것뿐이죠."

"참 훌륭하십니다."

빌은 갑자기 루시 쪽으로 돌아섰다.

"이리 와, 루시. 우리는 이제 갈 거다. 엘러리, 미안해. 하지만 이 사람은 도무지 더는 못 견디겠어. 내일 트렌튼에서 다시 만나. ……자네가 돌아가지 않고 계속 우리와 함께 있어준다면 말이지."

"여기 있을 거야."

엘러리가 말했다.

빌은 루시를 도와 코트를 입히고 아이처럼 데리고 문 쪽으로 향했다.

"잠깐만요."

앤드레아 김볼이 말했다.

빌은 그 자리에 멈춰 섰다. 귀 끝이 빨개졌다. 루시는 족제비 모피를 입은 젊은 여인을 마치 처음 보는 것처럼 멍한 눈빛으로 호기심을 가지고 바라보았다. 앤드레아는 루시에게 다가와 그녀의 크고 부드러운 손을 잡았다.

"이 말을 꼭 드리고 싶었어요."

그녀는 꿋꿋하게, 빌의 시선을 외면하며 말했다.

"제가 정말로 죄송스럽게 생각한다는 걸요⋯⋯. 이 모든 것에 대해서. 우린 괴물이 아니에요. 정말로요. 혹시라도 우리가⋯⋯ 우리가 마음을 상하게 해드렸다면 부디 용서해주세요. 부인은 굉장히 용감하고, 가엾은 분이세요."

"아, 고마워요."

루시가 중얼거렸다. 그녀의 눈에 눈물이 차올랐다. 루시는 돌아서서 밖으로 뛰어나갔다.

"앤드레아!"

충격을 받은 김볼 부인이 거친 목소리로 말했다.

"어떻게 네가⋯⋯ 어떻게 네가 그럴 수가⋯⋯."

"김볼 양."

빌이 낮은 목소리로 말했다. 앤드레아는 빌을 바라보았지만, 그는 잠시 동안 말을 하지 않았다.

"그 말씀은 잊지 않겠습니다."

그는 뒤로 돌아서 루시의 뒤를 따라 나갔다. 문이 쾅 소리를 내며 닫히고, 잠시 후 빌의 폰티액이 캠든 방향으로 달리는 소리가 들렸다. 자동차 배기음은 반항적인 코웃음 소리처럼 들렸고, 이에 드종은 분노로 얼굴이 하얘졌다. 그는 떨리는 손으로 시가에 불을 붙였다.

"아베 앗퀘 발레(잘 가요)."

엘러리는 말했다.

"당신은 빌을 싫어하시죠, 드종. 하지만 그는 상당히 존경받을 만한 젊은이랍니다. 수컷이라면 모름지기 자기가 지키는 암컷이 위협을 받을 때 거칠어지는 법이죠……. 김볼 양, 우정의 이름으로 당신이 보여준 친절에 감사드립니다. 그나저나 당신 손을 좀 봐도 될까요?"

그녀는 천천히 고개를 들어 그를 바라보았다.

"내 손이요?"

드종은 속으로 혼잣말을 중얼거리고는 발소리를 쿵쿵 내며 걸어 나갔다.

엘러리는 그녀의 손을 들어 올리며 말했다.

"이런 곤란한 상황이 아니었다면 무척이나 기쁜 일이었겠지만요. 나에게 아킬레스건이 있다면, 역설적이게도 그건 아름답게 잘 관리된 여인의 손이랍니다. 당신의 손은 두말할 필요 없이 완벽한 손의 정수 같은 것이로군요……. 아까 약혼을 하셨다고 들었는데 맞습니까?"

엘러리는 손가락 아래에서 그녀의 손바닥이 촉촉해지는 것을 느꼈다. 그가 잡은 부드러운 손은 희미하게 떨리고 있었다.

"네…… 네."

"물론 제가 상관할 일은 아닙니다. 하지만 부유층의 젊은 약혼녀가 혼인의 약속을 상징하는 상징물을 기피하는 것이 요즘 유행인가요? 하긴, 시로스*는 신께서 뭔가를 가득 쥔 손이 아닌 텅 빈 순수한 손을 보신다는 말을 남기기도 했지요. 하지만 상류층분들이 고전을 이렇게까지 실천하고 계신다는 건 미처 몰랐습니다."

앤드레아는 아무 말도 하지 않았다. 얼굴이 너무 창백해서, 그는 그녀가 쓰러질 것 같다는 생각이 들었다. 엘러리는 더 이상 추궁하지 않고 앤드레아의 어머니에게 돌아섰다.

"그건 그렇고, 김볼 부인. 저는 확인하고픈 게 있으면 사냥개처럼 집요하게 물고 늘어지는 성미라서요. 손 얘기를 하는 김에 말입니다. 부인의…… 그…… 남편 손에 니코틴 얼룩이 없다는 점은 확인했습니다. 치아도 변색되지 않았고요. 그리고 주머니 솔기에도 담뱃가루는 전혀 찾아볼 수 없었고, 이곳엔 재떨이도 없습니다. 남편분이 담배를 피우지 않았다는 게 확실합니까?"

드종이 마침 돌아왔다.

"담배 얘기는 뭐요?"

사교계 여인은 쏘아붙였다.

"네, 조지프는 담배를 피우지 않았어요. 정말이지 바보 같은 질문이군요!"

그녀는 일어서서 핀치에게 힘없이 손을 내밀었다.

"그럼 이제 우리는 가도 될까요? 이런……."

* 그리스 신화 속 인물.

"물론 가셔도 됩니다."

드종이 투덜거렸다.

"하지만 아침에는 다시 나오셔야 합니다. 공식적으로요. 그리고 방금 들었는데 폴린저 검사가 부인과 얘기를 하고 싶어 한다고 합니다."

"다시 오겠습니다."

앤드레아가 낮은 목소리로 말했다. 그녀는 다시 몸을 떨면서 숄을 더 바짝 여몄다. 눈 밑으로 얼굴이 하얗게 질려 있었다. 앤드레아는 남모르게 슬쩍 엘러리를 보고, 재빨리 사라졌다.

핀치가 입을 열었다.

"이런 유의 이야기는 절대 숨길 방법이 없습니다……. 그가 이미 전에 결혼을 했었다고요? 이건 정말이지 끔찍한 일입니다. 우리 같은 사람들에게는."

드종은 어깨를 으쓱했다. 그의 마음속에는 다른 것들이 있는 것 같았다. 세 사람은 의지할 데 없이 문 앞에 힘없이 서 있었다. 김볼 부인의 예리한 턱은 앞으로 내밀어져 있었지만, 어깨는 무거운 짐을 진 것처럼 축 늘어져 있었다. 그러다가 다소 무거운 침묵 속에 그들은 떠났다. 천둥 같은 자동차 소리가 사라질 때까지 아무도 말하지 않았다.

드종이 마침내 입을 열었다.

"자, 이걸로 됐군요. 아주 난장판이로군."

엘러리는 모자로 손을 뻗으며 말했다.

"난장판이라고 보면 난장판이죠, 드종. 하지만 이건 꽤 환상적인 사건입니다. 브라운 신부님도 기뻐하실 정도예요."

"브라운…… 누구요?"

드종이 멍하니 물었다.

"그건 그렇고, 뉴욕으로 돌아갈 겁니까?"

그는 노골적으로 아쉬워하며 물었다.

"아뇨. 이 퍼즐에는 풀어야 할 어떤 요소들이 있습니다. 그걸 지금 풀지 못하면 잠을 못 잘 것 같아서요."

"오호."

드종은 테이블을 향해 돌아섰다.

"흠, 그럼, 안녕히 가시오."

"안녕히 계십시오."

엘러리도 유쾌하게 말했다. 드종은 테이블 위의 접시를 내용물과 함께 종이봉투에 담기 시작했다. 넓은 등이 성이 나 있고 적대적으로 보였다. 엘러리는 휘파람을 불며 밖으로 나가 차를 몰고 스테이시 트렌트로 향했다.

일요일 아침 엘러리 퀸은 죄책감을 느끼며 호텔을 나왔다. 부드러운 침대의 유혹에 넘어가버렸고, 시간은 11시를 훌쩍 지나 있었다.

아침 햇살 아래 트렌튼 시내는 황량했다. 그는 모퉁이에서 동쪽으로 방향을 틀고, 도로를 건너, 좁은 이면도로로 들어섰다. 챈서리 레인이라는 예스러운 이름이 붙은 길이었다. 블록 한가운데에 군대 막사를 닮은 길고 낮은 3층짜리 건물이 서 있었다. 건물 앞 인도에는 유리 전등갓을 씌운 높은 구식 가로등이 서 있었다. 그리고 그 가로등에는 네모난 흰색 판자에 대문자로 '경찰 본부 – 주차 금지'라고 쓰여 있었다.

그는 가까운 출입구로 들어가 줄무늬 벽지와 긴 책상, 낮은 천장이 우중충한 분위기를 자아내는 대기실로 들어섰다. 방 저쪽에는 초록색 철제 사물함이 가득 들어차 있었다. 방 안은 칙칙한 갈색 톤이었고, 공기 중에 떠도는 시큼한 남자 냄새가 그를 짓눌렀다. 사무를 보던 경사가 그를 26호실로 안내해주었다. 안으로 들어서니 드종이 창백한 얼굴의 키 작고 마른 남자와 진지한 대화를 나누고 있었다. 영리해 보이는 작은 남자는 소화불량이라도 앓는 것인지 어딘가 불편해 보였다. 그리고 빌 에인절이 의자에 앉아 있었다. 충혈된 눈에 머리는 온통 헝클어져서, 밤을 꼬박 새우고 옷도 갈아입지 않은 것 같았다.

"아, 안녕하시오."

드종은 성의 없이 인사를 건넸다.

"퀸, 이쪽은 머서 카운티의 검사 폴 폴린저요. 지금까지 어디 있었소?"

"어릴 때 즐겨 마시곤 했던 잠을 부르는 마법의 약물을 마셨죠. 뭐 새로운 거라도 있었습니까?"

엘러리는 왜소한 남자와 악수를 했다.

"김볼 일당과 엇갈렸군요. 그 사람들이 왔다 갔소."

"이렇게 일찍? 안녕, 빌."

"안녕."

빌은 검사를 노려보며 인사했다.

폴린저는 시가에 불을 붙였다.

"그 핀처라는 남자가 내일 아침 자기 사무실에서 당신을 보자고 합니다."

그는 닭싸움을 하듯 엘러리를 찬찬히 뜯어보았다.

"그래요?"

엘러리는 어깨를 으쓱하며 물었다.

"부검 보고서는 아직 안 나왔습니까, 드종? 굉장히 궁금한데요."

"검시관이 화상 흔적은 찾지 못했다고 당신한테 전해달라더군요."

폴린저가 눈살을 찌푸렸다.

"화상 흔적? 화상은 왜요, 퀸 씨?"

엘러리는 미소를 지었다.

"없으면 안 될 이유도 없잖습니까? 그냥 제가 늘 하는 엉뚱한 짓 중 하나입니다. 의학적으로 보고된 건 그게 전부입니까, 드종?"

"아, 젠장! 그게 뭐가 중요해요? 검시관은 오른손잡이가 칼을 휘둘러 김볼을 가격했다는 둥 말을 하더군요. 하지만 그건 일반적인 헛소리요."

"그럼 그 월슨이…… 아니, 김볼이……. 아, 이 빌어먹을 인간! 아무튼 그 사람이 여기 빌 에인절에게 남긴 봉투는 어떻게 됐습니까?"

검사는 드종의 책상 위에 있는 문서 다발을 검지로 넘겼다.

"생각했던 대로요. 보험 증서가 여덟 장입니다. 루시 월슨이 보험금 수령자로 지명되어 있었어요. 김볼이 이 서류를 에인절에게 맡긴 것은 월슨 부인에 대한 추가적인 보호 차원에서였던 것 같습니다. 그가 자신의 다른 인격에 대해 에인절에게 모두 털어놓으려 했던 건 의심할 여지가 없소."

드종은 씩 웃었다.

"어쩌면 수익자 변경은 거래의 일부였는지도 모르죠. 김볼은 아내의 오빠가 미쳐 날뛸 것을 미리 알고, 백만 달러를 그들에게 던져주면 문제가 원만하게 해결될 거라고 생각했을 거요."

빌은 아무 말도 하지 않았지만, 폴린저를 노려보던 시선이 경찰서장에게로 향했다. 무릎 위에 놓인 손이 떨렸다.

"제 생각은 다릅니다."

엘러리가 끼어들었다.

"깊고 절실한 애정이 없다면 그 누구도 그런 괴로운 정신적 고문을 8년 동안이나 자발적으로 받아들이지 않습니다. 만일 김볼이 루시 에인절을 단순한 노리갯감으로 여겼다면 드종 서장님 말이 맞겠죠. 그러나 두 사람이 결혼한 건 10년 전이었습니다. 그사이 루시와 조용히 이혼을 하거나 그냥 사라져버림으로써 문제를 해결하고픈 마음도 당연히 들 수 있었는데, 적어도 지난 8년 동안 그는 그런 생각을 거부하고 그 자리에 머무름으로써 자신의 인생을 복잡한 지옥으로 만들어버린 겁니다."

"조는 동생을 사랑했어."

빌이 냉랭한 목소리로 말했다.

"아, 물론이지."

엘러리는 파이프를 꺼내 담배를 채우기 시작했다.

"그는 루시를 굉장히 사랑했고, 루시와 함께하기 위해 진짜 중산층의 삶을 견뎠습니다. 그는 냉혈한 난봉꾼이 아니었어요. 그의 얼굴과 과거 행적이 이를 보여줍니다. 빌이 그에 관해 평가했던 말 중 가장 안 좋았던 게 마음이 너무 약하다고 했던 것이니까요. 그리고 루시 윌슨과 제시카 김볼을 비교해보세요. 폴린저, 당신은 루시를 아직 못 만나봤죠. 하지만 드종은 어제 봤습니다. 아마 서장님의 사악한 심장마저도 두근거렸을 겁니다. 루시는 그 정도로 젊고 아름답습니다. 반면 제시카 김볼은…… 흠, 여인의 주름에 대해 감히 이러쿵저러쿵하는 건 대단히 무례한 일이니까요."

"그 말이 다 맞을 겁니다, 퀸."

폴린저가 말했다.

"그러나 그 말이 맞는다면, 도대체 왜 그는 이 사교계 여인과 중혼을 감행한 것일까요?"

"아마도 야망이겠죠. 보든 가문은 어마어마한 백만장자니까요. 그리고 김볼 집안은 혈통 있는 가문이긴 하지만 최근에 경제적으로 꽤 곤란한 지경에 처했었죠. 늙은 재스퍼 보든에겐 아들이 없고요. 마음도 약한 데다가 야심은 가득한 남자니 그 유혹을 거부하기가 어려웠을 겁니다. 거기에 어머니로부터의 압력도 어마어마했겠죠. 김볼의 어머니는 여장부 스타일의 여인이었고, 상류층 부인들 사이에서는 '거만하고 사나운 노파'라고 불렸다고 합니다. 그런 어머니가 아들이 처한 상황을 모르고 있었다면, 그를 중혼으로 몰아넣었다고 해도 놀랄 일은 아니죠."

드종과 폴린저는 힐긋 시선을 교환했다.

"아마 그 말이 맞겠죠."

검사가 말했다.

"오늘 아침 김볼 부인과 대화를 나눴는데 모든 면에서 볼 때 그 결혼은 정략결혼이었던 것 같습니다. 적어도 김볼 쪽에서는요."

빌 에인절이 몸을 뒤틀었다.

"지금 이런 얘기가 나랑 무슨 상관이 있는지 모르겠군요. 전 이제 가도 됩니까?"

"잠시만요, 에인절 씨."

드종이 말했다.

"윌슨 쪽은 어떻습니까? 그러니까, 그 사람이 윌슨으로서 유언장을 남겼습니까?"

"아니라고 확신합니다. 만일 유언장을 남겼다면 나를 찾아왔을 겁니다."

"재산은 모두 동생분 명의인가요?"

"네. 차 두 대와 집 한 채요. 저당은 잡혀 있지 않습니다."

"그리고 백만 달러."

드종은 회전의자에 앉았다.

"그리고 백만 달러가 있지요. 예쁘장한 젊은 과부에겐 괜찮은 액수요."

빌이 쓰디쓴 미소를 지었다.

"내가 조만간 당신의 그 야비한 웃음을 당신의 더러운 목구멍 깊숙이 처박아버릴 겁니다."

"이봐, 당신⋯⋯."

"자, 자."

폴린저가 서둘러 끼어들었다.

"이런 식의 대화는 필요 없어요. 동생의 혼인신고서는 가지고 오셨습니까, 에인절 씨?"

빌은 드종을 노려보면서 책상 위에 서류를 던졌다.

폴린저가 말했다.

"흠. 이미 필라델피아 쪽 기록은 우리가 다 확인해봤어요. 거기엔 문제가 없습니다. 그는 이 보든 가문의 여인과 결혼하기 2년 전에 루시 에인절과 결혼했습니다. 뒤죽박죽이군."

빌은 서류를 다시 낚아챘다.

"그래요, 뒤죽박죽이 맞습니다. 내 여동생이 이런 구정물을 뒤집어쓰다니!"

"아무도 그런 말은……."

"그리고 그 시신을 처리할 권한은 우리에게 있습니다. 그는 루시의 남편이었고 그를 매장하는 건 우리의 법적 권리예요. 거기엔 어떠한 이견도 있을 수 없습니다. 나는 내일 법원 명령을 받을 겁니다. 혼인에 대한 우선권의 증거를 가진 루시에게 매장 권한을 부여하지 않을 판사는 이 주 안에는 없을 겁니다!"

"오, 그건 좀……. 이봐요, 에인절."

폴린저가 불편하게 말했다.

"너무 지나치게 들쑤시는 것 아닙니까? 그 뉴욕 사람들의 힘은 막강해요. 게다가 어쨌든 그는 조지프 켄트 김볼이었고요. 그렇게까지 하는 건 부당한……."

"부당하다고요?"

빌이 진지하게 말했다.

"내 여동생의 권리는 누가 고려합니까? 한 여자의 인생에서 10년이라는 시간을 그렇게 한 번 슥 문질러서 닦아낼 수 있다고 생각합니까? 그들이 사회적 지위와 돈이 있다고 해서 내가 그들을 두려워할 거라고 생각합니까? 난 그들이 지옥에 가는 것부터 먼저 볼 겁니다!"

빌은 입을 실룩거리고는 크게 발소리를 내며 방을 나갔다.

그의 발소리가 계단에서 사라질 때까지 세 남자는 말없이 그 자리에 앉아 있었다.

엘러리가 말했다.

"말했잖아요. 빌 에인절은 능력 있는 청년입니다. 변호사로서의 그의 능력도 과소평가하지 마세요."

"그게 무슨 말입니까?"

검사가 쏘아붙였다.

엘러리는 모자를 집어 들었다.

"키케로의 말을 조금 바꾸자면…… 신중함이란 찾아야 할 것과 함께 피해야 할 것을 아는 것이다. 3월 15일*을 경계하라, 그리고 그와 비슷한 모든 것들을. 그럼 안녕히 계십시오."

월요일 아침 9시 30분, 엘러리는 파나마모자에 말쑥한 올리브색 개버딘 정장 차림으로 뉴욕 로어 매디슨 애비뉴의 내셔널 생명보험회사 임원실을 찾아갔다. 전날인 일요일에는 집에서 하루 종일 속세로부터 격리된 채 듀나가 차려준 식사를 들고 퀸 경감의 냉소적인 말을 들으며 사건을 심사숙고하며 보냈다. 즐거운 봄날의 분위기와 어울리는 옷차림이었지만, 정작 그 자신은 기운이 없어 보였다.

사무적인 태도의 젊은 여자가 치약 광고에 나오는 미소를 지으며 그를 맞이했다. '부사장실'에 딸린 대기실에서 그의 명함을 받아든 여자는 눈썹을 치켜 올렸다.

"핀치 씨는 퀸 씨께서 이렇게 이른 시각에 오실 줄 예상을 못했습니다. 아직 출근 전이에요. 약속 시각이 10시 아니었던가

* 율리우스 카이사르가 브루투스에게 암살당한 날.

요?"

"만일 그랬다면 제가 잘못 들었나봅니다. 기다리지요. 핀치 씨가 날 무슨 일로 보고 싶어 하는지 전해 들은 내용은 없습니까?"

그녀는 미소를 지었다.

"평소였다면 없었다고 말씀드렸을 거예요. 하지만 퀸 씨는 탐정이시니까, 숨겨봐야 의미가 없을 것 같군요. 핀치 씨가 어제 오후 저에게 집으로 전화를 걸어 모든 것을 다 말씀해주셨습니다. 트렌턴에서 일어난 그 끔찍한 사건과 관련된 것이라고요. 김볼 부인도 오시는 걸로 알고 있습니다. 핀치 씨의 개인 사무실에서 기다리시겠어요?"

엘러리는 그녀를 따라 파란색과 상아색으로 꾸며진 영화 세트장 같은 으리으리한 방으로 들어섰다.

"요즘은 계속 황금의 고리 속을 옮겨 다니는 것 같군요……. 아, 이건 물론 비유적인 표현입니다. 진짜로 그렇다는 게 아니고요. 재커리 양, 이름이 재커리 양이었죠?"

"어떻게 아셨어요? 앉으세요, 퀸 씨."

그녀는 커다란 책상에서 상자를 가지고 돌아왔다.

"시가 피우시겠습니까?"

"아뇨, 고맙습니다. 제 파이프를 가지고 왔어요."

엘러리는 파란 가죽 의자에 파묻히듯 앉았다.

"그럼 핀치 씨의 담배를 한번 피워보시겠어요?"

"파이프 중독자로서 절대 거절할 수 없는 제안이로군요."

비서는 다시 책상에서 큰 유리병을 가져다주었다. 그는 파이프에 담뱃가루를 채웠다.

"음, 나쁘지 않은데요. 아니, 실은 아주 훌륭합니다. 이건 무슨 제품인가요?"

"오, 이런. 저는 잘 몰라요. 이런 쪽으로는 완전히 깜깜이거든요. 특별히 블렌딩한 것이고 아마 외국산일 텐데, 5번 애비뉴의 피에르 상점에서 구입해 옵니다. 댁으로 조금 보내드릴까요?"

"아, 그렇게까지는…….''

"핀치 씨는 개의치 않으실 거예요. 전에도 다른 고객께 보내드린 적이 있으니까요. 아, 오셨군요, 핀치 씨."

젊은 여인은 다시 미소를 지으며 밖으로 나갔다.

"이렇게 일찍 오시다니요."

핀치는 엘러리와 악수를 하며 말했다.

"흠, 이 사건은 시간이 지남에 따라 점점 더 구역질이 치미는군요. 아침 신문은 보셨습니까?"

엘러리는 얼굴을 찌푸렸다.

"늘 그렇듯 난리법석이죠."

"끔찍합니다."

핀치는 모자와 지팡이를 치우고 자리에 앉아 우편물을 만지작거리고는 담배에 불을 붙였다. 갑자기 그가 고개를 들었다.

"자, 퀸 씨. 어차피 에둘러 말해봤자 의미 없는 일일 겁니다. 어제 해서웨이와 임원들 몇 명에게 미리 얘기를 해두었어요. 우리는 회사의 입장에 서서 조치를 취해야 한다는 데 동의했습니다."

"조치요?"

엘러리는 정중하게 눈썹을 치켜 올렸다.

"표면적으로 볼 때 좀 미심쩍다는 건 인정하시겠죠. 우리는 누굴 비난하려는 게 아닙니다. 하지만……. 아, 실례합니다. 제시카일 거예요."

재커리 양이 문을 열어 김볼 부인과 앤드레아, 그리고 남자 둘을 안내했다.

36시간 만에 앤드레아의 어머니는 노파가 되어 있었다. 엘러리는 그것을 한눈에 알아보았다. 그녀는 딸의 팔에 무겁게 몸을 의지한 채 걸었고, 인사를 하기 위해 치켜뜬 눈에는 생기가 없었다. 핀치의 사무실 창문을 가르고 들어오는 밝은 빛 안에서 엘러리는 그녀의 편협하고 거만하고 억제된 영혼이 목 졸려 죽어가는 것을 포착했다. 그녀는 간신히 걸음을 옮겼고, 핀치는 말없이 그녀를 의자로 안내했다.

다시 허리를 편 핀치의 얼굴에는 괴로운 기색이 역력했다.

"퀸 씨, 이쪽은 프루 상원의원이라고, 보든가의 변호사 일을 맡고 있습니다."

엘러리는 불그레한 볼에 배가 불룩 나온 왜소한 남자의 축 늘어진 손을 잡고 악수를 했다. 그는 예리한 눈빛으로 엘러리를 냉랭하게 뜯어보았다. 독특한 수염이 눈길을 끌었다. 프루는 명성이 자자한 사람이었다. 연방 의회의 상원의원을 지냈고, 변호사로 개업하여 굵직굵직한 사건들만 다루는 것으로 유명했다. 수염을 기른 그의 얼굴은 신문 지면에 꾸준히 등장했다. 수염은 두 갈래로 갈라진 올림피안 스타일로, 색깔은 불그스름했고 가슴께까지 내려와 있었다. 그는 수염을 매우 자랑스러워하는 것 같았다. 그는 투실투실한 손으로 쉴 새 없이 수염을 어루만졌다.

"그리고 이쪽은 버크 존스입니다. 킴볼 양의 약혼자예요. 오늘 여기 나오리라고는 생각 못 했는데, 버크."

"와야 할 것 같았습니다."

엘러리는 존스를 보고 기이하게 기가 죽었다고 생각했다. 그는 덩치가 큰 젊은 남자로 눈빛은 송아지 같이 공허했고, 피부는 호두색으로 그을려 있었다. 자세는 구부정했고, 오른팔은 팔걸이 붕대에 걸려 있었다.

"안녕하십니까. 당신이 퀸이로군요? 오래전부터 당신 책을 읽어왔습니다."

그는 엘러리가 기괴한 쇼에 출연하는 흉물스러운 괴물이라도 되는 것처럼 말했다.

"저에 대한 환멸로 인해 독서를 중단하지 않기를 바랍니다."

엘러리는 킥킥 웃었다.

"솔직히 존스 씨의 위업에 대해서 전혀 모르는 건 아닙니다. 2주 전 미도브룩에서 고약한 낙마 사고가 있었다고 들었습니다. 신문에 온통 그 얘기뿐이더군요."

존스는 얼굴을 찌푸렸다.

"말이 신통찮았어요. 혈통이 안 좋은 말이었겠죠. 사람만큼이나 폴로 말들에게도 혈통은 중요합니다. 경기에서 어디가 부러져본 건 이번이 처음이에요. 다리를 안 다쳐서 다행이었죠."

"그럼 자리에 앉으실까요? 재커리 양, 이제부터 아무도 들여보내지 말아요."

사람들이 자리에 앉자 핀치는 말을 이었다.

"방금 퀸 씨에게 회사의 결정에 대해 말했습니다."

엘러리가 말했다.

"왜 내가 이렇게 주목을 받는 영예를 누리는지 잘 모르겠군요. 사실 좀 당혹스럽습니다. 제 혈통은 그렇게 나쁘진 않습니다만, 존스 씨. 대단히 평범한 편에 속하죠. 그런데 오늘 아침에는 제가 속한 계급에서 좀 많이 벗어나 있지 않나 하는 생각이 드는군요."

앤드레아 김볼이 몸을 뒤척였다. 엘러리는 곁눈질로 젊은 여인이 솜씨 좋은 화장으로 근심을 감추고 있음을 눈치챘다. 앤드레아는 사무실에 들어온 이후 한 번도 존스를 쳐다보지 않았다. 그리고 존스는 두꺼운 눈썹 사이에 심술궂어 보이는 주름이 잡혀 있었고, 희한하게도 사랑에 빠진 남자라는 인상은 전혀 풍기지 않았다. 두 사람은 서로에게 화가 난 아이들처럼 뻣뻣한 자세로 나란히 앉아 있었다.

"핀치, 이야기를 시작하기 전에."

프루 상원의원이 걸걸한 목소리로 말했다.

"내가 지금 못마땅해하고 있다는 걸 퀸 씨가 알아주었으면 좋겠습니다."

"무슨 말씀입니까?"

엘러리가 미소를 지었다.

"이렇게 고의적으로 목적을 혼란스럽게 만드는 것 말입니다."

콧수염을 기른 변호사가 쏘아붙였다.

"핀치는 이 빌어먹을 회사 편에 서서 다른 속셈을 품고 있어요. 물론 우리도 완전히 다른 속셈이 있고요. 핀치, 내가 동의한 건 어젯밤에도 말했지만 제시카와 당신이 고집을 부렸기 때문이지 다른 이유는 없습니다. 제시카가 나와 앤드레아의 충고를 귀담아듣지 않아서 그렇지, 우리 충고를 받아들였다면 이런 고약한 일에 휘말려드는 일은 없었을 겁니다."

"아뇨."

김볼 부인이 낮은 목소리로 말했다.

"그 여자는 나에게서 모든 걸 빼앗아갔어요. 내 사회적 명예도, 조의 사랑도. 난 싸울 거예요. 지금까지는 사람들이 항상 날 밟고 올라서더라도 그냥 묵인해왔어요. 아버지, 조, 심지어 앤드레아까지도. 이젠 아니에요. 이번엔 나 스스로를 지킬 거예요."

엘러리는 그녀가 심하게 과장해서 말하고 있다는 생각이 들었다. 김볼 부인은 어느 모로 봐도 스스로가 말하는 그런 사람으로는 상상이 되지 않았다.

"하지만 정말이지 할 수 있는 게 별로 없습니다, 김볼 부인."

엘러리가 말했다.

"루시와 관련된 것이라면, 그러니까 윌슨 부인으로서 문제될 만한 게 전혀 없습니다. 루시는 그의 법적인 아내예요. 그 사람이 가명을 썼다고 해도 루시의 법적 지위는 조금도 흔들리지 않습니다."

앤드레아가 중얼거렸다.

"나도 어머니에게 계속 그렇게 말씀드리고 있어요. 그래봤자 결국 안 좋은 평판만 얻을 뿐 아무 소득이 없다고요. 어머니, 그러니 제발……."

제시카 김볼은 입을 꾹 다물어졌다. 나지막하게 내뱉는 그녀의 말이 지닌 묘한 힘에 사람들은 모두 입을 다물었다.

"그 여자가 조를 죽였어."

김볼 부인이 말했다.

"아, 그렇군요."

엘러리가 엄숙하게 말했다.

"잘 알겠습니다. 그런 비난을 하시는 근거는 무엇인가요, 김 볼 부인?"

"난 알아요. 난 느낄 수 있어요."

"죄송합니다만 우리의 법원은 그런 증거는 받아들이지 않을 겁니다."

엘러리는 건조한 말투로 대꾸했다.

"제발 좀, 제시카."

그로브너 핀치가 눈살을 찌푸리며 말했다.

"자, 자, 퀸. 당연한 얘기지만 김볼 부인은 지금 이성적으로 생각하지 못합니다. 물론 부인의 말에 근거 같은 건 없어요. 하지만 나는 지금 회사를 대표해서 얘기하고 있습니다. 중요한 사실은 내셔널 같은 회사가 윌슨 부인에 대해 사적인 감정 같은 것은 전혀 갖고 있지 않다는 겁니다. 솔직히 이런 일을 당하면 누구든 괴롭힘을 당한다고 받아들일 수 있거든요. 그러나 우리 회사는 오로지 사실 확인에만 관심이 있습니다."

엘러리가 느릿느릿 말했다.

"그리고 저 역시도 같은 목표를 향하는 객관적인 탐정이지요. 제 보잘것없는 도움을 원하시는 겁니까?"

"부탁드립니다. 제가 마저 이야기할 수 있게 해주십시오. 먼저 해서웨이의 입장을 말씀드리겠습니다. 그분이 여기에 직접 나와서 말할 수도 있었지만 몸이 좋지 않아서요. 윌슨 부인은 우리 회사 보험 가입자가 불의의 사건으로 인해 사망하기 불과 며칠 전 보험의 수익자가 되었습니다. 맞습니다. 가입자가 직접 윌슨 부인을 수익자로 지정했습니다만, 부인이 이를 위해 그를 설득하거나 강압하지 않았다는 증거는 없습니다."

"부인이 그렇게 했다는 증거도 없습니다."

"네, 맞습니다. 그러나 우리로서는 항상 만일의 경우를 고려해야 하니까요. 이제, 우리 회사는 계약에 의해 새로운 수익자에게 백만 달러를 지급해야 합니다. 그리고 이렇게 된 상황이 참 기이합니다. 새로운 수익자는 보험 가입자가 숨겨둔 아내입니다―적어도 그의 진짜 신분을 고려하면 숨겨뒀다는 게 맞겠죠. 만일 이 부인이 어느 날 갑자기 남편의 배신을 알게 됐다면, 남편에 대한 진실한 사랑이 극진했다는 점을 고려하더라도, 그 사랑이 증오로 바뀌지는 않았다 하더라도 충분히 비이성적인 사고를 할 수도 있는 겁니다. 여기에 부인이 보험 수익자로서 백만 달러를 받을 수 있다는 점을 생각해보십시오―부인이 남편에 대한 증오로 인해 수익자를 자신으로 바꾸도록 강압했을 거라는 가능성을 배제하더라도, 살인에 대한 또 다른 동기가 성립하는 셈이 되죠. 우리의 입장을 분명히 아시겠지요?"

프루 상원의원은 의자에 앉아 수염을 만지작거리며 가만히 있지 못하고 몸을 들썩였다. 엘러리는 미안한 듯 말했다.

"하지만 저는 그만큼 강력한 가설을 김볼 부인에 대해서도 세울 수 있습니다. 실례하겠습니다, 김볼 부인. 부인이 어느 날 남편이 다른 여자와 결혼했다는 사실을 발견하고, 실제로 자신은 법적인 아내인 적이 없었다는 사실을 알게 되었다면, 설상가상으로 이 다른 여자를 새로운 보험 수익자로 삼아 자신에게 마지막 치욕까지 더했다면…….. 짜잔, 얘기가 그렇게 되는 것이죠."

"하지만 중요한 건 윌슨 부인이 수익자고 백만 달러가 그분께 간다는 것입니다. 아까도 말씀드렸듯이, 현재와 같은 상황에서 내셔널은 충분한 조사가 있을 때까지 보험금 지급을 보류해야 할 것입니다. 그렇지 않는다면 보험 가입자들에 대한 의무 태만이 될 겁니다."

"그럼 왜 저를 부르셨습니까? 회사에도 훈련받은 전문 조사관들이 있을 텐데요?"

"아, 물론입니다."

핀치는 잠시 말을 끊었다.

"하지만 여기에는 개인적인 요소가 작용하고 있으니까요. 저는 외부 전문가가, 그것도 이번 일을 위해 특별히 고용된 전문가 쪽이 좀 더…… 음…… 신중하게 기량을 발휘할 수 있으리라 생각합니다. 그런데 퀸 씨가 처음부터 현장에 있었고…….."

엘러리는 의자의 팔걸이를 가볍게 두드렸다. 그들의 눈이 그를 향했다.

한참 후 엘러리는 입을 열었다.

"아시겠지만 제 입장이 좀 애매합니다. 여러분이 비난하려 하는 사람은 제 오랜 친구의 여동생입니다. 저는 여러분에게는 적군의 편에 서 있는 사람일 겁니다. 핀치 씨의 요청에서 제가 매력을 느끼는 유일한 요소는 핀치 씨가 미리 예상된 결과가 아닌 진실을 규명하는 데 관심이 있다는 점입니다. 핀치 씨, 물론 제가 신중하게 일을 처리하리라는 것은 믿으셔도 됩니다. 하지만 제 침묵을 기대할 수는 없을 겁니다."

"그게 무슨 뜻입니까?"

프루 상원의원이 물었다.

"흠, 논리적인 귀결이죠. 안 그렇습니까? 저는 늘 남을 도와야 한다는 구세주 콤플렉스가 있고 그에 걸맞은 노력을 하고 있습니다. 만일 내가 진실을 발견한다면, 그게 꼭 여러분의 입맛에 맞는 것이리라고는 보장할 수 없습니다."

핀치는 앞에 놓인 서류들을 뒤지더니 그중 하나를 뽑아 꺼내고, 만년필 뚜껑을 열어 글자를 적기 시작했다.

"내셔널이 원하는 것은 루시 윌슨이 남편을 죽였는지, 또는 살인의 원인을 제공했는지 아닌지에 대한 합리적인 증거입니다."

핀치는 조용히 말했다. 그는 글자를 쓴 종이를 압지로 누르고, 자리에서 일어나 책상을 돌아 엘러리에게 종이를 내밀었다.

"이 정도면 수임료로 충분하겠습니까, 퀸 씨?"

엘러리는 눈을 깜박였다. 그 종이는 수표였고, 핀치의 서명 위에 독특한 초록색 잉크로 5천 달러라고 적혀 있었다.

"대단하군요."

엘러리는 중얼거렸다.

"하지만 좀 더 고민해볼 때까지 보수 문제는 천천히 논의하는 게 좋지 않을까요. 저는 아직 확실히 결정을 못 내렸는데요."

핀치는 고개를 숙였다.

"물론, 원하시는 대로요."

"한두 가지만 여쭙겠습니다. 김볼 부인, 남편 쪽인 김볼 집안의 현재 재산 상태에 대해 알고 계십니까?"

"재산 상태요?"

그녀는 질문이 성가시다는 듯 멍하니 되물었다.

"조는 가난한 사업가였어요."

앤드레아가 쓸쓸하게 말했다.

"그분 명의로 된 재산은 아무것도 없었습니다. 다른 모든 면에서도 가난했고요."

변호사가 툴툴거렸다.

"그의 유언장을 염두에 둔 거라면, 모든 것을 제시카 보든 김볼에게 남겼다고 말할 수 있습니다. 하지만 사실상 빚과 보험 말고는 아무것도 남긴 게 없으므로, 이런 상황에서는 다소 부정적인 유산인 셈이죠."

엘러리는 고개를 끄덕였다.

"그건 그렇고, 상원의원님. 김볼이 보험 수익자를 변경하기로 한 결정에 대해서 전혀 들으신 바가 없었던 것 같군요?"

"전혀 못 들었소. 어이가 없어서, 원!"

"당신은요, 존스 씨?"

"나요?"

젊은 남자는 눈썹을 치켜떴다.

"내가 어떻게 알았겠습니까? 그분과는 그렇게 친밀한 관계가 아니었습니다."

"아, 미래의 장인어른께서 당신을 별로 신경 쓰지 않았나보군요, 존스 씨. 아니면 그냥 관심이 부족했던 겁니까?"

"제발요."

앤드레아가 힘없이 말했다.

"이런 게 다 무슨 상관인가요, 퀸 씨? 아무튼 조는 보험에 대해서는 아무 말도 하지 않았어요."

"알겠습니다."

엘러리는 일어섰다.

"핀치 씨, 만일 제가 당신의 의뢰를 받아들인다면 제 활동에 대해서는 아무 제약도 없는 겁니까?"

"그렇습니다."

엘러리는 지팡이를 집어 들었다.

"하루나 이틀 내에 제 의견을 알려드리죠. 트렌튼 쪽에서 좀 더 많은 사실이 나오면요. 그럼 안녕히 계십시오."

엘러리가 파크 애비뉴에 있는 보든-김볼가의 웅장한 건물 11층의 벨을 누른 것은 월요일 저녁 어스름한 무렵이었다. 얼굴이 어딘가 물고기를 연상시키는 연미복 차림의 남자가 세련된 태도로 그를 맞이하며 복층 아파트의 거실로 안내했다. 느긋하게 기다리면서 그림과 명품 가구들을 살펴보는 동안, 엘러리는 이런 웅장함을 유지하는 비용이 누구의 주머니에서 나온 것일지 궁금해졌다. 아파트 임대료는 1년에 2만에서 3만 달러 사이일 것이라고 짐작이 갔다. 그리고 내부 장식은 그가 있는 방을 기준으로 하면 아마도 여섯 자리 숫자까지 올라갈 것이었다. 이 방은 그 전날 트렌튼 시체안치소에서 본 여위고 낭만적인 신사보다는 늙은 재스퍼 보든의 손길이 더 많이 느껴졌다.

물고기 같은 얼굴의 남자가 다시 나타나 조명이 어둑하고 벨벳이 벽에 걸린 다소 신비스런 분위기를 풍기는 방으로 말없이 엘러리를 안내했다. 방 한가운데는 덩치 큰 노인이 휠체어에 앉아 있었다. 죽어가는 왕이 왕좌에 앉아 있는 모습 같았다. 그의 뒤에는 험악한 눈빛의 간호사가 서 있었다. 노인은 윙 칼라 셔츠에 애스코트 타이를 매고 그 위로 두꺼운 양단 실내복을 입고 있었고, 울퉁불퉁한 오른손가락에는 묵직해 보이는 특이한 인장반지를 끼고 있었다. 80대의 나이를 고려하면 상당히 정정한 편이라고 엘러리는 생각했지만, 그 순간 노인의 왼쪽 반신이 기묘하게 뻣뻣하다는 것을 눈치챘다. 얼굴 왼쪽의 근육은 미동도 없었고, 오른쪽 눈이 활발하게 움직이는 동안 왼쪽 눈은 깜박임조차 없었다. 마치 살아 있는 몸과 죽은 몸 두 개를 붙여놓은 것 같았다.

"안녕하십니까, 퀸 씨."

중저음의 쉰 목소리가 입 한옆으로 새어 나왔다.

"일어서지 않는 것을 양해해주십시오. 그리고 토요일 밤 친절하고 정중한 메시지를 보내주셔서 감사합니다. 오늘은 어쩐 일로 방문하신 것인지요?"

공동묘지 같은 어둑한 실내에 퀴퀴한 곰팡이 냄새가 풍겼다. 엘러리는 이 남자가 이미 무덤 속에 들어가 있음을 깨달았다. 그의 눈에 둘린 짙푸른 색의 테두리는 죽음의 색을 띠고 있었다. 그러나 물기 없는 흙빛 얼굴에 자리 잡은 그 단호한 턱과 새 부리 같은 코를 찬찬히 관찰하며, 엘러리는 재스퍼 보든이 여전히 무시할 수 없는 힘을 가지고 있다는 생각이 들었다. 사납게 움직이는 그의 눈빛이 사나운 자연의 광풍이었던 것처럼, 엘러리는 불편한 마음이 들었다.

"절 만나주셔서 감사합니다, 보든 씨."

엘러리는 재빨리 말했다.

"많이 힘드실 텐데 시간을 낭비하지 않도록 하겠습니다. 사위의 죽음에 대해 제가 관심이 있다는 건 잘 아시지요?"

"당신에 대해 들어 알고 있습니다."

"하지만 김볼 부인은……?"

"내 딸이 모든 걸 다 말해주었어요."

엘러리는 잠시 멈췄다가 다시 말을 이었다.

"보든 씨, 진실이란 참 희한한 것입니다. 부정할 수는 없지만 그 필연성을 재촉할 수는 있지요. 저에 대해 들으셨다고 하시니 제가 이 비극에 대해 완전히 공정하고 객관적인 입장을 고수하고 있음을 설명드릴 필요는 없겠습니다. 제 질문에 대답해 주시겠습니까?"

퀭한 움직이는 눈에는 변함이 없었다.

"퀸 씨, 이것이 나에게 어떤 의미인지 알고 있겠지요? 내 이름과, 내 가족에게?"

"잘 압니다."

노인은 말이 없었다. 잠시 후 그는 다시 입을 열었다.

"뭘 알고 싶으십니까?"

"사위의 이중생활에 대해 언제 처음 아셨는지요?"

"지난 토요일 밤이오."

"조지프 윌슨에 대해서, 그 사람 또는 그 사람의 이름에 대해 들으신 적이 없습니까?"

그는 육중하고 느릿하게 고개를 한 번 가로저었다.

"음, 듣기로 보든 씨께서 사위에게 백만 달러짜리 보험에 가입하도록 권했다고 하던데요?"

"그랬지요."

엘러리는 코안경의 렌즈를 닦았다.

"그렇게 하신 특별한 이유가 있습니까?"

노인의 진지한 푸른 입술의 오른쪽 반이 살짝 들려 올라갔고, 엘러리는 그것이 미소인 것 같다고 생각했다.

"범죄와는 아무 상관이 없고, 순수하게 원칙적인 동기에 의한 것이었습니다. 내 딸은 남편의 경제적 보호는 필요하지 않았습니다. 하지만."

쉰 목소리가 단호해졌다.

"요즘 같은 시대에, 사람들은 신을 믿지 않고 여자들은 부끄러움도 없이 나돌아 다니는 이런 때에, 옛 가치를 강조하는 것은 좋은 일이죠. 나는 옛날 사람이오, 퀸 씨. 시대착오적인 사람이지요. 나는 여전히 신과 가정을 믿소."

"물론 그러시겠죠."

엘러리는 서둘러 대답했다.

"그건 그렇고 물론 보든 씨께서는 모르셨겠지만, 김볼이……."

"그는 그런 인간이 아니었소."

80대 노인의 목소리가 낮게 우르릉 울렸다.

"그럼 김볼이……."

보든이 조용히 말했다.

"그는 개였소. 육욕에 떠는 짐승 같은 놈. 그놈은 상류사회 사람들을 대표하는 가치들을 모두 더럽히고 비하했어요."

"그 기분은 전적으로 이해합니다, 보든 씨. 저는 김볼이 수익자를 변경한 것을 알고 계셨는지 물으려던 것입니다."

노인은 으르렁거렸다.

"내가 알았다면 비록 이런 휠체어에 갇힌 쇠약한 몸이지만,

당장 놈의 목을 졸랐을 것이오."

"저기…… 좀 사적인 질문이 아닐까 싶습니다만. 김볼이 정확히 어떤 상황에서 어떻게 따님께 구애를 하고 결혼을 하게 된 것입니까?"

엘러리는 기침을 했다.

"더 적절한 표현이 없어 이런 통상적인 말을 쓰게 된 것을 양해해주시기 바랍니다."

냉혹한 눈이 잠깐 번쩍이다가, 눈꺼풀이 아래로 축 늘어졌다.

"지금은 참으로 이상한 시절이오, 퀸 씨. 나는 조지프 김볼을 전혀 좋아하지 않았어요. 내가 볼 때 그놈은 남자의 껍질만 쓴 약골이고, 지나치게 잘생기고 자기 스스로 책임질 줄을 모르는 나약한 놈이었습니다. 하지만 내 딸은 미칠 듯이 사랑에 빠졌지요. 나는 내 외동딸의 행복을 부정할 수 없었습니다. 내 딸은, 아시겠지만……."

중저음의 목소리가 잠시 멈췄다.

"첫 번째 결혼이 불행하게 끝났어요. 첫 번째 남편은 명망 있는 가문과 사회적 지위와 엄청난 부를 소유했던 사람이었는데, 딸은 젊은 나이에 남편이 대엽성 폐렴으로 죽는 것을 지켜보는 비극을 겪었습니다. 그로부터 몇 년 후 김볼이 접근했을 때 제시카의 나이는 이미 40이었고."

거대한 오른쪽 어깨가 움찔했다.

"퀸 씨도 여자들이 어떤지 잘 알지 않소?"

"그럼 당시 김볼의 재산은요?"

"아주 볼품없었지요."

보든은 툴툴거렸다.

"그의 어머니는 영악한 악마였소. 나는 그 여자의 야망이 그를 중혼의 길로 몰아넣었을 거라고 확신합니다. 조지프 김볼은 그런 비열한 인간들을 다룰 배짱 같은 건 없었고, 특히 그의 어머니 같은 인간을 다룰 능력은 더더욱 없었어요. 제시카는 따로 상당한 재산이 있소. 첫 번째 남편의 유산과 먼저 세상을 뜬 내 아내의 유산을 합한 것이지요. 나는 당연히 그 결혼을 반대했습니다……. 그놈은 가진 게 아무것도 없었으니까요. 결국 나는 그놈을 내 사업에 끌어들였소. 그렇게 하면 될 거라고 생각했어요. 나는 그에게 모든 기회를 다 주었습니다."

보든의 중얼거리는 목소리가 조금씩 꺼져 들어갔다.

"개 같은 놈. 고마워할 줄도 모르는 개. 내 아들이 될 수도 있었는데……."

간호사가 거만하게 신호를 보냈다.

"김볼이 당신 사업을 관리했습니까, 보든 씨?"

"손해를 끼쳐도 피해가 크지 않을 부분을 맡았지요. 내가 보유하고 있는 주식이 상당합니다. 그중에서 내가 관리하는 몇 군데 회사의 이사직을 그에게 맡겼어요. 29년과 30년의 대공황 때 그는 내가 준 걸 전부 다 잃어버렸소. 검은 금요일에도 놈은 아마 필라델피아의 자기 소굴에 가 있었겠지. 그 여자와 흥청망청하면서!"

"그럼 당신은 어땠습니까, 보든 씨?"

엘러리는 단조로운 경의를 표하며 물었다.

"난 그때는 일선에 있었소, 퀸 씨."

노인은 엄숙하게 대답했다.

"재스퍼 보든이 낮잠을 자는 건 누구도 보지 못했을 거요. 하지만……."

그의 어깨가 다시 움찔했다.

"이제 난 아무것도 아니오. 그냥 살아 있는 시체지. 이젠 시가도 못 피우게 하지요. 빌어먹을 음식도 숟가락으로 떠서 나한테 먹여주고……."

드디어 간호사가 화를 냈다. 그녀의 엄지손가락이 문 쪽을 가리키고 있었다.

엘러리가 서둘러 물었다.

"한 가지만 더 여쭙겠습니다. 선생님은 이혼에 반대하십니까?"

그 순간 엘러리는 늙은 백만장자가 심장 발작을 일으킨 게 아닐까 겁이 났다. 그의 멀쩡한 눈이 무시무시하게 원을 그렸고 얼굴에 검은 피가 번지며 안색은 흙빛이 되었다.

"이혼! 그건 악마의 사악한 제도요! 내 아이는 절대……."

그러다 그는 다시 잠잠해졌고, 나지막이 혼잣말을 중얼거렸다. 잠시 후 그는 부드러운 목소리로 말했다.

"나는 이혼에 반대하는 신조가 있습니다. 퀸 씨. 그걸 왜 묻는 겁니까?"

그러나 엘러리는 중얼거리며 문 쪽으로 물러났다.

"감사합니다, 보든 씨. 정말 친절히 대해주셨습니다. 네, 네, 간호사님. 전 이제 갑니다."

누군가 뒤에서 부르는 소리가 들렸다.

"퀸 씨."

흐릿한 목소리였다. 돌아서니 제시카 김볼이 무시무시한 검은 옷을 입고 뒤쪽에 서 있는 것이 보였다. 그 근처에 키가 큰 핀치의 형체가 희미하게 보였다.

어두운 공기가 숨 막힐 듯 답답했다.

"미안합니다."

엘러리는 이렇게 말하고는 옆으로 비켜섰다. 그녀는 엘러리의 존재를 의식하지 않고 그의 옆을 스쳐 지나갔다. 핀치는 한숨을 쉬며 그녀의 뒤를 따랐다.

밖으로 걸어 나오는데, 늙은 재스퍼 보든이 화를 내며 투덜거리는 소리가 들려왔다.

"제시카. 그렇게 곧 죽을 것 같은 얼굴 좀 하지 말아라! 내 말 들리니?"

그러자 중년 여성은 고분고분하게 대답했다.

"네, 아버지."

엘러리는 생각에 잠겨 성큼성큼 계단을 내려왔다. 지금까지 잘 파악되지 않던 상황들이 대부분 선명해졌다. 그리고 죽어가는 거인 재스퍼 보든이 여전히 강한 권위로 집안을 다스리고 있다는 사실도 확실히 알았다.

엘러리가 그들만의 성역을 바로 떠나지 않고 앤드레아 김볼을 불러달라고 정중히 부탁하자, 물고기 얼굴의 남자는 자신에게 허용된 감정 표현의 한계 안에서 최대한 짜증을 내는 것 같았다. 앤드레아가 안쪽 방에서 나타났을 때 남자는 한옆에 뻣뻣한 자세로 서 있었다. 여주인을 침입자로부터 보호하는 것이 자신의 임무라고 여기는 것 같았다. 그녀의 바로 뒤에 디너 재킷 차림의 버크 존스가 어기적거리는 걸음으로 따라 나왔다. 다소 화려한 부목을 댄 오른팔은 검은 실크 띠로 목에 걸고 있었다.

"아, 오셨군요, 퀸."

존스가 말했다.

"탐정 일을 하는 중입니까? 맙소사, 난 당신들이 부러워요. 진짜 흥미진진한 삶을 살잖아요. 뭔가 운을 만났습니까?"

"특별한 건 없습니다."

엘러리가 미소를 지었다.

"안녕하십니까, 김볼 양. 약혼자분도 함께 계셨군요."

"안녕하세요."

앤드레아가 인사말을 건넸다. 엘러리를 본 그녀의 얼굴이 기이하게 창백해졌다. 그녀는 목선이 깊이 패고 대담한 곡선을 그리는 이브닝드레스를 입고 있었다. 다른 젊은 남자였다면 경외심을 가지고 바라보았겠지만, 엘러리는 엘러리였다. 그는 옷 대신 그녀의 눈을 관찰하는 쪽을 택했다. 그 눈은 겁에 질려 부릅떠져 있었다.

"당신이…… 저와 얘기하고 싶으시다고요?"

"마침 들른 김에요."

엘러리는 무심히 말했다.

"집 앞에 크림색 자동차가 주차되어 있더군요. 16기통 캐딜락이었는데……."

"아, 그건 제 차일 겁니다."

존스가 말했다.

엘러리는 순간적으로 앤드레아의 표정을 스치는 순수한 공포의 물결을 포착했다. 그녀는 자기도 모르게 "버크!"라고 외치고는 입술을 깨물고 의자 등받이를 더듬어 짚었다.

"도대체 왜 그래요, 앤디?"

존스가 미간을 찌푸리며 물었다.

"당신 차라고요, 존스?"

엘러리가 중얼거렸다.

"이상하군요. 빌 에인절은 조지프 킴볼이 살해당한 날 살인 현장인 오두막 앞 진입로에 크림색 16기통 캐딜락 로드스터가 서 있는 걸 보았다고 했는데요. 정말로 이상한 일이군요. 그 차가 빌을 거의 칠 뻔했다고 했는데."

존스의 호두색 피부가 회색이 되었다.

"내…… 차가요?"

그는 간신히 말하고는 입술을 축였다. 존스의 공허한 눈이 앤드레아에게로 향했다가 다시 정면으로 돌아왔다.

"그건 불가능합니다, 퀸. 나는 토요일 밤 킴볼 집안사람들과 함께 월도프 자선 무도회에 참석했었고, 내 차는 밤새도록 호텔 앞 도로에 주차되어 있었습니다. 분명히 다른 차일 거예요."

"아, 물론 그렇겠죠. 그리고 당연히 킴볼 양도 그걸 보증할 수 있겠지요."

여자의 입술이 거의 움직이지 않았다.

"네."

"오. 보증하시겠다는 겁니까, 킴볼 양?"

엘러리의 물음에 그녀의 손이 조금 떨렸다.

"네."

앤드레아는 속삭였다. 존스는 애써 그녀를 외면하고 있었다. 그는 작게 오그라드는 것 같았다. 눈앞의 난처한 상황에 어떻게 행동해야 할지 모르겠다는 듯 그의 넓은 어깨가 조금씩 움츠러들었다.

엘러리는 엄숙하게 말했다.

"그렇다면 저로서는 달리 선택의 여지가 없군요. 김볼 양의 약혼반지를 보여달라고 요청할 수밖에 없겠습니다."

존스는 몸이 굳었다. 그의 눈은 엘러리에게서 앤드레아의 왼손으로 향했고, 겁에 질려 그 자리에서 꼿꼿이 굳어버렸다.

"약혼반지요? 도대체 무슨 이유로 그런……?"

"그 답은 김볼 양이 해주실 수 있을 것 같습니다."

엘러리가 말했다.

위쪽 어디선가 말소리가 들려왔다. 존스는 앤드레아에게 바짝 다가서며 거칠게 말했다.

"자, 얼른 저 사람에게 보여줘요."

그녀의 눈이 감겼다.

"버크……."

"말했잖아요."

존스의 목소리가 굵어졌다.

"왜 보여주지 않는 거요? 앤드레아, 반지 어디 있어요? 왜 저 사람이 그런 걸 묻는 거죠? 나한텐 한마디도 안 하고……."

위층 발코니의 문이 쾅 소리를 내며 열렸다. 김볼 부인과 그로브너 핀치가 나타났다.

"앤드레아! 무슨 일이냐?"

김볼 부인이 외쳤다.

앤드레아가 손으로 얼굴을 가렸다. 왼손 넷째 손가락에는 여전히 아무것도 없었다. 그녀는 흐느끼기 시작했다.

김볼 부인은 계단을 달려 내려왔다.

"바보같이. 뚝 그쳐!"

그녀는 매섭게 말했다.

"퀸 씨, 설명을 해주셔야겠어요."

"전 그냥 따님께 약혼반지를 보여달라고 부탁드린 것뿐입니다, 김볼 부인."

엘러리는 인내하며 말했다.

"앤드레아, 당신이 날 이런 난장판에 끌어들인 거라면 난⋯⋯."

존스가 쉰 목소리로 말했다.

"앤드레아, 이게 다 무슨⋯⋯?"

김볼 부인이 말했다. 격분한 얼굴은 많이 늙어 보였다. 핀치도 계단을 달려 내려왔다. 그는 눈에 띄게 곤란해하고 있었다.

앤드레아는 흐느꼈다.

"아아, 모두 다 나에게서 등을 돌리신 건가요? 내가⋯⋯ 내가 지금 어떤지 안 보이시나요?"

김볼 부인은 냉정하게 말했다.

"퀸 씨, 내 딸이 당신의 바보 같은 질문에 대답을 안 하겠다고 마음을 먹었다면, 대답하지 않을 거예요. 당신이 왜 이러는 건지 이해는 가지 않지만, 당신이 그 구역질 나는 필라델피아 친구의 소중한 여동생을 보호하고 있다는 건 잘 알겠어요. 당신은 우리를 위해 일하는 것이 아니에요. 당신도 그 여자가 죽었다는 걸 알면서!"

엘러리는 한숨을 쉬고 문 쪽으로 다가갔다. 문 옆에 서 있던 물고기 같이 생긴 집사는 실망하는 기색이 역력했다.

"아, 핀치 씨."

"이렇게 유치하게 말고요. 이 문제에 대해 같이 찬찬히 얘기 해보면……."

핀치가 서둘러 말했다.

"말은 여자의 것이고, 행동은 남자의 것이죠. 저는 저의 자연스러운 남성성으로 되돌아가야 한다고 생각합니다."

"하지만 내가 볼 땐……."

엘러리는 유감스러운 말투로 말했다.

"흠, 이런 상황이라면 저로서는 내셔널 생명보험회사의 후원하에 이 사건을 조사하는 것이 불가능합니다. 전혀 협조를 얻을 수 없으니까요. 이렇게 간단하고 단순한 질문마저도! 아무래도 저는 핀치 씨의 의뢰를 거부해야 하겠습니다."

"만일 수임료가 적다면……."

핀치는 무기력하게 입을 열었다.

"수임료는 중요하지 않습니다."

"엘러리."

낮은 목소리가 들렸다. 엘러리는 돌아섰다. 빌 에인절이 문앞에 서 있었다. 물고기 얼굴의 남자는 이제는 화를 내는 것 같았다. 그러더니 그는 슬쩍 어깨를 으쓱하고는, 거드름을 피우며 옆으로 비켜서서 빌에게 길을 내주었다.

"흠, 빌."

엘러리는 미간을 찌푸리며 느릿느릿 말했다.

"마침내 왔군. 자네가 올 거라 생각했어."

빌은 기분이 좋지 않아 보였다. 그러나 그의 잘생긴 턱에는 단단한 결의가 깃들어 있었다.

"미안해, 엘. 나중에 설명할게. 그건 그렇고."

그는 목소리를 높여 조용히 주위를 둘러보며 말했다.

"김볼 양에게 할 말이 있습니다. ……따로."

앤드레아가 손으로 목을 감싸 쥐며 일어섰다.

"아, 여기 오시면 안 되는데."

"앤드레아……."

김볼 부인이 째지는 소리로 입을 열었다.

그 말을 가로막으며, 존스가 퉁명스러운 목소리로 말했다.

"그동안 나는 별별 일들을 다 참아왔어요. 앤드레아, 당신은 날 오랫동안 가지고 놀아왔소! 지금 당장 설명해주지 않으면, 제기랄, 우리 사이는 모두 끝이오! 이 남잔 누구요? 반지는 어디 있어요? 도대체 토요일 밤에 내 차를 가지고 무슨 짓을 한 거요? 만일 당신이 이 살인사건에 연루된 거라면……."

잠시 동안 앤드레아의 눈에서 빛이 나더니, 다시 시선을 내렸다. 그녀의 뺨에 살짝 붉은 기가 돌았다.

빌이 멍하니 말했다.

"당신 차라고요?"

"왜 로맨스에서 솔직함이 중요한지 이제 알겠지, 빌."

엘러리가 중얼거렸다.

"그 크림색 캐딜락 로드스터는 앤드레아 김볼의 소유도 아니고 평소에 몰고 다니지도 않는다고 어젯밤 말해줄 수도 있었을 텐데. 정확한 순간에 정확한 질문을 던져야 한다는 건 기본 중의 기본이지……. 자, 그럼 이제 문을 닫고 자리에 앉아 합리적인 사람들답게 이 문제를 토론해보자고 제의해도 되겠습니까?"

펀치는 고용인에게 무슨 말을 중얼거렸고, 고용인은 엄숙한 표정으로 문을 닫고 사라졌다. 김볼 부인은 화가 나서 입술을 오므리며 자리에 앉았다. 뭔가 고약한 말을 하고 싶었지만 정확히 무슨 말을 해야 좋을지 모르는 것 같았다. 존스는 계속 앤드레아를 노려보았고, 앤드레아는 계속 바닥만 쳐다보고 있었다. 그녀의 얼굴에는 다시 희미하게 핏기가 돌고 있었다. 그러나 빌은 갑자기 자기 발만 물끄러미 쳐다보고 있었다. 그는 무기력한 태도로 발을 이리저리 움직였다.

"김볼 양과는 정확히 무슨 얘기를 하고 싶었던 건가, 빌?"

엘러리의 물음에 빌은 고개를 저었다.

"그건 김볼 양에게 달린 문제야. 난 할 말이 없네."

앤드레아는 빌을 향해 부끄러운 듯하면서도 기이하게 고통스러워 보이는 눈빛을 보냈다.

잠깐의 고통스러운 침묵이 흐른 후 엘러리가 말했다.

"아무래도 내가 말을 해야겠군. 사실 난 듣는 쪽을 선호하는데. 지금 두 사람 모두 굉장히 이상하게 행동하고 있는 건 알겠지. 김볼 양과 빌, 당신들 두 사람. 꼭 어린아이들처럼."

빌은 얼굴을 붉혔다.

"무슨 일이 있었는지 내가 말해볼까? 토요일 밤, 내가 오두막의 카펫을 조사하고 있을 때, 자넨 카펫의 섬유 오라기 사이에 파묻힌 반짝거리는 뭔가를 발견했어. 자넨 그걸 발로 밟았고, 아무도 보지 않는다는 확신이 섰을 때 신발 끈을 묶는 척하고 그걸 주웠어. 하지만 나도 그걸 봤고, 자네가 하는 행동을 다 지켜봤지. 적어도 6캐럿은 되는 커다란 다이아몬드였어."

빌은 몸을 떨었고, 앤드레아는 짧은 숨을 내쉬었다. 존스의 살갗은 다시 회색빛을 띠었고, 광대뼈는 분노로 팽팽해졌다.

"난……."

빌은 중얼거리며 입을 열었다.

"아무도 안 보는 줄 알았겠지."

엘러리가 부드럽게 말했다.

"하지만 나는 모든 것을 보도록 훈련을 받았고, 진실을 향하는 길을 걷기 위해서는 우정도 용납하지 말라는 게 내 신조야. 자넨 그 다이아몬드가 누구 것인지 몰랐지만, 드종에게는 그 말을 하기가 두려웠어. 어쩌면 그게 루시와 연관이 있을지도 모른다고 생각했기 때문이지. 그러다 김볼 양이 왔고, 자넨 그녀의 손가락에 끼워진 반지에 알이 빠져 있는 것을 봤어. 우연일 수는 없었지. 그래서 자네는 그녀가 오두막에 있었다는 걸 알게 된 거야……. 하지만 보시다시피, 나도 그건 눈치챘었어."

빌은 다소 우울하게 웃었다.

"난 정말 최고의 바보야. 정말로. 나의 비굴한 사과를 받아주게, 엘러리."

그는 앤드레아에게 자신의 무력함을 보여주려는 듯 어깨를 살짝 들어 올렸다. 극도의 긴장감에 괴로워하던 앤드레아는 희미하게 유령 같은 미소를 지었다. 존스는 그 미소를 보았고, 그의 가는 입술이 팽팽해졌다.

"자네는 앤드레아를 그늘진 구석으로 끌고 갔어."

엘러리는 아무 일도 없었다는 듯 계속 말했다.

"그리고 바로 그 옆에 편리하게도 그늘이 있기에, 나는 배신당한 친구라는 특권을 발휘해서 두 사람의 말을 엿들었지. 계속 얘기할까?"

앤드레아가 작게 소리를 냈다. 그러더니 갑자기 고개를 쳐들었다. 그녀의 눈빛은 맑았다.

"더 이상 말씀하실 필요 없습니다, 퀸 씨."

앤드레아가 꼿꼿이 말했다.

"숨기려는 게 얼마나 소용없는 짓이었는지 알겠어요. 나는…… 아무래도 이런 일에는 능하지 않은 것 같네요. 고맙습니다, 빌 에인절. 정말 친절히 대해주셨어요."

빌은 불편한 듯 다시 얼굴을 붉혔다.

"토요일 오후에 내 차를 빌렸단 말이지. 제기랄, 앤드레아. 이 일에서 난 빼줘요."

버크 존스가 중얼거렸다.

그녀는 경멸의 기색을 가득 담은 눈빛으로 말했다.

"걱정 말아요, 버크. 그럴 테니까. 퀸 씨, 토요일 오후에 저는…… 조에게서 전보를 받았습니다."

"앤드레아."

김볼 부인이 힘없이 말했다.

"그런 말은 하지 않는 게 현명할 수도……."

핀치도 낮은 목소리로 입을 뗐다.

그러나 그녀는 눈을 감았다.

"전 숨길 게 없어요, 더키. 저는 그를 죽이지 않았어요. 당신이 그 점을 의심하시는 거라면요."

그녀는 잠시 말을 멈췄다.

"조가 보낸 전보에는 그 오두막에서 급한 용건으로 만나자고 적혀 있었어요. 가는 방법도 자세히 있었고요. 약속 시각은 9시였습니다."

"내 약속 시각과 겹치는데."

빌이 중얼거렸다.

"저는 버크의 차를 빌렸습니다. 그날 오후 우리는 외출을 했고 버크는 차를 운전할 수 없었거든요. 버크에게는 어디 가는지 말하지 않았습니다."

"당신이 운전했다고 확실히 말하는 게 어때요? 이런 부러진 팔로는 운전 자체를 할 수가 없었으니."

존스가 으르렁거렸다.

"제발, 버크."

그녀가 조용히 말했다.

"그건 퀸 씨도 이해하실 거예요. 저는 그곳에 일찍 도착했습니다. 거기엔 아무도 없었어요. 그래서 잠깐 캠든 쪽으로 드라이브를 나갔어요. 돌아왔을 때는…….''

"처음 도착했을 때는 몇 시였습니까?"

엘러리가 물었다.

"아, 모르겠어요. 아마 8시쯤? 그때는…….''

"그럼 두 번째 도착한 시각은 몇 시였죠?"

그녀는 망설였다.

"기억이 잘 안 나요. 거의 어두워졌었는데. 저는 안으로 들어갔고, 그때는 불이 켜져 있었어요. 그리고…….''

엘러리가 몸을 뒤척였다.

"방해해서 죄송합니다, 김볼 양. 오두막에 두 번째로 도착하셨을 때, 뭔가 의심스러운 것은 보지 못하셨습니까?"

"아뇨, 전혀요."

그녀가 너무 빨리 대답해서 엘러리는 다음 질문을 참고 담배에 불을 붙였다.

"그런 건 전혀 없었습니다. 저는 안으로 들어갔고 거기에 조가 있었어요. 그는 바닥에 쓰러져 있었습니다. 전 그가 죽었다고 생각했어요. 저는…… 저는 조를 만지지 않았습니다. 만질 수가 없었어요. 피가……. 전 비명을 질렀던 것 같아요. 그러고는 달려 나왔습니다. 밖에 나와 다른 차가 집 근처 도로 위에 서 있는 걸 보고 겁에 질렸어요. 저는 캐딜락에 올라타 바로 그 자리를 떠났습니다. 물론 지금은 제가 칠 뻔했던 사람이 에인절 씨라는 걸 알지만요."

그녀는 잠시 말을 멈췄다.

"이게 다예요."

이어지는 침묵 속에 버크 존스가 목청을 가다듬었다. 그의 목소리에는 당혹스러운 기색이 새롭게 깃들어 있었다.

"흠. 미안해요, 앤드레아. 나한테 말만 했어도…… 당신이 일요일에 내 차를 가져갔었던 얘기를 하지 말라고 부탁해서……."

"정말이지 사랑스러운 분이군요, 버크. 당신의 관대함은 언제까지나 기억할 거예요."

앤드레아가 냉랭하게 말했다.

그로브너 핀치가 앤드레아에게 다가와 어깨를 두드렸다.

"퀸 씨 말마따나 정말 바보 같은 짓을 했구나, 앤드레아. 왜 나나 어머니한테 솔직하게 털어놓지 않았니? 넌 잘못한 게 없어. 그 문제에 관해서라면, 에인절 씨도 같은 전보를 받았고 그곳에 갔잖아. 목격자도 없이. 그런데도 저 사람은 조금도 거리낌 없이……."

앤드레아는 눈을 감았다.

"전 정말 피곤해요. 혹시 제가……."

"그럼 그 반지의 보석은요, 김볼 양?"

엘러리가 무심히 물었다.

앤드레아는 눈을 떴다.

"나갈 때 문에 손을 부딪친 걸로 기억해요. 그때 알이 빠진 것 같아요. 저는…… 에인절 씨가 그날 밤늦게 보석 얘기를 알려주기 전까지는 잃어버린 줄도 몰랐어요."

"알겠습니다."

엘러리는 일어섰다.

"정말 감사합니다, 김볼 양. 제가 감히 충고를 하자면 지금 이 이야기를 폴린저에게……."

"아, 안 돼요!"

그녀는 놀라 외쳤다.

"그건 안 돼요. 제발, 그 사람에게 말하지 않으실 거죠? 그 사람들과 마주해야 한다면……."

"꼭 그럴 필요는 없어, 엘러리."

빌이 낮은 목소리로 말했다.

"왜 일을 복잡하게 만들어? 그래봤자 좋을 것도 없고, 김볼 양만 달갑지 않은 오명을 뒤집어쓰게 될 뿐이야."

"에인절 말이 맞습니다, 퀸 씨."

핀치가 간절하게 말했다.

엘러리는 슬며시 미소를 지었다.

"음. 다수의 의견에 제가 밀리는 것 같군요. 그럼 안녕히 계십시오."

그는 핀치와 존스와 악수를 했다. 빌은 어색한 태도로 문 옆에 서 있다가, 앤드레아와 시선을 마주치고 고개를 돌렸다. 그러다 엘러리를 따라 아파트를 나와 어깨를 축 늘어뜨리고 걸었다.

트렌턴으로 가는 길에 둘은 말을 많이 하지 않았다. 제너럴 풀러스키 스카이웨이와 뉴어크 공항을 지나면서, 빌이 중얼거렸다.

"말하지 않아서 미안해, 엘. 어쩌다 보니⋯⋯."

"잊어버려."

폰티액은 우르릉거렸다. 어둠 속에서 빌이 말했다.

"결국 그 여자가 진실을 말했다는 건 분명한 것 같군."

"아, 그래?"

빌은 잠시 입을 다물었다. 그러다 재빨리 말했다.

"무슨 소리야? 그 여자가 진실한 사람인 건 누구라도 알 수 있어. 자넨 그 여자가⋯⋯ 아니, 이건 말도 안 돼! 나는 그 여자가 내 동생만큼이나 살인과는 거리가 멀다고 생각하네."

엘러리는 담배에 불을 붙였다.

"지난 며칠간 엄청난 심경의 변화를 겪은 것 같은데, 친구."

"무슨 말인지 모르겠군."

빌이 웅얼거렸다.

"모르겠다고? 빌, 자넨 영리한 친구잖아. 정말로 영리한 청년이야. 불과 토요일 저녁만 해도 자네는 부자들, 특히 돈 많은 젊은 여자들에게 대단히 비판적이었어. 그리고 앤드레아 김볼은 누가 뭐래도 자네가 혐오해 마지않는 기생충 같은 계급의 일원이야. 그런데도 자네가 그녀에게 보여준 사려 깊은 행동을 보면 당연히 의아하지 않겠어?"

"그 여잔⋯⋯."

빌은 주저하며 말끝을 흐렸다.

"그 여잔…… 그게, 좀 달라."

엘러리는 한숨을 쉬었다.

"그 정도인 건가……?"

"뭐가 그 정도라는 거야?"

빌은 어둠 속에서 눈을 부라렸다.

"침착해, 친구."

엘러리는 담배를 피웠다. 빌은 가속 페달을 밟았다. 이후 그들은 말없이 달렸다.

챈서리 레인의 드종의 사무실은 비어 있었다. 빌은 사우스 브로드를 돌아 마켓 스트리트에 폰티액을 주차시켰다. 두 사람은 서둘러 머서 카운티 법원의 어두운 로비로 들어섰다. 2층 지방검사 사무실에서 체구가 작고 소화불량에 시달리는 것 같은 얼굴의 폴린저와 경찰서장이 머리를 맞대고 있었다. 두 사람은 엘러리와 빌의 기척에 재빨리 자세를 바로 하고 앉았다.

"오호, 누가 오셨나 했더니."

드종이 기묘한 목소리로 말했다.

"안 그래도 두 분 이야기를 하던 참입니다."

폴린저는 신경이 곤두서 있었다.

"앉아요, 에인절. 뉴욕에서 여기까지 운전해서 온 겁니까, 퀸 씨?"

"네. 뭐든 새로운 내용이 있으면 들을까 해서 왔습니다. 빌은 어쩌다 보니 저와 함께 왔고요. 뭔가 소식이라도?"

폴린저는 드종을 힐끗 보았다.

"글쎄요."

검사는 무심하게 말했다.

"그 얘기보다 먼저 난 당신의 의견이 궁금한데요, 퀸 씨. 그러니까 당신에게 의견이 있다면 말이죠."

"쿠오트 호미네스, 토트 센텐티에."

엘러리는 웃었다.

"사람도 많고 그에 따라 의견도 많죠. 그러다 보니 저도 의견이 하나 있는 것 같습니다. 변변치는 않지만 저만의 의견이죠."

"핀치는 당신을 왜 보자고 한 거였소?"

"아, 그거요."

엘러리는 가볍게 어깨를 으쓱했다.

"저에게 내셔널 생명보험회사를 위해서 이 사건을 조사해달라고 의뢰하더군요."

"수익자의 관점에서?"

폴린저는 책상을 두드렸다.

"그 사람들이 그럴 거라 생각했소. 물론 당신을 돕게 되어 기뻐요. 함께 일할 수 있겠군요."

"저는 수락하지 않았습니다."

엘러리가 중얼거렸다.

"정말이오?"

폴린저는 눈썹을 치켜 올렸다.

"이런, 이런. 아무튼 당신의 견해를 들어보기로 합시다. 나는 아마추어의 충고를 무시하는 근시안적인 검사는 아닙니다. 얘기해봐요."

"앉아, 빌. 이제부터 어마어마한 것을 마주하게 될 테니까."

엘러리가 말했다.

빌은 그 말을 따랐다. 그의 눈빛은 다시 또렷해져 있었다.

"자? 그래서?"

드종은 반쯤 재미있어하며 느릿느릿 말했다.

엘러리는 파이프를 꺼냈다.

"저는 불리한 입장에 서 있습니다. 확실히 당신들은 제가 모르는 정보를 알고 있겠죠. 저로서는 지금 당장 어느 한 개인에게 초점을 맞춘 가설은 들려드릴 수 없습니다. 최소한 제 수중에 있는 사실들은 정답을 알아내는 데 크게 도움이 되지 않고요. 그러나 제가 윌슨을 김볼로 확인했던 그 순간부터, 뭔가 결실로 이어질 만한 실마리가 한 가닥 드리워져 있다는 생각이 들었습니다. 여러분 모두 최근에 나온 지역 신문을 보셨습니까?"

폴린저가 우울한 표정을 지었다.

"요즘 아주 신나게들 물어뜯고 있더군요."

"여러분의 동료 시민이 쓴 기사가 하나 있습니다."

엘러리가 말을 이었다.

"솔직히 고백하건대 저에게는 꽤 깊은 인상을 남겼습니다. 〈트렌튼 타임스〉 특별기고란에 글을 쓰는 그 젊고 매력적인 말괄량이 빨간 머리 아가씨의 기사를 말하는 겁니다."

"엘라 아미티. 쓸 만한 기자야."

드종이 무심하게 말했다.

"정신차려요, 드종. 그 정도 칭찬으로는 약해요. 그 여자는 여러분 모두가 간과한 사실을 포착했습니다. 김볼이 죽음을 맞이한 그 오두막을 그 여자가 뭐라고 불렀는지 아십니까?"

경찰과 검사는 예의 바르게 멍한 표정을 짓고 있었다. 빌은 주먹을 깨물며 집중하고 있었다.

"그 여자는 그 오두막을 중간의 집이라고 불렀습니다."

엘러리가 말했다.

"중간의 집. 그래서요?"

폴린저는 조바심을 내는 것 같았다.

"특별한 게 없어 보이죠."

엘러리가 진지하게 말했다.

"하지만 아주 특별한 겁니다. 그 여자는 그 영리한 손가락으로 문제의 핵심을 짚은 겁니다."

드종은 코웃음을 쳤다.

"나한테는 그냥 이상한 얘기로만 들리는데."

"그렇다면 당신이 졌어요. 이 말은 그야말로 영감을 자극하는 말입니다. 그 중대한 의미를 모르시겠습니까?"

엘러리는 담배 연기를 내뿜었다.

"자, 그럼 말씀해보시죠. 여러분은 지금 누구의 살인사건을 조사하는 겁니까?"

"누구의……?"

검사는 바짝 몸을 세우고 앉았다.

"그냥 수수께끼예요."

드종이 웃으며 말했다.

"그럼 내가 맞춰보지. 미키 마우스?"

"나쁘지 않네요, 드종."

엘러리는 긴 손가락을 휘두르며 말했다.

"다시 한 번 더 물어보겠습니다. 살해당한 사람은 누구입니까? 그의 이름을 정확하게 지정하지 않으면 살인자를 찾기가 훨씬 더 어려워질 겁니다."

"도대체 무슨 얘기를 하고 싶은 거요?"

폴린저가 쏘아붙였다.

"당연히 조지프 켄트 김볼이지. 아니면 조지프 윌슨, 아니면 헨리 스미스. 갖다 붙이고 싶은 이름 아무거나 붙여봐요. 우리는 여기에 그 사람의 시체를 가지고 있소. 중요한 건 그거죠. 그리고 우린 그게 누구인지 잘 알고 있고. 그 사람 이름이 어떻든 도대체 무슨 차이가 있단 말입니까?"

"이 세상 모든 차이를 다 만들 수 있죠. 그 옛날 셰익스피어는 불행하게도 범죄과학 시대를 살아보지 못했습니다. 보시다시피 여러분은 이 남자가 김볼인지 윌슨인지 정확히 모릅니다. 이 남자는 필라델피아에서는 윌슨이었고 뉴욕에서는 김볼이었습니다. 그는 트렌튼에서 죽었습니다……. 중간의 집에서 이 남자는 김볼인 동시에 윌슨이었습니다. 자, 다시 한 번 묻겠습니다. 이 남자는 어떤 사람으로서 죽은 것일까요? 김볼일까요, 윌슨일까요? 살인자는 자신이 누구를 죽였다고 생각했을까요? 뉴욕의 조지프 켄트 김볼일까요, 아니면 필라델피아의 조 윌슨일까요?"

"그런 식으로는 한 번도 생각해본 적 없는데."

빌이 중얼거렸다. 폴린저는 일어서서 책상 뒤로 가 서성이기 시작했다.

드종은 비아냥거렸다.

"말도 안 되는 소리야. 그것도 두 배로 말이 안 되는 소리군. 그냥 허세야."

폴린저는 걸음을 멈췄다. 그는 듬성듬성한 눈썹 아래 기이한 눈빛으로 엘러리를 쏘아보았다.

"그럼 당신은 그가 누구로서 살해당했다고 생각합니까?"

엘러리는 한숨을 쉬었다.

"실은 그게 문제입니다. 전 대답할 수가 없습니다. 당신은 아십니까?"

"아니요."

폴린저는 자리에 앉았다.

"모르겠습니다. 하지만 내가 볼 땐 여전히 순수하게 학술적인 궁금증 같군요. 그게 뭐가 어떻다는 건지…… 여길 봐요."

"드디어 나오는군."

빌이 말했다. 그는 침착한 태도로 무릎 사이에 두 손을 걸치고 있었다. 엘러리는 차분하게 파이프 담배를 피웠다.

검사의 가느다란 손가락이 책상 위에 놓인 봉투칼을 만지작거렸다.

"드종이 중요한 걸 발견했습니다. 토요일 밤 김볼을 살해한 인물이 사용했던 차를 찾았어요. 파이어스톤 타이어를 장착한 소형차입니다."

엘러리는 빌을 힐긋 보았다. 폴린저의 간단한 말이 빌에게 기이한 영향을 미쳤다. 검사의 말은 부식제처럼 빌의 피부를 수축시켰고, 마르고 늙어 보이게 만들었다. 그는 자신이 조금만 움직여도 산사태가 일어날까봐 두려운 것처럼 웅크리고 앉아 있었다.

"그래서요?"

빌은 목청을 가다듬고 다시 물었다.

"그래서요?"

폴린저는 어깨를 으쓱했다.

"버려졌어요. 사고를 내고."

"어디에요?"

엘러리가 물었다.

"거기에 무슨 의심할 만한 게 있다고는 생각지 말아요. 그 차가 맞으니까."

드종이 느릿느릿 말했다.

"신이라도 되신 것처럼 말씀하시는군요. 어떻게 그렇게 확신할 수 있습니까?"

폴린저는 책상 맨 위 서랍을 열었다.

"상당히 결정적인 사실 세 가지가 있습니다."

그는 사진 묶음을 엘러리에게 넘겨주었다.

"먼저, 타이어 자국입니다. 우리는 오두막 앞의 진흙 길에서 타이어 자국 중간 세트의 본을 떴어요. 그리고 그걸 이번에 찾은 차의 타이어와 비교했습니다. 그건 그렇고 그 차는 포드 32년형이고 검은색 쿠페요. 자, 이 차의 타이어가 본뜬 것과 일치하죠. 이게 증거 1번이오."

초록색 전등갓을 씌운 전등 불빛이 눈을 찌르기라도 하는 것처럼 빌은 눈을 깜박거렸다.

"그럼 2번은요?"

"증거 2번은 이겁니다."

검사는 손을 서랍 안에 다시 넣어 녹슨 나신 여인 조각상을 꺼냈다. 살인이 있던 날 밤 드종의 부하가 주 진입로에서 찾은 것이었다. 자동차의 라디에이터 캡에 붙어 있는 종류로, 발목이 부러진 조각상이었다. 폴린저는 조각상을 옆에 있던 녹슨 금속 조각으로 만든 라디에이터 캡의 플러그 옆에 놓았다. 캡에도 삐죽삐죽한 금속 단면이 위쪽으로 솟아 있었다.

"조사해봐요. 그 조각상 발목의 부러진 단면이 라디에이터 캡의 발 위로 정확히 맞는 걸 확인할 수 있을 겁니다."

"이 캡이 포드 쿠페에서 떨어져 나온 겁니까?"

엘러리가 집중하며 물었다.

"만일 그렇지 않다면 내가 그걸 떼어낼 때 꿈을 꾸고 있었던 거겠지."

드종이 말했다.

폴린저가 기묘한 목소리로 말했다.

"물론 이것은 지문이나 마찬가지로 매우 확고한 증거입니다. 자, 이제 증거 3번."

그의 손이 네 번째로 서랍으로 향했다. 서랍에 들어갔다 나온 그 손에는 검고 얇은 천이 감겨 있었다.

"베일!"

엘러리가 외쳤다. 그는 베일을 향해 손을 뻗었다.

"이건 도대체 어디서 찾으셨습니까?"

"쿠페의 운전석에서요."

폴린저는 뒤로 기대어 앉으며 말했다.

"이 베일이 얼마나 중요한 증거물인지 잘 아실 겁니다. 타이어 자국과 부러진 라디에이터 캡으로 포드가 토요일 밤 범죄 현장에 있었다는 걸 증명할 수 있습니다. 그리고 이 베일은 유죄를 확정 짓는 역할을 하지요. 이 베일이 포드 안에서 발견됨으로써 살인자가 포드를 몰았다는 합리적인 가정을 세울 수 있습니다. 희생자 자신이 죽기 직전 마지막 숨을 몰아쉬며 자신을 살해한 여자가 베일을 썼다고 에인절에게 말했습니다. 그리고 요즘은 베일이 그렇게 흔하지 않습니다."

빌은 베일을 노려보며 거칠게 말했다.

"당신도 법률가로서 이런 것들이 가장 무너지기 쉬운 정황 증거라는 걸 알고 계시겠지요? 당신이 보여준 증거들은 아직 사건과 제대로 연결되지 않았습니다. 목격자는 어디 있습니까? 중요한 건 바로 그겁니다. 아니면 관련된 시간은 확인해보셨습니까? 그 차가 범행이 있기 한참 전에 버려진 차가 아니라는 걸 어떻게 알죠? 어떻게……."

폴린저가 천천히 말했다.

"친애하는 젊은 친구. 나는 법을 아주 잘 압니다."

그는 일어서서 다시 서성이기 시작했다.

문에서 노크 소리가 들리자, 검사는 문 쪽으로 몸을 홱 틀었다.

"들어와요!"

드종 팀의 일원이었던 체구가 작은 갈색 얼굴의 남자가 문을 열었다. 셀러스 형사였다. 그의 뒤로 다른 형사가 하나 더 있었다. 갈색 남자는 방문객 두 명을 보고 좀 놀란 것 같았다.

"어때? 잘됐나?"

드종이 물어뜯듯 물었다.

"잘됐습니다."

드종은 폴린저를 향해 눈빛으로 신호를 보냈다. 검사는 고개를 끄덕이고는 돌아섰다. 빌은 의자의 팔걸이를 잡고, 거친 눈빛으로 사람들의 얼굴을 노려보았다. 셀러스는 무슨 말을 중얼거렸고 다른 형사는 사라졌다. 잠시 후 형사가 다시 나타났다. 이번에는 루시 윌슨의 팔을 잡고서였다. 그녀의 몸에서 피가 영구히 다 빠져나간 것 같았다. 아름다운 그녀의 눈 밑으로는 보라색 반원이 큼지막하게 드리워져 있었다. 손으로는 주먹을 꼭 쥐었고 감정에 휩싸여 가쁜 숨을 쉬고 있었다. 그녀의 외모에 뭔가 황폐함과 비통함이 깃들어 있어 오랫동안 누구도 할 말을 찾지 못하는 것 같았다. 그러다 그녀가 힘없이 말했다.

"빌. 아아, 빌, 오빠."

그러고는 그녀는 오빠를 향해 휘청거리며 앞으로 나섰다.

갑자기 새총의 고무줄을 놓은 것처럼, 빌이 의자에서 벌떡 일어나며 드종에게 외쳤다.

"이 스컹크 같은 놈! 도대체 이런 늦은 시각에 내 동생을 여기까지 끌고 온 이유가 뭐야?"

드종은 갈색 남자에게 손짓을 했다. 갈색 남자는 한 발 앞으로 나서 빌의 팔에 손을 올렸다.

"진정해요, 에인절. 우리는 당신과 말썽을 일으키고 싶지 않아요."

"루시."

빌은 남자를 옆으로 밀쳤다. 그러고는 루시의 어깨를 잡고 흔들었다.

"루시! 왜 저 사람들이 널 뉴저지까지 데려오게 놔뒀어? 저 사람들은 그렇게 할 수가 없어. 범죄인 인도장 없이는 주 경계를 못 넘는단 말이야."

루시가 속삭였다.

"나는 기분이……. 모르겠어. 아, 빌. 저 사람들이…… 저 사람들이 폴린저 씨가 나랑 얘기를 하고 싶어 한다고 해서. 저 사람들이……."

"이 사기꾼! 당신들한테는 이럴 권리가……."

폴린저는 수탉 같은 위엄 있는 태도로 한 발 앞으로 나섰다. 그는 루시의 손에 무언가를 쥐어주며 정중하게 물었다.

"윌슨 부인. 이 자동차 알아보시겠습니까?"

"대답하지 마!"

빌이 외쳤다.

그러나 그녀는 지친 표정으로 대답했다.

"네. 네. 이건 제 차예요. 조가 몇 년 전 제 생일에 준 포드예요. 조가 저에게 준······."

"부인 차가 어떻게 토요일에 댁의 차고에서 사라졌는지 아직도 모른다고 하시겠습니까?"

"네. 아뇨. 그러니까····· 전 몰라요."

"이 차는 필라델피아 페어마운트 파크의 길에서 가로수에 박힌 채 발견되었습니다."

낮게 웅얼거리는 목소리로 검사가 말했다.

"부인 집에서 5분도 걸리지 않는 곳이었습니다. 윌슨 부인. 토요일 밤 그곳에서 사고가 나지 않았습니까? 트렌튼에서 돌아오는 길에?"

어쩐지 삭막한 장면이었다—거친 초록색 조명, 말없이 서 있는 남자들, 책꽂이에 뻣뻣하게 꽂혀 있는 법률 서적들, 잡동사니가 굴러다니는 책상—그 인상이 그녀의 머릿속으로 뚫고 들어왔다. 루시의 콧구멍이 떨리고 작은 코의 콧날 위로 땀방울이 솟아올랐다.

"아뇨. 맙소사, 폴린저 씨, 아니에요!"

그녀의 검은 눈이 공포에 젖어 빛났다.

폴린저는 베일을 집어 들었다.

"그리고 이 검은색 베일은 당신 것이 아닙니까?"

루시는 베일을 노려봤지만 아무것도 보이지 않는 것 같았다.

"네? 네?"

"저 여자에게선 얻어낼 게 아무것도 없어요, 폴린저."

드종이 무뚝뚝하게 말했다.

"영리한 여자예요. 이쯤에서 끝내도록 합시다."

시계가 벽에서 시끄럽게 째깍거렸다. 갈색 남자의 손이 루시 윌슨의 팔을 꽉 쥐었다. 빌은 반쯤 웅크린 채로 서 있었다. 그의 손가락은 휘어지고, 겁에 질린 눈은 물기에 젖었다.

엘러리가 날카롭게 말했다.

"신사 여러분. 이 가엾은 여인을 대중 앞에 희생 제물로 내놓지 마시라고 경고하겠습니다. 빌, 가만히 있어!"

"나는 내 의무를 잘 압니다, 퀸 씨."

검사가 뻣뻣하게 말했다. 그는 책상 위 서류로 손을 뻗었다. 빌이 외쳤다.

"그러지 마요! 제기랄. 당신들은 그럴 수가……."

"루시 윌슨."

폴린저가 지친 목소리로 말했다.

"여기에 당신의 체포영장이 있습니다. 뉴저지 주민들의 이름으로 당신을 1935년 6월 1일 토요일 밤, 뉴저지 주 머서 카운티에서 조지프 윌슨, 또는 조지프 켄트 킴볼이라고도 알려진 인물을 고의로 잔인하게 살해한 혐의로 기소합니다."

여인의 검은 눈동자가 뒤집혔다. 그녀는 미끄러지며 기절해 오빠의 품에 안겼다.

III. 재판

"신이시여, 저를 보시고 저에게 걸맞은 재판을 행하여주소서."

"남편 조지프 윌슨, 또는 뉴욕 금융계 및 사교계의 저명인사인 조지프 켄트 김볼을 살해한 혐의를 받고 있는 피의자 루시 윌슨의 운명을 건 재판은 트렌튼의 사우스 브로드 스트리트와 마켓 스트리트 교차로에 있는 머서 카운티 법원에서 열릴 예정이다. 법원이 있는 고풍스러운 석조 건물은 쿠퍼 스트리트의 카운티 교도소와 인접해 있는데, 루시 윌슨은 이곳에 수감되어 앞으로 닥쳐올 고난에 대비하고 있다.

뉴저지 주의 고소에 맞서 필라델피아의 변호사이며 피의자의 오빠인 윌리엄 에인절 씨가 변호에 나설 예정이다. 월요일 아침 재판이 열릴 법정은 법원 건물 2층 북쪽 끝 207호로, 이곳은 민사법원 구역이지만 머서 카운티에서는 주로 살인사건 재판이 열리는 방이다. 207호는 폭이 깊고 넓은 방으로, 출구가 뒤쪽에 나 있고 높은 천장에는 사각형 불투명 유리를 끼운 채광창 두 개가 뚫려 있다.

아이라 V. 메낸더 수석 재판관이 앉아 재판을 주재할 법대는 의자가 보이지 않을 만큼 높고 폭이 넓다. 법대 뒤쪽 벽에는 문이 세 개 나 있는데, 가장 오른쪽 문이 배심원 협의실이고, 가장 왼쪽 문은 일명 한숨의 다리를 거쳐 구치소로 통한다. 법대 바로 뒷문은 재판장실로 연결된다.

법대 오른쪽으로는 증인석이 있으며 그 뒤로 배심원석이 위치해 있다. 배심원석은 의자가 네 개씩 세 줄로 구성되어 있다."

객관적 태도로 기사를 쓰는 것으로 유명한 AP통신 기자의 기사는 이런 식으로 이어졌다. 이후 내용에서는 약간의 온기가 더해진다.

"법정 가운데는 서기가 앉는 좁은 공간이 있으며 넓게 개방된 공간에는 변호사와 검사가 사용하는 둥근 테이블 두 개가 놓여 있다.

법정의 나머지 공간은 방청석이 차지하고 있으며, 복도를 사이에 두고 양쪽으로 나뉘어 있다. 각 구역에는 긴 나무 벤치 열 개가 다섯줄로 놓여 있다. 벤치 하나에는 6~7명가량이 앉을 수 있어, 총 120명에서 140명가량의 방청객을 수용할 수 있다."

〈트렌튼 타임스〉의 특별 기고 기자인 엘라 아미티는 이런 식의 건조한 문체를 경멸했다. 그녀는 6월 23일 일요일자 기사에서, 눈물을 가득 머금은 풍부한 감성으로 문제의 핵심을 짚었다.

"내일 아침 10시(일광절약시간제 적용), 정신없이 바쁜 현대사회의 방탕함에도 더럽혀지지 않은 젊음과 아름다움을 지닌 한 여인이, 쿠퍼 스트리트의 카운티 구치소에서부터 이어지는 상자처럼 생긴 '한숨의 다리'를 건너, 좁고 황량하고 더러운 피의자 대기실을 거쳐 철면피들을 심판하는 머서 카운티 법정에 들어서게 된다.

그녀는 고대 노예 여인처럼 수갑을 차고 판사 앞 작은 연단 위에 올라서서 더 높은 값을 부르는 입찰자에게 팔리기를 기다리는 신세가 될 것이다. 그녀에게 입찰한 두 입찰자는 뉴저지 주 머서 카운티 지방검사 폴 폴린저 그리고 그녀의 오빠이자 헌신적이고 영민한 필라델피아의 변호사 윌리엄 에인절이다.

배심원단의 역할은 그녀의 남편의 심장에 날카로운 봉투칼을 꽂은 사람이 루시 윌슨인지 아니면 다른 여인인지를 결정하는 것이다. 사람들은 루시 윌슨이 그녀와 동등한 사회 일원들로 구성된 배심원들에게 공정한 판결을 받아야 하며, 그렇지 않으면 정의는 실현되지 않을 것이라고 생각하고 있다.

왜냐하면 그녀의 인생이 걸린 이 재판에서 심판대에 오른 것은 루시 윌슨이 아니라 우리 사회이기 때문이다. 부와 사회적 지위를 가진 남자가 가명으로 하층 계급의 가난한 여인과 결혼해 그녀의 소중한 10년을 앗아가고, 모든 걸 돌이킬 수 없게 되어서야 그녀에게 모든 사실을 알리고 자신의 흉측한 죄악을 고백하도록 묵묵히 방조한 우리 사회. 중혼을 허용하고, 필라델피아의 가난한 아내와 뉴욕의 부유한 아내를 모두 소유하게 했으며, 두 아내와 두 도시 사이를 출퇴근하듯 오가며 평온한 시간을 보내도록 허용한 우리 사회가 심판을 받아야 한다. 죄가 있든 없든, 루시 윌슨은 피해자다. 필라델피아 공동묘지에 조지프 윌슨이라고 새겨진 묘비 아래 묻혀 남자도, 1927년 뉴욕 세인트 앤드류 성당에서 김볼 부인이 된 가짜 백만 달러의 상속녀도 아닌, 루시 윌슨이야말로 진정한 희생자이다. 우리 사회는 루시를 사회로부터 보호할 것인가? 우리 사회는 그녀에게서 빼앗아간 10년의 세월을 보상해줄 것인가? 아니면 부와 교활한 사회적 권력이 그녀를 잔인한 발꿈치로 짓밟는 것을 지켜볼 것인가? 이는 트렌튼과 필라델피아, 뉴욕, 아니, 우리나라 전체가 바로 오늘 우리 모두에게 던지는 질문이다."

*

빌 에인절은 손가락 관절이 하얘지도록 배심원석의 난간을 꽉 붙잡고 있었다.

"배심원 여러분, 우리 법에서는 피고 측도 원고 측과 마찬가지로 앞으로 입증할 내용에 대해 미리 요약하여 쉽게 설명할 수 있는 동일한 권한을 허용하고 있습니다. 여러분은 방금 카운티 지방검사의 진술을 들으셨습니다. 저는 시간을 오래 끌지 않겠습니다. 친애하는 동료 검사님과 존경하는 재판장님은 아마 잘 아시겠지만, 살인사건 재판에서 피고 측은 배심원에게 개요를 설명할 권리를 포기하는 경우가 일반적입니다. 그 이유는 피고 측이 뭔가를 감추고 있거나 검찰 측 진술의 허점을 모아 이야기를 짜 맞춰야 하기 때문입니다. 그러나 여기 이 피고는 아무것도 숨길 게 없습니다. 저 피고 측 변호인은 여러분께 진심을 다해, 이곳 머서 카운티에서 정의가 실현될 수 있으며 꼭 실현될 것을 확신하고 있다고 말씀드립니다.

저는 단지 이 말을 하려고 합니다. 제가 여기 피고 루시 에인절 윌슨의 오빠임을 잠시 잊어주십시오. 루시가 한창때의 아름다운 여인임을 잊어주십시오. 조지프 윌슨이 그녀에게 남자로

서 저지를 수 있는 가장 잔인한 죄악을 저질렀음을 잊어주십시오. 그가 사실은 백만장자 조지프 켄트 김볼이고, 피고 루시 윌슨은 가난하고 성실한 사람이며, 여러분 자신의 가치 있는 삶에서 멀리 있지 않은 평범한 여자라는 사실도 잊어주십시오. 그리고 지난 10년간 평온한 결혼 생활을 유지하는 동안, 루시 윌슨은 조지프 켄트 김볼이 소유한 백만 달러 중 단 한 푼의 혜택도 받지 못했다는 사실도 잊어주십시오.

만일 제가 단 한순간이라도 루시 윌슨의 결백을 조금이라도 의심했다면 이런 것들을 잊어달라고 부탁드리지 않을 것입니다. 루시가 유죄라고 생각한다면 저는 이런 사실들을 강조하고, 여러분의 동정심을 자극했을 것입니다. 그러나 저는 그렇게 생각하지 않습니다. 저는 루시 윌슨이 이 범죄와 관련해 죄가 없다는 사실을 알고 있습니다. 그리고 제가 진술을 마치기 전에, 여러분도 루시 윌슨이 이 범죄와 관련하여 무죄임을 아시게 될 것입니다.

저는 여러분에게 단 한 가지 사실만을 기억해달라고 부탁드립니다. 살인은 문명국가가 한 개인에게 책임을 물을 수 있는 혐의 중 가장 심각한 범죄입니다. 그런 이유로 저는 여러분에게, 재판이 진행되는 동안 루시 윌슨이 살인범임을 한 점 의혹도 남기지 않고 증명해야 하는 책임이 검찰 측에 있음을 기억해주시기를 부탁드립니다. 재판장님은 여러분에게 이 정황증거만으로 이루어진 사건에서 검찰 측이 매 단계마다 조금의 빈틈도 없이, 범죄가 일어난 바로 그 순간까지 피고의 행적을 정밀하게 입증할 것을 요구하도록 지시하실 것입니다. 지레짐작으로 틈을 메우는 일은 절대 있어서는 안 됩니다. 그것이 정황

증거로 성립된 재판의 법칙이며, 여러분은 이 법칙에 따라 판단을 내리셔야 합니다. 그리고 한 가지 더, 이에 대한 입증책임은 전적으로 검찰 측에게 있다는 사실도 기억해주십시오. 재판장님이 여기에 대해 여러분에게 다시 말씀하실 것입니다.

친애하는 배심원 여러분. 피고 루시 윌슨은 이러한 원칙들을 끝까지 마음속에 담아두시도록 여러분께 부탁합니다. 루시 윌슨은 정의를 원합니다. 그녀의 운명은 선량한 시민인 여러분의 손에 달려 있습니다."

*

"그 병에 담긴 것이 무엇이든 마시고 싶네요."

엘라 아미티가 말했다.

엘러리는 부순 얼음, 소다, 아이리시 위스키로 음료를 만들어, 그것을 빨간 머리의 젊은 여자에게 넘겨주었다. 빌 에인절은 코트를 풀고 셔츠 소매는 걷은 채로 고개를 저으며 창가로 갔다. 창문은 활짝 열려 있었다. 창문 밖 트렌튼의 밤은 뜨겁고 시끄러웠으며 카니발처럼 어수선했다.

"음, 무슨 생각해, 빌?"

엘러리가 빌의 차분한 등을 바라보며 물었다.

"내 생각을 말해줄게요."

엘라가 다리를 꼬고 유리컵을 내려놓으며 말했다.

"난 어딘가에 불온한 큰 비밀이 감춰져 있다고 생각해요."

빌이 홱 돌아섰다.

"그런 말을 하는 이유가 뭡니까, 엘라?"

꼬았던 다리가 성급하게 반원을 그리며 내려왔다.

"이봐요, 빌 에인절. 당신은 이 도시를 모르지만 난 잘 알아요. 폴린저가 바보인 줄 알아요? 누가 나 담배 좀 줘봐요."

엘러리가 담배를 건넸다.

"난 여기 기자님 말씀에 동의해, 빌. 폴린저는 그렇게 애송이가 아니야."

빌은 눈살을 찌푸렸다.

"나도 그자가 충분히 능력이 있다는 건 인정하겠어. 하지만, 제기랄, 사실은 사실이야! 그자에게 감춰둔 중요한 비밀 같은 건 없어."

엘라는 스테이트 트렌튼 호텔 방의 팔걸이의자에 깊숙이 파묻혀 앉았다.

"내 말 잘 들어요, 바보 양반. 폴 폴린저는 트렌튼에서 가장 열정적인 검사 중 하나예요. 그는 법률책을 읽으며 자라난 사람이에요. 내가 세상 돌아가는 걸 잘 아는 것처럼 그도 늙은 메낸더 판사를 속속들이 잘 알아요. 카운티 배심원들을 다루는 데도 능숙하고요. 그런 검사가 실수를 저지를 것 같아요? 내가 말하는데요, 빌. 항상 발밑을 조심해야 한다고요."

화가 난 빌은 얼굴이 붉어졌다.

"좋아요. 그럼 이 마술사가 자기 모자에서 뭘 꺼낼 예정인지 나한테 친절하게 좀 알려주시겠어요? 난 이 사건을 손바닥 들여다보듯 잘 알고 있어요. 폴린저는 세상이 주목하는 유명한 사건에서 승소를 따내야겠다는 간절한 마음 때문에 길을 잘못 든 겁니다. 검사들은 전에도 늘 그랬고 앞으로도 항상 그럴 거예요."

"그렇다면 자넨 유죄 선고가 내려질 일은 없을 거라고 생각하는 건가?"

엘러리가 물었다.

"절대 그럴 가능성은 없어. 이 사건은 배심원한테까지도 갈일이 아니야. 뉴저지 법도 다른 곳의 법이나 마찬가지야. 폴린저가 검찰 측 진술을 마치면 내가 기소각하를 신청할 거고, 그럼 메낸더는 즉시 사건을 취하할 거야. 여기에 내가 가진 마지막 1센트까지 전부 걸겠어."

신문기자는 한숨을 쉬었다.

"이 딱하디딱한 자기중심적 인간 같으니. 아마도 그래서 내가 당신한테 이렇게 시간과 에너지를 낭비하는 거겠지만요. 그런 자신감이라니! 난 당신이 좋아요, 빌. 하지만 내 인내심에도 한계라는 게 있어요. 당신은 동생의 인생을 가지고 장난을 치고 있어요. 도대체 어떻게 그렇게까지 자신만만할 수가 있나요?"

빌은 다시 창밖을 노려보았다.

한참 후 그가 말했다.

"말해줄까요? 당신들은 둘 다 법률가가 아니죠. 그래서 내말의 요점을 이해하지 못하는 겁니다. 지금 당신들이 보는 건정황증거에 대한 비전문가들의 잘못된 견해뿐이에요."

"꽤 강력한 증거인 것 같던데."

엘러리의 말에 빌은 강경하게 말했다.

"약하기 짝이 없는 증거야. 폴린저가 가진 게 뭐가 있어? 죽어가는 사망자의 진술인데, 그마저도 그 말을 세상에 알리는 책임을 졌던 건 나 자신이야. 그 진술을 할 때 사망자는 자신이 죽어간다는 사실을 잘 알고 있었고—이건 법적으로 매우 중요한 부분이야—그 진술에서는 자신을 찌른 범인이 단순히 베일을 쓴 여자라고만 했어. 폴린저는 범죄 현장 앞 진흙 길에 찍힌 포드 차의 타이어 자국을 증거로 확보했지. 단순히 논의를 위해 그 타이어 자국이 루시 소유의 포드 자동차의 자국이라는 점을 전문가에게 확인시켰다는 것도 인정하겠어. 그래서? 범인이 루시의 차를 범행에 사용했을 뿐이야. 그 차에서 베일도 발견됐지. 그건 루시의 것도 아니야. 난 그게 루시의 것이 아니란 걸 알아. 루시는 베일을 쓴 적도 없고 가지고 있었던 적도 한 번도 없었거든. 그러므로 폴린저는 그 베일이 루시 소유라는 걸 입증할 수 없어. 결국 폴린저에게 남는 건 진범인 베일 쓴 여자가 루시의 차를 사용했다는 사실뿐이야. 이 포드 차에 탔던 베일 쓴 여자를 범죄 현장 근처에서 목격한 증인의 증언을 확보할 수도 있겠지. 하지만 그 목격자가 누구든 간에, 절대 루시를 포드 차를 탔던 여자로 지목할 순 없어. 그 증인이 거짓말을 한대도, 아니면 실수로 자신이 본 인상만으로 루시를 지목한다 해도, 그 증인의 신뢰성을 무너뜨리는 건 애들 장난만큼이나 쉬워. 범행에 베일이 사용되었다는 사실만 가지고도 법률적 관점에서는 누군가를 명확하게 지목할 신뢰도가 떨어지지."

"루시에겐 알리바이가 없어. 그리고 불편한 가능성에 대해서도 이론적으로는 두 가지 동기가 있지."

엘러리의 지적에 빌의 목소리가 사나워졌다.

"과장된 말이야. 우리에겐 알리바이가 필요 없어. 법적으로 따져서 설령 알리바이가 필요하다고 해도 폭스 극장 직원에게

루시를 확인해달라고 요청할 수 있어. 아무튼 폴린저의 기소에
는 한계가 있어. 그리고 지금까지 나열한 사실들 가운데 아주
미약하게라도 루시를 범인으로 지목하는 내용이 있는지 나한
테 말해줄 수 있나? 자넨 법을 몰라, 엘러리. 유죄 판결이 날 만
큼 충분히 강력한 정황증거라면 다른 모든 증거들보다도 우선
피고가 범행 현장에 있었다는 것을 증명해야 해. 루시 윌슨이 6
월 1일 밤 그 오두막에 있었다는 걸 폴린저가 어떻게 증명할지
한번 말해봐."

엘라가 입을 뗐다.

"루시의 자동차가……"

"말도 안 돼요. 루시의 자동차가 거기 있었다고 해서 루시가
거기 있었다는 증거는 되지 않아요. 누구든 차를 훔칠 수 있었
으니까. 그리고 그게 실제로 일어났던 일이고요."

"하지만 추론으로……"

"법은 그런 추론은 지지하지 않습니다. 행여 폴린저가 그 오
두막에서 루시의 옷가지를—손수건이든 장갑이든, 아무거라
도—찾아내 증거로 제시한다 해도, 그게 루시가 직접적으로
거기 있었다는 증거는 되지 않아요. 내 말은 정황증거의 규칙
안에서 입증이 되어야 한다는 거죠."

"흠, 너무 흥분하지 말아요, 빌."

빨간 머리 여자는 한숨을 쉬었다.

"당신 말은 그럴싸해요. 하지만……"

그녀는 눈살을 찌푸리고 술잔을 들어 오래도록 술을 마셨다.

빌의 표정이 부드러워졌다. 그는 엘라에게 다가가 그녀의 손
을 잡았다.

"당신에게 감사하고 싶어요, 엘라. 지금까진 그럴 기회가 없었어요. 내가 감사할 줄 모른다고 생각지 말아요. 당신은 강한 힘이 있고, 당신이 쓴 기사는 대중의 여론을 흔들어놨어요. 난 당신이 우리 편인 게 정말이지 기쁩니다."

"뭐, 내 일인걸요."

가벼운 말투였지만, 엘라의 미소는 부드러웠다.

"난 루시가 그 원숭이 같은 놈을 칼로 찔렀다고 믿지 않아요. 모든 이들은 사랑에서도 살인사건 재판에서도 공정한 대우를 받아야 해요. 그렇지 않나요? 그리고 이 사건에서 드러난 계층 구도의 대립도 너무 유혹적이었고요……. 아무튼 나는 그 배 짱부리는 파크 애비뉴 일당들을 혐오하거든요."

그녀는 손을 뺐다.

"그건 빌도 그래요."

엘러리가 중얼거렸다.

"음, 저기, 단지 내가 어떤 인간적인 사람을 발견했다고 해서 그런……."

빌은 입을 다물고 얼굴을 붉혔다.

엘라 아미티가 눈썹을 치켜 올리며 빌을 노려보았다.

"아하. 탐정 나리께서 로맨스 냄새를 맡으셨군요. 이게 뭔가요, 빌……. 또 하나의 몬태규와 캐풀릿 사건인가요?"

빌이 발끈했다.

"바보 같은 말 하지 말아요. 당신들 두 사람은 쓸데없이 과장하는 몹쓸 능력이 있군요! 그 여자는 약혼자가 있습니다. 제길. 게다가 그 여자는 내가 속한 계층과는 거리가 멀어요. 난 다만……."

엘라의 왼쪽 눈꺼풀이 엘러리를 향해 찡긋 내려갔다. 빌은 무기력한 분노에 젖어 아랫입술을 잘근잘근 씹다가 다시 등을 돌렸다. 엘라는 일어서서 술잔을 채웠다. 한동안 아무도 입을 열지 않았다.

*

북적거리는 법정에서 폴 폴린저는 차갑고 냉혹한 태도로 사건을 신속하게 진행해나갔다. 유죄 판결에 있어 재판은 그다지 중요하지 않은 사전 형식에 불과하다고 확신하는 것 같았다. 높은 창문과 채광창이 열려 있고 선풍기가 돌아가고 있었음에도, 법정 안은 실내를 가득 채운 사람들의 열기로 숨이 막힐 것 같았다. 폴린저의 옷깃은 축 늘어졌고, 더위에 달아오른 빌의 얼굴은 후끈거렸다. 냉엄한 눈초리의 주 경찰 두 명의 호위를 받으며 피고석에 앉은 루시 윌슨만 살인적인 열기에 눌리지 않는 것 같았다. 그녀의 피부는 발한 작용이 멈춰버린 듯 건조하고 핼쑥했다. 그녀는 무릎 위에 손을 가지런히 올려놓고 뻣뻣한 자세로 앉아서, 배심원들의 어색한 눈길을 외면한 채 메낸더 판사의 주름진 얼굴만 응시하고 있었다.

《필라델피아 레저》지의 눈이 사시인 기자는 법정 안 풍경을 이렇게 전했다.

'재판 첫날의 마지막에 폴린저 검사는 중요한 요소들을 신속하게 구성하며 살인사건 재판 전문가로서의 천재성을 여지없이 과시했다. 폴린저는 재판을 빠르게 진행시켰다. 이날 하루 동안 그는 하이럼 오델 검시관, 피고 측 변호인인 윌리엄 에인절, 드종 경찰서장, 뉴욕의 그로브너 핀치, 존 셀러스, 아서 피네티, 해니건 경사, 그리고 뉴욕 경찰청의 도널드 페어차일드 경위를 증인석에 세웠다. 증인들의 진술을 통해 그는 피고 측에 불리한 보험 관련 범행 동기를 성공적으로 주장했고, 시신을 발견할 당시의 주요 내용들과 중요한 증거 다수를 제시했는데, 여기에는 피고의 포드 쿠페에서 떨어진 것으로 주장되는 부러진 라디에이터 캡 조각도 포함되어 있었다. 전문가의 관점에서 볼 때, 폴린저 검사는 조지프 켄트 윌슨의 사망 현장인 오두막 앞 진흙 길에 찍힌 파이어스톤 타이어 자국에 관해 전문가들의 진술 기록을 사람들의 뇌리에 각인시켰고, 끈질긴 방해와 이의 제기로 이에 맞선 피고 측 에인절 변호사는 치명적인 일격을 당했다고 할 수 있다. 이날 오후 내내 타이어 자국을 최초로 조사한 트렌튼 경찰청 소속 토머스 해니건 경사, 윌슨 부인의 소유라고 주장되는 포드 쿠페를 발견한 드종 서장, 페어차일드 경위에 대한 직접 증언과 반대신문이 있었다. 페어차일드 경위는 자동차 타이어 흔적 확인 분야의 권위자로 알려져 있다.'

기자실의 전신기사는 레저 기자의 구술을 쉬지 않고 전송했다.

'증인석에 오른 페어차일드 경위에 반대신문을 한 에인절 변호사는 증인의 진술에 의구심을 품게 하기 위해 집요하게 물고 늘어졌지만, 페어차일드 경위는 이에 맞서 해니건 경사의 진술 내용을 마지막 세부 사항까지 뒷받침했다. 페어차일드는 도로에서 수집한 타이어 자국의 사진과 본을 윌슨 부인의 포드의 실제 타이어와 비교했고, 검찰은 그 결과를 증거로 제출했다.

페어차일드 경위는 최종진술에서 이렇게 말했다. "마모된 자동차 타이어의 경우, 사람의 지문처럼 해당 차량을 확실하게 지정할 수 있습니다. 오랫동안 운행한 서로 다른 두 종류의 타이어가 유연한 표면 위에 동일한 흔적을 남기는 것은 불가능합니다. 이 파이어스톤 타이어는 몇 년 정도 사용한 것인데, 접지면에 긴 홈집도 있고 자잘한 상처들도 있습니다. 저는 피고인의 차를 범죄 현장 앞 도로에서 조심스럽게 주행하면서 사건이 있던 날 밤과 유사한 조건을 재현해보았습니다. 그렇게 해서 이 타이어들이 홈집과 상처의 흔적들을 확인했으며, 마모된 부분과 여러 조건들로 미루어 해당 차량의 타이어가 사건 현장에서 본을 뜬 타이어 자국과 동일하다는 것을 확인했습니다."

"이로부터 어떤 결론을 내리셨습니까, 경위?"

폴린저가 물었다.

"사진과 본으로 기록된 타이어 자국은 증거물 차량에 장착된 네 개의 타이어가 만든 것임이 틀림없습니다."

피고 측 변호인 에인절은 "증거물 차량에 장착된 네 개의 타이어"가 윌슨 부인의 자동차 타이어가 아닌 경찰이 고의로 대체한 타이어라는 인상을 심어주려 시도했지만 폴린저의 2차 주신문(主訊問)에 의해 좌절되었다.'

"아직 본 게임은 시작되지 않았어."

사흘째 되던 날 저녁, 빌 에인절이 엘러리에게 말했다. 그들은 스테이시 트렌트 호텔의 빌의 방에 있었다. 빌은 내의 차림으로 찬물에 얼굴을 담그고 있었다.

"휴우! 뭐 좀 마셔, 엘러리. 옷장 위에 소다가 있어. 원한다면 진저에일도 있고."

엘러리는 신음을 하며 의자에 앉았다. 리넨 정장은 구겨져 있었고 얼굴에는 먼지가 덕지덕지 붙어 있었다.

"아니, 고마워. 아래층에서 지금 막 기가 막히게 끔찍한 라임 혼합물을 마시고 올라온 참이야. 어떻게 됐어?"

빌은 수건을 집었다.

"늘 똑같아. 솔직히 말하자면 슬슬 걱정이 되기 시작했어. 아마 폴린저도 이런 식으로 유죄 판결을 바라지는 못할 거야. 지금까지 루시를 이 사건과 전혀 연결시키지 않았으니 말이지. 자넨 하루 종일 어디 갔었나?"

"그냥 좀 돌아다녔어."

빌은 수건을 던지고 깨끗한 셔츠를 입었다.

"아, 그래."

빌은 막연히 실망하는 것 같았다.

"아무튼 다시 와줘서 정말 고마워. 이런 난장판에 끼어드는 게 자네 원래 계획에는 없었을 텐데."

엘러리는 한숨을 쉬었다.

"이해를 못 하는군. 난 자네에 관한 조사를 하려고 뉴욕에 갔던 거야."

"엘! 뭐라고?"

엘러리는 손을 뻗어 두툼한 등사 인쇄 종이뭉치를 집었다. 재판 진술의 공식 기록 문서들이었다.

"기본적으로는 특별한 건 없었어. 나도 나름대로 생각이 있었지만 잘 전개가 되지 않더군. 내가 이 기록을 읽어도 불쾌해하진 않겠지? 내가 없는 동안 무슨 일이 있었는지 알고 싶어서."

빌은 침울하게 고개를 끄덕이고 옷을 다 차려입고 나갔다. 엘러리는 이미 기록에 열중하고 있었다. 빌은 엘리베이터를 타고 7층으로 올라가 745호의 문을 노크했다. 앤드레아 킴볼이 문을 열었다.

두 사람 모두 당황했고, 순간적으로 빌의 안색도 앤드레아의 안색만큼 파리해졌다. 그녀는 목을 감싸는 칼라에 목 언저리에는 진주 잠금고리가 달린, 라인이 단순한 드레스를 입고 있었다. 의상이 주는 효과는 강렬했고, 순간적인 무방비 상태에 빠진 빌은 앤드레아가 괴로워하고 있다는 느낌을 받았다. 그녀의 아름다운 푸른 눈에 놀랄 만큼 짙은 검은 테가 둘려 있었다. 그녀는 여위고 아파 보였다. 앤드레아는 호리호리한 몸을 문설주에 힘없이 기대어 섰다.

"빌 에인절."

앤드레아가 목에 걸린 것 같은 목소리로 말했다. 목에 뭔가 걸린 것 같았다.

"이건…… 놀랍네요. 들어오시겠어요?"

"들어와요, 빌, 들어와요. 이제부터 진짜 파티를 해보자고요!"

안에서 엘라 아미티가 외치는 소리가 들려왔다.

빌은 눈살을 찌푸렸지만, 방 안으로 들어섰다. 거실 안은 신선한 꽃으로 가득 차 있었다. 엘라 아미티는 널찍한 의자에 활개를 펴고 앉아 있었다. 팔꿈치 근처에 유리잔이 놓여 있고 손가락에는 담배가 들려 있었다. 키가 큰 버크 존스가 창틀에 걸터앉아 빌을 노려보았다. 부목을 댄 팔은 경고 신호처럼 앞으로 불쑥 튀어나와 있었다.

빌은 순간 멈칫했다.

"아, 죄송합니다. 다른 때 다시 찾아오겠습니다, 김볼 양."

"이건 뭡니까?"

존스가 말했다.

"사교 방문인가요? 당신은 우리 울타리 건너편에 있는 사람인 줄로 생각했는데요."

"김볼 양에게 볼일이 있을 뿐입니다."

빌은 뻣뻣하게 말했다.

앤드레아가 창백한 미소를 지으며 말했다.

"다들 친구들이에요. 좀 앉으세요, 에인절 씨. 제가 아직은…… . 그게, 약간 좀 어색하게 됐네요. 안 그래요?"

"안 그러냐고요?"

빌은 바보처럼 중얼거리며 자리에 앉아 자신이 왜 이렇게 바보같이 구는지 의아해했다.

"당신은 여기서 뭘 하는 겁니까, 엘라?"

"꼬마 엘라는 지금 추적 중이에요. 이쪽 편 사람들은 어떻게 사는지 보려고요. 아마 취재거리를 얻기 위해서겠죠. 김볼 양은 친절히 대해주셨어요. 하지만 존스 씨는 내가 스파이라고 생각하시는 모양이에요. 그래서 아주 멋진 시간을 보내고 있었어요."

신문기자는 키득키득 웃었다.

창가에 서 있던 존스가 창틀에서 근육질의 탄탄한 몸을 성급히 돌렸다.

"도대체 당신들은 왜 우리를 가만히 내버려두지 않는 겁니까? 이런 지저분한 소굴에 머물러야 하는 것만으로도 충분히 최악인데요."

앤드레아는 그녀의 손을 내려다보았다.

"좀 궁금해서 그러는데……. 버크, 미안하지만 잠시만 자리를……?"

"미안하지만? 미안해요? 굳이 미안해할 필요가 있습니까?"

그는 성큼성큼 걸어가 옆방으로 통하는 문을 홱 열어젖히고 들어간 후 쾅 소리가 나게 문을 닫았다.

"아, 참 고약하네, 고약해."

엘라가 중얼거렸다.

"남자친구가 성질이 있군요. 저런 친구들은 교육을 제대로 받아야 하는 건데. 솔직히 말해서 아가씨, 나는 저 인간이 재수 없는 놈이라고 생각해요."

그녀는 나른하게 일어서서 술잔을 비우고, 두 사람에게 황홀한 미소를 보내고는 밖으로 사라졌다.

빌과 앤드레아는 잠시 말없이 앉아 있었다. 그 침묵은 점점 숨이 막히게 짙어졌다. 둘은 서로를 쳐다보지 않았다. 한참 후 빌이 목청을 가다듬고 말했다.

"엘라는 신경 쓰지 마십시오, 김볼 양. 좋은 마음으로 저러는 겁니다. 신문기자란 사람들이 어떤지 당신도……."

"전 신경 쓰지 않아요. 정말로요."

앤드레아는 계속 손만 들여다보고 있었다.

"그나저나 무슨 일로……?"

빌은 일어서서 손을 주머니에 찔러 넣었다.

"이번 일이 우리 둘 모두에게 끔찍한 일이란 걸 잘 압니다."

그는 허공을 노려보며 말했다.

"존스 말이 맞아요. 우리는 서로 울타리의 반대편에 있는 사람들입니다. 난 여기에 오면 안 돼요."

"왜 안 되나요?"

앤드레아가 중얼거렸다. 그녀의 손이 머리카락으로 향했다.

"바람직하지 않아요……. 이렇게 하면 안 되지만……."

"네?"

그녀는 빌을 정면으로 바라보았다.

빌은 의자를 박차고 일어섰다.

"좋아요. 말하겠습니다. 이건 개인적인 일입니다. 더 이상은 진실을 감출 방법이 없어요. 전 당신을 좋아하는 것 같습니다. 바보처럼……. 그러려고 그런 건 아니었어요. 제 말은, 지금 내 동생은 자기 인생을 걸고 싸우고 있다는 겁니다. 저는 손에 잡히는 무기는 전부 활용해야 합니다. 사실 저로서는 어쩔 수 없이 그렇게 해야 하는 일일 겁니다."

그녀는 조금 창백해졌고, 말을 하기 전 입술을 축였다.

"말씀해주세요. 지금 뭔가 염두에 두고 계시는 게 있군요. 그게……."

빌은 다시 자리에 앉아 대담하게 그녀의 손을 잡았다.

"들어봐요, 앤드레아. 제가 여기 온 건 제 본능과 전문적으로 훈련받은 내용에 모두 반하는 겁니다. 그 이유는……. 음, 저는…… 화를 내지 않으시면 좋겠는데요. 그러니까……."

빌은 길게 숨을 들이마셨다.

"앤드레아. 당신을 증인석에 세워야 할 것 같습니다."

그녀는 불에 덴 듯 손을 잡아 뺐다.

"빌! 그러지 마세요!"

빌은 손으로 눈을 가렸다.

"상황이 그렇습니다. 부디 제 입장을 이해해주시길 바랍니다. 지금 저는 단순히 빌 에인절이 아니라 루시의 변호사로서 말하는 겁니다. 폴린저는 아직 끝난 게 아닙니다. 그가 지금까지 보여준 걸로는 아직 제대로 사건을 다룬 게 아니에요. 그러나 검찰 측 증거 제출을 마치기 전에, 상황을 완전히 뒤집어놓을 만한 걸 내놓을 겁니다. 그럴 경우 저는 총력 방어에 나서야 할 겁니다."

"하지만 그게 저랑 무슨 상관이 있나요?"

앤드레아가 속삭였다. 빌은 고집스럽게 카펫만 내려다보며 그녀의 눈에 깃든 두려움을 애써 외면했다.

"다른 수많은 살인사건의 경우에서와 마찬가지로, 피고 측 방어는 소극적 방어입니다. 문제 제기 자체를 혼란스럽게 하는 것도 포함되고요. 배심원들이 최대한 많은 의문을 품게 만들어야 합니다. 저는 폴린저가 캐딜락의 흔적을 추적해 당신이 사건 현장을 방문했던 사실을 알고 있을 거라 확신하고 있어요. 폴린저가 당신에게 그 얘기를 했는지 안 했는지는 모르겠습니다."

그는 잠시 말을 멈췄지만 그녀는 대답하지 않았다.

"그렇다면 당연히 그는 당신을 증인석에 세우지 않을 겁니다. 검찰 측에 불리하니까요."

빌은 그녀의 손을 다시 잡으려고 했지만, 차마 그럴 수 없었다.

"하지만 당신이 증인석에 오르는 게 검찰에게 불리하다면,

피고 측에는 도움이 되죠."

앤드레아가 자리에서 일어섰다. 빌은 그녀를 올려다보며 그녀가 오만하고 고압적인 태도로 분노를 표출하리라고 예상했다. 그러나 앤드레아는 그러지 않았다. 그녀는 입술을 깨물며 의자를 더듬어 잡았다.

"빌……. 제발 그러지 말아요. 제발. 저는…… 저는 애걸하는 건 잘 못 해요. 하지만 지금은 이렇게 애걸할게요. 저는 증인석에 서고 싶지 않아요. 그 자리를 견딜 수 없을 거예요. 견딜 수가 없어요!"

그녀의 목소리가 흐느낌으로 바뀌었다.

처음으로 빌은 머릿속에 차가운 물줄기가 흐르는 것 같은 느낌이 들었다. 그의 두뇌가 청량하고 깨끗하게 반짝였다. 빌은 일어서서 그녀를 마주 보고, 낮은 목소리로 물었다.

"앤드레아. 왜 견딜 수 없는 겁니까?"

"오오, 설명하지 못하겠어요! 저는…….'

앤드레아는 다시 입술을 깨물었다.

"구설에 오르는 게 두렵다는 뜻입니까?"

"아, 아뇨. 아니에요. 빌! 그게 아니에요. 내가 그런 걸…….'

"앤드레아."

빌의 목소리가 굳어졌다.

"뭔가 중요한 사실을 알고 있군요!"

"아뇨. 아니에요. 몰라요. 그런 거 없어요."

"맞군요. 이제 모든 걸 다 알겠습니다. 당신은 나를 바보 취급하며 가지고 놀았어요. 내 동정심을 가지고 놀았어요."

그는 분노에 휩싸여 그녀를 노려보았고, 그녀의 어깨를 잡았다. 앤드레아는 몸을 움츠리며 손으로 얼굴을 가렸다.

"그 호의가 속임수였다니! 이 일로 교훈을 하나 얻었군요. 내가 속한 뒷골목에 머물러 있어라. 당신은 날 속였다고 생각했고, 날 방심하게 만들고, 내 입을 잠가놨다고 생각했겠죠. 그러는 동안 내 동생은 자기 인생을 건 재판을 받고 있어요! 당신은 실수를 저질렀습니다. 난 다시는 속지 않을 겁니다. 친애하는 김볼 양, 당신은 증인석에 서게 될 겁니다. 만일 당신이 내 동생을 자유롭게 풀어줄 수 있는 사실을 알고 있으면서 지금까지 감추고 있었다면, 당신을 도울 수 있는 건 오직 신밖에 없을 겁니다!"

앤드레아는 격렬하게 흐느끼고 있었다. 빌은 더 이상 그녀를 만지는 것을 견딜 수 없다는 듯 어깨에서 손을 뗐다.

"당신은 몰라요."

앤드레아는 목멘 소리로 말했다.

"아, 빌, 어떻게 그런 말을 할 수가 있어요? 나는…… 나는 연기를 한 게 아니에요. 난…… 당신 여동생을 풀어줄 수 없어요. 내가 아는 건……."

"그럼 뭔가를 알긴 아는 거군요!"

빌이 외쳤다.

앤드레아의 눈빛에서 넘쳐흐르는 공포를 비로소 빌도 눈치챘다. 사람의 얼굴에서 그런 표정은 한 번도 본 적이 없었다. 빌은 분노가 서서히 가라앉는 것을 느끼며 한 걸음 뒤로 물러섰다.

"난 아무것도 몰라요."

그녀는 숨도 쉬지 않고 흐느끼면서 서둘러 말했다.

"난 내가 무슨 말을 하는지도 모르겠어요. 나는…… 지금 너무 당황해서…… 난 정말이지 아무것도 몰라요. 내 말 듣고 있어요? 아, 빌, 제발……."

"앤드레아."

빌이 낮은 목소리로 말했다.

"그게 뭡니까? 내가 당신을 도울 수 있도록 나한테 다 털어놓으면 어떻겠습니까? 당신은 곤란한 지경에 처해 있어요. 이 일에 말려든 겁니까? 당신이…… 죽인 겁니까?"

그녀는 펄쩍 뛰었다.

"아뇨. 난 아무것도 모른다고 말씀드렸잖아요. 전혀. 당신이 날 증인석에 세우겠다면, 난…… 난 달아날 거예요! 이 주를 벗어날 거예요! 나는……."

빌은 안도하며 긴 숨을 들이마셨다.

"좋습니다. 이런 상황을 어떻게 처리해야 하는지는 잘 알고 있죠. 김볼 양, 당신을 위해 경고를 한마디 하겠습니다. 그렇게 무모한 일을 한다면, 나는 당신이 죽는 날까지 당신 뒤를 쫓을 겁니다. 나는 지금 난처한 처지에 처해 있어요. 당신도 마찬가지이고요. 하지만 누구보다도 끔찍한 운명에 가장 가까운 사람은 루시입니다. 달아나지 말고 가만히 있어요. 그럼 나도 최대한 당신을 편안하게 대할 테니까요. 내 말 듣고 있습니까?"

대답이 없었다. 앤드레아는 긴 의자의 쿠션에 얼굴을 묻고 흐느꼈다. 빌은 뺨의 근육을 실룩거리며 그녀를 한참 동안 쳐다보았다. 그러다가 그녀에게 등을 돌리고 방에서 나왔다.

엘러리는 서류 뭉치를 전부 다 읽고 조심스럽게 **외투를** 벗고 담배에 불을 붙이고는 다시 한 번 서류에 몰두했다. 수많은 진술들 가운데 두드러지는 내용이 있었다. 이 증인은 늦은 오후에 소환되었다. 엘러리는 그 진술을 천천히, 단어 하나하나를 신중하게 다시 읽었다. 내용을 읽어 내려가는 동안 미간에 잡힌 주름은 더욱 깊어졌다.

〈폴린저 검사의 주신문〉

문: 성함을 말씀해주시겠습니까?

답: 존 하워드 콜린스입니다.

문: 주유소를 운영하고 계시죠, 콜린스 씨?

답: 네.

문: 주유소는 어디에 있습니까?

답: 램버튼 로드 아래쪽입니다. 트렌튼에서 대략 9.5킬로미터 떨어진 곳이죠. 트렌튼과 캠든 사이입니다. 그러니까 트렌튼 쪽에 더 가깝습니다.

문: 이 지도에서 위치를 가리켜보겠습니다, 콜린스 씨. 이쯤이 당신의 주유소가 있는 곳입니까?

답: 그 근처입니다. 네.

문: 이 지역을 잘 아십니까?

답: 그럼요. 그 자리에서만 9년인가 10년째 장사를 하고 있는데요. 평생 트렌튼 근처에서 살았고요.

문: 그럼 선착장이 어디인지도 아시겠군요? 이 지도에서 가리켜보실 수 있습니까?

답: 네. (증인은 포인터를 이용해 지도 위에서 선착장의 위치를 짚었다.) 바로 여기입니다.

문: 맞습니다. 다시 증인석으로 가시지요. 자, 콜린스 씨. 이 선착장에서 주유소까지 거리가 얼마나 됩니까?

답: 4.5킬로미터 정도입니다.

문: 지난 6월 1일 밤을 기억하십니까? 한 달 조금 전이지요?

답: 네.

문: 분명히 기억하십니까?

답: 네.

문: 그날 밤을 어떻게 그렇게 분명히 기억하고 계십니까?

답: 그게, 그날 꽤 많은 일이 있었거든요. 일단 그날은 오후부터 내내 비가 내렸고, 그 탓에 장사가 잘 안 됐습니다. 두 번째로, 한 7시 30분쯤에 조수랑 대판 말다툼을 하고는 그놈을 해고했습니다. 세 번째로는, 전날인 금요일 밤 늦게 휘발유가 거의 다 떨어져서 휘발유 회사에 전화를 했거든요. 토요일 아침에 날 밝자마자 곧장 트럭을 보내달라고요. 토요일에 휘발유가 없으면 곤란하니까요. 그런데도 트럭이 오지 않았습니다. 토요일 하루 종일요.

문: 알겠습니다. 그런 일들 때문에 그날을 매우 선명하게 기억하게 되셨군요, 콜린스 씨. 이제 저는 증인에게 검찰 측 증거물 17호를 보여드릴 겁니다. 자동차 사진입니다. 이 사진 속 자동차를 보신 적 있습니까?

답: 네. 이 차가 그날 밤 8시 5분에 저희 주유소에 왔습니다.

문: 증인의 주유소에 6월 1일 밤 8시 5분 들어온 차가 이 사진 속 차와 동일한 차라는 걸 어떻게 아십니까?

답: 그게, 이 차는 포드 쿠페 32년형 모델인데, 그날 들어온 차도 같은 모델이거든요. 하지만 그날 제가 자동차 번호를 적

어놓지 않았다면 같은 차라고 맹세는 못 했을 겁니다. 사진을 보니까 제가 적어놓은 번호와 같네요.

문: 자동차 번호를 적어놓으셨단 말인가요, 콜린스 씨? 왜 그러셨습니까?

답: 차를 몰던 여자가 어딘가 좀 이상했거든요. 그 포드 차 말입니다. 그 여자가 좀 우스꽝스러웠어요. 뭘 굉장히 두려워하는 것 같기도 하고. 게다가 베일을 써서 얼굴도 전부 가리고 있었단 말이죠. 요즘은 베일이 흔하지 않잖습니까. 더군다나 그런 베일은요. 이래저래 너무 이상해서 혹시나 싶어 그 여자 자동차 번호를 적어두었던 겁니다.

문: 그 베일 쓴 여자가 차를 몰고 왔을 때 무슨 일이 있었는지 배심원들에게 말씀해주십시오.

답: 그게요, 검사님. 제가 사무실에서 나와서 그 여자에게 말했습니다. "휘발유 넣어드릴까요?" 그랬더니 그 여자가 고개를 끄덕였습니다. 그래서 내가 그랬죠. "얼마나 넣을까요?" 그랬더니 또 고개를 끄덕이는 겁니다. 그래서 그 구멍 안에다가 5갤런 듬뿍 넣어드렸습니다.

판사: 법정에서는 이런 저속한 언행에 관용을 보이지 않습니다. 증인의 진술에서 이런 부적절한 웃음을 유발할 내용은 없습니다. 경위, 법정 질서를 방해하는 자는 누구든 내보내십시오. 계속하세요, 검사.

문: 증인이 포드 차의 주유구에 휘발유를 5갤런 넣은 후 무슨 일이 있었습니까?

답: 그 여자가 저한테 1달러짜리 지폐를 주고는 잔돈도 받지 않고 가버렸습니다. 네, 맞아요. 그것 때문에도 그 여자를 기억

하고 있었습니다.

문: 차는 어느 방향으로 갔습니까?

답: 선착장 근처 오두막 쪽으로요. 그 살인사건이 일어났던.

에인절: 이의 있습니다, 재판장님. 증인의 대답은 특정 결론을 암시하고 있습니다. 증인 자신의 진술에 따르면 증인의 주유소는 선착장으로부터 4.5킬로미터 떨어져 있습니다. 게다가 질문의 형태도 명백하게 편파적입니다.

폴린저: 재판장님, 만일 자동차가 트렌튼 방향으로 떠났다면 범죄 현장의 방향이라고 볼 수도 있습니다. 우리는 목적지가 아닌 방향을 언급한 것입니다.

판사: 그 말은 맞습니다, 폴린저 검사. 그럼에도 불구하고 암시하는 내용이 분명히 있습니다. 지금 답변은 삭제하세요.

문: 포드가 캠든 방향으로 운전해 갔습니까?

답: 아니요. 그 차는 캠든 쪽에서 왔습니다. 갈 때는 트렌튼 방향으로 떠났습니다.

문: 콜린스 씨, 증거물 43호를 보여드리겠습니다. 이게 뭔지 아십니까?

답: 네. 그건 필라델피아에 버려진 차에서 찾은 여성용 베일인데……

에인절: 이의 있습니다…….

폴린저: 확대 해석하지 마세요, 콜린스 씨. 저는 증인이 개인적으로 알고 있는 사실과 관찰한 내용의 범위 내에 있는 답을 원합니다. 좋습니다. 이건 여성용 베일이에요. 이 베일을 알아보시겠습니까?

답: 네.

문: 마지막으로 이것을 어디에서 보셨습니까?

답: 그날 밤 주유소로 차를 몰고 온 여자가 쓰고 있었습니다.

문: 피고는 일어서주시겠습니까? 자, 콜린스 씨. 피고를 자세히 살펴봐주세요. 피고를 전에 보신 적 있습니까?

답: 네.

문: 어디에서, 언제, 어떤 상황에서 보셨습니까?

답: 저 여자가 그날 밤 포드를 몰고 휘발유를 채우러 온 여자입니다.

법정경위: 정숙, 정숙하세요.

폴린저: 변호인, 신문하십시오.

〈에인절 변호사의 반대신문〉

문: 콜린스 씨, 증인은 주유소를 램버튼 로드의 그 자리에서만 9년 동안 운영하셨다고 했습니다. 그 주유소에 손님이 굉장히 많다고 봐도 되겠습니까?

폴린저: 이의 있습니다, 재판장님.

문: 대답 안 하셔도 됩니다. 장사는 잘되십니까, 콜린스 씨?

답: 뭐, 괜찮은 편입니다.

문: 그곳에서 9년 동안 사업을 유지하실 정도로 괜찮으신 겁니까?

답: 그렇죠.

문: 1년에 대략 수천 대의 차량이 증인의 주유소에 들러서 휘발유를 채우고 수리도 받고 그러지요?

답: 뭐, 아마 그럴 겁니다.

문: 그럴 거라고요. 차가 몇 대나 옵니까? 대략적으로라도

요. 지난달에는 주유소에 차가 몇 대나 왔습니까?

　답: 그건 말하기 어렵습니다. 따로 기록을 하지는 않거든요.

　문: 그래도 분명히 대충은 어림하시겠지요? 100대? 1천 대? 5천 대?

　답: 그렇게는 모릅니다. 말씀드렸잖아요. 아주 많아요.

　문: 좀 더 정확하게 알려주실 수는 없습니까? 한 달에 100대면 하루에는 몇 대가 될까요?

　답: 아마 석 대 정도. 그보다는 많아요.

　문: 하루에 석 대 이상요. 그럼 서른 대 정도 될까요?

　답: 글쎄요. 정확히는 모릅니다. 하지만 그렇게 말해도 될 것 같네요. 네.

　문: 하루에 서른 대요. 그럼 대략 한 달에 1천 대 정도가 되는 거지요.

　답: 그렇죠.

　문: 그럼 6월 1일 저녁 이후에 약 1천 대의 자동차에 휘발유를 파신 겁니까?

　답: 그런 식으로 말하자면, 그렇죠.

　문: 그로부터 한 달이 흘렀고, 그동안 1천 명의 운전자와 대화를 나누고, 1천 대의 자동차 주유 탱크에 휘발유를 채우고 하셨는데, 증인은 단 한 대의 특별한 차를 그렇게 분명하게 기억하셔서 차를 정확히 묘사하시고 그 운전자의 외모도 그렇게 정확하게 묘사하신단 말입니까?

　답: 그날을 어떻게 기억하게 됐는지 말씀드렸잖습니까. 그날은 비가 왔고요.

　문: 6월 1일 이후로 비가 온 날은 정확히 닷새입니다. 콜린

스 씨. 그 닷새에 있었던 일도 그렇게 분명히 기억하십니까?

답: 아뇨. 하지만 그날 제 조수도 해고했고…….

문: 조수를 해고하신 것 때문에 1천 대가량의 손님을 맞이하고도 그때 그 운전자를 기억하신단 말인가요?

답: 그리고 휘발유 회사에 전화도 했고…….

문: 저장 탱크에 휘발유가 떨어진 게 올해 5월 31과 6월 1일뿐이었습니까, 콜린스 씨?

답: 아뇨.

문: 알겠습니다. 콜린스 씨, 방금 증인은 그때 목격했던 포드 쿠페의 자동차 번호를 기록하셨다고 진술하셨습니다. 그 메모를 볼 수 있을까요?

답: 가져오지 않았습니다.

문: 메모는 어디 있습니까?

답: 다른 옷에요.

문: 그 다른 옷은 어디 있습니까?

답: 집에요.

법정경위: 정숙하세요. 정숙하십시오.

폴린저: 증인은 최대한 빠르게 메모를 제출할 것입니다.

에인절: 검사님. 반대신문의 진행을 피고 측 변호인이 할 수 있도록 해주시겠습니까?

답: 내일 메모를 가져오겠습니다.

문: 본인이 직접 적은 메모겠지요, 콜린스 씨?

답: 그럼요.

문: 사본이 아니고요?

폴린저: 재판장님. 저는 변호인의 질문에 담긴 암시에 강한

이의를 제기합니다. 검찰은 증인이 제출할 메모가 진본임을 충실히 입증할 것입니다. 메모를 오늘 오후 제출하지 못한 것은 단순한 실수입니다.

에인절: 재판장님, 저는 검사의 진술에 강력히 이의를 제기합니다.

판사: 변호인, 이 질문은 잠정적으로 삭제하는 게 좋을 것 같습니다. 증거물이 제출되면 질문을 재개하십시오.

문: 콜린스 씨, 이 베일을 쓴 여인이 증인의 주유소에 왔다가 떠날 때까지, 몇 분 정도가 걸렸습니까?

답: 한 5분 정도요.

문: 한 5분 정도라고요. 증인은 그 여자의 차에 휘발유 5갤런을 주입했다고 진술하셨습니다. 그렇게 하는 데는 몇 분 정도 걸립니까?

답: 몇 분이냐고요? 거의 5분 다 잡아먹었을걸요. 대충 4분 정도라고 하죠. 주유구 뚜껑을 열고 연료를 넣는데 약간 문제가 있었어요. 연결 사슬이 녹이 슬어 달라붙어 있어서요.

문: 그렇다면 증인은 5분 중 4분 동안 차의 주유구와 씨름하느라 바쁘셨겠군요. 주유구는 차의 어느 쪽에 있었습니까?

답: 물론 뒤쪽에 있지요.

문: 뒤쪽요. 그럼 이 베일 쓴 여자가 그 5분의 시간 동안 차 밖으로 나온 적이 있었습니까?

답: 계속 운전석에 앉아 있었습니다.

문: 그렇다면 그 5분 중 4분 동안은 그 여자를 보지 못했던 것이군요?

답: 뭐, 그렇죠.

문: 그렇다면 증인이 실제로 이 여자를 본 시간은 통틀어서 1분 정도라고 할 수 있을까요?

답: 계산이 그렇게 된다면야.

문: 계산이 그렇게 된다면 말이죠. 어떻게 생각하십니까? 그렇게 계산이 되지 않습니까? 5분에서 4분을 빼면 1분이 남지 않습니까?

답: 그렇죠.

문: 좋습니다. 그럼 이제, 증인은 그 1분 동안 베일 쓴 여자의 모습을 얼마나 많이 보셨습니까?

답: 아주 많이요.

문: 좀 더 구체적으로 설명할 수 있습니까?

답: 그게…….

문: 여자의 허리가 보였습니까?

답: 그게, 그렇게는 아니고요. 그 여자는 운전석에 앉아 있었다니까요. 문도 안 열었어요. 그 여자 허리 위쪽만 봤습니다.

문: 그러면 보였던 범위 안에서, 그 여자는 무슨 옷을 입고 있었습니까?

답: 축 늘어진 모자를 쓰고, 코트를 입고 있었습니다.

문: 정확히 어떤 코트였습니까?

답: 헐렁한 코트요. 천으로 만든.

문: 무슨 색이었습니까?

답: 그건 확실히 모르겠는데요. 짙은 색이었습니다.

문: 짙은 색이라고요? 파란색? 검정? 갈색?

답: 정확히는 모릅니다.

문: 콜린스 씨, 그 여자가 차를 몰고 들어왔을 때는 해가 지

기 전이었습니다. 아닙니까?

답: 네. 서머타임이 아니었다면 7시 조금 지났을 때니까요.

문: 그런데 햇빛이 비추는 환한 데서 보시고도 그 여자의 코트 색깔이 뭔지 모르신단 말입니까?

답: 정확히는 모르겠어요. 짙은 색이었습니다.

문: 그 여자의 코트 색깔을 기억 못 하신단 뜻입니까?

답: 짙은 색으로 기억합니다.

문: 하지만 그 코트를 보시긴 보셨죠?

답: 그렇게 말했잖습니까.

문: 그렇다면 6월 1일 저녁에는 그 여자의 코트 색깔이 뭔지 알았지만, 오늘은 그 색깔을 모르신다는 말씀인가요?

문: 그런 식으로 말하면 그때도 몰랐어요. 특별히 색깔을 눈여겨보지는 않았습니다. 그냥 짙은 색이라고만 봤죠.

문: 하지만 그 여자의 외모는 눈여겨보셨지요?

답: 아, 그렇죠.

문: 여기 증인석에 앉아서 저기 있는 피고를 한 달 전 포드 쿠페를 몰고 온 여자로 확인하실 만큼 뚜렷하게 눈여겨보셨다는 거죠?

답: 네.

문: 하지만 코드 색깔은 기억이 안 나고요.

답: 네.

문: 모자는 무슨 색이었습니까?

답: 모르겠는데요. 축 늘어진…….

문: 그 여자가 장갑을 꼈습니까?

답: 기억 안 납니다.

문: 그리고 그 여자의 허리 위쪽만 보셨다고요?

답: 네.

문: 그리고 그 여자를 1분 정도만 보셨다고요.

답: 그 정도요.

문: 그리고 그 여자는 얼굴을 완전히 가리는 묵직한 베일을 쓰고 있었지요.

답: 네.

문: 이 모든 것에도 불구하고 증인은 여전히 피고가 그 포드 차에서 보았던 여자라고 확신하신단 말입니까?

답: 그게, 둘이 체형이 같아서요.

문: 아, 같은 체형이라고요. 그러니까 지금 그 말씀은 물론 허리 위쪽의 체형 말씀이시겠죠?

답: 음, 그런 것 같습니다.

문: 그런 것 같다고요. 지금 추측에 의해 진술하시는 겁니까, 아니면 아는 내용을 진술하시는 겁니까?

폴린저: 재판장님. 저는 변호인이 제 증인을 심하게 다루는 것에 이의를 제기합니다. 이런 아무 소용없는 반대신문은…….

판사: 검사, 반대신문을 하는 변호인은 피고를 확인하는 증인의 기억을 신뢰할 수 있는지 검증할 권리가 있습니다. 계속하세요, 변호인.

문: 콜린스 씨, 증인은 포드 쿠페가 6월 1일 밤 8시 5분경 증인의 주유소에 들어왔다고 말씀하셨습니다. 이것은 확실한 진술입니까, 아니면 그것도 추측입니까?

답: 아뇨. 추측이 아닙니다. 제 사무실 시계로 8시 5분이었

어요. 초까지 정확합니다.

문: 차가 들어왔을 때 시계를 보고 계셨다고요? 그게 평소의 습관입니까, 콜린스 씨?

답: 차가 들어올 때 시계를 보고 있었습니다. 이미 말씀드렸 잖아요. 차가 들어올 때 휘발유 회사에 전화를 걸어 얘기하고 있었다고요. 저는 그때 그쪽 사람들한테 아침에 전화를 했는데 왜 하루 종일 트럭을 안 보내줬냐고 따지고 있었습니다. 제가 그렇게 말했어요. "어이, 벌써 8시 5분이잖아." 아시겠죠. 그래 서 시계를 보고 있었습니다.

문: 그리고 그때 이 포드 차가 밖에서 들어왔고요.

답: 그렇습니다.

문: 그러고 나서 증인은 사무실을 나와 밖으로 나가 여자에 게 휘발유 몇 갤런을 넣을지를 물어보셨죠?

답: 네. 그리고 그 여자는 손가락 다섯 개를 펼쳐 보였습니 다. 그래서 휘발유를 채웠습니다.

문: 그 여자가 손가락을 보여주었군요. 그리고 증인은 그 여 자가 장갑을 끼고 있었는지 아닌지 기억을 못 하시고요. 하나 는 기억하고 다른 건 기억 못 하시는 겁니까?

답: 그 여자는 손을 내 보였어요. 장갑에 대해서는 기억이 안 납니다.

문: 알겠습니다. 휘발유를 채우셨다고 했죠? 가득 채웠습니 까? 5갤런으로?

답: 맞아요.

문: 자, 그럼 콜린스 씨, 포드 차의 휘발유 탱크 용량이 얼마 인지 아십니까?

답: 당연히 알죠. 대략 11갤런 정도 들어갑니다.

문: 그렇다면 5갤런으로 가득 채웠다고 말씀하신 건 실수였군요?

답: 아뇨. 가득 채웠습니다. 아무튼 거의 다 채웠어요.

문: 오, 그렇다면 탱크가 비어 있었거나 바닥에 조금 남은 상태가 아니었군요?

답: 맞습니다. 이미 5갤런쯤 채워져 있었습니다. 제가 5갤런을 채웠을 때 휘발유가 탱크 주둥이까지 거의 찼거든요.

문: 알겠습니다, 알겠어요. 다시 말하자면 이 여자가 차를 몰고 와서 손가락 다섯 개를 펼쳐 휘발유 5갤런을 주문했지만, 차의 연료통이 비어 있지는 않았던 것이군요. 반 정도 차 있었단 말이죠? 그 정도 휘발유가 있으면 꽤 먼 거리를 갈 수 있었겠죠?

답: 그렇습니다.

문: 그럼 연료 탱크의 반이 차 있는데도 운전자가 왜 굳이 주유소에 들러 휘발유를 채웠는지 이상하다는 생각이 들지 않았습니까?

답: 그런 건 모릅니다. 어떤 사람들은 조심성이 많아서 길을 가다가 휘발유가 떨어질까봐 걱정하기도 해요. 그렇다고는 해도 좀 이상하긴 하다고 생각했던 기억은 납니다.

문: 증인도 이상하다고 생각하셨다고요. 그게 왜 이상한지는 생각이 나지 않았습니까?

폴린저: 이의 있습니다. 증인의 생각을 묻고 있습니다.

(질문 삭제.)

문: 콜린스 씨, 증인은 조금 전 그 여자가 손가락 다섯 개를

들어서 휘발유를 주문했다고 말씀하셨습니다. 그 여자가 말은 전혀 안 하던가요?

답: 한 마디도요.

문: 그 말은 그 여자가 차를 타고 들어와서 5분 동안 증인을 상대하면서도 말을 단 한 마디도 하지 않았다는 뜻입니까?

답: 단 한 마디도 하지 않았습니다.

문: 그렇다면 그 여자의 목소리를 전혀 들어보신 적이 없는 거군요?

답: 네.

문: 만일 여기 있는 피고가 지금 일어서서 증인에게 무슨 말을 한다고 해도 증인은 목소리만 가지고는 피고를 그 차의 운전자로 확인할 수 없겠군요?

답: 당연히 못 하죠. 어떻게 할 수 있겠습니까? 그 운전자가 말하는 소리는 아예 듣질 못했는데요.

문: 그렇다면 증인은 단순히 피고의 외모가 비슷하다는 이유만으로 그 차의 운전자라고 확인하셨던 겁니까? 그것도 허리 위쪽의 체형만 가지고요? 그 여자의 목소리나 얼굴, 그러니까 베일로 가려진 얼굴 때문도 아니고요?

답: 네. 하지만 저렇게 체구가 크고 덩치가 있는 여자는…….

문: 자, 증인은 이 베일을 확인해주셨습니다. 증인은 이 베일이 그 차를 몰았던 여성이 쓰고 있던 것과 동일한 베일이라고 진술하셨습니다.

답: 확실합니다.

문: 이게 단지 비슷한 베일이고 다른 것일 수도 있지 않습니까?

답: 그럴 수도 있죠. 하지만 여자들이 저런 베일을 쓴 건 지난 20년 동안 본 적이 없습니다. 그런데다가 저렇게 특별한…… 저게…… 이걸 뭐라고 부르는지 모르겠는데요……. 정확한 이름이…….

폴린저: 망사요?

에인절: 검사님, 증인의 답을 대신하시는 것을 삼가주시겠습니까?

답: 맞아요. 망사, 레이스, 뭐 그런 거요. 그걸 특별히 눈여겨봤습니다. 물결처럼 촘촘히 짜놔서 그 뒤에 뭐가 있는지는 아무것도 안 보이는 거죠. 그 베일은 어디서든 알아볼 수 있습니다.

문: 그 베일도 아시고 망사의 디자인도 기억하시지만, 코트나 모자 색깔은 기억이 안 나시고, 여자가 장갑을 꼈는지도 기억 못 하시는군요.

답: 이미 수백 번은 말한 것 같습니다.

문: 포드 차가 캠든 방향에서 들어왔다고 진술하셨죠?

답: 네.

문: 하지만 그 차가 주유소에 들어와 멈췄을 때는 사무실 안에 계셨죠?

답: 네. 하지만…….

문: 그 차가 실제로 캠든 쪽에서 램버튼 로드를 따라온 것은 보지 못하셨죠?

답: 제가 나왔을 때 차는 멈춰 있었지만, 트렌튼 쪽 도로를 향해 서 있었습니다. 그러니까 캠든 쪽에서 온 게 틀림없죠.

문: 하지만 그 차가 실제로 들어오는 건 못 보셨죠?

답: 네. 하지만…….

문: 그 차가 트렌튼 방향에서 주유소에 진입해 캠든에서 온 것처럼 차를 트렌튼 방향으로 돌려세웠을 수도 있잖습니까?

답: 그럴 수도 있죠. 하지만…….

문: 이 차가 6월 1일 밤에 들어온 건 확실합니까? 5월 31일이나 6월 2일은 아니고요?

답: 아, 확실합니다.

문: 운전자가 입은 코트 색깔은 기억하지 못하시는데, 정확한 날짜는 기억하시는 겁니까?

답: 그건 아까 말했는데…….

에인절: 그것은…….

폴린저: 변호인은 증인이 하려는 말을 끝마칠 수 있도록 해주시겠습니까? 증인은 변호인에게 5분이나 설명하려고 애쓰고 있지만 뜻대로 하지 못하고 있습니다.

에인절: 5분을 더 드리면 더 나은 결과가 나올 것 같습니까, 폴린저 검사님? 만일 그렇다면 저는 기꺼이 제 질문 시간을 연장하겠습니다. 게다가 검사님도 변호인이 말을 끝마치도록 허용하지 않았습니다. 어차피 제가 하려던 말은 이게 다입니다. 이상입니다.

〈폴린저 검사의 2차 주신문〉

문: 콜린스 씨, 운전자를 확인하는 질문은 잠시 접고, 증인은 증거물 17호인 차량과 동일한 차를 여성 운전자가 몰고 왔다는 사실을 확신하시지요?

답: 확신합니다.

문: 또 그 차가 6월 1일 밤 8시 5분에 증인이 진술한 이유로 인해 주유소에 들렀다는 사실도 확신하십니까?

답: 확신합니다.

문: 차 안에 동승한 사람은 없었습니까?

답: 네.

문: 그 여자는 혼자였습니까?

답: 네.

문: 그리고 그 여자는 제가 지금 손에 들고 있는 이 베일을 쓰고 있었죠?

답: 네.

문: 그리고 어느 방향에서 왔든지 상관없이, 그 여자는 차를 몰고 트렌튼 방향으로 떠났습니까?

답: 네.

문: 증인은 그 자리에 서서 그 여자가 차를 몰고 트렌튼 방향으로 떠나는 것을 보셨습니까?

답: 그 여자가 안 보일 때까지요.

폴린저: 이상입니다, 콜린스 씨.

〈에인절의 2차 반대신문〉

문: 증인은 그 여자가 차에 혼자 있었다고 하셨죠?

답: 그게 내가 말한 내용입니다. 그건 사실이에요.

문: 이 차는 쿠페죠? 뒤쪽에 접이식 좌석이 있는?

답: 맞습니다.

문: 이 접이식 좌석이 펼쳐져 있었습니까?

답: 아뇨, 접혀 있었습니다.

문: 접혀 있었다고요. 그렇다면 누군가 접힌 좌석 안에 숨어 있었는데 증인이 미처 몰랐다고 할 수도 있겠군요. 여자가 그 차 안에 혼자 있었다고 맹세하시지는 못하겠죠?

답: 그게…….

폴린저: 질문의 형식과 내용 모두에 이의를 제기합니다, 재판장님. 변호인은 지금…….

에인절: 자, 자, 이 문제에 대해서는 다투지 말기로 합시다, 폴린저 검사님. 저는 만족스럽습니다. 이상입니다, 콜린스 씨.

(증인 퇴정.)

*

"슬슬 오고 있어."

다음 날 아침 법정에서 빌은 엘러리에게 중얼거렸다.

그 남자는 그 자체로 수수께끼였다. 폴린저는 가벼운 소화불량기가 있는 것 같지만 약삭빠른 눈과 늙지 않는 전문 도박꾼 같은 인상을 풍기는 사람이었다. 그 복잡한 법정 안에서 그는 가장 냉정했고, 왜소한 체구에 티끌 한 점 묻지 않은 말끔한 차림으로, 참새처럼 기민하고 순진한 모습으로 앉아 있었다.

제시카 보든 김볼은 검사 테이블 뒤 가죽을 씌운 증인 대기석에 앉아 있었다. 장갑을 낀 손은 포개어 있었다. 그녀는 아무런 장신구도 없이 검은 상복을 입고 있었다. 화장기 없는 누르스름하고 초췌한 얼굴과 퀭한 눈과 건조한 피부가, 고생을 많이 한 하층 계급의 불안하고 나이 든 여인 같은 모습이었다. 그리고 앤드레아가 시체처럼 창백한 얼굴로 어머니 옆에 앉아 있었다.

빌은 법정 건너편에 앉은 어머니와 딸을 바라보며 엄숙하게 입술을 꾹 다물고, 테이블보 아래로 잡은 동생의 손을 토닥였다. 그러나 최면에 걸린 듯 집중하는 루시의 표정은 풀리지 않았다. 루시는 증인 대기석에 앉은 나이 많은 여인의 얼굴에서 시선을 떼지 않았다.

"필립 오를레앙 씨, 증인석으로 가십시오."

웅성거리던 소리가 가라앉는 파도처럼 잠잠해졌다. 사람들의 얼굴이 긴장으로 팽팽해졌다. 메낸더 판사조차도 평소보다 더 진지해 보였다. 남자는 키가 크고 마른 체형에 얼굴이 앙상했고, 금욕적인 눈을 빛내고 있었다. 그는 서약을 한 후 증인석에 조용히 앉았다. 빌은 몸을 앞으로 기울이고 한 손으로 턱을 괴었다. 그의 얼굴도 앤드레아만큼이나 창백했다. 빌의 뒤쪽 증인 대기석에서 엘러리가 조금 몸을 뒤틀며 자리에 파묻히듯 앉았다. 그의 눈은 폴린저에게 똑바로 향해 있었다. 폴린저는 대단히 뛰어났다. 그의 태도에서 평소와 다른 것이라고는 조금도 눈에 띄지 않았다. 뭔가가 있다면 어느 때보다도 냉정하고 차분하다는 점뿐이었다.

"오를레앙 씨, 당신은 프랑스 공화국의 시민이십니까?"

"그렇습니다."

키 큰 남자는 콧소리를 섞어 대답했다. 프랑스인 특유의 악센트였다. 그러나 그의 목소리는 세련되고 자신감이 깃들어 있었다.

"프랑스에서 맡으신 공적인 임무는 무엇입니까?"

"저는 파리 경찰청 소속입니다. 제 직책은 이 나라에서 범죄 감식부의 수장직에 해당합니다."

엘러리는 빌이 겁에 질린 표정으로 몸이 굳는 것을 지켜보았다. 엘러리 자신도 경직된 몸을 꼿꼿이 세우고 앉았다. 그는 한순간도 그 이름을 저 남자와 연결시켜본 적이 없었다. 그러나 이제는 생각이 났다. 오를레앙은 현대 범죄사에서 가장 유명한 사람 중 하나였다. 그는 국제적인 명성과 투철한 정직성으로 알려져 있으며, 공적을 인정받아 10여 개 국가에서 훈장을 받기도 했다.

"그렇다면 범죄 감식에 있어서 전문가로서 인정받으시겠군요."

프랑스인은 가볍게 미소를 지었다.

"귀하의 법정에서 저의 자격에 대해 이야기할 수 있다면 영광이겠습니다."

"그렇게 해주십시오."

엘러리는 빌이 신경질적으로 입술을 핥는 것을 보았다. 이 특별한 증인의 소환에 대해 빌이 완전히 무방비상태였음이 분명했다.

오를레앙은 편안한 태도로 말했다.

"저는 평생 동안 범죄 감식에 헌신해왔습니다. 지난 25년 동안 다른 건 아무것도 하지 않았습니다. 저는 알폰스 베르티용에게서 배웠습니다. 그리고 이곳의 파우로 경감님과 개인적인 친분을 맺고 있으며 절친한 동료이기도 합니다. 저의 전문성으로 도움을 드렸던 사건들은……."

빌이 일어섰다. 창백하지만 흔들림 없는 태도였다.

"피고 측은 전문가의 자격을 인정합니다. 질문하지 않겠습니다."

폴린저의 입꼬리가 살짝 올라갔다. 그것이 그가 보인 유일한 승리의 표정이었다. 그는 증거물이 놓인 테이블로 걸어가 범죄 현장에서 발견된 봉투칼을 집었다. 칼자루에 꼬리표가 붙어 있었고, 칼날에는 여전히 김볼의 검붉은 핏자국이 줄무늬를 이루고 있었다. 폴린저가 조심스럽게 칼을 다루는 태도는 아름다울 정도였다. 그는 칼의 끝부분을 잡았고, 사람의 피로 얼룩진 칼날을 손가락으로 잡고 있다는 사실에 크게 개의치 않는 것 같았다. 폴린저는 칼을 지휘자의 지휘봉처럼 부드럽게 흔들었다. 방 안의 모든 시선이 그 칼로 향했는데, 그 순간 법정은 콘서트홀이고 방청객들은 충실한 오케스트라가 된 것 같았다.

"그건 그렇고 오를레앙 씨. 여기 변호인과 배심원들에게 당신이 어떻게 이 사건의 증인으로 소환되었는지를 설명해주시겠습니까?"

빌의 시선도 다른 이들과 마찬가지로 폴린저가 손에 쥔 칼로 향해 있었다. 빌의 안색은 회색에서 노란색으로 바뀌어 있었다. 루시는 입을 벌리고 칼날을 바라보고 있었다.

오를레앙이 대답했다.

"저는 5월 20일부터 이 나라의 경찰청을 둘러보고 있었습니다. 6월 2일에는 필라델피아 경찰청에 들르게 되었고요. 드종 서장님이 저를 찾아왔고 이 사건의 특정 증거물에 대해 전문가로서의 제 의견을 물었습니다. 몇 가지 물건에 대해 검사를 요청받았고, 그에 대한 진술을 하러 여기 나왔습니다."

"오를레앙 씨는 트렌튼 경찰이 이전에 발견한 내용들에 대해 전혀 모르시겠군요?"

"전혀 모릅니다."

"봉사에 대한 수임료를 받으십니까?"

"보수는 제안하시더군요."

유명한 전문가는 어깨를 으쓱했다.

"저는 거부했습니다. 저는 제 직무에 해당하지 않는 일로는 수임료를 받지 않습니다."

"이 사건에 연루된 사람들, 이를테면 피고와 변호인, 검사는 모르십니까?"

"그렇습니다."

"증인은 순수하게 진실과 정의를 위해 진술하시는 것이지요?"

"정확히 그렇습니다."

폴린저는 잠시 멈췄다. 갑자기 그는 봉투칼을 오를레앙 앞에서 휘둘렀다.

"오를레앙 씨, 지금 증인에게 검찰 측 증거물 5호를 보여드리겠습니다. 이것이 증인이 조사했던 그 물건입니까?"

"그렇습니다."

"증인이 이 증거물을 어떻게 조사했는지 정확히 여쭤도 되겠습니까?"

오를레앙은 희미하게 미소를 지었다. 그의 치아가 어슴푸레하게 빛났다.

"저는 지문을 조사했습니다."

"지문을 찾으셨습니까?"

남자는 연극에 타고난 재능이 있었다. 그는 곧바로 대답하지 않고 영민한 시선으로 냉정하게 법정을 둘러보았다. 샹들리에

의 빛을 받아 여윈 이마의 피부가 빛났다. 방 안은 매우 고요했
다.

그는 마침내 감정 없는 또렷한 목소리로 말했다.

"두 사람의 지문을 찾았습니다. 그 둘을 A와 B라고 합시다.
A의 지문이 B의 지문보다 더 많았습니다. 정확한 개수는 다음
과 같습니다."

그는 메모를 들여다보았다.

"칼날에 찍힌 A의 지문: 엄지 한 개, 검지 두 개, 중지 두 개,
약지 두 개, 소지 한 개입니다. 칼자루에 찍힌 A의 지문: 엄지
한 개, 검지 한 개, 중지 한 개입니다. 칼날에 찍힌 B의 지문:
엄지 한 개, 검지 한 개, 중지 한 개입니다. 칼자루에 찍힌 B의
지문: 검지 한 개, 중지 한 개, 약지 한 개, 소지 한 개입니다."

"일단 B에 국한해보기로 하지요, 오를레앙 씨."

폴린저가 말했다.

"B의 지문은 칼자루의 어느 위치에서 찾으셨습니까? 지문은
흩어져 있었습니까, 아니면 질서정연하게 찍혀 있었습니까?"

"칼을 들어주시겠습니까?"

폴린저는 칼을 들었다. 칼은 바닥에 향해 수직으로, 칼자루
가 위쪽으로 향해 있었다.

"칼자루에 찍힌 B의 지문은 제가 부른 순서로 위쪽부터 아
래쪽까지 늘어서 있었습니다. 즉 검지가 가장 높고, 중지가 정
확히 검지 아래, 약지가 중지 아래, 소지가 약지 아래에 있습니
다. 지문들은 모두 아주 가까이 붙어 있었습니다."

"지금 이 전문적 용어들을 더 익숙한 형태로 바꿔보기로 하
지요, 오를레앙 씨. 이 칼자루 위에, 제가 지금 들고 있는 식으

로 위쪽부터 아래쪽을 향해, 네 개의 손가락의 지문을 발견하
신 거지요? 검지, 중지, 약지, 그리고 새끼손가락이요?"

"정확합니다."

"증인은 이 네 지문이 가까이 붙어 있다고 말씀하셨습니다.
이렇게 붙어 있는 모양에 대해 지문 전문가로서 어떤 견해를
가지셨습니까?"

"B가 이 칼자루를 평범한 방식으로 쥐었다고 확신합니다. 일
반적으로 사람이 공격을 할 때 잡는 방식이죠. 엄지의 지문은
보이지 않았는데, 이런 식으로 잡을 때 엄지는 다른 손가락들
위에 포개지기 때문입니다."

"이 지문들은 모두 깨끗했어요? 지문을 잘못 판독했을 가능
성은 없습니까?"

프랑스인은 눈살을 찌푸렸다.

"제가 확인했던 지문들은 모두 깨끗했습니다. 그러나 판독할
수 없는 얼룩들도 많았습니다."

"자루에서는 아니겠죠?"

검사가 성급히 물었다.

"주로 칼자루에서요."

"그렇지만 증인이 B의 것이라고 했던 지문들에 관해 의심이
가는 점은 없는 것이지요?"

"그런 것은 없습니다."

"칼자루에 묻은 B의 지문에 겹쳐진 다른 지문은 없었습니
까?"

"네. 여기저기에 희미한 얼룩은 있었습니다. 그러나 지문 위
에 다른 지문이 겹쳐지지는 않았습니다."

폴린저는 눈을 가늘게 떴다. 그는 증거물 테이블로 가서 두 개의 작은 폴더를 집었다.

"이제 증인에게 검찰 측 증거물 10호를 보여드립니다. 죽은 조지프 켄트 김볼, 또는 조지프 윌슨으로 알려진 피해자의 손에서 채취한 지문입니다. 이 지문 세트를 칼에 찍힌 지문 분석 과정에서 비교 목적으로 사용하셨습니까?"

"그랬습니다."

"지금까지 칼에 찍힌 두 세트의 지문을 임의로 A와 B로 구분하셨는데, 배심원들을 위해 증인이 발견하신 내용을 설명해주시겠습니까?"

"제가 A로 지칭한 지문들은 증거 10호의 지문입니다."

"다시 말해서, A는 조지프 켄트 김볼이란 말이지요?"

"그렇습니다."

"좀 더 자세히 설명해주시겠습니까?"

"그러니까 이렇게 된 겁니다. 칼의 자루와 칼날 모두에 김볼의 양손가락 지문이 찍혀 있습니다."

폴린저는 잠시 멈췄다가 다시 입을 열었다.

"오를레앙 씨, 이제 제가 검찰 측 증거물 11호를 보여드리겠습니다. 이 증거물에 대해서도 같은 설명을 해주시겠습니까?"

오를레앙은 차분히 말했다.

"제가 B로 지칭한 지문들은 검찰의 증거물 11호에 기록된 지문과 일치합니다."

"좀 더 구체적으로 설명하자면요?"

"네. 칼날에 찍힌 B의 지문은 왼손에서 나온 것입니다. 칼자루에 찍힌 B의 지문은 오른손에서 찍힌 것이고요."

"배심원들을 위해 검찰 측 증거물 11호에 붙인 설명을 읽어 주시겠습니까?"

오를레앙은 폴린저의 손에서 작은 폴더를 받았다. 그는 조용히 읽었다.

"검찰 측 증거물 11호. 지문 기록. 루시 윌슨."

폴린저는 걸어와서 이를 악물고 말했다.

"조사해보십시오, 변호인."

빌 에인절은 손바닥으로 둥근 테이블 위를 짚으며 힘겹게 일어섰고, 그러는 동안 엘러리는 움직이지 않고 앉아 있었다. 빌은 시체처럼 창백했다. 그는 자리를 떠나며 돌아서서 동생을 향해 미소를 지어 보였다. 루시는 돌로 변해버린 것 같았다. 빌의 미소가 너무나도 기괴하고 대담하고 기계적이어서, 엘러리는 빌의 시선을 피했다. 빌은 증인석으로 다가가 말했다.

"오를레앙 씨, 증인의 지문 전문가로서의 권위에 대해 피고 측 변호인은 어떠한 의구심도 없습니다. 우리는 진실을 위한 증인의 사심 없는 봉사에 대해 감사드립니다. 그런 이유로……."

"이의 있습니다. 변호인은 지금 연설을 하고 있습니다."

폴린저가 냉랭하게 말했다.

메낸더 판사는 목청을 가다듬었다.

"반대신문을 진행할 것을 권고합니다, 변호인."

"지금 바로 하려고 했습니다, 재판장님. 오를레앙 씨, 증인은 루시 윌슨의 지문이 조지프 켄트 윌슨을 살해한 칼에 찍혀 있다고 진술하셨습니다. 증인은 또한 칼에 수많은 번진 얼룩이 묻어 있고 이 얼룩은 판독할 수 없었다고 진술하셨습니다. 맞습니까?"

"정확히 내가 말한 내용이 아닙니다. 나는 수많은 얼룩의 흔적이 찍혀 있었다고 말했습니다."

오를레앙은 정중하게 대답했다.

"그 얼룩이 손가락에 의해 찍힌 게 아니라는 말씀인가요?"

"그 얼룩은 판독할 수 없었습니다. 그 얼룩은 맨손가락에 의해 만들어질 수 없습니다."

"그러나 어떤 다른 물질 안에 감싸인 손가락에 의해 만들어질 수는 있지 않습니까?"

"가능하긴 합니다."

"이를테면 장갑 낀 손이라면요?"

"가능합니다."

폴린저는 화가 난 듯 보였다. 빌의 뺨에 약간의 혈색이 돌아왔다.

"오를레앙 씨, 증인은 또한 이 얼룩들이 대부분 칼자루에 집중되어 있었다고 진술하셨지요?"

"네."

"사람이 칼을 휘두르려 할 때는 일반적으로 칼자루를 잡겠지요?"

"그렇습니다."

"그리고 이 칼자루에 묻은 루시 윌슨의 지문 위에 이 특이한 특성을 지닌 얼룩이 묻어 있었던 거지요?"

"네."

오를레앙은 몸을 조금 움직였다.

"하지만 그 얼룩들의 특성을 구체적으로 물으신다면 이와 관련된 내용은 기록으로 남기지 않았으면 합니다. 저는 그 얼룩이 어떻게 만들어졌는지 알 수 없습니다. 과학기술을 동원해도 알 수 있을 거라 생각하지 않습니다. 지금으로서 할 수 있는 최선의 행동은 위험을 무릅쓰고 추측을 하는 것입니다."

"이 칼자루의 얼룩이 손가락 끝 모양을 하고 있었습니까?"

"아닙니다. 불규칙한 모양으로 번져 있었습니다."

"장갑을 낀 손이 칼자루를 쥐었을 때 생기는 것처럼요?"

"다시 말하지만, 가능은 합니다."

"그리고 이 얼룩이 루시 윌슨의 지문 위에 묻어 있었다고요?"

"그렇습니다."

"그렇다면 루시 윌슨이 칼을 만진 후 누군가 칼자루를 쥐었다는 의미입니까?"

오를레앙은 다시 이를 드러내 보였다.

"그렇게는 말할 수 없습니다. 그 얼룩은 인간에 의해 생긴 것이 아닐 수도 있습니다. 예를 들어 그 칼을 휴지로 헐겁게 감싼 후 상자에 넣고 상자가 흔들렸다면, 그런 식의 얼룩이 발생할 수 있습니다."

빌은 그 자리에서 서성거렸다.

"오를레앙 씨, 증인은 또한 칼자루에 찍힌 루시 윌슨의 지문이 모여 찍혀 있었으며, 이는 루시 윌슨이 공격을 하기 위해 칼을 잡은 것을 암시한다고 진술했습니다. 그 진술이 확실하지 않은 결론을 유도하는 내용이라고는 생각지 않으십니까?"

오를레앙은 눈살을 찌푸렸다.

"무슨 말씀입니까?"

"단순히 살펴보기 위해 칼을 집어 들어도 증인이 확인한 것 같은 그런 형태로 지문이 남을 수 있지 않을까요?"

"아, 물론입니다. 저는 단지 지문이 모여 있는 특징에 대해 전형적인 예를 들었을 뿐입니다."

"그렇다면 루시 윌슨이 치명적인 목적을 위해 그 칼을 사용했다고 전문가로서 단정 지어 말할 수는 없는 것이겠군요?"

"물론 그렇게 말할 수는 없습니다. 저는 사실에 초점을 맞춥니다. 바꿀 수 없는 사실이요. 말씀하신 그런 해석은……."

그는 어깨를 으쓱했다.

빌이 걸어 나오자 폴린저가 벌떡 일어섰다.

"오를레앙 씨, 증인은 이 칼에서 루시 윌슨의 지문을 발견했습니까?"

"그렇습니다."

"증인은 이 법정에서 이 칼을 범죄 바로 전날 피해자 본인이 구매했으며, 필라델피아의 집이 아닌 그가 살해된 오두막에서 발견되었고, 원래 포장 안에 루시 윌슨이 아닌 피해자 본인이 직접 쓴 선물 카드와 함께 들어 있었다는 진술을 들었습니다. 또한……."

"이의 있습니다!"

빌이 매섭게 외쳤다.

"이의 있습니다! 이것은 적절하지 않은……."

"이상입니다."

폴린저는 차분한 미소와 함께 마무리했다.

"감사합니다, 오를레앙 씨. 재판장님."

그는 잠시 말을 멈추고 깊게 숨을 들이마셨다.

"검찰 측 진술을 마칩니다."

빌은 몸을 홱 틀어 기소 중지를 요청했다. 그러나 프랑스 지문 전문가의 진술이 사건의 양상을 완전히 바꿔놓았다. 메낸더 판사는 기소 중지를 거부했다. 빌은 얼굴을 붉혔다. 그는 극심한 분노에 떨며 숨을 가쁘게 몰아쉬었다.

"재판장님, 피고 측은 휴정을 요청합니다. 마지막 증인의 진술은 완전히 의외였습니다. 피고 측에서는 진술 내용에 대해 조사할 기회가 없었으므로, 휴정을 신청합니다."

"인정합니다. 내일 오전 10시까지 휴정합니다."

판사는 자리에서 일어섰다.

루시가 법정을 나가고 판사가 퇴정하자, 기자석은 말 그대로 폭발했다. 흥분한 기자들은 앞다투어 법정을 빠져나갔다.

빌은 힘없이 엘러리를 바라보았다. 그러다 그의 시선이 법정 건너편을 향해 반짝였다. 앤드레아 김볼이 입술을 꼭 다물고, 분노의 눈빛으로 빌을 노려보았다. 그는 시선을 피했다.

"충격적이야. 루시는 그런 말은 한마디도……."

엘러리는 빌의 팔을 부드럽게 잡았다.

"자, 가자, 빌. 할 일이 있어."

*

빨간 머리 여자는 잔잔한 강을 굽어보는 주 의회 의사당 뒤 벤치에서 생각에 잠겨 담배를 피우는 엘러리를 발견했다. 빌 에인절은 벤치 앞에서 지칠 줄도 모르고 끝없이 서성이고 있었다. 밤하늘은 열기로 부옇게 흐려져 있었다.

"여기 있었군요."

그녀는 유쾌하게 말하고는, 엘러리 옆에 앉았다.

"빌 에인절, 그러다 신발 밑창 다 닳겠어요. 게다가 이렇게 더운데! 지금 이 세상 모든 신문기자들이 당신을 찾아다니고 있어요. 피고인석에 앉은 이브라느니 뭐라느니 하면서……."

그러다 그녀는 갑자기 말했다.

"아, 아무래도 그만 입 다물어야겠네요."

누렇게 뜬 수척한 빌의 얼굴에 삭막한 표정이 떠올라 있었다. 붉은 테두리가 둘린 두 눈은 깊은 우물 속에서 새어 나오는 음침한 빛처럼 빛나고 있었다. 그는 오후 내내 전문가들에게 전화를 하고, 조사관을 내보내고, 증인들을 찾아 모으고, 동료들과 협의하고, 여기저기에 헤아릴 수 없이 많이 전화 통화를 했다. 결국 피로로 인해 휘청거릴 수밖에 없었다.

"이런 식으로 해서는 당신 자신에게도 루시에게도 좋을 게 없어요, 빌. 계속 이러다가는 어느 날 병원에서 깨어나게 되겠죠. 그럼 당신의 가엾은 동생은 어떻게 될까요?"

엘라는 가라앉은 목소리로 말했다.

빌은 여전히 서성였다. 빨간 머리 여자는 한숨을 쉬고 긴 다리를 꼬았다. 강 쪽에서 여자의 무의미한 외침과 남자의 깊은 웃음소리가 들려왔다. 뒤쪽의 의회 의사당은 짙은 색 잔디 위의 늙은 황소개구리처럼 고요하게 자리를 잡고 있었다. 빌은 갑자기 부연 하늘을 향해 손을 휘저었다.

"루시가 미리 말만 했어도!"

"루시는 뭐래?"

엘러리가 웅얼거리며 물었다.

빌은 절망적인 코웃음을 쳤다. 절망스러운 소리였다.

"뻔하디뻔한 간단한 설명이야. 너무 간단해서 아무도 믿지 않을 그런 설명. 조가 그 빌어먹을 문구 세트를 금요일 밤에 집으로 가져왔대. 당연히 루시는 그걸 보고 싶었고. 그래서 포장을 풀고 살펴봤고. 그러다가 칼에 지문이 찍힌 거야. 기가 막히지. 안 그래? 그리고 루시의 진술을 입증해줄 수 있는 유일한 증인은 죽었고!"

빌은 날카롭게 웃었다.

"제발 진정해요, 빌."

엘라 아미티가 가벼운 말투로 말했다.

"앞뒤가 맞는 얘기인데요. 두 사람이 주는 선물이니 두 사람 모두 손을 댔을 것이고, 그 얘길 안 믿을 이유가 어디 있어요? 그 문구 세트는 조와 루시가 준비한 선물이니까, 조와 루시의 지문이 거기 찍힌 거잖아요. 배심원들이 그 얘길 왜 안 믿겠어요?"

"워너메이커 직원의 증언 들었죠. 그 문구 세트는 조가 샀어요. 혼자서. 포장 담당 직원이 포장하기 전에 꼼꼼히 닦았고요. 조는 그 상점에서 선물 카드를 직접 썼습니다. 루시가 낄 자리가 없어요. 안 그래요? 그리고 나서는? 조는 집으로 갔습니다. 그걸 내가 입증할 수 있을까요? 못 하죠! 맞아요. 조는 나에게 다음 날 아침 필라델피아를 떠날 거라고 말했으니, 그날 밤은 루시와 함께 보낼 거라는 뜻을 담고 있긴 하죠. 하지만 그런 숨은 의미는 증거가 될 수 없고, 그 말을 들은 사람이 나라는 사실을 고려하면 법정에서는 편향된 진술이 됩니다. 누구도 그가 금요일 밤에 집에 온 것도, 토요일 아침 집을 나서는 것도 못 봤어요. 그걸 본 사람은 오직 루시뿐입니다. 선입견에 사로잡힌 배심원들이 근거도 없는 피고의 말을 믿어주리라 기대할 수는 없어요."

"배심원들은 선입견에 사로잡혀 있지 않아요, 빌."

빨간 머리 여자가 재빨리 말했다.

"거짓말을 해주다니 친절하시군요. 4번 배심원 얼굴 봤어요? 내가 그 여자를 배심원으로 승인했을 때는 나름 승산이 있다고 생각했었어요. 후덕한 50대 여인이고, 중산층에 가정적인 여자였거든요⋯⋯. 하지만 그 여자는 여성 혐오자로 바뀌었어요! 루시가 지나치게 아름다운 겁니다. 동생을 보는 여자들은 누구든 부러워서 몸을 뒤틀어요. 다른 배심원들이라고 나을 게 없어요. 7번 배심원은 계속 딴죽을 거는 경향이 있더군요. 그런 걸 내가 어떻게 알았겠습니까? 그는 온 세상에 화가 나 있어요. 아, 빌어먹을."

빌은 팔을 휘저었다.

그들은 말이 없었다. 할 말을 찾을 수도 없었다. 한참 후 빌이 중얼거렸다.

"좋아, 한번 싸워보겠어."

"루시를 증인석에 세울 건가?"

엘러리가 조용히 물었다.

"휴우, 그 애가 내 유일한 희망이야! 동생이 영화를 본 알리바이를 입증하거나 지문 문제에서 도와줄 증인을 도무지 찾아낼 수가 없어. 그러니 그 아이가 직접 진술해야 해. 아마 루시가 나서면 동정심을 자극할 수 있을 거야."

빌은 두 사람 맞은편의 벤치에 주저앉아 머리카락을 움켜잡

왔다.

"만일 루시가 안 한다면, 신의 도우심밖에 기댈 데가 없어."

엘라가 반박하고 나섰다.

"하지만 빌. 너무 비관적인 거 아니에요? 내가 이 도시 여기 저기에 다니며 법률을 잘 아는 사람들한테 물어봤어요. 그 사람들은 모두 폴린저가 불리할 거라고 생각하던데요. 결국은 정황증거일 뿐이잖아요. 충분히 합리적으로 의심할 여지가 있고……."

빌은 인내심을 발휘하며 말했다.

"폴린저는 뛰어난 검사입니다. 그리고 배심원들 앞에서 마지막 진술을 하는 건 그 사람이에요. 그걸 잊지 말아요. 검찰은 피고 측 변론을 마친 후에 최종 정리를 합니다. 만일 당신이 재판 경험 많은 변호사에게 물어봤다면 검사가 배심원들의 마음속에 마지막으로 강한 인상을 남기기 위해 자신이 가진 반은 아껴놓을 거라고 알려줬을 겁니다. 그리고 여론은……."

빌은 허공을 노려보았다.

"여론이 왜요?"

기자는 분개하며 물었다.

"아, 당신은 믿음직한 사람이에요, 엘라. 하지만 당신은 법적인 문제는 잘 모르죠. 그 보험 문제가 우리에게 어떤 해악을 끼쳤는지 당신은 생각도 못 할 겁니다."

엘러리는 벤치에서 몸을 틀었다.

"뭐라고?"

"사건이 재판으로 가기 전에 이미 소문이 났어. 보험 수익자가 보험 가입자를 살해했을 의심에 기인해서 내셔널이 루시에게 보험금 지급을 보류하고 있다고 말이야. 이 정도면 1면 뉴스거리지. 해서웨이가 기자에게 이 내용에 대한 얘기를 했어. 정확히 그런 식으로는 말하지 않았지만, 뻔한 얘기야. 당연히 나는 뉴욕 시에 보험금 지급을 요구하는 고소장을 제출해서 피해를 최소화하려고 했지. 하지만 이건 통상적인 절차에 불과해. 중요한 건 재판 결과야. 한편 카운티에서 배심원이 될 자격이 있는 사람들은 모두 이 이야기를 읽었어. 법원에 앉아 있는 일당들은 다 부인하지만, 확실히 읽었다고."

엘러리는 담배를 튕겨 버렸다.

"그래서 피고 측 증인들의 진술 요지는 뭐야, 빌?"

"루시가 직접 그 지문과 알리바이, 그 밖의 것들에 대해 설명하는 거지. 자네는 검사가 설명하지 않은 사실의 불일치를 끄집어내야 하고. 물론 해줄 거지, 엘러리?"

빌이 불쑥 물었다.

"그런 바보 같은 소리는 하지 마, 빌."

"자네가 도와줄 수 있는 게 하나 있어, 엘. 그 성냥개비야."

"성냥개비?"

엘러리는 약간 멍한 표정으로 눈을 깜박였다.

"그게 왜? 어떻게 도움이 된다는 거야?"

빌은 벤치에서 일어나 다시 서성이기 시작했다.

"그 성냥개비들은 살인자가 김볼을 기다리면서 담배를 피웠다는 걸 보여주지. 물어볼 것도 없는 사실이야. 루시가 담배를 피우지 않고 이전에도 피운 적이 없다는 걸 나로선 쉽게 입증할 수 있어. 만일 자네를 증인석에 세워서……."

"하지만 빌."

엘러리가 천천히 말했다.

"거기엔 의문이 좀 있어. 아주 큰 의문이지. 사실은 굉장히 큰 의문이라 여기에 포함된 모든 내용들이 자네가 완전히 틀렸다고 주장할 정도야."

빌은 당황하며 걸음을 멈췄다. 빌의 눈은 조금 전보다 더 깊이 푹 꺼졌다.

"그게 뭔데? 담배를 안 피웠다는 건가?"

엘러리는 한숨을 쉬었다.

"빌, 나는 그 방을 샅샅이 조사했어. 그리고 접시 위에서 다 탄 성냥개비 여러 개를 발견했지. 여기까진 좋아. 그걸 보고 곧바로 흡연을 떠올리는 건 당연해. 하지만 사실은 뭔가?"

"탐정이 되는 법 제1장."

빨간 머리 여자는 키득키득 웃었다. 그러나 그 눈은 근심을 가득 담은 채 빌을 바라보고 있었다.

엘러리는 눈살을 찌푸렸다.

"흡연이란 담배를 피우는 행위지. 담배는 재와 꽁초를 남기고. 하지만 내가 조사했을 때 담뱃재나 꽁초의 흔적은 전혀 없었어. 담배 부스러기도, 피운 것이든 안 피운 것이든 전혀 찾을 수 없었어. 불에 탄 흔적 같은 것도 어디에도 없었고, 접시나 테이블에도 담배를 내려놓은 흔적이 없었지. 벽난로나 카펫 위에도 불이 닿은 흔적이나 재 또는 꽁초가 남기는 아주 작은 자국도 없었어. 난 카펫을 센티미터 간격으로 조사했고, 실오라기 하나하나 다 들춰봤네. 마지막으로 창밖 마당과 집 근처 어디에서도 꽁초나 재를 찾지 못했어. 그러니까 오두막에서 창밖으로 꽁초를 내던지지도 않았던 거야."

엘러리는 고개를 저었다.

"아냐, 빌. 그 성냥들은 흡연이 아닌 다른 목적에 사용된 거야."

"그럼 흡연 가능성은 배제해야겠네."

빌은 이렇게 말하고는 입을 다물었다.

"잠깐."

엘러리는 담배를 한 개비 더 꺼내 흔들었다.

"하나를 버렸지만, 동일한 이유로 한 가지 얻은 것도 있어. 그 한 가지가 검찰 측의 공격으로부터 자넬 도와줄 거야. 하지만 그 얘기를 꺼내기 전에."

엘러리는 연기 틈으로 눈을 가늘게 떴다.

"앤드레아 김볼 양을 어떻게 할 생각인지 물어도 되겠나?"

키가 크고 냉정한 태도의 여자가 남자의 팔에 팔짱을 끼고 잔디밭 위를 걷고 있었다. 벤치에 있던 일행은 행동을 멈추고 잠잠해졌다. 어두워서 여자의 얼굴은 분간하기 어려웠지만, 동행한 남자의 말을 듣고 있는 것은 분명했다. 남자는 뭔가에 열심히 몰두한 듯 건장한 체구를 쉴 새 없이 옆으로 움직이고 있었다. 그러다가 두 남녀가 머리 위 가로등의 불빛이 비치는 범위 안에 들어섰고, 그제야 앤드레아 김볼과 그녀의 약혼자 버크 존스가 우뚝 멈춰 서서 그들을 노려보는 것을 알아볼 수 있었다. 앤드레아도 마찬가지로 그들을 알아보았다. 그녀는 유령을 만난 듯 빌을 쳐다보았다. 누렇게 뜬 빌의 피부가 점점 붉어지기 시작했다. 그는 불끈 쥔 주먹을 내려다보았다. 앤드레아는 유령처럼 돌아서서 산책로를 따라왔던 방향으로 뛰어갔다. 존스는 잠시 어쩔 줄 모르고 서 있다가, 뛰어가는 약혼녀와 빌을 번갈아 노려보고는 앤드레아의 뒤를 따라 달리기 시작했다. 부목을 댄 팔이 코트 위에서 우유부단하게 건들거리며 흔들렸다.

엘라 아미티가 벌떡 일어서서 외쳤다.

"빌 에인절, 멱살이라도 잡아줘야겠군요! 도대체 상식이 있는 사람이에요? 뭐 이런 바보가 다 있어! 지금이 첫사랑에 빠진 소년처럼 굴며 즐거워할 때인가요!"

빌의 주먹이 펴졌다.

"이해를 못 하시는군요, 엘라. 둘 다 이해 못 해. 저 여자는 나에겐 아무 의미도 없어요."

"그런 말을 누가 믿어요!"

"내가 그 여자에게 관심이 있었던 건 그 여자가 뭔가를 숨기고 있는 걸 알아냈기 때문입니다."

엘라가 달라진 목소리로 물었다.

"오호. 그게 뭔데요?"

"모릅니다. 하지만 그 여자에겐 굉장히 중요한 문제인지, 증인석에 올라가야 한다는 생각만으로도 이성을 잃더군요. 그러니 그 여자는 증인석에 올라야 합니다. 내가 바보라고요?"

빌은 주먹을 빠르게 쥐었다 폈다를 반복하면서 산책로를 따라 휘청거리며 달리는 여자의 뒤를 바라보았다.

"그 여자에게 누가 바보인지 보여주겠어요. 나에게 그 여자는 중요해요. 가없은 루시에게도 그렇고. 너무나도 중요해서 저 여자를 내 마지막 증인으로 아껴두고 있는 겁니다!"

"오오, 빌, 달링. 그 옛날 블랙스톤 판사를 연상시키는군요. 멋져요, 변호사님. 이거 공개해도 되나요?"

"공식적으로는 안 되지만, 소문이야 상관없겠죠. 폴린저가
이에 맞서 할 수 있는 건 아무것도 없어요. 저는 그 여자에게
소환장을 보내놓았습니다."

"그럼 소문으로 해두죠. 변호사 나리, 나중에 또 봐요!"

엘라는 손가락을 튕기며 사라진 커플의 뒤를 쫓아 종종걸음
으로 달려갔다.

"빌."

엘러리가 말했다. 빌은 그의 눈길을 피하며 벤치에 앉았다.

"그 결정이 자네에게 어떤 의미인지 알 것 같아."

"의미? 무슨 의미? 그런 게 나한테 왜 의미가 있어야 해? 난
루시를 위해 기쁜 마음으로 그렇게 할 거야! 자네들은 나를 괴
롭히고 있어. 의미라니!"

"물론 그렇겠지, 빌."

엘러리가 달래듯 말했다. 그러고는 생각에 잠긴 목소리로 덧
붙였다.

"그리고 자네가 그렇게 한다니 나도 기뻐. 여러 가지 이유
로."

*

메낸더 판사가 배심원들에게 재판 내용을 설명하고 배심원
들이 다 퇴정하고 나자, 방청객의 의견은 여러 갈래로 갈렸다.
다수 의견은 무죄선고가 빨리 내려져야 한다는 것이었다. 몇몇
사람들은 재판이 오래 이어질 것이며 결국 의견 불일치로 끝날
거라고 내다봤다. 아주 소수만이 유죄 판결을 예상했다.

루시가 가련한 증인 역할을 충실히 보여준 것은 확실했다. 처음부터 그녀는 잔뜩 긴장했고, 겁에 질려 조마조마해했다. 빌이 루시의 진술을 이끌어내는 동안 그녀는 조용히, 고분고분하게 대답했고, 심지어 가끔씩 희미하게 미소도 지었다. 오빠의 연민 어린 질문을 통해 그녀는 자신이 조지프 윌슨이라고 알았던 남자와의 삶을 이야기했다. 남편이 보여준 친절과 둘의 사랑과 만남, 연애, 결혼, 이후 이어진 일상생활의 세세한 면까지 보여주었다.

빌은 서서히 루시에게서 살인이 일어나기 직전의 이야기를 끌어냈다. 루시는 빌의 생일선물을 결정하기 위해 둘이 상의한 얘기들을 들려주었다. 그리고 사건 전날인 금요일, 윌슨이 워너메이커 상점에서 선물을 사 오겠다고 약속했고, 그날 밤 문구 세트를 가지고 집에 돌아와 함께 포장을 풀고 내용물을 살펴보았다는 얘기를 했다. 그리고 그는 토요일 아침에 선물을 가지고 집을 나서면서, 그날 바로 빌에게 들러 선물을 전하겠다고 약속했다고 했다. 루시는 그날 하루 종일 그리고 다음 날 반나절에 걸친 주신문 동안 증인석에서 진술했고, 빌이 신문을 끝낼 무렵 모든 것을 다 해명했고 검찰 측 주장을 모두 부인했다. 그리고 나서 폴린저가 공격에 나섰다.

폴린저는 사악한 태도로 무장한 채 루시의 이야기를 맹공격했다. 남자는 흉포한 몸짓과 다양한 여러 음색으로 질문을 퍼부어댔다. 그는 루시의 정직성을 비웃었다. 루시가 남편의 진짜 신원을 알지도 의심하지도 못했다고 했던 말을 조롱하며 제대로 알지도 못하는 남자와, 그것도 대부분의 시간을 집을 비우는 의심스러운 남자와 10년이나 함께 살았다는 얘기를 믿어

줄 배심원은 없다고 지적했다. 그의 반대신문은 무자비했다.
빌은 끊임없이 이의 제기를 외치며 일어섰다.

폴린저는 으르렁거렸다.

"윌슨 부인, 증인은 오늘 이전에도 진술을 할 기회가 100번
은 더 있었을 겁니다. 아닙니까?"

"맞습니다."

"그런데 왜 이 봉투칼에 지문이 찍히게 된 이야기를 전에는
하지 않았습니까? 대답하세요!"

"전…… 저는…… 아무도 묻질 않아서요."

"하지만 증인은 그 칼에 증인의 지문이 찍힌 걸 알고 있었습
니다. 아닙니까?"

"전 그게 어떤 의미인지 깨닫지 못하고……."

"하지만 앞으로 불리한 상황에 처할 것을 알고 변호인과 상
의해서 그런 조잡한 설명을 만들어 와 갑자기 꺼내든 게 얼마
나 나쁜 인상을 끼칠지는 깨달았지요?"

이 질문들은 격분한 빌의 항의로 마무리되었다. 그러나 공격
의 여파는 충분했다. 배심원들은 눈살을 찌푸렸다. 루시는 맞
잡은 손을 비틀었다.

"증인은 또한 증인의 남편이 토요일 아침에 오빠의 사무실
에 들러 선물을 전하겠다고 약속했다고 증언했습니다. 맞습니
까?"

"네, 네."

"하지만 그는 그러지 않았습니다. 그렇죠? 선물은 포장지에
싸여 필라델피아에서 멀리 떨어진 그 고립된 오두막에서 발견
되었습니다. 아닌가요?"

"전…… 그이가 잊어버렸을 거예요. 그이가…….'

"윌슨 부인, 여기 있는 모든 이들은 증인이 그 선물에 대해 거짓말을 하고 있다고 생각하고 있습니다. 그걸 아직도 모르시겠습니까? 증인은 선물을 집에서 한 번도 본 적이 없었죠? 증인은 그 선물을 오두막에서 처음 보았고……."

빌이 비난성 질문을 삭제하기 위해 갖은 노력을 기울였음에도 불구하고, 폴린저가 신문을 마칠 때 즈음에 루시는 완전히 기진맥진해졌고, 흐느껴 울고 가끔은 분노에 휩싸였다. 폴린저가 놓은 덫에 걸려 스스로의 진술에 모순되는 말을 하기도 했다. 검사는 이런 상황을 아주 능숙하게 처리했다. 그는 계산된 흉포함을 거침없이 드러내며, 증인의 불안정한 상태를 정확히 겨냥했다. 그 아래로 그는 기계처럼 냉정하고 끈질겼다. 루시가 히스테리에서 회복될 때까지 휴정이 필요했다.

빌은 배심원들을 향해 단호한 미소를 지으며 변론을 시작했다. 그는 루시의 이웃, 친구, 상인들을 증인으로 끊임없이 소환하면서 피해자가 죽음을 맞이한 바로 전날까지 아무런 문제없이 행복했다는 루시의 주장을 뒷받침했다. 증인들은 모두 윌슨의 이중생활과 관련해 한 점의 의심도 해본 적이 없으며, 루시도 그걸 알고 있다는 내색은 조금도 보인 적이 없다고 진술했다. 그는 몇몇 증인을 소환해 루시의 남편이 '방문 판매' 일을 위해 집을 비우는 동안이면 어김없이 토요일 저녁에 영화를 보러 시내에 나가는 습관이 있었다는 진술을 받았다. 그는 친구와 옷가게 점원들로 하여금 루시가 베일을 한 번도 사거나 쓴 적이 없었다고 진술하도록 했다. 그러는 동안 폴린저는 차분하고 분명하게 중간중간 방해를 했고, 진술의 약점을 재빠르게 간파하고 편견을 포함한 내용을 지적하곤 했다.

다음으로 빌은 자동차 문제로 넘어갔다. 그는 폴린저가 세운 증인 중 포드 차를 조사한 경찰의 지문 감식 전문가의 진술을 집요하게 물고 늘어지며, 그 차에서 루시의 지문만 발견되었다는 사실은 특별한 의미가 없다는 점을 주장해왔다. 그 차는 루시의 것이며 몇 년 동안 혼자 사용해왔으니 루시의 지문이 사방에 찍혀 있는 것은 당연하다는 것이었다. 그는 또한 바퀴와 기어 스틱에 알 수 없는 얼룩이 묻은 것은 장갑 낀 손으로 만졌다는 증거로 볼 수 있음을 입증하려 했지만, 증인은 이 내용을 인정하지 않았다.

이제 빌은 전문가들을 증인석에 세워 바로 이 내용을 다루려 했다. 그러나 검사는 대단히 전문적인 태도로 증인으로 나온 전문가들의 능력을 신뢰할 수 없거나, 이전 재판 기록이 부실하거나, 아니면 노골적인 편견이 있다며 공격했다. 타이어 자국의 신빙성에 대해서는 빌은 전혀 언급하지 않았다. 그 대신 그는 연방 표준국 소속 금속 전문가를 증인석에 세웠다.

폴린저는 이전에 포드 차의 라디에이터 캡이 녹슬면서 자동차의 진동에 의해 약해졌고, 결국 일부러 부러뜨린 게 아니라 우연히 범죄 현장에서 부러졌다고 주장했었다. 빌이 소환한 증인은 포드 차의 라디에이터 캡이 그런 식으로 자연스럽게 '부러질' 수는 없다고 진술했다. 전문가는 라디에이터 캡의 부러진 부분을 분석한 결과 인간이 일부러 부러뜨리지 않고 금속 여신상의 발목이 저절로 부러질 방법은 없다고 말했다. 그러면서 금속의 피로와 노화에 대해 상세히 설명했다. 이 의견에 대해 폴린저는 끈질긴 반대신문으로 전문가를 괴롭혔고, 결국에는 정확히 그와 반대되는 내용을 진술할 전문가를 소환하겠다고 공언했다.

피고 측 변론 나흘째, 빌은 엘러리를 증인석에 세웠다. 엘러리는 준전문가로서의 자신의 자격에 대해 조금 설명했다.

빌의 신문이 시작되었다.

"퀸 씨. 증인은 경찰이 도착하기 전에 범죄 현장에 있었습니다. 맞습니까?"

"네."

"증인은 이 사건과 관련해 순수하게 전문가로서 흥미를 가지고 범죄 현장을 면밀히 조사했지요?"

"네."

빌은 특징 없는 작은 물건을 들어 올렸다.

"조사하실 때 이것을 보신 기억이 있습니까?"

"네."

그것은 싸구려 접시였다.

"증인이 방을 조사하실 때 이 접시는 어디에 있었습니까?"

"방 안 테이블 위에요. 그 테이블 뒤에 시체가 누워 있었습니다."

"눈에 아주 잘 띄는 곳이었겠군요. 누군가 못 보고 지나칠 수도 있었을까요?"

"아니요."

"이 접시를 보셨을 때 접시 위에는 뭐가 있었습니까, 퀸 씨?"

"종이 성냥개비가 몇 개 있었습니다. 모두 탄 흔적이 있었습니다."

"그 말씀은 성냥들이 불이 붙어 탔다는 말씀인가요?"

"네."

"검찰이 진술한 내용은 모두 들으셨지요? 재판이 처음 시작될 때부터 이 법정에 계속 계셨습니까?"

"그랬습니다."

빌은 엄숙하게 물었다.

"이 접시, 또는 증인이 범죄 현장에서 본 성냥개비들을, 검찰 측에서 한 번이라도 언급한 적이 있었습니까?"

"아뇨."

폴린저가 벌떡 일어섰다. 5분 동안 폴린저와 빌은 메낸더 판사 앞에서 말다툼을 벌였다. 마침내 빌은 계속 진행할 것을 허락받았다.

"퀸 씨, 증인은 범죄 조사관으로서 잘 알려져 있습니다. 검찰 측에서 무시한 이 타고 남은 성냥개비에 대해 배심원들에게 설명해주실 것이 있습니까?"

"물론입니다."

또다시 말다툼이 일었고, 이번에는 좀 더 오래 걸렸다. 폴린저는 화가 나서 씩씩거렸다. 그러나 엘러리는 계속 진술하도록 허락을 받았다. 그는 며칠 전 밤 성냥이 흡연 목적을 위해 사용되었을 수 없다고 빌에게 설명했던 내용을 이야기했다.

빌이 재빨리 말했다.

"퀸 씨, 증인은 방금 그 성냥이 흡연 용도로는 사용될 수 없었음을 설명하셨습니다. 그렇다면 증인은 오두막을 조사하면서 이 성냥의 용도에 대해 만족스러운 설명을 찾으셨습니까?"

"사실은, 그렇습니다. 저뿐만 아니라 그날 밤 드종 서장과 그의 부하 형사들도 조사한 물체가 하나 있습니다. 그 물체의 상태를 고려할 때 한 가지 결론이 나옵니다. 그 상황에서는 피할 수 없는 결론이죠."

빌은 무언가를 휘둘렀다.

"이것이 증인이 말한 그 물체입니까?"

"네."

그것은 봉투칼에서 발견된 불에 그슬린 코르크였다.

또 한 번 말다툼이 일었고, 이번에는 좀 더 격렬했다. 서로에게 격한 말을 주고받은 후 판사가 진정시켰고, 판사는 코르크를 피고 측 증거물로 등록하도록 했다.

"퀸 씨, 이 코르크는 증인이 발견했을 때 불에 그슬린 상태였습니까?"

"네, 그랬습니다."

"이것은 김볼을 죽인 칼끝에서 발견되었습니까?"

"네."

"증인은 범죄학자로서 이것을 어떻게 설명하시겠습니까?"

"가능한 해석은 하나뿐입니다."

엘러리가 말했다.

"그 칼이 김볼의 심장에 꽂혔을 때는 확실히 그 끝에 코르크는 없었습니다. 따라서 코르크는 살인자가 살인을 저지른 후 칼끝에 꽂은 것이고, 그런 다음 접시 위에서 발견된 종이 성냥으로 반복적으로 불에 그슬린 것입니다. 범인은 왜 이런 일을 했을까요? 칼끝에 꽂힌 그슬린 코르크는 어떤 기능이 있습니까? 조악하지만 효과적인 필기도구로 쓸 수 있지요. 칼이 지지대 역할을 하고, 그 끝의 그슬린 코르크는 글씨를 쓰는 촉이 되는 거죠. 다시 말해, 범인은 범행을 한 후 본인만의 목적을 위해 뭔가를 썼습니다.”

“범인은 왜 더 단순한 필기도구를 사용하지 않았을까요?”

“그런 게 없었으니까요. 오두막 안에도 희생자의 소지품에도 어디에도 잉크가 채워진 펜이나 연필이나 그 밖에 글씨를 쓸 만한 도구가 전혀 없었습니다. 문구 세트에 펜과 잉크병이 있긴 했습니다만, 펜과 잉크병 모두 다 말라 있는 상태였습니다. 문구 세트는 새것이었고 잉크병은 비어 있었으니까요. 따라서 범인이 글씨를 쓰고 싶었는데 필기도구를 가지고 있지 않았다면, 뭔가 쓸 것을 만들어야 했을 겁니다. 그래서 그렇게 한 것이죠. 물론 그 코르크는 문구 세트에서 나온 것입니다. 범인은 칼을 범죄에 사용하기 전, 반드시 그 코르크를 제거했어야 했습니다. 그래서 나중에 글씨를 써야 할 필요가 생기기 전에 이미 그 코르크에 대해 알고 있었습니다. 필기도구로서의 코르크를 생각해보자면, 예를 들어 극장 같은 곳에서는 불에 그슬린 코르크를 아주 흔하게 사용하므로 코르크를 생각해낸 게 특이하다고는 볼 수 없습니다.”

“검사의 진술에서 이 불에 탄 코르크를 피고 측에 불리하도록 언급하는 것을 들으신 적이 있습니까?”

“아뇨.”

“쪽지나 그 밖의 메시지 같은 것이 발견되었습니까?”

“아뇨.”

“이에 대한 증인의 의견은 무엇입니까?”

“가지고 나간 것이 분명합니다. 만일 범인이 쪽지를 적었다면, 그걸 누군가에게 줬을 겁니다. 그러므로 이 미지의 인물이 쪽지를 가지고 나갔으며, 이는 이 사건에서 지금까지 의심하지 않은 새로운 요소가 있음을 의미합니다. 다소 터무니없는 가설로, 설령 범인이 직접 그 쪽지를 가지고 나갔다고 해도 그 단순한 사실만으로도 검찰 측이 설명하지 않은 요소가 있다는 의미가 되겠죠."

한 시간 동안 엘러리와 폴린저는 증인석 난간을 사이에 두고 설전을 벌였다. 폴린저의 요점은 엘러리가 피고 측의 개인적인 친구이며, 그의 명성이 '실전이 아닌 이론'에 기반을 둔 것이라는 두 가지 이유로 자격 없는 증인이라는 것이었다. 엘러리가 마침내 증인석에서 내려왔을 때는 두 사람 모두 땀을 흘리고 있었다. 그럼에도 언론은 피고가 중요한 1점을 득점했음을 모두 인정했다. 그 이후로 빌의 태도는 완전히 바뀌었다. 그의 눈에는 강한 확신이 깃들었고, 이것이 배심원들에게 영향을 미치기 시작했다. 그 전까지 세상만사에 완전히 무관심한 얼굴로 앉아 있던 트렌튼의 사업가인 2호 배심원이 예리한 얼굴로 옆 사람에게 무슨 말을 속삭이는 모습이 포착되었다. 그의 얼굴에 떠올라 있던 멍청한 표정은 진지한 사색에 가려져 더 이상 보이지 않았다. 배심원석의 다른 사람들도 지난 며칠 동안보다 더 흥미를 띤 모습을 보였다.

마지막 날 아침, 비교적 중요하지 않은 피고 측 증인들과의 신문이 몇 차례 있은 후, 빌은 누구라도 한눈에 알아볼 만큼 굳은 얼굴로 법정에 들어섰다. 얼굴은 창백했지만, 그전만큼 창백하지는 않았다. 빌이 법정을 둘러보는 눈빛에 깃든 잔인함에 폴린저는 생각에 잠긴 것 같았다.

빌은 시간을 낭비하지 않았다.

"제시카 보든 김볼은 증인석으로 나오십시오."

검사석 뒤에 있던 앤드레아가 숨을 헉 들이마셨다. 김볼 부인은 몹시 당황하며 구역질을 하는 듯하다가, 결국은 분노를 터뜨렸다. 재판 시작 때부터 폴린저와 함께 앉아 있던 프루 상원의원의 테이블에서 긴급하게 논의가 오갔다. 그런 다음 사교계의 여인은 우아한 자세로 증인석으로 나섰다.

빌은 날카로운 질문으로 김볼 부인에게 공격을 퍼부었다. 폴린저의 즉각적인 방해에도 굴하지 않고 매섭게 신문했고, 김볼 부인은 분노에 차 얼굴이 하얗게 질렸다. 신문을 마칠 무렵에는, 김볼 부인의 신랄한 주장에도 불구하고 이 세상 그 누구보다 김볼을 죽일 동기가 있는 사람은 김볼 부인뿐이라는 인상이 강해졌다. 반대신문에 나선 폴린저는 김볼 부인이 오해를 받고 있는 너그러운 사람이라는 인상을 심어주었고, 김볼이 저지른 잘못에 대해 앙갚음을 해 지난 세월을 위로받을 기회조차 잃은 여인으로 윤색해 피고 측 공격의 효과를 완화시켰다. 그리고 살인이 있던 날 밤 부인이 월도프 자선무도회에 참석했으며— 여기에 대해서는 빌이 의문을 제기했다—그녀가 아무도 모르게 무도회장을 빠져나와 130킬로미터를 운전해 간 뒤 다시 돌아오는 것은 불가능하다는 점을 지적했다.

빌은 즉시 그로브너 핀치를 증인석에 세웠다. 핀치는 보험회사 간부로서 김볼이 죽기 몇 주 전까지 김볼 부인이 보험 수익자였음을 공식적으로 인정했다. 그리고 핀치는 부인했지만, 김볼 부인이 핀치를 통해 수익자 변경 건에 대해 알았을 가능성도 언급되었다. 하이라이트는 살인이 있던 날 밤 핀치가 드종에게 했던, '우리 중 누구라도 잠시 빠져나가 조를 죽일 수 있었다'는 말을 끄집어낸 것이었다.

이 내용에 대해 폴린저는 속기록에 기록된 정확한 진술 내용은 '만일 지금 그 얘기가 우리 중에 누군가가 몰래 빠져나와 여기까지 차를 몰고 와서 조 김볼을 칼로 찔러 죽였을 수도 있다는 말이라면, 가설로서는 성립할지도 모르겠습니다'였다며 반박했다. 그러고 나서 폴린저는 핀치에게 물었다.

"이 말은 정확히 무슨 의미입니까, 핀치 씨?"

"제 말은 이론적으로는 하늘 아래 뭐든 가능하다는 뜻이었습니다. 하지만 동시에 그게 얼마나 말이 안 되는 것인지도 지적했는데……."

"증인은 김볼 부인이 그날 밤 월도프의 무도회장을 벗어났는지 아닌지를 진술할 수 있습니까?"

"김볼 부인은 그날 밤 내내 무도회장을 떠나지 않았습니다."

"증인은 김볼 부인이 남편이라고 생각했던 남자가 갑자기 보험 수익자를 부인에서 다른 사람으로 변경한 사실을 부인에게 말한 적 있습니까?"

"전혀요. 그 내용은 수도 없이 진술했습니다. 내가 김볼이 수익자를 변경한 사실을 누설했다고 주장할 수 있는 사람은 이 세상에 단 한 명도 없습니다."

"이상입니다, 핀치 씨."

빌은 일어서서 명료하게 말했다.

"앤드레아 김볼 양."

앤드레아는 마치 사형수가 사형대를 향해 걷는 것처럼 비척거리며 증인석으로 향했다. 그녀의 시선은 바닥을 향했고, 굳게 맞잡은 손은 부들부들 떨렸다. 뺨에는 혈색이라고는 조금도 없었다. 그녀는 정식으로 선서문을 읽으며 맹세를 하고, 최면 상태에 빠진 것처럼 미동도 없이 조용히 앉았다. 그 순간 법정은 감춰진 드라마를 감지했다. 폴린저는 손톱을 물어뜯었고, 그의 뒤에 앉은 김볼 가족은 공공연하게 긴장감을 드러내고 있었다.

빌은 증인석에 기대어 앤드레아를 지그시 응시하며, 자석으로 잡아당기듯 그녀의 시선이 자신을 향하도록 유도했다. 둘의 시선이 마주치면서 둘 사이의 공간을 넘어 어떤 씁쓸한 메시지가 오갔는지, 누구도 알지 못했다. 그러나 잠시 후 두 사람은 더 창백해졌고, 그들의 시선은 엇갈렸다. 빌은 뒤쪽 벽을 바라보았고 앤드레아는 손을 내려다보았다.

그러다가 빌은 무서울 정도로 담담한 목소리로 말했다.

"김볼 양, 6월 1일 밤에 어디에 계셨습니까?"

그녀의 목소리가 들릴락 말락 했다.

"뉴욕 월도프에서 어머니의 일행과 함께 있었습니다."

"저녁 내내요, 김볼 양?"

그의 말투는 부드러웠지만, 그것은 사냥감을 노리는 짐승의 부드럽고 잔인한 애무였다. 그녀는 대답하지 않고 숨을 멈추었고, 그녀의 입술은 발작적으로 숨을 들이마셨다.

"질문에 대답하세요!"

그녀는 흐느끼기 시작했다.

"제가 기억을 되살려드릴까요, 김볼 양? 아니면 그걸 되살려드릴 증인을 부를까요?"

"제발…… 빌……."

빌은 냉랭했다.

"증인은 증인석에 오르면서 맹세를 했습니다. 그리고 저는 답을 들을 권리가 있습니다! 증인이 그날 밤 월도프에서 나와 어디에서 시간을 보냈는지 기억이 나지 않습니까?"

검찰 측 테이블에서 소란이 일었다. 폴린저가 외쳤다.

"재판장님, 변호인은 자신의 증인에게 의혹을 추궁하고 있습니다!"

빌은 그에게 미소를 지어 보였다.

"재판장님, 이것은 살인사건 재판입니다. 저는 피고 측에 적대적인 증인을 소환했습니다. 저에게는 이 반대편 증인을 직접 신문할 권리가 있지만 증인의 진술을 피고 측 반대신문 기록에 올릴 수가 없었습니다. 그 이유는 단순히 검찰 측에서 이 증인을 소환하지 않았기 때문입니다. 이 증인의 진술은 사건과의 관련성이 대단히 높으며 매우 중요합니다. 검사님께서 제 신문을 허용한다면 이 관련성을 입증하려고 합니다."

그는 이를 악물고 덧붙였다.

"그런데 검사님께서는 희한하게도 이 증인을 증인석에 세우는 걸 못마땅해하시는 것 같군요."

메낸더 판사가 말했다.

"피고 측 변호인이 반대편 증인을 소환해 신문하는 것은 아무 문제가 없습니다. 진행하세요, 에인절 씨."

빌이 으르렁거렸다.

"질문을 읽어주세요."

속기사가 다시 질문을 읽었다. 앤드레아는 절망적인 태도로 힘없이 대답했다.

"네."

"증인이 그날 저녁 어디에서 시간을 보냈는지 배심원들에게 말씀하십시오."

"그게…… 강가에 있는 집에서…….."

"김볼이 살해당한 오두막을 말씀하시는 겁니까?"

앤드레아가 속삭였다.

"네."

법정이 폭발했다. 김볼 가족들은 고함을 지르며 벌떡 일어섰다. 폴린저만이 움직임 없이 차분히 앉아 있었다. 소란 속에서도 빌의 표정은 변하지 않았고, 앤드레아는 눈을 감았다. 법정이 진정될 때까지는 몇 분이 걸렸다. 앤드레아는 생기 없는 목소리로 이야기를 시작했다. 계부의 전보를 받고, 약혼자의 캐딜락 로드스터를 빌려 트렌튼까지 몰고 갔으며, 한 시간 일찍 도착했다는 사실을 깨닫고 잠시 드라이브를 한 후 땅거미가 질 무렵 돌아와 텅 빈 오두막에 김볼이 움직임 없이 바닥에 누워 있는 것을 발견했다는 얘기를 털어놓았다.

"그때 김볼은 살아 있었지만, 증인은 그가 죽었다고 생각했던 겁니까?"

빌이 냉혹하게 물었다.

"네."

"그의 몸을 만지지는 않았습니까, 김볼 양?"

"아, 아뇨, 아뇨!"

앤드레아가 충격을 받아 비명을 지르고 오두막에서 달아난 이야기를 이어가는 동안, 엘러리는 조용히 종이 위에 글자를 적어 빌에게 전해주었다. 앤드레아는 이야기를 멈추었다. 멀건 공포에 젖어 부릅뜬 그녀의 눈은 푸른색에서 회색으로 변해갔다.

빌은 기이한 표정을 지으며 입술을 꼭 다물었다. 손가락 사이로 비어져 나온 종이가 보였다.

"그 오두막에 얼마나 오래 계셨습니까……. 두 번째 들렀을 때요?"

"모르겠습니다. 모르겠어요. 몇 분 정도."

앤드레아는 이제 완전히 겁에 질렸다. 스스로를 보호하려는 듯 어깨를 조금 움츠리고 있었다.

"몇 분이라고요. 증인이 처음, 그러니까 8시에 도착했을 때 진입로에 차가 있었습니까?"

그녀는 극심한 고통 속에서 생각을 말로 표현하기 위해 조심스럽게 단어들을 골랐다.

"주 진입로에는 차가 없었습니다. 옆길에는 오래된 세단이—그 패커드가—있었고요. 측면의 작은 포치 앞에 주차되어 있었습니다."

"윌슨의 차로군요. 알겠습니다. 그건 그렇고, 증인이 두 번째로 오두막에 들어가 소요한 시간이 몇 분 정도였다면, 도착했을 때는 대략 9시경이었겠군요? 증인이 9시 8분에 떠나는 것을 제가 직접 목격했습니다."

"아마…… 그럴 거예요."

"그렇다면 증인이 9시에 돌아왔을 때 패커드는 당연히 여전히 거기에 있었겠지요. 다른 곳에 다른 차가 서 있는 걸 보았습니까?"

앤드레아는 곧장 답했다.

"아뇨. 아닙니다. 전혀 없었어요."

빌은 무자비하게 신문을 이어갔다.

"그리고 증인은 오두막에 처음 들어갔을 때나 두 번째로 갔을 때 모두 안에 아무도 없었다고 진술했습니다."

"네, 아무도. 전혀 없었습니다."

앤드레아는 이제 숨도 쉬지 못했다. 동시에 그녀는 고개를 들었다. 그녀의 눈은 고통과 비난, 말 없는 애원으로 가득 차 있어서, 빌의 표정이 조금 변했다.

"두 번째로 왔을 때 주 진입로에 자동차 바퀴 자국은 못 보셨습니까?"

"전…… 전 기억이 안 납니다."

"증인의 진술에 따르면 증인은 조금 일찍 도착해서 램버튼 로드에서 캠든 방향으로 약 한 시간가량 드라이브를 했습니다. 밖으로 나갔을 때나 오두막으로 돌아올 때 베일을 쓴 여자가 운전하는 포드 쿠페를 보신 기억이 있습니까?"

"기억이 안 납니다."

"기억이 안 나신다고요. 그날 밤 뉴욕으로 돌아온 게 몇 시였는지 기억하십니까?"

"대략 11시 반 정도였어요. 저는…… 저는 집으로 가서 이브닝드레스로 갈아입고, 월도프로 차를 몰고 가서 어머니 일행과 합류했습니다."

"증인이 오랫동안 자리를 비운 것을 눈치챈 사람이 있었습니까?"

"저는…… 아뇨. 아뇨."

"증인의 약혼자는 그 자리에 증인 없이 있었습니다. 어머니도 거기 계셨고, 핀치 씨와 다른 친구들도 함께 있었습니다. 그런데 증인이 자리에 없다는 것을 아무도 몰랐다는 말입니까, 김볼 양? 그 말을 우리가 믿을 거라고 생각하십니까?"

"저는…… 저는 흥분해 있었어요. 저는 기억이…… 누가 무슨 말을 했는지 기억이 나지 않습니다."

빌의 입술이 기묘하게 휘었다. 그의 얼굴은 배심원을 향해 있었다.

"그건 그렇고, 김볼 양. 살인자가 당신에게 남긴 쪽지는 어떻게 하셨습니까?"

폴린저가 반사적으로 벌떡 일어섰다. 그러나 곧 생각을 고쳐먹고, 아무 말 없이 다시 자리에 앉았다.

"쪽지라고요? 무슨 쪽지요?"

앤드레아의 몸이 불안정하게 흔들렸다.

"불에 태운 코르크로 쓴 쪽지 말입니다. 증인도 퀸 씨의 진술을 들으셨겠지요. 그 쪽지는 어떻게 하셨습니까?"

"지금 무슨 말씀을 하시는 건지 모르겠습니다."

그녀의 목소리가 조금 격앙되었다.

"거기엔 아무것도…… 제 말은, 쪽지 같은 건 전혀 모르겠어요!"

"그 범죄 현장에는 세 사람이 있었습니다, 김볼 양."

빌이 긴장하며 말했다.

"희생자, 범인, 그리고 증인입니다. 증인의 진술을 의심하지 않는다면 말입니다. 범인은 범행 후 쪽지를 썼습니다. 당연히 희생자에게 주려고 그 쪽지를 쓰진 않았을 겁니다. 범인 스스로에게 썼을 리도 없고요! 쪽지는 어디 있습니까?"

"쪽지 같은 건 모릅니다."

앤드레아는 신경질적으로 외쳤다.

폴린저가 일어서며 느릿느릿 말했다.

"재판장님, 이 얘기는 이 정도면 충분하다고 봅니다, 재판장님. 지금 재판을 받는 것은 증인이 아닙니다. 증인은 분명히 불쾌한 질문에 대하여 충분히 답을 했습니다."

빌은 길고 열정적인 주장을 펼쳤다. 그러나 메낸더 판사는 고개를 저었다.

"에인절 씨. 답은 충분히 들었습니다. 변호인은 신문을 계속 진행하는 게 좋겠습니다."

"이의 있습니다!"

"그렇겠죠. 신문을 계속 진행하십시오."

빌은 거칠게 증인석 쪽으로 몸을 돌렸다.

"자, 김볼 양. 이 사건을 공식적으로 조사하고 있는 수사관들, 아니면 드종 서장이나 폴린저 검사에게 그날 밤의 모험에 대해 한 번이라도 이야기한 적이 있는지 배심원들에게 설명해 주실 수 있겠습니까?"

다시 한 번 폴린저는 반쯤 일어섰다가 주저앉았다. 앤드레아는 폴린저를 힐긋 쳐다보고는 입술을 축였다.

"저는 증인의 답을 원합니다, 김볼 양. 검사를 쳐다보며 도움을 청하지 말아주시면 감사하겠습니다."

빌이 비꼬면서 말했다.

그녀는 장갑을 더듬거렸다.

"저는…… 네, 그랬습니다."

"아, 말씀을 하셨다고요. 그 이야기를 자발적으로 하셨습니까? 증인의 자유 의지에 따라 그 이야기를 털어놓으신 겁니까?"

"아뇨. 저는······."

"그렇다면 드종 서장이나 폴린저 검사가 증인을 찾아갔습니까?"

"폴린저 검사님이요."

"다시 말해, 폴린저 검사가 증인에게 물어보지 않았다면 증인 스스로 이 이야기를 사건 담당자에게 하지 않았을 거란 말입니까? 잠깐만요. 폴린저 씨. 증인은 담당자가 찾아올 때까지 기다렸군요! 그게 언제였습니까, 김볼 양?"

그녀는 쏟아지는 사람들의 시선으로부터 눈을 가렸다.

"정확히 기억은 안 나요. 그로부터 일주일인가 후에······."

"사건 이후에요? 두려워 말고 말씀하십시오, 김볼 양. '사건'이라고. 증인은 그 말을 무서워하는 건 아니시지요? 그런가요?"

"저는······. 아뇨, 아니에요. 물론 아닙니다."

"사건 후 일주일이 지나서 검사가 증인을 찾아가 질문을 했습니다. 그 주 내내 증인은 살인이 있던 날 밤 사건 현장을 방문했다는 말을 누구에게도 전혀 하지 않으셨고요. 맞습니까?"

"그건······ 그건 중요하지 않은 것 같아서요. 제가 뭘 도울 수도 없었고, 휘말려드는 게 싫어서······."

"증인은 추한 난장판에 휘말려드는 게 싫었던 겁니까? 그런 거예요? 자, 김볼 양, 증인은 그날 밤 현장에서 칼을 만졌습니까?"

"아뇨!"

앤드레아는 조금 기운을 차렸다. 그녀의 눈은 다시 파란색으로 빛났다. 두 사람은 난간을 사이에 두고 서로를 노려봤다.

"칼은 어디에 있었습니까?"

"테이블 위에요."

"그 칼에 손끝 하나 대지 않았습니까?"

"네."

"그날 밤 장갑을 끼고 있었습니까?"

"네. 하지만 장갑은 벗어두었습니다."

"오른손에는 장갑을 끼고 있었지요?"

"네."

"오두막에서 달아날 때 증인이 문에 세게 부딪쳤고, 그러는 통에 약혼반지에서 다이아몬드가 빠졌던 것이 사실입니까?"

"네."

"잃어버렸던 겁니까? 그걸 떨어뜨린 걸 몰랐습니까?"

"전…… 몰랐습니다."

"그것을 제가 발견했고, 사건이 있던 바로 그날 밤 제가 증인에게 말해주었지요. 그리고 증인은 저에게 그 일에 대해 아무에게도 말하지 말아달라고 간절하게 애원했던 것이 사실입니까?"

앤드레아는 이제 화가 나 있었다. 그녀의 뺨이 불타올랐다.

"네!"

빌은 거칠고, 열정적인 목소리로 물었다.

"또한 증인은 제가 그 사실을 경찰에게 발설하는 것을 막기 위해 저에게 키스까지 했던 것이 사실입니까?"

그녀는 망연자실해서 의자에서 반쯤 일어섰다.

"그건, 당신이…… 당신, 약속했잖아요! 당신…… 당신은······."

그녀는 입술을 깨물며 눈물을 삼켰다.

빌은 고개를 쳐들고 끈질기게 말했다.

"사건이 있던 날 밤 피고를 보았습니까?"

앤드레아의 뺨에서 붉은 기운이 사그라졌다.

"아뇨."

그녀는 속삭였다.

"피고를 어느 때라도, 오두막이나 오두막 근처에서, 오두막과 캠든 사이를 오갈 때 도로에서 본 적이 있습니까?"

"아뇨."

"하지만 증인은 그날 밤 범죄 현장을 방문했었고 거기에 대해서 누구에게도 말하지 않았다는 점을 인정하시지요? 검사가 개인적으로 찾아와 단도직입적으로 묻기 전까지 말입니다?"

이제는 폴린저가 일어서서 고함을 질렀다. 긴 논쟁이 있었다.

빌은 거칠게 신문을 재개했다.

"김볼 양. 증인의 계부가 이중생활을 하고 있었다는 걸 아셨습니까?"

"아뇨."

"증인은 계부가 6월 1일 전에 백만 달러짜리 보험의 수익자를 어머니에서 다른 사람으로 변경한 사실을 알고 있었습니까?"

"아뇨!"

"증인은 계부를 싫어했지요? 아닙니까?"

또다시 언쟁이 일었다. 앤드레아는 이제 분노와 수치심으로

하얗게 질렸다. 검사석 쪽에 앉은 김볼 가족은 격분해 얼굴을
붉혔다.

빌은 간결하게 말했다.

"이 정도면 됐습니다. 질문하세요."

폴린저는 증인석 난간 쪽으로 성큼성큼 걸어갔다.

"김볼 양, 제가 사건이 있고 일주일 후에 증인을 찾아갔을 때
증인은 저에게 무슨 얘기를 하셨습니까?"

"검사님이 로드스터의 타이어 자국을 추적하다가 제 약혼자
의 차임을 확인했다고 하셨습니다. 검사님은 저에게 그날 밤
거기…… 사건 현장에 방문한 적이 없었느냐고 물어보셨고,
만일 그랬다면 왜 검사님을 찾아가 말하지 않았느냐고 물으셨
습니다."

"제가 증인을 보호하려 한다거나, 증인의 이야기를 숨기려
한다는 생각이 조금이라도 들었습니까?"

"아뇨. 저를 상당히 매섭게 대하셨습니다."

"증인은 방금 배심원들에게 했던 이야기를 저에게도 했었습
니까?"

"네."

"제가 뭐라고 하던가요?"

"확인해보겠다고 하셨습니다."

"제가 증인에게 질문을 했습니까?"

"아주 많이 하셨어요."

"관련성 있는 질문이었지요? 증거에 대해서도 물었고요? 증
인이 뭘 보고 뭘 보지 않았는지 그런 것들을 물었습니까?"

"네."

"그리고 제가 증인에게, 증인의 이야기는 검찰 측이 피고 측에 대하여 이미 수집한 증거들과 전혀 충돌하는 점이 없으며, 따라서 재판 기간 동안 증인을 증인석에 세우는 번거로움과 고통에서 구제해드리겠다고 말하지 않았습니까?"

"네."

폴린저는 아버지처럼 미소를 지으며 뒤로 물러섰다. 빌이 한발 앞으로 나섰다.

"킴볼 양, 검찰 측이 증인을 소환하지 않았던 것이 사실이죠?"

"사실입니다."

앤드레아는 이제 완전히 탈진해서 축 늘어져 있었다.

"배심원들이 피고의 유죄를 합리적으로 의심하도록 할 만한 이야기를 증인이 들려줄 수 있었는데도 말이지요?"

피고 측 신문이 끝났다.

*

배심원단의 평결을 기다리는 몇 시간은 하루가 되고, 그러다가 이틀이 되었다. 그럼에도 여전히 배심원으로부터는 아무 말도 들려오지 않았고, 사람들은 검찰 측 진술이 끝난 후 배심원들의 의견에 변화가 있었음을 간파했다. 배심원실에서 토론이 길어진다는 것은 피고 측에게는 바람직한 신호였고, 적어도 그들이 교착상태에 빠져 있음을 암시하는 것이었다. 빌은 용기를 냈다. 시간이 흐르면서 그의 얼굴에 희미한 미소가 떠오르기도 했다.

원고 측의 짧은 반박이 끝난 후 피고 측 최후변론이 신속하게 진행됐다. 먼저 변론을 시작한 빌은 폴린저를 개인적으로 맹렬히 비난했다. 그는 검찰의 기소 내용을 피고 측에서 전부 합리적으로 설명했으며, 폴린저는 앤드레아 김볼이 범죄 현장에 있었다는 중요한 증거를 감춤으로써 직무를 태만히 한 범죄를 저질렀다고 주장했다. 공직자인 검사의 역할은 피고를 박해하는 것도 아니고 사실 관계를 감추는 것도 아니며, 오로지 진실을 샅샅이 조사하는 것이라고 지적했다. 그리고 폴린저는 두 가지 매우 중요한 증거를 고의적으로 무시했는데, 만일 피고 측 증인의 빈틈없는 조사가 아니었다면 그대로 묻혀버렸을 것이라고 비난했다. 이 불에 탄 성냥개비와 불에 그슬린 코르크는 검찰 측에서는 전혀 설명하지도 못했으며 피고 측과의 연관성도 밝히지 못했다는 것이었다. 뿐만 아니라 검찰은 증거물로 제출된 베일이 피고의 것임을 입증하지도 못했고, 그 베일의 출처를 밝히는 데도 실패했다.

마지막으로, 빌은 피고 측 입장을 요약했다. 루시 윌슨이 남편 살인의 누명을 쓴 것은 확실하다고 그는 주장했다. 그러면서 부와 사회적 지위를 가진 권력자들이 힘없고 가난한 희생자를 선택한 것이라고 외쳤다. 이 여인은 김볼에게서 사랑 말고는 아무것도 받은 게 없었지만, 그런 그녀를 누군가 희생 제물로 바치려 하고 있었다. 이 가설에 대한 근거로 빌은 라디에이터 캡이 저절로 부러질 수 없다고 진술한 연방 표준국 금속 전문가의 '치명적인' 진술을 언급했다. 저절로 부러지지 않았다면 누군가 부러뜨렸다는 얘기인데, 그렇다면 그것은 당연히 고의적인 행위가 된다. 그리고 그런 고의적인 행위는 라디에이터 캡이 붙어 있던 자동차의 차주 루시 윌슨이 사건에 연루된 것처럼 보이게 할 의도가 아니라면 굳이 할 이유가 없는 행위였다.

여기에서 출발하여, 빌은 전날 밤 엘러리와의 열띤 토론을 바탕으로 이런 악의적인 누명을 씌우는 것은 그야말로 어린애 장난이나 마찬가지라고 주장했다. 범인은 루시의 차를 훔치고, 두꺼운 베일을 쓰고 차를 보여주는 것 외에는 아무런 이유도 없이 주유소에 들러 주유소 사장의 뇌리에 자신의 모습을 단단히 새겨놓았다.

빌은 외쳤다.

"이는 자동차 주유 탱크에 들어 있던 휘발유로 100에서 130킬로미터를 더 갈 수 있었으므로, 범인이 사실상 휘발유가 더 필요하지 않았다는 사실로서 입증할 수 있습니다!"

그리고 나서 범인은 오두막으로 향했고, 선물 카드와 함께 들어 있던 봉투칼을 발견해 그 칼로 김볼을 죽였다. 그 후 마지막으로 다시 필라델피아로 달려가 경찰이 쉽게 발견할 수 있을 만한 곳에—그리고 실제로 발견된 곳에—차를 버려둔 것이라고 빌은 주장했다.

"만일 여기 이 피고가, 제 여동생이 범인이라면 그녀는 왜 베일을 썼을까요? 피고는 오두막 주위에 아무것도 없다는 걸 잘 알고 있었고, 자신의 손에 죽음을 맞이할 희생자 외에 다른 사람의 눈에 띌 가능성이 거의 없다는 것도 잘 알았습니다. 하지만 루시에게 누명을 씌우려는 진짜 범인이라면 베일을 사용할 이유가 충분했습니다! 그녀의 진짜 얼굴이 목격된다면, 누명 씌우기는 실패로 돌아가니까요. 그리고 그 문제에 있어서, 만일 피고가 범인이라면 피고는 왜 베일을 눈에 띄도록 차 안에 남겨두었겠습니까? 하지만 범인은 자신이 저지른 짓을 루시의 소행으로 보이게 하기 위해 그렇게 할 이유가 충분히 있었습니다.

뿐만 아니라, 만일 루시가 범인이라면 그녀가 한 행동들은 모두 믿기지 않을 만큼 바보 같기 짝이 없습니다. 범인이 자기 소유의 차로 그렇게 공공연하게 바퀴 자국을 남겼겠습니까? 자기 차의 타이어 자국을 진흙 위에 남기고, 자기 차가 발견되도록 아무렇게나 내버려두고, 베일을 차 안에 남겨두고, 알리바이를 만들 시도조차 하지 않고, 조심성 없이 장갑도 끼지 않고 칼을 잡고 휘두른단 말입니까? 바보도 이런 바보가 없습니다!"

빌은 강한 어조로 주장했다.

"너무 바보 같아서 그 바보스러움이 오히려 피고의 무죄를 외치고 있습니다. 하지만 루시에게 누명을 씌운 진범은 그런 단순한 흔적들을 남겨야만 하는 충분한 이유가 있었습니다!"

열정적인 최후변론이었다. 빌의 변론은 배심원들에게 뚜렷한 인상을 남겼다. 빌은 차분하게 목소리 톤을 낮추고, 배심원 중에 단 한 사람이라도 양심적으로 피고의 유죄를 합리적으로 의심할 만한 근거가 전혀 없다고 선언할 정직한 배심원이 단 한 명이라도 있다면 무죄를 선언해달라고 말하고, 두 손을 들고 자리에 앉았다.

그러나 마지막 변론은 폴린저의 몫이었다. 그는 피고 측 변론 내용에서 '명백한' 모함과 관련된 가설을 조롱했고, "논지가 **빈약한 변론 특유의 하소연**"에 불과하다고 말했다. 피고의 아둔함에 대해 말할 때는 공공연하게 의미심장한 눈길을 엘러리에게 보내며, 현직에 종사하는 범죄학자들이라면 모든 범죄자가 아둔하다는 사실을 알고 있으며 뛰어난 지능을 가진 범죄자는 소설책에서나 볼 수 있는 법이라고 말했다. 이 피고는 상습범이 아니라고 그는 지적했다. 복수심에 불타는 여자들이 범행을 저지를 때 으레 그렇듯, 그녀 역시 강한 동기 때문에 이성을 잃고 무모한 행동을 한 것뿐이었다. 피고는 스스로 무슨 짓을 하는지 깨닫지도 못한 채 바보 같은 흔적을 남겼던 것이다.

검찰은 사건이 있던 날 피고의 행적을 실제 범행이 일어난 시점까지 충분히 입증했다고 그는 힘차게 주장했다. 피고는 살인을 저지르기 불과 몇 분 전 오두막을 향해 자신의 차를 몰고 가는 모습을 목격당했다. 피고의 차는 오두막 앞 진흙 길에 선명한 타이어 자국을 남겼고, 사건이 벌어지던 시각에 차가 오두막을 방문한 사실은 이미 검찰이 입증할 수 있었다. 이는 피고가 범죄 현장에 있었다는 증거가 된다고 그는 주장했다. 또한 포드를 운전한 사람이 피고라는 사실에 행여 의심이 있다면, 그 의심은 남편을 살해한 칼에 피고의 지문이 찍혀 있다는 사실로서 완벽하게 종식시킬 수 있다고 말했다.

폴린저는 비꼬는 투로 말했다.

"지문은 모함으로 만들 수 없습니다. 아, 물론 아까 제가 언급했던 그런 소설책에서는 예외겠지만 말입니다."

배심원들은 웃었다.

"피고는 오두막에서 그 칼을 만졌습니다. 이로서 검찰은 피고와 피해자가 관련성이 있다고 확인하였습니다."

폴린저는 이 같은 정황적 사건에서 이 정도의 관련성이면 모든 의심을 잠재우기에 충분하다고 말을 이었다. 칼에 자신의 지문이 찍혀 있다는 이 대단히 중요한 문제에 대해, 피고 측은 뭐라고 답변했는가? 전날 밤 자기 집에서 칼을 만질 때 지문이 찍혔다는 것이었다! 그러나 이 뻔한 이야기를 뒷받침할 증거는 무엇인가? 피고의 변명을 뒷받침해줄 증인은 단 한 명도 없었다. 심지어 희생자가 금요일 밤에 필라델피아의 집에 머물렀다는 단 하나의 증거조차도 없었……. 게다가 이 설명은 언제 처음 나왔는가? 칼에 찍힌 지문 문제가 거론되고 난 후였다! 이 급조된 이야기가 피고 자신에게 치명적인 사실들을 무마하기 위한 변명이라는 점을, 모든 증거들이 가리키고 있지 않은가?

"저는 이렇게 말하겠습니다."

검사는 진심 어린 태도로 말했다.

"이 재판에서 여동생을 이토록 훌륭하게 변호한 가엾은 젊은 변호인에게 마음 깊은 곳에서 우러나는 동정을 표하는 바입니다. 그는 이 최악의 사건을 맡아 오랫동안 지치지 않고 최선을 다했습니다. 우리 모두는 그에게 깊은 유감을 표합니다. 그러나 배심원 여러분, 여러분은 이 사건을 판단할 때 정에 흔들려서는 안 됩니다. 배심원은 사사로운 감정을 배제하고 사실을 결정하는 자리입니다. 여러분은 감정에 휘말린 평결을 내림으로써 정의 구현을 방해해서는 안 됩니다."

게다가 피고는 범행이 있던 날 밤 알리바이를 입증할 수도 없었다고 그는 건조한 말투로 덧붙였다.

폴린저는 범행동기에 대한 설명을 간단히 마치고, 범행의 고의성에 관한 문제를 가볍게 언급했다.

"이 사건에서 동기는 앞서 제가 보여드렸듯이 이중적입니다. 그녀에게 10년간 거짓말을 했던 남자에 대한 복수, 그리고 그를 죽임으로서 그의 거짓말을 벌하고 싶다는 자연스러운 욕망. 그가 실은 조지프 켄트 김볼이고 백만 달러짜리 보험 증권 소유자이며 최근에 수익자를 김볼 부인에서 피고 자신으로 변경했다는 사실을 피고가 알았다면, 그걸 알게 된 것은 6월 1일 이전이었을 것입니다. 사실 피고가 자신에게 잘못한 일에 대한 '대가'로 보험 수익자를 변경하도록 김볼을 강요하지 않았다는 증거도 없습니다. 심리학적으로 볼 때 실질적으로 모든 증거가 이를 가리키고 있습니다. 이런 점을 고려할 때, 이 살인사건이 미리 계획한 범죄라는 사실에 의심을 품을 사람이 누가 있겠습니까?

그리고 만일 여러분의 마음속에 어떤 의심이 있다면, 피고가 어설프게나마 변장을 하고 남편을 살해한 오두막에 왔다는 점을 고려하십시오. 피고는 새로 산 봉투칼을 살인 무기로 사용했다는 사실 자체로 이 살인이 우발적으로 일어난 일이라고 주장하려 했습니다. 순간적인 충동에 의한 범죄라는 거죠. 그렇기 때문에, 행여 루시 윌슨이 남편을 죽였다 하더라도 그것은 사전에 계획되지 않은 우발적 살인이라는 겁니다. 그러나 그 주장을 조금만 들춰봐도 이것이 얼마나 잘못된 이야기인지 알 수 있습니다! 왜냐하면 피고 측에서 내세우는 가설을 받아들여 루시 윌슨이 범인의 누명을 쓴 것이라 해도, 피고가 이 칼을 사용한 것이 대단히 편리한 대안이었음을 여러분도 아시게 될 것이기 때문입니다. 만일 누군가가 루시 윌슨에게 누명을 씌웠다면 이는 당연히 고의적으로 행한 것이며 실제 범행이 있기 한참 전에 계획을 세웠다는 얘기가 됩니다. 이 엉성한 '누군가'는 조지프 윌슨이 죽기 전날 문구 세트를 살 것이라고 알 수가 없었습니다. 따라서 이 '무고한 누명을 씌운 범인'은 권총이든, 목을 조를 밧줄이든, 칼이든, 다른 도구로 윌슨을 살해할 계획을 세웠어야 합니다. 여기 이 봉투칼이 아니고요. 그럼에도 불구하고 범행에는 이 봉투칼이 사용되었습니다. 그렇다면 누명을 씌운 범인이 따로 있는 게 아니라는 사실을 보여주는 것 같지 않습니까? 피고 측 주장은 전체적으로 잘못되어 있습니다. 누명 같은 것은 존재하지 않습니다. 루시 윌슨은 총이나 다른 칼을 준비해 조지프 켄트 김볼을 살해할 생각으로 오두막에 도착했을 겁니다. 그리고 직접 만나 얘기를 하다가 분노가 폭발해 현장에 있던 칼을 사용한 것뿐입니다. 봉투칼 때문에 피고가 무죄라는 주장은 의미가 없습니다."

그의 연설은 장황하면서도 설득력이 있는 걸작이었다. 진술을 마치고 그는 자리에 앉아 조용히 손수건으로 뒷덜미를 닦았다.

배심원들을 향한 메낸더 판사의 설명은 놀랄 만큼 짧았다. 판사는 배심원들이 내릴 수 있는 평결을 정리하고 정황증거의 법칙에 대해 설명했다. 방청객들은 겨우 25분밖에 걸리지 않은 설명에서 판사가 자신의 견해를 은연중에 암시하지 않았다는데 매우 놀랐다. 이 주에서는 대체로 강력사건 재판을 주재하는 판사들이 개인의 견해를 광범위하게 제시하는 것을 허용하기 때문에, 이런 경우는 꽤나 특이한 사례로 볼 수 있었다.

최종 판단은 배심원에게 넘어갔다.

*

71시간이 지나고, 배심원들이 마침내 평결을 내렸다는 말이 흘러나왔다. 이 소식은 늦은 오후, 스테이시 트렌트 호텔 빌의 방에 모인 기자들과 벌인 간이 기자회견 자리에서 나온 말이었다. 평결이 예상보다 오래 걸리면서 빌은 승리를 확신했고 원래 모습으로 돌아왔다. 어쩌면 평소보다도 더 즐거워하는 것 같았고, 방 안은 활기찬 웃음과 품질 좋은 스카치위스키가 넘쳐흘렀다. 상황을 낙관할 이유는 충분했다. 배심원들이 퇴정하고 여섯 시간 후에 10대 2 무죄로 기울었다는 말이 흘러나왔다. 이렇게 시간이 오래 걸리는 것은 아마 그 두 명의 배심원들이 고집을 부리기 때문일 것이었고, 평결을 내렸다는 말은 그 둘이 마침내 생각을 뒤집었다는 의미일 뿐이었다.

법정의 출석 요청에 빌은 차가운 물줄기를 맞은 것처럼 정신이 들었다. 사람들은 서둘러 방을 나왔다.

루시가 바로 옆 구치소에서 한숨의 다리를 건너 법정에 올 때까지 기다리면서, 빌은 조심스럽게 주위를 둘러보았다. 그러고는 자리에 주저앉았다.

"승리의 함성을 지르는 일 말고는 다 끝났군. 김볼 일당은 다 갔나본데."

빌은 엘러리를 보며 한숨을 쉬었다.

"시력이 좋군."

엘러리는 무미건조하게 말했다. 바로 그때 루시가 들어와서, 엘러리와 빌은 대화를 나눌 틈도 없이 분주해졌다. 반쯤 정신이 나간 루시는 다리를 질질 끌며 간신히 피고인석으로 갔다.

의사가 강장제를 투여하는 동안 엘러리는 루시의 손을 쓰다듬
어주었고, 빌은 자연스럽게 이런저런 말을 건넸다. 그 덕에 루
시의 눈도 다시 정상으로 돌아왔고 뺨에도 희미하게 혈색이 돌
아왔다.

법정이 개정되기까지 뜻하지 않은 지연이 있었다. 폴린저를
찾을 수 없었던 것이다. 잠시 후 누군가가 폴린저를 찾았고 그
는 허겁지겁 법정에 들어왔다. 어느 사진기자가 보안관의 부하
와 언쟁을 벌였다. 법정에서 쫓겨난 사람도 있었다. 법정경위
들은 정숙을 외쳤다.

마침내 배심원들이 들어왔다. 땀을 뻘뻘 흘리는 배심원 열두
명은 지쳐 있었고, 뭔가 찔리는 듯 불편한 표정을 짓고 있었다.
7번 배심원은 어디가 아파 보였고 화가 난 것 같았다. 4번 배심
원은 오만해 보였다. 그러나 이 둘마저도 배심원석 난간 너머
텅 빈 허공에 시선을 맞추고 있었다. 그 둘의 얼굴을 보는 순간
빌은 몸이 굳었고, 그의 얼굴은 창백하게 질려갔다.

깊은 침묵 속에 정면 벽에 걸린 시계의 초침 소리가 선명하
게 들렸다. 배심원 대표가 일어나서 떨리는 목소리로 평결문을
낭독했다.

그들은 루시 윌슨이 2급 살인에 대하여 유죄라는 결론을 내
렸다. 루시는 쓰러졌다. 빌은 손가락 하나도 움직이지 않았다.
그는 의자에서 고스란히 얼어붙은 것처럼 보였다. 15분이 지나
서야 루시는 정신을 차렸고 메낸더 판사는 20년 형을 선고했다.

한참 후 들끓는 군중 틈에서 엘러리가 알아낸 바에 따르면,
이 충격적인 결과는 4번 배심원과 7번 배심원이 이끌어낸 것
같았다. 후끈후끈한 열기가 가득한 방에서 70시간 33분을 보

낸 후, 원래 10대 2의 무죄 의견이 12대 0 유죄 의견으로 바뀐 것이었다. 4번과 7번 배심원은 원래는 사형을 원했지만, 마음 약한 동료들을 설득하기 위해 한발 물러난 것이었다. 꽤 훌륭하고 교묘한 솜씨라고 엘러리는 생각했다.

"그 칼에 묻은 지문 때문이었습니다. 우리는 그 여자를 믿을 수가 없었어요."

4번 배심원은 나중에 언론에 이렇게 말했다. 그녀는 후덕한 인상의 중산층 부인이었다.

*

짐을 싸고, 짐꾼을 부르고, 빌의 방으로 가기 위해 복도를 걸으며 엘러리 퀸은 심장이 고통스럽게 조여드는 것을 느꼈다. 그는 표정을 수습하고 문을 노크했다. 답이 없었다. 그는 손잡이를 돌려보았다. 놀랍게도 문은 잠겨 있지 않았다. 그는 문을 열고 안을 들여다보았다.

빌은 침대 위에, 옷을 반쯤 벗은 채로 널브러져 있었다. 흙투성이 구두가 시트에 흙 얼룩을 잔뜩 묻혀놓았다. 넥타이는 칼라 주위에서 꼬여 있었다. 셔츠는 입은 채로 샤워 물줄기라도 맞은 듯 온통 젖어 있었다. 빌은 표정 없는 얼굴로 천장을 바라보고 있었다. 눈이 붉게 충혈됐는데, 엘러리는 빌이 울고 있었을 거라고 추측했다.

엘러리가 부드러운 목소리로 말했다.

"빌."

그러나 빌은 움직이지 않았다.

"빌."

엘러리는 다시 부르고는, 안으로 들어와 문을 닫고 등을 문에 기대고 섰다.

"지금 이런 말을 하긴 좀 뭣하지만……."

그는 자신의 생각이 잘 표현할 수 없다는 사실에 깜짝 놀랐다.

"난 지금 떠나려고 해. 난 자네에게 아직 끝나지 않았단 말을 하지 않고 몰래 달아나듯 떠나고 싶지 않았어. 어떤 면에선 루시가 그렇게 된 건 행운이야. 만일 사형선고였다면……. 하지만 이젠 시간에 쫓길 필요가 없지."

빌은 미소를 지었다. 그의 미소를 보는 것이 굉장히 이상했다. 붉게 충혈된 눈은 푹 꺼져 있어, 꼭 죽은 사람의 얼굴을 보는 것 같았다.

"감옥에 들어가본 적 있어?"

빌은 아주 담담한 목소리로 물었다.

"알아, 빌. 나도 알아."

엘러리는 한숨을 쉬었다.

"하지만 그래도 그나마……. 흠, 사형보단 낫잖아. 이제부터 뭘 좀 해보려고 해, 빌. 자네도 그걸 알았으면 좋겠어."

빌은 고개를 돌리지 않고 말했다.

"내가 고마워하지 않는다고는 생각하지 마, 엘러리. 이건 단지……."

그는 말을 멈추고 입을 꾹 다물었다.

"난 아무것도 한 게 없어. 이건 정말이지 알 수 없는 퍼즐이었어. 심지어 지금은 더 혼란스러워. 하지만 한줄기 빛이 있어……. 음, 이건 지금 얘기하지 말자. 빌?"

"응?"

엘러리는 발로 카펫을 긁었다.

"저기…… 돈은 좀 있어? 이번 일로 빚이 많이 쌓였을 것 같은데. 그러니까 그, 항소 말이야. 항소하는 데 돈이 많이 들잖아. 안 그래?"

"아냐, 엘러리. 나는 그런 건……. 아무튼 고마워. 자넨 좋은 친구야."

"흠."

엘러리는 그곳에 잠시 어정쩡하게 서 있었다. 그러고 나서 침대로 다가가 빌의 젖은 어깨를 툭툭 치고는 방을 나왔다. 그가 문을 닫고 돌아서자 빌의 방 맞은편 벽에 기대어 선 앤드레아 김볼이 보였다. 순간 엘러리는 충격을 받았다. 어쩐 일인지 빌의 방 밖에 이 여인이 서 있는 모습이, 구겨진 옷을 입고 손에는 젖은 손수건을 뭉쳐 쥐고 푹 꺼진 두 눈에는 빌처럼 붉게 핏발이 선 채로 서 있는 그 모습이, 엘러리가 보기엔 부적절해 보였다. 앤드레아도 번제물을 불 위에 올리고 의기양양하게 만족스러워하는 가족들과 함께 떠났어야 했다.

"흠."

그는 느릿느릿 말했다.

"누가 오셨나 했더니. 초상집 밤샘에 딱 맞춰 오셨군요, 김볼 양."

"퀸 씨."

그녀는 입술을 축였다.

"그냥 가시는 게 좋겠다고 생각하지 않으십니까, 김볼 양?"

"그 사람은……?"

"지금 빌을 만나는 건 현명한 짓 같지는 않습니다. 빌은 아마 혼자 있고 싶을 겁니다."

"네."

앤드레아는 손수건을 만지작거렸다.

"전…… 저도 그럴 거라 생각해요."

"그럼에도 여기 오셨군요. 참 친절한 분이십니다. 김볼 양! 잠시 제 말 좀 들으세요."

"네?"

엘러리는 앤드레아의 팔을 잡았다. 실내는 따뜻했지만, 팔은 기이한 냉기가 돌았다.

"당신이 빌에게, 그리고 교도소에서 20년을 살아야 하는 운명에 처한 그 가엾은 여인에게 무슨 짓을 했는지는 아십니까?"

그녀는 대답하지 않았다.

"당신이 저지른 해악을 바로잡으려 노력하는 것이 인간으로서의 도리라고 생각지는 않으십니까?"

"제가…… 제가 한 짓이요?"

엘러리는 한 걸음 물러서서 부드러운 목소리로 말했다.

"앞으로 편히 잠을 자지 못할 겁니다. 하고 싶은 이야기를 들고 나를 찾아오기 전까지는요. 당신의 진짜 이야기. 당신은 알고 있습니다. 아닌가요?"

"전……."

앤드레아는 파르르 입술을 떨며 말을 삼켰다. 입술이 떨렸다.

엘러리는 그녀를 바라보았다. 그러다가 눈을 가늘게 뜨고,

의도적으로 등을 돌려 복도를 성큼성큼 걸어 그의 방으로 향했다. 가방을 들고 기다리던 짐꾼이 호기심 어린 눈으로 힘없이 벽에 기대어 선 여자를 쳐다보았다. 그는 걸어오는 동안 뒤에서 앤드레아가 하는 말을 아주 또렷하게 들었다. 그러나 그 말은 그녀가 자신의 생각이 입 밖으로 흘러나왔다는 사실을 깨닫지 못한 채 중얼거린 것임을 잘 알고 있었다. 그것은 애원이고 기도였다. 그 말이 담은 깊은 비탄에 엘러리는 걸음을 멈추고 다시 돌아갈 뻔했다.

"어떻게 해야 하지? 아, 하느님, 제가 어떻게 해야 하는지 알 수만 있다면."

그러나 그는 충동을 억눌렀다. 여인의 마음속에는 강한 압력을 받지 않고서는 밖으로 나올 수 없는 뭔가가 있었다. 엘러리는 짐꾼에게 신호를 보내고 엘리베이터 쪽으로 걸어갔다. 엘리베이터에 타면서 엘러리는 다시 앤드레아를 슬쩍 보았다. 그는 깊은 생각에 잠겼다.

앤드레아는 그 자리에 그대로 서서, 축축한 손수건을 손가락 사이에서 비틀며, 굳게 닫힌 빌 에인절의 방문을 하염없이 바라보았다. 마치 그곳에 평화가 있는 것처럼, 평화가 손닿지 않는 곳에 있는 것처럼. 그녀가 자아내는 고뇌와 절망의 풍경은 엘러리의 마음속에 오랫동안 남았다. 그녀의 가냘픈 몸 주위로 어슴푸레 빛나는 알 수 없는 무언가가, 세간을 떠들썩하게 한 윌슨-김볼 사건의 전체적인 양상을 뒤바꿔놓을 것이라는 그의 확신이 더욱 강해졌다.

IV. 덫

"누군가는…… 화살로, 누군가는 덫으로."*

"뭐야. 또냐?"

퀸 경감이 못마땅해하며 물었다. 엘러리는 옷장 위 거울을 보며 보타이를 매면서 내내 휘파람을 불고 있었다.

경감은 으르렁거렸다.

"네 친구와 트렌튼에서 그 난리법석에 휘말린 이후로, 꼭 브로드웨이의 흔한 불량 청소년이 되어버린 것 같구나. 또 어딜 나가는 게냐?"

"밖에요."

"혼자 나가는 거겠지?"

"아뇨. 사실은 이 섬에서 가장 사랑스럽고 부자인 데다가 가장 혈통이 고귀한 호감 가는 젊은 여성과 흔히들 말하는 데이트라는 것을 하기로 했답니다. 뿐만 아니라 그 여성은 약혼자도 있지요."

그는 눈을 가늘게 뜨고 거울에 비친 얼굴을 깐깐하게 살펴보

---

* 셰익스피어 《헛소동》 중 대사.

왔다.

"물론, 저는 그런 것은 조금도 신경 쓰지 않습니다."

노신사는 툴툴거리며 콧구멍에 코담배를 쑤셔 넣었다.

"네 말을 들으니 예전에 알던 어느 건방진 놈이 떠오르는군. 적어도 예전의 넌 여자를 멀리할 만큼 분별력이 있었는데."

"시간은 모든 걸 변하게 하는 개탄스러운 습성이 있거든요."

"그 김볼 가문의 아가씨냐?"

"달리 누구겠어요. 그건 그렇고, 이제 김볼이라는 이름은 어떤 사람들에겐 지극히 혐오스러운 것이 되어버렸습니다. 그들은 그냥 제시카와 앤드레아 보든이 되었어요. 파크 애비뉴 사람들이 듣는 앞에서는 그 사람들을 김볼이라고 부르지 마세요."

"웃기고 있네. 도대체 무슨 생각을 하는 거냐, 엘?"

엘러리는 코트를 걸치고 새틴 옷깃을 사랑스럽게 매만졌다.

"탐사를 해볼 생각입니다만."

"하, 하."

"아뇨, 정말로요. 가끔은 사교계에 나가보는 것도 남자에겐 좋은 일이지요. 특권에 대한 일시적인 환상을 주니까요. 그런 다음엔 이스트사이드에 잠깐 들러 균형을 맞추고요. 그 둘 사이의 대조는 참으로 경이롭답니다."

"그래서, 뭘 탐사하는 건데?"

경감은 툴툴대며 물었다.

엘러리는 다시 휘파람을 불기 시작했다. 집안일을 돌봐주는 주나가 달그락거리며 침실에 들어왔다.

"또요?"

주나는 못마땅한 얼굴로 외쳤다. 엘러리는 고개를 끄덕이고, 퀸 경감은 두 손을 들었다. 주나는 화가 난 말투로 말했다.

"여자가 생기신 건가요? 소포가 왔습니다."

"소포?"

"꾸러미인데요. 방금 왔어요. 메신저가 들고 왔어요. 장교처럼 차려입었던데요."

"뭔가 보자, 이 악동아."

주나는 포장을 벗겨 아무 장식 없는 캔을 꺼냈다. 납작한 모양의 상자와 함께 문장이 새겨진 종이에 적힌 메모가 따라 나왔다.

"피에르라는 사람한테 담배 주문하셨어요?"

"피에르? 피에르? 오호, 이런……. 그 훌륭한 재커리 양이로군!"

엘러리는 메모를 집으며 웃었다.

"부자들과 사귀면 이런 게 집에 오는 겁니다, 아버지."

메모에는 이렇게 적혀 있었다.

친애하는 퀸 씨. 배달이 늦어진 걸 부디 양해해주시기 바랍니다. 저의 블렌드는 외국산 담뱃잎으로 만드는데, 최근 유럽에 노동자 파업이 있어 마지막 선적이 지연되었습니다. 귀하께서 이 담배에 만족스러워하시리라 믿습니다. 감사의 뜻으로 함께 보내는 종이 성냥도 받아주시기 바랍니다. 성냥갑에는 귀하의 존함을 새겨넣었습니다. 이는 저의 일반적인 관례입니다. 담배가 혹 너무 세거나 약하면 말씀해주시기 바랍니다. 앞으로 귀하에게 맞는 블렌드 조합을 찾을 수 있게 되기를 바랍니다. 존경을 담아 보내며.

"멋진 피에르로군."

엘러리는 메모를 옆으로 던지며 말했다.

"공용 담배 보관함에 넣어놔, 주나. 자, 여러분. 저는 나갑니다."

"말하는 꼬락서니하고는."

경감은 툴툴대며 말했다. 그는 엘러리가 모자를 꼼꼼히 쓰고, 지팡이를 팔 아래 끼고, 휘파람을 불며 나가는 모습을 근심스럽게 지켜보았다.

*

"여긴 제가 기대했던 그런 곳이 아니에요, 엘러리 퀸. 특히 지난번 당신이 데리고 갔던 그 사랑스러운 싸구려 술집들 다음으로 오기엔 말이죠."

그날 저녁 앤드레아가 매서운 어조로 말했다.

엘러리는 밤하늘 가운데 자리한 라디오 시티 꼭대기 층의 조용하고 우아한 클럽 안을 둘러보았다.

"음, 급하게 진행하고 싶진 않아요, 아가씨. 사회 교육에 있어 이런 문제들은 섬세하게 다루어야 합니다. 빵과 물만 먹는 것으로는 너무 일관되고……."

"쳇! 춤이나 춰요."

그들은 말없이 춤을 추었다. 앤드레아는 음악에 따라 부드럽게 몸을 맡기는 법을 알아 함께 춤추는 이로 하여금 몸을 움직이는 즐거움을 느끼게 해주었다. 그녀는 엘러리의 품 안에서 음악에 맞춰 너무나도 가볍게 몸을 움직여서, 엘러리는 마치

혼자서 춤을 추는 것 같은 기분을 느꼈다. 그러나 그는 그녀의 머리카락에서 풍기는 향기를 또렷이 인식했고, 트렌튼 오두막 바깥에서 그녀에게 그토록 가까이 다가가 있었던 빌 에인절의 얼굴에 떠올랐던 표정을 기억하며 죄책감을 느꼈다.

"당신과 춤추는 거 좋아요."

음악이 멈추자 앤드레아가 기분 좋게 말했다.

엘러리는 한숨을 쉬었다.

"저의 신중함이 당신에게 감사 인사 정도만 하고 그냥 흘려 들으라고 경고하고 있습니다만."

앤드레아의 눈빛이 조금 놀란 것 같다고 그는 생각했다. 그러다가 그녀는 웃었고, 두 사람은 함께 자리로 돌아갔다.

"안녕하시오, 거기 두 분."

그로브너 핀치가 둘을 향해 웃으며 말했다. 핀치의 옆에는 프루 상원의원이 서 있었는데, 그 땅딸막한 작은 체구로 용케 뻣뻣한 태도를 취했고, 드러내놓고 못마땅해하고 있었다. 두 사람 모두 야회복을 입고 있었다. 핀치는 못내 어색해하는 것 같았다.

"아, 일행이 있었군요."

엘러리가 말했다. 그가 앤드레아의 의자를 당겨주자 그녀가 자리에 앉았다.

"웨이터, 의자 좀 더 갖다줘요. 앉으시죠, 신사분들. 앉으세요. 오늘 밤 저희 뒤를 쫓는 게 아주 고생스럽진 않으셨겠죠?"

"디키. 지금 이게 무슨 의미죠?"

앤드레아가 냉랭하게 말했다.

핀치는 당황하는 것 같았다. 그는 자리에 앉아 손으로 회색 머리카락을 쓰다듬었다. 프루 상원의원도 아름답고 부드러운 수염을 만지작거리며 망설였다. 그러다가 그도 화를 내며 자리에 앉았다. 그는 엘러리를 노려보았다.

엘러리는 담배에 불을 붙였다.

"자, 자, 핀치 씨. 꼭 농부 존스의 사과를 훔쳐 먹다 들킨 다 큰 시골 소년 같군요. 긴장 푸세요."

"더키! 내가 지금 묻잖아요!"

앤드레아는 발을 굴렀다.

"그게……."

핀치는 턱을 문지르며 웅얼거렸다.

"실은 이렇게 된 거야, 앤드레아. 네 어머니가……."

"그럴 줄 알았어!"

"하지만 앤드레아, 내가 뭘 어쩌겠니? 그리고 제길, 여기 사이먼도 제시카 편이니 말이다. 입장이 다소 난처하긴 한데……."

"전혀요."

엘러리가 쾌활하게 말했다.

"우린 괜찮습니다. 앤드레아와 저 말입니다. 뭘 의심하시는 겁니까, 신사분들? 제가 오른쪽 주머니엔 폭탄을, 왼쪽 주머니에는 〈데일리 워커〉*라도 넣고 다닐까봐서요? 아니면 제가 자라나는 어린이에게 부도덕한 영향을 끼치는 사람이라고 생각하시는 겁니까?"

"제가 처리할게요, 퀸 씨."

앤드레아는 작고 하얀 이를 악물고 말했다.

"자, 더키, 분명하게 얘기해보자고요. 어머니가 오늘 밤 제

* 좌파 성향의 신문.

뒤를 염탐하라고 두 분을 보내신 건가요?"

수염을 헤집던 상원의원의 토실토실한 손가락이 성을 내며 허공으로 뻗었다.

"앤드레아! 그런 모욕적인 말을. 염탐이라니!"

"아, 그만하게, 사이먼."

핀치가 얼굴을 붉히며 말했다.

"자네도 사실상 그 말이 맞는다는 거 알잖나. 난 이 아이디어가 마음에 들지 않았어. 하지만 네 어머니가 그러는데, 앤드레아……."

"그래요, 어머니가 뭐라고 말씀하시던가요?"

앤드레아가 위협적인 목소리로 말했다.

핀치의 손이 허공에서 반원을 그렸다.

"그게…… 네가 안 좋은 동네를 돌아다닌다고 하더라. 퀸이 널 데리고…… 그게…… 좋지 않은 데로 데리고 다닌다고. 네 어머니는 그걸 못마땅해서."

"가엾은 록펠러 씨."

엘러리는 방 안을 둘러보며 슬픈 얼굴로 고개를 저었다.

"록펠러 씨가 그 말을 들었다면 모욕감에 몸을 떨었을 텐데요, 핀치."

"아, 여긴 아니고요."

핀치의 얼굴이 점점 더 붉어졌다.

"제기랄. 나는 제시카에게…… 그러니까 내 말은, 여기는 아주 괜찮습니다. 당연하죠. 하지만 다른 곳들은……."

"그건 그렇고, 앤드레아."

엘러리가 느릿느릿 말했다.

"오늘 밤엔 랜드 스쿨*에 갈 뻔했는데 말이죠. 신사분들께서 거기 가셨다고 생각해보세요. 그곳의 프롤레타리아 지식인들은 꽤 드세거든요."

"지금 이게 재밌소?"

프루 상원의원은 으르렁거렸다.

"이봐요, 퀸. 도대체 왜 앤드레아를 가만 놔두지 않는 거요?"

"도대체 여러분은 왜 본인들 일이나 신경 쓰시지 않는 겁니까?"

엘러리는 쾌활하게 말했다.

핀치는 이제 회색 머리카락의 뿌리 끝까지 빨개졌다.

"사실 그런 말을 들어도 할 말은 없습니다, 퀸."

그는 씁쓸한 미소를 지으며 말했다.

"자, 이제 그만하지, 사이먼. 애초에 이상한 생각이었어."

변호사의 수염이 갑자기 멈춰버린 폭포처럼 흰 테이블보 위에서 떨리고 있었다.

"퀸은 바보가 아니야. 만일 앤드레아가……."

"더 이상은 못 참아요!"

앤드레아가 말했다.

"조용히 해라, 앤드레아. 우린 이 사람에게 솔직하게 물어볼 자격이 있어. 퀸, 뭘 쫓고 있는 거요?"

엘러리는 연기를 내뿜었다. 그러나 그의 눈은 조롱하는 기색으로 밝게 빛났다.

"사람은 뭘 쫓을 수 있을까요? 시골의 작은 집, 정원, 아이

---

* 노동자에게 사회과학을 가르치는 학교.

들⋯⋯."

"바보 같은 소리 말아요. 당신은 절대 날 못 속여요, 퀸. 아직도 윌슨 사건을 캐고 다니는 거죠? 아니오?"

"그건 실제로 궁금해서 묻는 질문입니까, 아니면 수사학적 질문입니까?"

"뭔지 알잖소!"

"흠."

엘러리는 웅얼거렸다.

"그건 정말로 당신들과는 상관없는 일입니다. 하지만 그렇게 물으시니⋯⋯. 그래요. 맞습니다. 그리고 그게 당신들과 무슨 상관입니까?"

"사이먼."

핀치가 불편하게 말했다.

"그렇게 무르게 굴지 마, 그로브너. 무슨 상관이냐고? 앤드레아의 친구로서⋯⋯."

"두 분 다 내 친구는 아니시죠."

앤드레아는 굳은 어조로 말했다. 그러나 그녀는 땀이 찬 손바닥을 옷 위에 문지르고 있었고, 얼굴은 창백해져 있었다.

"⋯⋯트렌턴에서 그 여자가 그런 판결을 받고 나서, 당신이 이러는 게 단순히 앤드레아와 어울리고 싶은 마음으로 그러는 거겠소? 도대체 당신이 원하는 게 뭐요?"

"평화입니다."

엘러리는 한숨을 쉬었다.

"그리고 지금 당장은 두 분과의 완벽한 결별을 원하고요. 이제 만족하십니까?"

앤드레아가 엄하게 말했다.

"이제 이 정도면 충분해요. 프루 상원의원님은 지금 의원님이 어떤 입장에 서 계신지 잊어버리신 것 같아요. 그리고 더키, 난 아저씨가 이런 일을 한다는 게 너무 놀랍고……. 하지만 역시 문제는 어머니겠죠. 어머니는 언제나 손가락 하나로 아저씨를 이리저리 휘두를 수 있으니까요."

"앤드레아."

핀치는 비참한 말투로 말했다.

"가만히 계세요! 그리고 의원님, 의원님은 제가 제 뜻대로 행동할 수 있는 성인 여성이라는 사실도 잊으셨어요. 분명히 말씀드리는데 그 누구도 나를 강제로 데리고 다니지는 못해요. 제가 퀸 씨와 함께 시간을 보내겠다고 선택했다면 그건 두 분과는 상관없는 제 일이고요. 저는 제가 뭘 하는지 잘 알아요. 행여 제가 모른다면……."

그녀는 희미하고 쓸쓸한 미소를 지으며 덧붙였다.

"곧 직접 알아내겠죠. 자 이제 그럼 두 분 모두, 저희 둘만 있도록 자리를 비켜주시겠어요?"

"물론이다, 앤드레아. 네가 그런 식으로 생각한다면."

뚱뚱한 남자는 벌떡 일어서며 말했다.

"난 너의 가족에 대한 내 의무를 철회하겠다. 지금 이후로는……."

엘러리는 일어나서 공손히 기다렸다. 누구도 말이 없었다. 엘러리가 중얼거렸다.

"전 의원님의 의무가 법률과 관련된 것인 줄 알고 있었습니다. 이젠 겸업으로 탐정 일도 하시는 겁니까? 만일 그렇다면 동종업계에 들어오신 걸 환영하겠습니다."

"이런 어릿광대 같은 놈! 이봐요, 퀸. 조심해요."

프루 상원의원은 쏘아붙이고, 수염을 세게 잡아당기고는 여봐란 듯 성큼성큼 걸어 나갔다.

"미안하다, 앤디."

핀치가 앤드레아의 손을 잡으며 말했다.

"사실 당신 잘못은 아니에요, 더키."

앤드레아는 핀치에게 미소를 지었지만, 손은 잡아 뺐다. 핀치는 한숨을 쉬고, 엘러리에게 고개를 끄덕이고는, 상원의원을 따라 나갔다.

엘러리는 자리에 앉지 않고 말했다.

"집으로 가는 게 좋겠죠, 앤드레아? 오늘 밤 더 즐기기엔 기분이 상했을 것 같은데."

"바보처럼 굴지 말아요. 이제 시작인걸요. 춤출까요?"

*

엘러리는 듀센버그를 출발시켰다. 자동차는 뒤에서 꼬리를 잡아당긴 사자처럼 굉음을 내며 속도를 높여갔다. 콘크리트 도로 위를 질주하는 듀센버그는 그 뒤를 쫓는 지옥의 모든 악마를 따돌리는 것 같았다.

"우와."

앤드레아는 모자를 잡으며 비명을 질렀다.

"반사신경은 괜찮아요, 아저씨? 난 아직 어려요. 인생은 달콤하고요."

"힘으로 따지자면 진정한 전성기를 보내는 중이죠."

엘러리는 위태롭게 담배를 더듬으며 그녀를 안심시켰다.

"그러지 말아요!"

앤드레아는 비명을 지르며 자신의 담배를 엘러리의 입에 물려주었다.

"이 경주용 전차 같은 차는 저 혼자서 달릴 수 있을지 모르겠지만, 전 그런 위험은 감수하고 싶지 않아요……."

그녀는 조용히 덧붙였다.

"신경 쓰진 않지만."

"그래요? 그럼 뭘 신경 쓰는데요?"

앤드레아는 엘러리의 옆에서, 눈을 가늘게 뜨고 리본처럼 풀려나가는 길을 멍한 눈길로 바라보았다.

"아, 뭐든지요. 이런 감상적인 얘기는 그만하죠. 우리 지금 어디 가는 거예요?"

엘러리는 담배를 휘저었다.

"그게 무슨 상관이죠? 넓고 한적한 도로, 사랑스러운 동반자, 장렬하게 빛나는 태양……. 난 충분히 행복한데요."

"다행이네요."

"왜요? 당신은 안 그런가요?"

엘러리는 앤드레아를 힐긋 보며 물었다.

"아, 물론. 열렬히 행복해요."

그녀는 눈을 감았다. 엘러리는 차분하게 차를 몰았다. 잠시 후 앤드레아는 눈을 뜨고 즐거운 목소리로 말했다.

"하나 말해줄까요? 오늘 아침에 새치를 한 가닥 찾았어요."

"말도 안 돼! 이렇게 일찍? 역시, 프루 상원의원이 옳았군요.

뽑았나요?"

"바보. 당연히 뽑았죠."

"마치 비탄이 대머리로 누그러질 수 있다는 듯이."

엘러리가 담담하게 말했다.

"그건 또 무슨 말이에요? 꼭 수수께끼 같네요."

"아, 수수께끼 이상이죠. 실은 《투스쿨룸에서의 대화》*에 나오는 말이에요. 학교를 '졸업한다'는 것에만 치중하지 말고 배우는 데 좀 더 시간을 할애했다면, 이 말이 키케로 원로관이 던진 진주라는 걸 알았을 텐데요. 그는 이렇게 말했습니다. 슬픔 때문에 머리카락을 뽑는 것은 바보 같은 짓이다, 그것은 마치…… 뭐 그런 식의 말들이죠."

"오."

앤드레아는 다시 눈을 감았다.

"당신은 내가 행복하지 않다고 생각하는군요. 안 그래요?"

"친애하는 아가씨. 내가 누구라고 감히 평가를 하겠습니까? 하지만 내 의견을 원하신다면, 난 당신이 빠른 속도로 파멸하는 중이라고 생각합니다."

앤드레아는 분노로 몸을 꼿꼿이 세웠다.

"그거 마음에 드네요! 내가 지난 몇 주 동안 다른 누구보다도 당신을 더 많이 만났다는 사실을 당신이 모를 줄 알았는데요."

엘러리는 열기 때문에 부풀어 오른 콘크리트 틈새를 피해 듀센버그의 방향을 홱 틀었다.

"만일 내가 당신의 불행에 조금이라도 기여했다면, 난 끌려

* 키케로의 저서.

가서 사지를 절단당해도 쌉니다. 그 일을 돕겠다고 기꺼이 나설 사람들도 몇 명 알고 있어요. 하지만 내가 이 세상에서 가장 유쾌한 동행은 아닐지라도, 당신이 그렇게 된 게 나 때문이라고는 생각지 않아요."

"아, 아니시라고요!"

앤드레아는 쏘아붙였다.

"어젯밤 어머니가 뭐라고 했는지 직접 들어보셨어야 했는데. 집에 갔더니 어머니는 이미 그 저명하신 상원의원으로부터 보고를 받으셨더라고요."

"아, 당신 어머니."

엘러리는 한숨을 쉬었다.

"그 고귀한 부인께서 퀸 경감의 아들을 인정해주실 거라 자만하지는 않습니다만. 그분께서 나에 대해 의심하시는 게 뭡니까? 내가 당신의 고결함을 유혹할까봐? 아니면 당신의 은행 계좌를 노리거나? 아니면 뭡니까?"

"그렇게 거칠게 굴지 마세요. 그냥 이런 외출들 때문이에요."

"엘라 아미티가 말한 그 중간의 집의 비극에 내가 관여하고 있다는 사실 때문은 아닐까요?"

"제발요."

앤드레아가 말했다.

"그건 잊기로 해요, 네? 어머니는 그저 당신이 날 데리고 〈레프티를 기다리며〉를 보러 가거나 그 헨리 스트리트의 사회복지관 건물이랑 시립 간이 숙박소에 갔던 것 때문에 폭발한 것뿐이에요. 어머니는 당신이 날 물들이고 있다고 생각하시거든

요."

"아주 불합리한 의심은 아니군요. 그래서 내가 뿌린 바이러스가 먹혔나요?"

"그렇지 않다고는 말하지 않겠어요. 전 이 세상에 그런 비참함이 있다고는…….”

앤드레아는 몸을 약간 떨고는 모자를 벗었다. 머리카락이 햇빛에 반짝이면서 그녀의 머리 주위를 휘감았다.

"어머니는 그냥 당신이 이 세상에서 가장 골치 아픈 인간이라고 생각하세요. 어머니가 당신을 어떻게 생각하든, 난 신경 쓰지 않아요."

"앤드레아! 이건 너무 갑작스러운데요. 언제부터 나한테 그런 마음을 품은 겁니까?"

앤드레아는 눈살을 찌푸렸다.

"어머니는 당신이 나한테 준 포크너 책에 나오는 그 끔찍한 조종사들 같아요. ……그 《파일론》이란 책 말이에요. 기자가 뭐라고 말했었죠? 그들을 으깨면 피 대신 공업용 기름이 찍 튀어나올 거라고 했던가요?"

"그 비유는 잘 이해가 안 가는데요. 당신 어머니를 쥐어짜면 무슨 액체가 나올까요?"

"옛날 와인…… 혈통 있는 고급 와인이요. 알 수 없는 이유로 비극적이게도 식초로 변해버린 와인 있잖아요. 가엾은 어머니! 어머니는 힘든 삶을 사셨어요. 어머니는 자신에게 무슨 일이 일어나는지 제대로 알지도 못하셨어요."

엘러리는 키득거렸다.

"중요한 점을 지적했군요. 그렇다고는 해도 앤드레아, 그건 딸로서는 적절하지 않은 말이에요."

"어머니는…… 어머니예요. 당신은 이해 못 할걸요."

"이해할 것 같은데요. 믿거나 말거나, 저에게도 한때는 어머니가 있었죠."

앤드레아는 한참 동안 말이 없었다. 그러다 꿈꾸는 듯한 목소리로 말했다.

"할아버지는 어떨까요. 아, 그래요. 당연히. 가엾은 할아버지의 노쇠한 몸을 쥐어짜봤자 나오는 건 백혈구뿐일 거예요. 할아버지에겐 붉은 기운의 흔적도 더 이상 남지 않은걸요."

"더키는 어때요? 그 사람에 대해 나보단 당신이 더 잘 알 텐데."

"그 사람은 쉬워요."

앤드레아는 검지 끝을 빨면서 말했다.

"더키, 더키는…… 포트와인! 아니, 또 와인이네. 그래요! 장뇌로 담근 술. 끔찍하게 들리지 않아요?"

"구역질이 나는군요. 왜 장뇌인가요?"

"아, 더키는 올바른 사람이거든요. 아마 당신은 내 말의 의미를 모를 거예요. 난 이상하게 장뇌라고 하면 답답한 YMCA의 침실과 코감기가 떠올라요. 왜인지는 묻지 마세요. 아이 때 받은 교육이 형편없어서일 거예요."

"앤드레아, 당신 취했군요. 알코올의 힘이 아니면 그 배가 터질 것 같은 재벌과 YMCA를 연관시킬 방법이 없을걸요."

"바보 같은 소리. 당신도 내가 술 안 마시는 거 알잖아요. 어머니가 그렇게 충격을 받는 게 그래서예요. 저는 술을 진탕 마시는 문제에 대해서는 구식이라서. 자, 그다음은 톨스토이예

요."

"누가?"

"그 상원의원이요. 한 번은 톨스토이의 그림을 본 적 있는데 딱 그 사람이 생각나더라고요. 그 터무니없는 턱수염이라니! 여자들이 새로 한 파마를 관리하는 것보다 더 정성을 들여 수염을 관리하죠. 물론 그 사람 혈관에 뭐가 흐르는지 당신도 알죠?"

"토마토 주스?"

"아뇨! 순수한 포름알데히드예요. 그 사람이 단 한 번이라도 정직한 감정을 느낀 적이 있었다면, 그 감정이란 것은 지난 40년 동안 피클로 절여져 있었을 거예요."

그녀는 한숨을 쉬었다.

"이게 전부예요. 이제 무슨 얘길 할까요?"

"잠깐만요. 친구 존스는 어떻습니까?"

엘러리의 질문에, 앤드레아는 잠시 입을 다물었다.

"그 얘기는 별로……. 지난 2주 동안 버크를 못 봤어요."

"맙소사. 만일 그 세기의 결합을 깨뜨린 원인이 나라면……."

"제발요. 난 지금 농담하는 게 아니에요. 버크와 난……."

그녀는 말을 멈추고 머리를 좌석 꼭대기에 기대고 길을 내려다보았다.

"확실해요?"

"이 세상에 확실한 게 있긴 한가요? 한때는…… 저도 확신했어요. 그이는 여자가 남자에게 바랄 수 있는 모든 것을 다 가지고 있었어요. 덩치도 크고…… 난 언제나 덩치 큰 남자에게 끌렸거든요. 너무 잘생기지도 않고, 맥스 베어 같은 체구에,

완벽한 매너에…….'

"내가 볼 땐 딱히 좋은 혈통을 이어받은 남자라는 인상은 없던데요."

엘러리는 무미건조하게 말했다.

"그건 그이가…… 좀 냉정을 잃어서 그랬던 거예요. 그 사람은 가문도 좋고, 돈도 많고……."

"그리고 뇌의 회백질이 전혀 없죠."

"그런 고약한 말을 하시다니. 흠, 근데 아마 그 말이 맞을 거예요. 이젠 그런 것들이 다 어리석은 소녀의 생각이란 걸 알겠어요. 그런 것들은 중요하지 않잖아요. 안 그래요?"

"나도 그렇게 생각합니다."

"한때는……."

앤드레아는 고통스럽게 뒤틀린, 기묘한 미소를 지었다.

"나도 그보다 나을 게 없었죠. 아시겠지만."

엘러리는 한동안 말없이 운전만 했다. 앤드레아의 눈꺼풀이 다시 덮였다. 길은 듀센버그의 아래로 미끄러져 들어와 사라졌다가 뒤쪽으로 부드럽고 몽환적인 물결처럼 풀려 나왔다. 엘러리는 몸을 틀었다.

"당신을 잊고 있었어요."

"네?"

"만일 누군가, 예를 들어 빌 에인절이, 그런 구역질 나는 비유를 들어 당신의 기분을 상하게 한다면……."

"아."

잠시 후 그녀는 웃었다.

"그럼 나 스스로도 그렇게 공정하게 평가하는 게 좋겠군요.

다른 사람은 하지 않으니까. 나에겐 따뜻한 우유 같은 인간의
온정이 흘러요."

"약간 멍울이 맺힌 우유요?"

엘러리가 부드러운 목소리로 물었다.

앤드레아는 즉시 일어나 앉았다.

"자, 그건 무슨 뜻인가요, 엘러리 퀸?"

"모르겠습니까?"

"그리고 왜 하필 빌 에인절이에요?"

엘러리는 어깨를 으쓱했다.

"미안해요. 난 우리가 정직이라는 정해진 규칙을 따라 즐기
고 있다고 생각했지만, 내가 잘못 생각했던 것 같군요."

그는 계속 길만 바라보았다. 그녀는 차분하고 움직임 없는
그의 옆얼굴을 계속 바라보았다. 그녀의 입술이 마침내 떨리
고, 그녀는 고개를 돌렸다.

"굉장한 날이에요. 그렇죠?"

한참 후 엘러리가 입을 열었다.

"네."

그녀의 목소리는 낮았다.

"하늘은 파랗고. 들판은 초록빛이고. 길은 회색이 도는 흰색
이고. 소들은 갈색과 붉은색…… 이 모든 걸 본다면."

그는 잠시 멈췄다.

"이걸 본다면."

"무슨 말인지……."

"내가 말했잖아요. 이걸 볼 수 있다면. 모두가 보는 건 아니
죠. 당신도 알겠지만."

앤드레아가 너무 말이 없어서 엘러리는 그녀가 못 들은 줄 알았다. 엘러리는 재빨리 그녀를 힐긋 보았다. 그녀의 뺨은 길보다도 더 하얬다. 금발인 머리카락이 미친 듯이 얼굴에 휘감기면서 바람에 갈기갈기 찢기는 것처럼 보였다. 그녀의 손가락은 무릎 위에 놓인 모자를 단단히 쥐고 있었다.

앤드레아가 낮은 목소리로 물었다.

"날 어디로 데려가는 거예요?"

"어딜 가고 싶어요?"

그녀의 눈이 빛났다. 앤드레아는 자리에서 반쯤 일어섰다. 바람이 그녀를 움켜잡았고, 그녀는 몸을 지탱하기 위해 앞 유리창 위쪽을 잡았다.

"차 세워요! 세우라고요!"

듀센버그는 고분고분하게 부드러운 갓길에 올라섰고, 잠시 후 멈췄다.

"세웠습니다. 이젠 어떻게 할까요?"

엘러리가 부드럽게 말했다.

"차 돌려요!"

그녀는 외쳤다.

"지금 어디 가는 거예요? 날 어디로 데려가는 거예요?"

"누굴 만나러요."

엘러리는 조용히 말했다.

"당신이 볼 수 있는 걸 보지 못하는 사람을 만나러. 이 불행한 사람은 당신의 그 작은 손바닥으로 가려지는 만큼보다 더 큰 하늘을 보지 못할 겁니다. 난 누군가 오늘…… 그녀를 위해 대신 눈 역할을 해주는 게 친절한 행동이 될 거라고 생각했습니다."

"그녀를 위해?"

앤드레아가 속삭였다. 엘러리는 그녀의 손을 잡았다. 힘없이 늘어진 그 손은 엘러리의 손에 차갑게 닿았다.

그들은 그런 식으로 몇 분 동안 앉아 있었다. 가끔씩 자동차가 지나쳐 갔다. 한 번은 파란색 뉴저지 주 경찰 유니폼을 입은 덩치 큰 젊은 남자가 오토바이를 타고 가다 속도를 늦추고, 뒤를 돌아보고, 목을 쭉 뽑아 관찰을 한 다음, 다시 속도를 내 달려가기도 했다. 움직임 없는 차 안에서 태양열이 뜨겁게 느껴졌다. 땀이 앤드레아의 이마와 작은 콧날 위로 송골송골 솟아올랐다. 그러다가 앤드레아는 시선을 떨구고, 잡힌 손을 뺐다. 그녀는 아무 말도 하지 않았다.

엘러리는 듀센버그의 기어를 다시 넣었다. 거대한 차는 움직이기 시작했고, 그들이 가던 방향으로 계속 나아갔다. 그의 미간에 희미하고 근심스러운 주름이 잡혔다.

*

제복을 입은 여장부가 그들을 노려보고 한옆으로 비켜서면서, 교통경찰처럼 어두운 복도에 있는 누군가에게 큰 손으로 손짓을 했다.

그들은 루시를 보기 전에 발소리부터 들었다. 그 소리는 끔찍하도록 질질 끌리는 소리였다. 그 질질 끌리는 느린 발소리는 장례식 같이 구슬펐다. 질질 끌리는 발소리가 점점 다가오는 동안 두 사람은 강제로 눈을 크게 떠야 했다. 그들의 코에는 설명할 수 없는 불쾌한 악취가 닿았다. 실내에 맴도는 냄새는 석탄산, 쉰 빵, 녹말, 낡은 구두, 비누의 악취를 거칠게 한데 뒤섞어놓은 것 같았다.

그러고 나서 루시가 들어왔다. 두 사람이 철망 너머로 서 있는 것을 보고 생기 없는 눈이 조금 반짝였다. 그들은 동물원의 원숭이처럼 철망을 붙잡고 있었지만 수다를 떨지는 않았고, 미동 없이 조용히 서 있는 것이 연극을 보러 온 관객 같았다.

발소리가 빨라졌다. 그녀는 어설픈 죄수용 신발을 신고 두 사람에게 다가와 손을 조금 뻗었다.

"정말 기뻐요. 여기 와주시다니 참 좋은 분들이네요."

푹 꺼진 그녀의 두 눈이, 보라색 고통으로 눌린 눈이 앤드레아의 굳은 얼굴을 수줍게 바라보았다.

"두 분 다요."

루시가 부드럽게 말했다. 그녀를 바라보기가 힘들었다. 그 아름다운 몸이 지니고 있던 생기와 활력을 탈수기로 모두 짜내어버린 것 같았다. 그녀의 칙칙한 피부는 더 이상 올리브색이 아니었고, 점판암의 흙색에 가까워서 삶보다는 죽음을 더 연상시켰다.

앤드레아는 말을 하기 위해 목소리를 가다듬었다.

"안녕하세요."

그녀는 미소를 지으려 애쓰며 다시 말했다.

"안녕하세요, 루시 윌슨."

"좀 어때, 루시? 좋아 보이는데."

엘러리는 거짓말이 자연스럽게 들리도록 애쓰며 말했다.

"난 괜찮아요. 고마워요. 아주 좋아요. 난……."

루시는 잠시 멈췄다. 사냥당한 짐승의 그림자처럼 번개 같은 공포의 경련이 그녀를 덮쳤다. 그러다 경련은 사라졌다.

"빌은 안 오나요?"

"올 거야. 마지막으로 온 게 언제였어?"

"어제요."

루시는 핏기 없는 손가락으로 철망을 잡았다. 그 너머의 얼굴은 인쇄한 사진을 다시 복사하면서 이중으로 찍힌 조악한 사진처럼 보였다.

"어제 왔었어요. 오빠는 매일 와요. 가엾은 빌. 오빠가 요즘 영 안 좋아 보여요, 엘러리. 오빠를 위해 뭘 좀 해주실 수 없나요? 오빠가 그렇게 걱정을 안 했으면 좋겠는데."

그녀의 목소리가 사그라졌다. 이상한 느낌이 들었다. 루시가 말하는 내용이 뒤늦게 떠오르는 생각인 것처럼, 그녀의 의식의 가장자리 위에 누워 있다가 깊이 숨겨놓은 진짜 생각을 방어하기 위해 불쑥 튀어나오는 것 같았다.

"너도 빌이 어떤지 알잖아. 빌은 걱정거리가 없으면 오히려 기분이 안 좋을걸."

"네."

루시는 어린아이처럼 말했다. 유령 같은 미소가 그녀의 입술 위에 머물렀다. 목소리만큼이나 생경한 미소였다.

"빌은 항상 그렇죠. 오빠는 아주 강한 사람이에요. 오빠를 볼 때마다 난 늘……."

목소리가 높아졌다가 가라앉고, 다시 높아졌다. 스스로의 생명력에 깜짝 놀란 것 같았다.

"……기분이 좋아져요."

앤드레아가 무슨 말을 하려다가 다시 입을 다물었다. 장갑 낀 손가락이 철창에 얽혔다. 루시의 얼굴과 앤드레아의 얼굴이 닿을 듯이 가까웠다. 앤드레아의 손가락이 갑자기 철창 위에서 오그라들었다. 그녀는 서둘러 물었다.

"여기 사람들이 잘 대해주나요? 그러니까……."

루시의 눈이 천천히 앤드레아의 눈을 더듬었다. 목소리처럼 그 눈도 부연 유리를 끼운 듯 진짜 자유로운 넓은 세상으로부터 루시를 보호해주고 있었다.

"아, 아주 잘 대해줘요. 불평할 수는 없어요. 저에게 아주 친절히 대해주니까요."

"당신이라면 충분히……."

앤드레아의 뺨이 붉게 달아오르기 시작했다.

"혹시 제가…… 제가 해드릴 수 있는 게 있을까요, 윌슨 부인? 그러니까, 뭔가 가져다드릴 만한 게 있다거나, 뭐 필요하신 게 있으면요?"

루시는 놀란 것 같았다.

"필요한 거요?"

짙고 생기 있는 루시의 눈썹이 살짝 찡그려졌다. 고심하는 것 같았다.

"글쎄요. 그런 건 없어요. 네, 없어요. 호의는 감사하지만요."

그러다가 놀랍게도 그녀가 웃었다. 유쾌한 짧은 웃음이었고, 모순이나 경멸의 기색 같은 것은 전혀 없는, 순진하고 감정이 풍부한 웃음이었다.

"원하는 게 하나 있긴 해요. 하지만 그걸 가져다주진 못하실 텐데요."

"뭔데요?"

앤드레아는 애원했다.

"뭐든 상관없어요……. 아, 전 정말 당신을 돕고 싶어요. 원하시는 게 뭔가요, 윌슨 부인?"

루시는 고개를 저었다. 미소는 희미해지고, 다시 공허한 웃음이 되었다.

"자유요."

갑작스런 공포가 루시의 얼굴 위를 스쳤다가 사라졌다.

앤드레아의 뺨에서 핏기가 가셨다. 그녀는 엘러리의 팔꿈치가 옆구리를 누르는 것을 느끼고는, 기계적으로 미소를 지으며 대답했다.

"아, 그건……."

"빌이 어디 있는지 모르겠네요."

루시의 느릿한 시선이 면회실 문으로 향했다. 앤드레아는 눈을 감았다. 입술 끝이 움찔거렸다. 잠시 후 루시가 말했다.

"나는 내…… 감방을 아주 예쁘게 꾸며놓았어요. 빌이 꽃이랑 그림이랑 그런 것들을 갖다주었거든요. 규칙 위반인 것 같은데, 빌이 용케 갖다주더라고요. 빌은 그런 일에는 정말 수완이 좋아요."

루시는 불안에 사로잡혀 두 사람을 바라보았다.

"정말이에요. 그렇게 나쁘지 않아요. 그리고 잠깐만 있는 거잖아요. 안 그래요? 빌이 그러는데 제가…… 항소가 잘되면 여기를……."

"바로 그런 정신이 필요해, 루시. 기운 내."

엘러리가 말했다. 그는 철망을 통해 루시의 핏기 없는 손가
락을 두드렸다.

"꼭 기억해. 너한텐 친구들이 있고 그 친구들은 널 위해 끝까
지 싸울 거야. 절대로, 루시. 그걸 꼭 기억해라. 알겠니?"

"그걸 한순간이라도 잊으면 난 미쳐버릴 거예요."

루시가 속삭였다.

"윌슨 부인……. 루시……."

앤드레아가 더듬거리며 말했다.

검은 눈에 아쉬움이 서렸다.

"오늘 바깥 날씨는 어때요? 아주 좋아 보이는데요……. 여
기에서 보면."

아주 높은 곳에 작은 창문이 하나 나 있었다. 짧고 굵은 창살
이 체처럼 햇빛을 거르고 있었다. 직사각형의 하늘은 파랬다.

앤드레아가 목멘 목소리로 말했다.

"아무래도 곧 비가 올 것 같아요. 그렇게 좋은 날씨는 아니
고……."

여장부 간수가 먼 쪽 벽에 기대서서, 사람의 것이 아닌 듯한
감정 없는 금속성 목소리로 말했다.

"시간 됐습니다."

공포가 다시 찾아왔다. 이번엔 그 공포가 사라지지 않았다.
공포에 질린 루시는 턱 근육을 떨었다. 마치 아물지 않은 상처
를 뭉툭한 손가락으로 헤집어놓은 것 같았다. 눈을 가려주던
부연 유리가 떨림에 무너졌고, 그 밑의 깊고 촉촉한 고통을 드
러냈다.

"아, 이렇게 빨리."

309

루시는 미소를 지으려 애를 쓰며 눈살을 찌푸리고는 입술을 깨물다가, 마침내 아무 조짐도 없이 얼굴을 완전히 무너뜨리며 댐이 무너지듯 흐느껴 울기 시작했다.

"루시."

엘러리가 중얼거렸다.

루시가 외쳤다.

"아, 고마워요, 고마워요!"

루시의 손가락이 철창에서 떨어졌다. 손가락에는 철창에 눌린 자국이 뚜렷이 어지럽게 가로 새겨져 있었다. 그녀는 돌아서서 단호한 자세의 덩치 큰 간수와 함께 입을 크게 벌린 어둑한 복도를 향해 비틀거리며 걸어갔다.

여전히 악취가 진동하는 실내에서, 루시가 남기고 간 향기 외에는 아무것도 남지 않은 철창 뒤에서 두 사람은 한참 동안 루시의 신발이 돌바닥 위에서 미끄러지는 소리를 들었다. 앤드레아의 아랫입술 위로 선명한 핏방울이 비쳐 보였다.

"도대체 여기서 뭐 하는 거야?"

면회실 문 쪽에서 거친 목소리가 들렸다.

엘러리는 놀란 고양이처럼 벌떡 일어섰다. 그는 이런 상황을 원하지 않았다. 빌 에인절의 커다란 오른손에 종이로 포장한 꽃다발이 꽉 쥐어져 있었다. 꽃송이는 바닥을 향해 늘어져 있었다.

"빌."

엘러리가 재빨리 말했다.

"우리가 여기 온 건……."

"흠."

빌은 낮게 신음했다. 그의 매서운 시선이 앤드레아에게 꽂혔다.

"여기가 마음에 드십니까? 멋지지 않아요?"

앤드레아는 엘러리의 팔을 더듬어 찾았다. 엘러리는 그녀의 손가락이 이두근 위로 조이는 것을 느꼈다.

"아. 저는……."

"당신이 수치심에 쓰러지지 않는 게 나로서는 경이로울 지경이군요. 정말이지 뻔뻔하십니다!"

그 말은 화살이 되었고, 과녁에 날카롭게 꽂혔다.

"감히 여길 오다니! 왜, 흡족해하시려고요? 자, 이제 루시를 보셨겠죠. 이제 가서 오늘 밤 편안히 주무실 수 있겠습니까?"

엘러리의 이두근이 아파왔다. 앤드레아는 부자연스러울 정도로 눈을 크게 부릅뜨고 있었다. 그러더니 그녀는 엘러리의 팔을 놓고 빌을 향해 달려갔다. 빌에게 닿자마자 그녀의 걸음이 무너졌다. 순간 주저하며 빌은 옆으로 비켜섰다. 앤드레아는 고개를 숙이고 빌을 지나쳐 방에서 나갔다.

"빌."

엘러리가 조용히 불렀다. 빌은 대답하지 않았다. 그는 꽃을 내려다보며 의도적으로 엘러리에게 등을 돌렸다.

앤드레아는 복도 끝에서 기다리고 있었다. 그녀는 텅 빈 벽에 기대어 울고 있었다.

엘러리가 말했다.

"괜찮아요, 앤드레아. 이제 그만 그쳐요."

"집에 데려다주세요."

앤드레아는 숨을 헐떡이며 말했다.

"아, 이 끔찍한 곳에서 절 데리고 나가주세요."

*

엘러리가 문을 노크하자 빌 에인절의 힘없는 목소리가 들렸다.

"들어와요."

엘러리는 애스터 호텔의 고풍스러운 방의 문을 열었다. 방 안에서 빌은 철제 침대 위로 몸을 굽히고 짐을 싸고 있었다.

"탕자가 돌아왔군. 안녕하신가, 바보 친구."

엘러리는 문을 닫고 문에 기대섰다. 빌의 머리카락은 헝클어져 있었고 턱은 반항하듯 꼿꼿이 들려 있었다. 그는 옆에 아무도 없는 것처럼 계속 가방을 챙겼다.

"바보짓 좀 그만해, 빌. 그 양말짝 좀 그만 만지작거리고 내 말 들어봐."

빌은 대답하지 않았다.

"자네를 쫓아 3개 주를 뒤졌어. 뉴욕에선 뭘 하고 있는 거야?"

빌은 그제야 일어섰다.

"내 일에 관심을 보이기에는 좀 기이한 타이밍 아닌가?"

"내 관심은 절대 시들했던 적이 없었어, 오랜 친구."

빌은 웃었다.

"이봐, 엘러리. 난 자네하고 싸우고 싶지 않아. 자넬 비난하는 게 아니야. 자네 인생은 자네 것이니까. 나나 루시에게 인생을 저당을 잡힌 것도 아니고. 하지만 발을 빼기로 결정했으면,

제발 물러나 있어. 이제 여기서 나가주면 대단히 고맙겠네."

"내가 발을 뺐다고 누가 그래?"

"지금 무슨 일이 일어나고 있는지 내가 모를 거라고 생각하지 마. 루시가 수감되고 난 이후로 자네는 계속 그 킴볼가 여자랑 어울려 다녔잖아."

엘러리가 웅얼거렸다.

"날 염탐했던 건가, 빌?"

"마음대로 생각해."

빌은 얼굴을 붉혔다.

"난 이게 재밌다고 생각해. 자네가 그 여자를 설득하려고 공을 들이는 거라고, 일 때문에 그 여자에게 관심을 보이는 거라고 생각했다면 재미있지 않았을 거야. 하지만 범죄 전문가가 사건 때문에 몇 주 동안이나 밤이면 밤마다 여자를 클럽에, 댄스홀에, 싸구려 술집에 데리고 다닌다는 얘긴 들어본 적 없어. 도대체 자넨 날 뭐라고 생각하는 거야? 대책 없는 바보?"

"그래."

엘러리는 문에서 등을 떼고, 모자와 지팡이를 침대 위에 던지고, 빌에게 달려들어 배를 세게 푹 때렸다. 빌은 숨을 헉 들이마시고 침대 위로 넘어졌다.

"이제 꼼짝 말고 잘 들어, 이 바보야."

빌은 벌떡 일어서서 주먹을 마구 휘둘렀다.

"도대체 왜……."

"새벽의 결투라도 벌이자는 건가?"

빌은 한층 더 얼굴을 붉히고 주저앉았다.

"일단 먼저."

엘러리는 차분하게 담배에 불을 붙이며 말을 이었다.

"자네 뇌가 정상이었다면 그렇게 멍청이처럼 굴지는 않았겠지. 하지만 지금 자네 뇌는 정상이 아니니까 용서하겠네. 자네는 그 여자에게 완전히 반해 있어."

"말도 안 되는 소리. 미친 거 아냐."

"루시를 향한 양심과 의무감으로 열정을 감추려는 정신적 투쟁 때문에 분별력이 완전히 엉망이 됐군. 날 질투하다니! 빌, 스스로 부끄럽지 않아?"

"질투!"

빌은 쓸쓸하게 웃었다.

"자네를 위해 친구로서 충고를 좀 해야겠어. 아무리 자신만만하다고 해도 자네도 남자야. 그 여자를 조심해. 그 여잔 나한테 그랬던 것처럼 자네도 속일 테니까."

"지금 자네는 감정적으로는 꽃 피는 열일곱 살 시절로 돌아갔어, 친구. 자네의 문제는 자신의 증상을 깨닫지 못한다는 거야. 밤에 그 여자 꿈을 꾸지 않는다고는 말 못 하겠지. 자네는 어둠 속에서 그 여자가 키스를 했던 그 순간을 잊지 못하고 있어. 그리고 완전히 당황해서 하루에 24시간을 스스로와 싸우고 있지. 그때 그 재판 이후로 계속 자네를 주시하고 있었어. 빌, 자넨 멍청이야."

"내가 왜 이런 말을 듣고 있는지 모르겠군."

빌은 화를 내며 말했다.

"자네 안의 바퀴를 그렇게 미친 듯이 돌아가게 만드는 게 무엇인지 알아내자고 프로이트를 불러올 필요도 없어. 그리고 앤드레아에 대한 '전문가적 관심' 어쩌고 했던 자네의 분석은 대단히 유치했고."

"사랑에 빠졌다고. 도대체, 난 그런 감정은 완전히 경멸하는데……."

"물론 그러시겠지."

엘러리는 웃었다.

"하지만 난 연애 감정의 복잡한 세부 사항에 대해 강의나 늘어놓자고 여기 온 게 아니야. 지금까지 있었던 일들을 설명하고 자네에게 사과할 기회를 주려는 거지."

"그건 들을 만큼 들었고……."

"앉아! 루시가 트렌튼에서 구형을 받을 때 뭔가 두드러진 사실이 하나 있었어. 다른 모든 걸 덮어버릴 만큼 두드러진 사실이었지. 바로 앤드레아의 기이한 행동이야. 증인석에 서기 전, 증언을 하는 동안, 그리고 증인석에서 내려왔을 때도. 그래서 난 생각을 좀 해봤어."

빌은 비웃으며 툴툴거렸다.

"그리고 그 생각은 어떤 결론으로 이어졌지. 그 결론에 따라 그 여인과 친분을 갖게 되었던 거야. 달리 내가 할 수 있는 건 없었어. 다른 모든 실마리들은 무위로 돌아갔으니까. 나는 그 사건을 모든 각도에서 확인하고 또 확인했네. 어디에도 의심스러운 건 찾아볼 수 없었고, 모든 단서의 끝에는 텅 빈 벽이 가로막고 있었어."

빌은 눈살을 찌푸렸다.

"도대체 그 여자를 데리고 다니면서 뭘 얻어낼 생각이었던 거야? 내가 그런 생각을 품었다고 해서 날 비난할 수는……."

"아, 드디어 다시 이성적인 인간이 되었군. 사실, 그 젊은 여

인에게 내가 보여준 근면 성실한 헌신 때문에 걱정을 한 사람
은 자네만이 아니야. 김볼 부인—이제는 제시카 보든이라고 해
야 하나—아무튼 그 부인은 당장에라도 쓰러지기 직전이었고,
프루 상원의원은 입에 거품을 물고, 펀치는 말끔히 손질된 손
톱을 깨물고 있지. 존스의 경우는, 최근의 보도에 따르면 폴로
말 몇 마리를 죽이려 들었다더군. 멋져! 정확히 내가 원하던 대
로야. 나는 뭔가를 이루어낸 거야."

빌은 고개를 저었다.

"그게 뭔지 알면 난 깜짝 놀랄 거 같아."

엘러리는 의자를 침대 쪽으로 끌어당겼다.

"먼저 내 질문에 대답부터 해봐. 자넨 뉴욕에서 뭘 하고 있는
거야?"

"뒷마무리."

빌은 침대에 등을 대고 누워 천장을 바라보았다.

"마지못해 하는 거야. 재판이 끝나고 내셔널 생명보험회사에
일반 사망증명서를 보내서 보험금 청구를 했어. 물론 그냥 제
스처일 뿐이야. 내셔널은 내 공식 청구를 무시했고, 수익자가
보험 가입자를 살해한 혐의로 수감 중이라는 근거를 들어 보험
의 액면 금액의 지불을 사실상 거부한 상태야."

"그렇군."

"내셔널은 김볼의 유언 집행자에게—그 집안의 거물급 친구
지—앞으로 모든 청구를 철회하는 조건으로 김볼의 유산으로
서 해약 환급금을 지불할 준비가 끝났다고 통지했어. 아마 지
불 절차가 끝났을 거야."

"그 판결로 약관이 무효화된 건가?"

"아, 물론이지."

"항소는 어떻게 되고 있어?"

"뉴저지 주가 비용을 대라고 주장했지. 자네도 그 얘긴 신문에서 읽었겠지. 사건을 질질 끌기 위해 온갖 기술적 방법들을 다 동원하는 중이야. 최종 절차는 내년에나 진행될 거야."

빌의 얼굴이 어두워졌다.

"그때까지 루시는 트렌튼에 있어야 해. 그래도 펜실베이니아보다는 낫겠지."

그는 천장을 노려보았다. 그러더니 불쑥 말했다.

"그 여자를 거기엔 무슨 생각으로 데려간 거야……?"

"누구?"

"그…… 빌어먹을, 알잖아! 앤드레아 말이야!"

"생각해봐, 빌."

엘러리가 조용히 말했다.

"앤드레아는 증인석에 올라간다는 생각에 왜 그렇게 겁에 질렸을까?"

"그걸 내가 알기만 한다면야. 앤드레아의 진술에는 확실히 치명적인 사실이나 의미 있는 내용은 아무것도 없었어."

"그랬을 거야. 그래서 그녀가 그렇게 두려워했다는 게 더 놀라워. 그리고 당연한 얘기지만 그녀가 범죄 현장을 방문했던 사실을 공개하는 게 두려워서 그랬을 리는 없어. 우리가 그 사실을 알아내기 전이었다면 그게 증언을 주저할 만한 이유가 됐겠지. 하지만 자네가 그녀에게 증언을 부탁했을 때는 이미 그 사실이 알려진 후야. 솔직히 그녀로서는 자네의 부탁을 들어주지 않을 이유가 없어."

빌은 코웃음을 쳤다.

"당연히 그렇지!"

"아이처럼 굴지 마. 그 여잔 자넬 좋아해. 더 센 표현으로 자넬 불편하게 만들지는 않겠네."

빌은 얼굴을 붉혔다.

"아무튼 앤드레아는 루시를 동정하고 있고……."

"연기야! 그 여잔 날 갖고 노는 거라고."

"빌, 자넨 그런 말을 할 만큼 비이성적인 인간이 아니야. 사실 그 여잔 꽤 괜찮은 사람이야. 그런 성장 배경에도 불구하고 인성도 훼손되지 않았고, 선량하고 심지가 곧은 사람이라고. 그렇다고 위선자도 아니고. 평범한 상황이었다면 앤드레아는 기꺼이 루시를 도왔을 거야. 그렇지만……. 흠, 자네도 그 여자가 어떻게 행동하는지 봤지."

"그 여잔 우릴 위해 아무것도 해주지 않았어. 담장 저편에 있는 사람이라고. 김볼 때문에 우리 둘에게 화가 많이 나 있어."

"말도 안 돼. 앤드레아는 그날 밤 오두막에서 루시에게 인간적인 연민을 조금이라도 내보였던 유일한 사람이었어."

빌은 흰 담요의 털을 잡아 뽑고 손가락으로 뭉치다가, 다시 부드럽게 다듬고 또 뜯기를 반복했다.

"알았어. 그래서 답이 뭐야?"

엘러리는 창문으로 다가갔다.

"앤드레아가 오두막에 왔었다는 사실이 밝혀졌을 때, 그 여자가 느꼈던 지배적인 감정은 뭐였던 것 같아?"

"두려움."

"정확해. 뭘 두려워하는 걸까?"

"나도 알고 싶어."

빌은 낮게 툴툴거렸다.

엘러리는 침대로 돌아와 발치 쪽 난간을 잡았다.

"당연히 자기 얘기를 털어놔야 한다는 두려움이지. 그렇다면 앤드레아는 그걸 왜 그렇게 두려워해야 했던 걸까?"

빌은 어깨를 으쓱했다. 그는 다시 담요를 잡아 뜯기 시작했다.

"그 두려움이 그 가엾은 여자의 내면이 아니라 외부에서 작용한 거라는 걸 모르겠어? 압박에 의한 두려움, 협박이 만들어 낸 두려움이란 걸?"

"협박?"

빌은 눈을 깜박였다.

"그 불에 그슬린 코르크를 잊었나보군."

"협박!"

빌은 벌떡 일어섰다. 사람의 눈이 희망으로 인해 어떻게 그렇게 밝아질 수 있는지 놀라울 지경이었다.

"맙소사, 엘러리. 난 그런 건 생각도……. 가엾어라!"

그는 중얼거리며 침대 앞을 서성이기 시작했다.

엘러리는 그에게 재미있어하는 표정을 지었다.

"효과가 있는 것 같군. 나로서는 한동안은 확실했어. 모든 물리적 심리적 사실들을 설명할 수 있는 단 하나의 이론이었거든. 그 여자는 자넬 돕고 싶었어. 하지만 그럴 수가 없었던 거야. 자네가 그날 밤 그 여자의 표정을 봤다면……. 흠, 하지만 자넨 보지 않았지. 그날 자네는 아무튼 박쥐처럼 눈이 멀어 있었으니까. 그녀는 지옥을 경험했어. 아무도 모르는 협박의 공포가 그녀의 입을 틀어막지 않았다면, 왜 그녀가 그런 고문을 스스로 견뎠겠나? 그 두려움은 그녀 자신과 관계된 것이 아니야."

"그럼 왜……."

"이 문제는 대략적인 분석만 할 수 있었어. 그녀가 누군가에게 협박을 받았다면, 입을 다물라고 경고를 받았다면, 분명한 건 협박범은 그녀가 말할 수 있는 무언가를 두려워했던 거야. 따라서 내 행동 방침이 정해졌지. 앤드레아의 시간을 독점함으로써 나는 두 가지 성과를 노렸던 거야. 하나는, 그녀의 선량한 성품을 이용해 그 모든 것에도 불구하고 아는 내용을 털어놓게 만들려는 것이었어. 그리고 두 번째는."

엘러리는 재빨리 연기를 뿜어냈다.

"그녀를 협박한 자가 움직이도록 압력을 가하는 거지!"

빌이 재빨리 말했다.

"하지만, 엘러리. 그 말은……."

"그 말은."

엘러리가 중얼거렸다.

"내가 앤드레아를 위험에 몰아넣었단 거야. 맞아."

"하지만 자네한텐 그럴 권리가 없어!"

"말투가 바뀌었군. 벌써부터 그녀를 보호하기 위해 들고 일어나는 건가?"

엘러리는 웃었다.

"지금은 상호 비방은 자제해야 할 때야, 빌. 누가 앤드레아를 협박했는지는 몰라도 그자는 지금쯤은 내가 그녀와 친분을 키워왔다는 걸 알았을 거야. 그자는 이 사건에 내가 관심을 갖고 있다는 걸 알아. 그렇다면 내가 그녀에게서 뭘 얻어내려는 건지 궁금할 거야. 긴장할 거고. 다시 말해, 행동을 취할 거란 말이지."

"으음."

빌이 신음했다.

"그럼 이렇게 꾸물거릴 때가 아니잖아!"

엘러리는 미소를 지으며 담배를 재떨이에 대고 비벼 껐다.

"아무튼 난 결과로 이어지도록 일을 진행시켰어. 그날 앤드레아를 트렌튼에 데려갔던 건 그녀의 마지막 방어선을 무너뜨리기 위해서였어. 나는 루시의 지금 상태 그대로, 그리고 루시가 처한 환경 안에서 루시를 보여주는 게 먹힐 거라는 걸 알았지. 그녀는 뉴욕으로 돌아오는 내내 울었어. 아마 오늘쯤……."

그러나 빌은 이미 복도로 나가서 엘리베이터 단추를 누르고 있었다.

*

물고기를 닮은 남자가 눈살을 찌푸렸다.

"앤드레아 양은 집에 안 계시는데요."

빌을 노려보며 말하는 투가 마치 앤드레아 양이 집에 있었던 적이 한 번도 없었다는 것처럼 들렸다.

"집어치워요."

빌이 퉁명스럽게 말하며 남자를 옆으로 밀치고는 보든-김볼의 복층 아파트 거실에 들어갔다. 빌은 재빨리 실내를 훑어보았다.

"자, 앤드레아는 어디 있어요? 시간이 없다고요!"

"무슨 말씀이신지요?"

빌은 집사의 좁은 가슴을 손으로 밀었다. 물고기 얼굴의 남자가 고개를 수그리고 겁에 질린 얼굴로 뒤로 물러섰다.

"지금 말할래요, 아니면 내가 멱살을 흔들어서 털어놓게 만들까요?"

"저는…… 죄송합니다. 하지만 앤드레아 양은 정말로 집에 안 계십니다."

"어디 갔습니까?"

엘러리가 쏘아붙였다.

"한 시간쯤 전에 나가셨습니다. 아주 갑자기요."

"어디 간다는 말은 하지 않았습니까?"

"아뇨. 말씀은 남기지 않으셨습니다."

"집엔 누가 있죠?"

빌이 물었다.

"보든 씨뿐입니다. 오늘 오후는 간호사가 쉬는 시간이라서 보든 씨께서는 방에서 주무십니다. 죄송합니다. 하지만 그분 상태로 보아 지금 그분을 방해해서는 안 됩니다."

"김볼 부인은 어디 계시고요?"

집사는 괴로워하는 것 같았다.

"부인도 나가고 안 계십니다. 보든 씨의 소유지인 오이스터만으로 가셨습니다."

"혼자서요?"

엘러리가 기이한 목소리로 물었다.

"네. 정오쯤에요. 며칠 쉬러 가신 걸 겁니다."

엘러리의 표정이 급격히 어두워졌다. 그를 바라보던 빌은 갑자기 냉기가 몸에 오르는 걸 느꼈다.

"앤드레아 양은 어머니가 떠날 때 집에 있었습니까?"

"아뇨."

"앤드레아 양이 한 시간 전에 아무 말 없이 나갔다고 했죠? 혼자서?"

"네. 그러니까 그게, 전보를 한 통 받았는데……."

엘러리가 탄식했다.

"맙소사."

"우리가 너무 늦었어!"

빌이 외쳤다.

"자네가 드디어 해냈군, 제기랄, 엘러리. 도대체 왜……."

"자, 자, 빌, 별일 아닐 거야. 그 전보 어딨어요? 어딨는지 알아요? 빨리 말해요!"

이제는 집사의 눈빛도 불안정해졌다.

"아가씨 방에 두었습니다. 아직 거기 있을 텐데……."

"방으로 안내해요!"

집사는 종종걸음으로 계단으로 향했고, 두 사람을 이끌고 아파트 2층으로 올라갔다. 그는 어느 방을 가리키고는 두려운 눈빛으로 뒤로 물러섰다. 엘러리가 문을 열었다. 방은 비어 있었다. 서둘러 떠난 흔적이 역력했다. 초록색과 흰색이 조화를 이룬 냉랭한 방 안에는 다소 불길한 정적이 감돌았다.

빌이 소리를 지르며 양탄자 위에 던져진 구겨진 노란 종이를 향해 몸을 날렸다. 전보문은 이렇게 쓰여 있었다.

끔찍한 일 발생 아무에게도 말하지 말고 서둘러 혼자 올 것 로 슬린과 오이스터 만 사이 주 도로 노스쇼어 여인숙에 있음 빨리 와다오……. 엄마가.

엘러리가 천천히 말했다.

"좋지 않아, 빌. 노스쇼어 여인숙은 벤 더피 소유야. 그 오케스트라 단장 말이야. 몇 달 동안이나 문을 닫았는데."

빌의 얼굴이 일그러졌다. 그러더니 아무 말 없이 전보를 바닥에 던지고 문으로 뛰쳐나갔다. 엘러리가 몸을 굽혀 노란 종이를 주워들고, 잠시 망설이다가 주머니에 넣은 후 빌의 뒤를 따랐다. 빌은 이미 아래층으로 내려가고 없었다. 엘러리는 그 자리에 뻣뻣하게 서 있는 집사에게 물었다.

"오늘 특이한 방문객이 오지 않았습니까?"

"방문객이요?"

"그래요. 손님. 말해요, 얼른!"

"아, 그게, 네. 신문사의 그 여자분이요. 좀 희한한 이름이었는데요. 그게……."

엘러리가 눈을 깜박였다.

"엘라 아미티?"

"네, 맞습니다! 그런 이름이었습니다."

"언제요? 누굴 만나고 갔죠?"

"아미티 양은 오늘 아침 일찍 찾아왔습니다. 누굴 만난 것 같지는 않은데요……. 잘 모르겠습니다. 그땐 제가 쉬는 시간이어서……."

"젠장."

엘러리는 서둘러 계단을 뛰어 내려갔다.

*

태양이 낮게 걸릴 무렵, 엘러리의 듀센버그가 현란하게 장식된 낮고 평평한 건물 앞 진입로에 들어섰다. 줄이 간 건물 간판에는 '노스쇼어 여인숙'이라고 적혀 있었다. 건물 입구는 판자로 막혀 있었다. 사람의 흔적은 없었다.

엘러리와 빌은 차에서 뛰어내려 입구로 달려갔다. 불길하게도 문이 조금 열려 있었다. 그들은 넓은 방으로 뛰어 들어갔다. 벽지도 바르지 않은 방 안에는 먼지가 많았다. 테이블 위에는 금색 의자들이 높이 쌓여 있었다. 실내가 너무 어두워서 제대로 보이지가 않았다. 빌은 욕을 했다. 엘러리는 빌에게 손을 내밀었다.

"워워, 진정해, 부케팔러스.* 누군지도 모르는 사람에게 무턱대고 욕을 퍼부어봤자 아무 의미도 없어."

엘러리는 잠시 멈추고 혼잣말을 중얼거렸다.

"정말 그럴 거라고는 생각 못 했는데…… 우리가 너무 늦은 것 같아. 이 빌어먹을 살인마 같으니!"

빌은 엘러리를 밀치고 앞으로 달려들었다. 그는 방을 달리기 시작했고, 의자와 테이블을 옆으로 밀어 쓰러뜨리며 건조한 먼지구름을 일으켰다. 엘러리는 얼굴을 찌푸린 채 그 자리에 그대로 서 있었다. 그러다가 옆으로 돌아서서 '소지품 보관소' 간판이 걸린 허리 높이의 문으로 다가가 문 위로 몸을 걸치고 눈

* 알렉산더 대왕의 애마.

을 가늘게 뜨고 안을 들여다보았다.

"빌!"

엘러리는 낮게 외치고, 문을 뛰어넘었다. 빌이 발소리를 쿵쾅거리며 공포에 질린 얼굴로 돌아왔다. 엘러리는 작은 방 안에서 무릎을 꿇고 있었고, 그 옆에는 앤드레아가 쓰러져 있었다. 그녀는 더러운 바닥 위에 축 늘어진 채로, 무릎을 굽히고 있었다. 모자는 벗겨지고 머리카락은 엉켜 있었다. 그녀는 죽은 듯 꼼짝도 하지 않았다. 어둠 속에서 그녀의 얼굴은 잿빛이었다.

"맙소사."

빌이 속삭였다.

"그 여자…… 그 여잔…….."

"괜찮아. 빨리 물 한 양동이만 찾아와. 부엌에 수돗물이 나올 거야. 코는 뒀다 뭐해? 이 여잔 클로로포름에 중독된 거야!"

빌은 힘겹게 침을 삼키고 밖으로 달려 나갔다. 그가 돌아왔을 때 엘러리는 여전히 무릎을 꿇고, 의식 없는 여자를 반쯤 앉은 자세로 지탱한 채 능숙하게 뺨을 때리고 있었다. 뺨에 손가락 자국이 뚜렷이 남을 정도였지만 그녀는 여전히 시체처럼 움직이지 않았다.

"소용이 없네."

엘러리가 조용히 말했다.

"진짜 제대로 마셨나봐. 그 양동이 내려놔, 빌. 그리고 타올이나 식탁보나 냅킨이나…… 뭐든 천으로 된 건 다 찾아와. 더러워도 상관없어. 좀 거창한 일을 하게 될 거야. 의자 두 개도 같이 가져와."

빌이 의자 두 개와 먼지 묻은 천 한 아름을 안고 휘청거리며 돌아왔을 때, 엘러리는 여자의 상체 위로 몸을 굽히고 신속하게 처치를 하고 있었다. 빌의 눈이 충격으로 휘둥그레졌다.

"도대체 지금 뭘 하는 거야?"

"여자의 맨몸을 못 보겠거든 고개 돌려. 그래도 꼭 알아야겠다면, 난 지금 이 여자의 웃옷을 벗기는 중이야. 참 도덕적인 젊은이로군! 이것도 처치의 일부야, 멍청아. 하지만 먼저 그 의자들부터 바깥쪽 통로에 갖다놔. 나란히. 이 여자에겐 무엇보다도 신선한 공기가 필요해."

빌은 겁에 질려 침을 꿀꺽 삼키고 서둘러 정문으로 달려가 문을 벌컥 열어젖히고 뒤를 돌아본 후, 다시 침을 삼키고 밖으로 사라졌다. 잠시 후 엘러리가 앤드레아의 축 늘어진 몸을 안고 밖으로 나왔다.

"양동이 가져와. 의자는 나란히 놓으라니까! 됐어. 이제 양동이 가져와."

빌이 양동이를 들고 돌아왔을 때 앤드레아는 붙여놓은 두 의자 위에 얼굴을 위로 하고 반듯한 자세로 누워 있었다. 고개는 뒤로 축 처져 있었다. 엘러리가 여자의 스포츠 재킷 아래 입은 옷을 허리 위로 다 벗겨놓아서 브래지어가 고스란히 보였다. 레이스가 달린 분홍색이었다.

빌은 무기력하게 옆에 서 있었다. 엘러리는 말없이 처치에 몰두했다. 그는 식탁보를 여자의 등 아래에 쑤셔 넣고 찬물이 담긴 양동이에 냅킨을 넣었다. 그러고는 냅킨 한 장을 건져, 물이 뚝뚝 떨어지는 그대로, 이발소에서 하는 식으로 코끝만 보이도록 앤드레아의 창백한 얼굴 주위로 둥글게 말아 올렸다.

"거기 무슨 정치인처럼 서 있지 마."

엘러리가 으르렁거렸다.

"이리 와서 다리 좀 잡아줘. 높이 들어. 앤드레아가 의자에서 떨어지지 않게 잘 잡아. 도대체 왜 그러고 있어, 빌? 여자 다리를 한 번도 본 적이 없는 건가?"

빌은 멀뚱히 서서 실크 스타킹을 신은 앤드레아의 다리를 팔로 감싸 안고 소년처럼 얼굴을 붉혔다. 가끔씩 다리를 잘 덮어주기 위해 스커트를 끌어 내렸다. 엘러리는 냅킨을 좀 더 적셔서 그녀의 맨가슴 위에 올려주었다. 그러고는 냅킨을 떼어내서 다시 매섭게 아래로 내리쳤다.

"뭐 하는 거야?"

빌이 마른 입술로 물었다.

"간단해. 머리를 낮추고 다리를 높이. 피가 머리로 흐르도록 하는 거야. 회복을 위한 혈액순환이지."

엘러리가 툴툴거렸다.

"이 방법은 몇 년 전 홈스라는 친구한테 배운 거야. 젊은 의사지. 그때는 아버지가 당했었는데…… 아버지의 나이를 고려하면 그때가 더 응급 상황이었어. 그 삼쌍둥이 사건, 기억나?"*

빌은 목이 졸린 것 같은 목소리로 말했다.

"아, 그래. 그래."

그는 계속 어두워지는 하늘만 바라보고 있었다.

"그 다리 계속 높이 들고 있으라고! 자…… 기분이 좀 어때요, 젊은 아가씨? 이 자세가 미스 애거사의 댄스 교실에서 추

* 《삼쌍둥이 미스터리》 참고.

천하는 자세는 아니겠지만, 곧 정신이 들 겁니다."

엘러리는 가슴 위에 올린 냅킨을 새것으로 교체했다.

"흠. 뭐가 또 있었는데. 그게 뭐였더라? 그래! 인공호흡! 그게 응급처치 과정에서 가장 중요한 거였지."

엘러리는 앤드레아의 얼굴을 감고 있던 냅킨 아래로 손을 밀어 넣고 그 힘으로 여자의 턱을 벌렸다. 그가 냅킨을 떼어내자, 이미 조금은 혈색이 돌아온 얼굴에서 물방울이 뚝뚝 떨어졌다.

"이런! 벌써 효과가 있네. 이제 바로 눕히지."

엘러리는 얼굴을 찡그리며 앤드레아의 혀를 꺼냈다. 그러고는 그녀의 상체 위로 몸을 숙이고 팔을 아래위로 움직이며 펌프질을 했다.

빌이 희미하게 웃었다.

"꼭 무슨 루브 골드버그 만화의 한 장면 같군."

그리고 앤드레아가 갑자기 하늘을 향해 눈을 떴다.

빌은 여전히 그녀의 다리를 높이 들고 그녀를 아래로 내려다보는 자세로 그 자리에 멍청히 서 있었다. 엘러리가 팔을 앤드레아의 머리 밑에 받치고 들어 올렸다. 앤드레아는 처음에는 당황하다가 주위를 돌아보고, 빌을 바라보았다.

엘러리가 만족스럽게 말했다.

"자, 이 퀸 박사의 완벽한 솜씨가 어때요? 괜찮아요, 앤드레아. 다시 친구들과 함께 있게 되었으니까요."

핏발 선 그녀의 눈에 의식이 빠르게 돌아왔다. 그녀의 뺨이 붉게 물들었다.

"지금 뭐 하세요?"

빌은 여전히 망연자실한 채 바라보는 중이었다.

엘러리가 재빨리 말했다.

"저런, 그 다리 내려놔, 빌! 도대체 지금 뭘 생각을 하는 거야?"

빌은 다리에 불이라도 붙은 듯 서둘러 떨어뜨렸다. 다리는 쿵 소리를 내며 부딪쳤고, 그녀는 충격에 몸을 움찔했다.

"아, 이런 바보 같으니!"

엘러리가 신음했다.

"참 잘도 도와주시는군. 진정해요, 앤드레아. 이제, 앉아봐요……. 자! 좀 낫죠?"

"어지러워요."

앤드레아가 일어나 앉았고, 엘러리의 팔은 여전히 그녀를 부축하고 있었다. 앤드레아는 이마를 짚었다.

"도대체 무슨 일이에요? 아, 내 꼴이!"

그녀의 시선이 양동이에서 자갈 위에 던져진 더러운 냅킨으로 옮겨갔고, 그러다 스스로의 몸으로 향했다. 스타킹은 무릎께에서 찢어져 있었고, 재킷에는 젖은 먼지가 뭉쳐 달라붙어 있었다. 손에는 열두어 군데 얼룩이 묻어 있었다. 그녀는 자기 몸을 내려다보았다.

"앗."

앤드레아는 숨을 들이마시며 잽싸게 재킷 자락으로 몸을 여몄다.

"난…… 당신들……. 당신들이……."

"네, 맞습니다."

엘러리가 유쾌하게 말했다.

"괜찮아요, 앤드레아. 빌은 쳐다보지도 않았고, 나는 기본적으로 중성 인간이거든요. 중요한 건 우리가 당신을 무의식 상태에서 깨워냈다는 겁니다. 기분이 좀 어때요?"

앤드레아는 얼굴을 찌푸리며 미소를 지었다.

"고약해요. 지독하게 메스껍고요. 누가 내 배를 한 시간 내내 주먹으로 두들긴 것 같은 느낌이에요."

"클로로포름 때문에 그래요. 그런 느낌은 곧 가실 겁니다."

그녀는 여전히 얼굴을 붉힌 채로 빌을 힐긋 쳐다보았다. 빌은 등을 돌리고 서서 길 건너 낡은 광고판에 새겨진, 제대로 읽기도 어려울 만큼 흐려진 글씨들을 놀라운 집중력으로 노려보고 있었다.

"빌."

앤드레아가 속삭였다.

"빌 에인절."

빌의 어깨가 조금 움직였다.

"지난번엔 미안했어요."

그는 돌아보지 않고 불쑥 말했다.

앤드레아는 한숨을 쉬고 다시 엘러리의 팔에 기댔다.

"그건 지난 일이잖아요."

빌이 갑자기 돌아섰다.

"앤드레아……."

"말하지 말아요, 부탁이에요."

그녀는 눈을 감았다.

"그냥…… 그냥 제가 기운을 차리게 좀 더 기다려줘요. 지금은 모든 게 다 뒤죽박죽이에요."

"빌어먹을, 앤드레아. 내가 바보였어요."

저녁이 깊어지면서 공기가 조금 차가웠다.

"당신이?"

앤드레아는 쓴웃음을 지었다.

"당신이 바보였다면, 빌, 난 뭐였을까요?"

"두 사람이 스스로의 정체성을 직접 찾음으로써 나를 곤란한 지경에서 구제해주시다니, 기쁜 노릇이군요."

엘러리가 말했다.

"이건 함정이었어요. 그 전보가……."

앤드레아의 몸이 엘러리의 팔 위에서 뻣뻣해졌다.

"전보에 대해서는 다 알아요. 무슨 일이었습니까?"

앤드레아가 갑자기 벌떡 일어섰다.

"엄마! 엄마한테 가봐야 하는데……."

"두려워할 것 없어요, 앤드레아. 전보는 가짜였습니다. 그건 당연히 어머니가 보내신 게 아니었습니다. 당신을 여기로 유인하려던 것이었어요."

그녀는 몸을 떨었다.

"어머니에게 데려다주세요."

"여기 차를 몰고 온 게 아니었습니까?"

"네. 전 기차를 타고 왔고 역에서부터는 걸어왔어요. 제발요."

엘러리가 말했다.

"이젠 우리한테 할 말이 있겠죠, 앤드레아?"

그녀의 손이 입술로 향했고, 입술 위에 얼룩을 남겼다.

"난…… 먼저 생각을 좀 했으면 해요."

엘러리가 그녀를 바라보았다. 잠시 후 그는 가볍게 말했다.

"아시겠지만 제 차는 2인승입니다. 하지만 접좌석이 있어요. 그 접좌석에…….."

"내가 접좌석에 앉을게."

빌이 잠긴 목소리로 말했다.

"분명히 우리 셋 모두 앉을 방법이…….."

앤드레아가 말했다.

"빌과 저 둘 중에 누구의 무릎 위에 앉으시겠습니까?"

"내가 운전할게."

빌이 말했다.

"자넨 안 돼."

엘러리가 말했다.

"이 차는 퀸 박사 아니면 아무도 운전 못 해. 좀 좁게 끼어 가야 할 것 같은데요, 앤드레아. 단골손님한테 들었는데 빌의 무릎은 이 세상에서 가장 불편하다고 하더군요."

빌은 성큼성큼 걸어갔다. 그의 등이 뻣뻣이 굳어 있었다. 앤드레아는 머리카락을 손가락으로 훑으며 부드럽게 말했다.

"한번 시도해보죠, 뭐."

엘러리는 편안하게 휘파람을 불며 운전했다. 빌은 엘러리의 옆에, 손은 얌전히 옆으로 내린 자세로 짐짝처럼 앉아 있었다. 앤드레아는 빌의 무릎 위에 말없이 앉아 있었다. 대화는 없었다. 가끔씩 앤드레아가 엘러리에게 방향을 알려주기 위해 중얼거리는 소리만 들렸다. 자동차는 필요 이상으로 튀어 오르는 것 같았다. 어떤 이유에서인지 엘러리는 도로 위로 조금 튀어나온 돌부리들까지도 전혀 피하지 못하는 것 같았다.

별장에 도착하고 15분 후, 앤드레아는 경사진 정원에서 두 사람을 다시 만났다. 그녀는 멋진 파스텔 톤의 옷으로 갈아입었는데, 해 질 무렵이라 옷 색깔은 알아보기 어려웠다. 앤드레아는 왕골 의자에 앉았다. 잠시 동안 세 사람은 말없이 앉아 있었다. 낮에 정원사가 호스로 뿌린 물과 포근한 오후의 햇살로 인해 정원은 여전히 따뜻한 습기를 흠뻑 머금고 있었다. 이 온기가 정원에 핀 꽃향기를 퍼뜨려 그들의 콧속을 채워주고 지친 피부를 어루만져주었다. 저 아래쪽 멀리에 바닷물이 짙은 파란색 벨벳처럼 부드럽게 쉼 없이 출렁이고 있었다. 조용하고 평화로웠다. 앤드레아는 뒤로 기대앉으며 말했다.

"어머니는 여기 안 계세요. 다행이에요."

"안 계신다고요?"

엘러리는 파이프를 보며 가볍게 얼굴을 찌푸렸다.

"케루스 댁을 방문하러 나가셨어요. 오랜 친구죠. 제가 어떤 몰골을 하고 여기 왔는지 하인들에게는 한마디도 하지 말라고 경고해뒀어요…… 어머니를 놀라게 해봐야 의미가 없으니까요."

"물론 그렇죠……. 당신을 보니 삼류 영화에 나오는 여주인공이 생각나요, 앤드레아. 그렇게 멋진 옷을 금방 찾아내다니!"

그녀는 미소를 지었다. 대답하기에는 너무 피곤했다. 그러나 빌은 긴장해 굳은 목소리로 물었다.

"그래서요?"

앤드레아는 곧바로 대답하지 않고, 서늘한 나무 한가운데를 올려다보았다. 나무들 사이에서 갑자기 조심스러운 걸음걸이로 남자가 다가왔다. 손에 든 쟁반에는 물기가 맺힌 긴 유리잔

세 개가 놓여 있었다. 다른 하인은 테이블과 식탁보를 들고 왔다. 잠시 동안 그들은 분주하게 움직이다가 사라졌다. 앤드레아는 알 수 없는 표정으로 음료를 한 모금 마시고, 유리잔을 내려놓고, 일어서서 두 사람 사이로 떠다니듯 서성이기 시작했다. 그녀는 얼굴을 두 사람에게서 돌린 채로 덤불에서 화단으로 걸음을 옮겨 갔다.

엘러리가 인내심을 가지고 말했다.

"앤드레아, 이제는 말할 때가 되지 않았나요?"

빌은 앞으로 꼿꼿이 앉아 유리잔을 잡았고, 그 후로는 움직이지 않았다. 그의 시선은 나른하게 움직이는 여인의 뒤를 좇았다. 앤드레아의 손가락이 홱 움직이더니, 글라디올러스의 긴 가지를 꺾었다. 그녀는 다시 휙 돌아서서 손가락으로 관자놀이를 눌렀다.

"아, 혼자만 알고 있기에 지쳤어!"

그녀가 외쳤다.

"정말 악몽 같았어요. 이 감정을 계속 억누르고 살아야 한다면 어느 날 난 완전히 미쳐버리고 말 거예요. 당신은 몰라요. 당신들은 내가 어떤 고통을 겪어야 했는지 절대 몰라요. 이건 공정하지 않아요. 옳지 않아요!"

"브라우닝의《반지와 책》에 나온 말 기억해요? '과도한 불의의 거대한 공정함'이라는 표현이요."

엘러리가 중얼거렸다.

그녀는 그 말에 입을 다물었고, 손을 옮겨 노랑수선화를 어루만지다가, 한숨을 쉬고 왕골 의자에 다시 앉았다.

"무슨 말인지 알겠어요. 아마 이 불의는 공정한 것일 거예요.

그런 것 같았어요. 그렇게 생각해야 했어요."

앤드레아는 속삭였다.

"이젠 모르겠어요. 더 이상 아무것도 확실히 모르겠어요. 생각하는 것만으로도 어지러워요. 지금은 그냥…… 무서워요."

"무섭다고요?"

엘러리가 조용히 말했다.

"그래요. 당연히 무서울 거라 생각해요, 앤드레아. 하지만 그 공포 때문에, 우리가 당신을 돕고 싶어 한다는 걸, 그리고 가엾은 루시 윌슨을 돕고 싶어 한다는 걸 당신은 이해하지 못하고 있어요. 이렇게 함께 힘을 합치면 당신도 두려움에서 벗어날 수 있고 위협에 맞서 싸울 수도 있다는 걸요."

"당신은, 알고 있나요?"

앤드레아가 헐떡이며 물었다.

"다 아는 건 아니에요. 절반도 모를 겁니다. 내가 아는 건 당신이 델라웨어 근처 오두막을 방문했던 그날 밤에 무슨 일이 있었다는 겁니다. 당신에게 무슨 일이 생겼어요. 앤드레아, 난 그 재판에서 성냥개비와 불에 그슬린 코르크의 역할을 정확히 밝다고 생각합니다. 살인을 저지른 그 여자는 코르크를 연필처럼 사용해 쪽지를 썼습니다. 그 쪽지는 사라졌고요. 하지만 당신도 현장에서 사라졌었죠. 그렇다면 그 쪽지는 당신에게 어떤 의미가 있었던 것이 분명해요. 그리고 당신이 보여준 이후의 행동들은 그 쪽지가 당신을 협박했다는 걸 명백하게 보여주었죠."

엘러리는 손을 들어 파이프에서 피어오르는 연기를 휘저었다.

"그러나 이건 추측일 뿐입니다. 나는 사실을 원해요. 진실을. 당신은 살인을 저지른 여자 말고는 유일하게 진실을 말해줄 수 있는 사람이에요. 당신에게 진실을 듣고 싶습니다."

"그래봤자 아무 소용없을 거예요."

앤드레아는 어둠 너머에서 속삭였다.

"불가능해요. 아, 당신은 내가 양심의 가책을 못 느꼈을 거라고 생각해요? 내가 루시에게 도움이 될 거라는 걸 알면서도 그렇게 말을 안 하고 견뎠을 것 같아요?"

"그걸 내가 판단해보면 어떨까요, 앤드레아?"

그녀의 한숨은 항복의 신호였다.

"이전에 말했던 것들 대부분은 다 사실이에요. 전부는 아니고요. 나는 조의 전보를 받았고, 버크의 로드스터를 빌렸고, 토요일 오후에 트렌튼으로 차를 몰고 달려갔어요."

"그래서요?"

엘러리가 물었다.

"도착했을 땐 8시였어요. 차로 도착했을 때 말이에요. 나는 경적을 울렸어요. 아무도 나오지 않았죠. 그래서 안으로 들어갔어요. 오두막은 비어 있었어요. 남자 옷이 벽에 걸려 있는 게 보였고, 테이블이랑, 모든 게…… 굉장히 이상하게 다가왔어요. 그래서…… 우스꽝스러운 기분이 들기 시작했죠. 무언가가 나에게 끔찍한 일이 벌어졌다고, 아니면 앞으로 벌어질 거라고 말해주는 것 같았어요. 나는 오두막에서 달려 나와 차에 올라타서, 캠든 쪽으로 차를 몰았어요. 생각을 좀 하려고."

앤드레아는 말을 멈추었다. 그들은 입을 다물었다. 짙어지는 어둠 속에서 빌은 눈에 힘을 주어 그녀를 바라보았다. 어둑해서 잘 보이지 않는 의자 위에 차분하고 창백한 곡선을 그리고 있는 그녀를. 빌의 얼굴도 그녀의 옷처럼 색깔을 잃어갔다.

"그러고 나서 돌아왔죠."

엘러리가 중얼거렸다.

"그리고 그때는 당신 말처럼 9시가 아니었습니다. 아닌가요, 앤드레아? 그때는 9시 훨씬 전이었어요."

"자동차 계기판의 시계로 8시 35분이었어요."

빌이 거칠게 말했다.

"확실해요? 맙소사, 앤드레아, 이번엔 실수하지 말아요! 정말 확실해요?"

"아, 빌."

그녀는 울음을 터뜨렸고, 그들은 실망했다. 빌은 잠시 뻣뻣하게 앉아 있다가, 의자를 박차고 일어나 공터를 가로질러 앤드레아에게 다가갔다. 그는 떨리는 목소리로 말했다.

"앤드레아. 이젠 상관없어요. 뭐든 상관없어요. 제발 울지 말아요. 내가 당신을 그동안 너무 함부로 대했어요. 그냥 울지 말아요. 하지만 난 몰랐어요. 그거 알죠? 난 동생 때문에 제정신이 아니었어요. 만일 내가……."

그녀의 손이 그의 손안으로 들어갔다. 빌은 거의 숨도 쉬지 못한 채 이 세상에서 가장 소중한 것처럼 소심하게 그 손을 잡았다. 그런 식으로 영원히 서 있을 수도 있을 것 같았다. 그러다 앤드레아가 다시 이야기를 시작했다. 이제는 많이 어두워져서, 움직임 없는 엘러리의 파이프 끝에서 빛나는 불빛만 보일 뿐이었다.

"내가 처음 8시에 갔을 때."

그녀는 기이하게 떨리는 목소리로 말했다.

"오두막 안은 다소 어두웠어요. 전등을 켰는데…… 그 탁자 위에 놓여 있던 등불이요. 8시 반 조금 넘어서 다시 돌아왔을 땐 전등이 계속 켜져 있었어요. 정면의 창문을 통해 불빛이 보였죠."

불쑥 엘러리가 물었다.

"두 번째로 그곳에 갔을 때 반원형 진입로에 포드 차가 서 있었죠. 아닌가요?"

"네. 그 차 바로 뒤에 제 차를 세웠어요. 그 차가 누구 것인지 궁금해했던 게 기억나요. 낡은 포드 쿠페였고 안에는 아무도 없었고요. 나중에……."

그녀는 입술을 깨물었다.

"나중에야 그 차가 루시의 차라는 걸 알게 됐어요. 하지만 그 땐 몰랐어요. 나는 오두막 안으로 들어갔죠. 안에 조가 있을 거라고 생각했어요."

"그래서요? 어떻게 됐죠?"

엘러리가 물었다.

앤드레아는 웃었다. 씁쓸한 짧은 웃음이었다.

"좀 불안했어요. 하지만 그런 걸 보리라고는……. 제가 봤던 그거요. 나는 정문을 밀어서 열었고 문턱 위에서 멈춰 섰어요. 보이는 건 그 테이블하고 그 위의 접시, 불이 켜진 전등뿐이었어요. 그랬는데도 죽을 만큼 무서웠던 것 같아요. 내 안의 뭔가가 말하는 소리가……. 나는 방 안으로 몇 걸음 들어갔고, 그러고는……."

"앤드레아."

빌이 중얼거렸다. 그녀의 손이 그의 손안에서 움찔거렸다.

"테이블 뒤쪽 바닥 위로 두 다리가 보였어요. 뻣뻣이 굳은 다리가. 나는 손으로 입을 가렸어요……. 잠시 동안은 생각조차 할 수 없었어요……. 그러다가 한순간 모든 게 폭발했죠. 완전히 암흑이 되었어요. 내가 의식했던 건 머리 뒤쪽에서 퍼지던 날카로운 통증뿐이었어요. 그리고 전 쓰러졌고요."

"그 여자가 당신을 때렸다고요?"

빌이 외쳤다.

메아리가 잦아들 때까지 아무도 입을 열지 않았다. 그러다가 엘러리가 말했다.

"그게 누구였든 당신 차가 오는 소리를 듣고는 누가 왔다는 걸 알게 된 겁니다. 몰래 옆문으로 빠져나갈 수도 있었지만, 범인은 포드를 타고 달아나고 싶었습니다. 그래야만 이 범행에 루시를 연루시킬 수 있으니까요. 그래서 그 여자는 앞문 뒤에서 당신을 기다렸습니다. 당신이 들어섰을 때 그 여자는 당신의 뒤통수를 가격했어요. 그걸 알았어야 했는데. 그 쪽지는……. 계속해요, 앤드레아."

"모자를 쓰고 있어서 다행이었어요."

앤드레아는 히스테리를 부리는 것처럼 웃으며 대답했다.

"어쩌면 그…… 그 여자가 절 아주 세게 때리지는 않았을지도 모르고요. 나는 9시 조금 지나서 정신이 들었어요. 몽롱한 와중에 손목시계를 봤던 걸 기억해요. 집 안은 다시 텅 비어 있었어요. 처음엔 텅 비었다고 생각했어요. 나는 테이블 앞쪽 바닥에 쓰러져 있었는데, 그 자리에서 공격을 당했던 것이었어요. 머리는 소름 끼치도록 아팠고요. 입속이 거친 천 조각처럼 까끌까끌했어요. 일어서려는데 여전히 힘도 없고 어지러워서 테이블에 기대어 섰죠. 그때 내가 손에 뭔가를 쥐고 있다는 걸 의식하게 됐어요……."

"어느 쪽 손이요?"

엘러리가 재빨리 물었다.

"오른손이요. 장갑 낀 손. 돌돌 만 종잇조각이었어요. 벽난로 선반 위에서 보았던 포장지였는데, 거기서 찢어낸 것이었어요."

"내가 얼마나 엉터리였는지! 포장지를 좀 더 꼼꼼히 조사했어야 했는데. 하지만 너무 많이 찢어놔서……. 미안해요, 앤드레아. 계속해요."

"여전히 어지러운 채로 쪽지를 봤죠. 종이에 뭐라고 쓰여 있었어요. 나는 테이블 옆에, 전등 옆에 서 있었고요. 그 불빛에 쪽지에 적은 내용을 읽었죠."

엘러리는 부드럽게 말했다.

"앤드레아, 혹시…… 그 쪽지는 어디 있어요? 아, 하느님, 우리에게 친절히 대해주세요! 그 쪽지 아직도 보관하고 있나요, 앤드레아?"

엘러리는 어두워서 볼 수 없었다. 그러나 빌은, 아름답게 뻗은 생명줄을 잡듯 여전히 잡고 있는 그녀의 손에서 간절함을 느꼈고, 그녀의 다른 손이 재빨리 옷자락 안으로 사라졌다가 다시 나오는 것을 감지했다.

"언젠가 필요할 거라고 생각했어요……. 그래서."

앤드레아가 담백하게 말했다.

"갖고 있었죠."

"빌!"

엘러리가 외쳤다. 그는 의자에서 일어나 두 사람 앞에 잽싸게 섰다. 빌과 앤드레아는 조금 놀라 뒤로 물러나 앉았다.

"불이 필요해. 내 주머니에서 성냥갑 좀 꺼내봐. 분명히 있을 거야. 맙소사. 친구. 손잡기 놀이는 나중에 얼마든지 할 수 있어! 나한테 불을 달라고."

잠시 소란이 일었다. 그리고 잠시 후 성냥불이 켜졌다. 빌의 뺨은 검붉어져 있었다. 앤드레아는 작은 불의 점 앞에 눈을 감았다. 그러나 엘러리는 쪽지로 몸을 굽히고, 이 찢어지고 구겨진 종잇조각이 축복받은 고문서인 것처럼 기호 하나, 글자 하나, 단어 하나를 삼킬 듯이 노려보았다.

성냥 불빛이 사그라졌다. 빌은 또 성냥을 켰다. 그리고 또 하나 더. 그가 성냥 한 갑을 거의 다 태울 때쯤 엘러리가 허리를 폈다. 조잡한 대문자로 쓴 쪽지를 어리둥절한 얼굴로 여전히 들여다보고 있었다. 찡그린 그의 표정에 희미한 실망의 기색이 엿보였다.

"어때? 뭐라고 쓰여 있어?"

다시 찾아온 어둠에 빌이 마음을 놓으며 말했다.

"응?"

엘러리는 앓는 소리를 내며 자기 자리로 돌아갔다.

"별거 없어. 하지만 그게 중요한 게 아니야. 앤드레아, 괜찮다면 이건 내가 보관할게요. 쪽지에는, '오늘 밤 보고 들은 것은 아무것도 말하지 마시오. 어머니의 목숨을 소중히 여긴다면'이라고 적혀 있어. '아무것도'에는 진하게 밑줄이 그어져 있었고. 빌, 아무래도 우리 둘 다 여기 이 아가씨에게 마음속 깊은 곳에서 우러나오는 사과를 해야겠어."

"앤드레아."

빌은 애원조의 목소리로 겸손하게 말했다. 그러나 그 이상 무슨 말을 더 할 수 있을 것 같지 않았다. 엘러리는 앤드레아가 둘 사이의 공간 너머에서 한숨을 쉬는 소리를 들었다. 빌은 다시 잡은 앤드레아의 손에 조금 힘이 들어가는 것을 느꼈다.

"흥미로워."

엘러리는 무미건조한 말투로 말했다.

"물론 지금으로서 한 가지는 분명해요, 앤드레아. 왜 당신이 입을 다물어야 한다고 생각했는지 말이죠. 살인자는 당신에게 입을 다물 것을 요구했고, 당신의 침묵에 어머니의 목숨이 걸려 있었으니까요. 지금은 분명해요. 일이 일어나고 난 뒤에야."

엘러리가 약이 오른 듯, 혀를 끌끌 차는 작은 소리가 들려왔다.

"내가 그동안 얼마나 어리석었는지, 전 지탄받아 마땅합니다. 당신은 언제 어디에서 공격받을지 몰랐어요. 그래요, 그래. 아주 흥미로워요. 당신 어머니는 여기에 대해서는 전혀 모르시는 거죠?"

"전혀 모르세요!"

"오늘 밤까지 이 얘기를 털어놓은 사람도 없고요?"

"내가 어떻게 그럴 수가 있었겠어요?"

그녀는 조금 몸을 떨었다.

"큰 부담이죠. 나라도 그런 부담은 지고 싶지 않습니다."

엘러리가 진지하게 말했다.

"하지만 이제는, 오늘 밤엔, 그 여자도 분명 두려워하는 것 같아요. 이 끔찍한, 끔찍한 살인마가요. 바보는 당신이 아니라 저였어요. 더 현명하게 생각했어야 했는데. 하지만 오늘 오후 그 전보가 왔을 때 난 완전히 제정신이 아니었어요. 날 완벽하게 속아 넘겼던 거죠. 난 온갖 종류의 끔찍한 일들을 다 상상했어요. 그래서 그 여인숙으로 달려갔던 거고……. 그게 누구였는지는 몰라도 요행을 바라지 않았어요. 나는 곧장 여인숙 로비로 들어갔고, 내가 속았다는 걸 깨달을 시간조차 없었어요. ……그 순간 바로 어떤 손이 부드럽고 독한 냄새가 나는 걸 쥐고 내 코에 대고 눌렀고, 전 기절했어요. 다음 순간 바깥의 그 의자 위에서 정신이 들었고 빌이……."

앤드레아는 말을 멈췄고, 빌은 아이처럼 꼼지락거렸다.

"뭔가 본 건 없습니까? 얼굴, 손, 옷자락이라도?"

"전혀요."

"손의 감촉은?"

"손은 전혀 느끼질 못했어요. 그게 손이었을 거라고 추측만 하는 거죠. 그냥 그 천 조각만―아마 손수건이었을 거예요―그 클로로포름을 적신 천만 느꼈어요."

"그건 경고였습니다. 다시 경고를 보낸 거예요. 놀랍군!"

"뭐가 놀랍다는 거야?"

빌이 물었다.

"미안. 생각이 입 밖으로 나왔어. 흠, 하지만 그 경고는 먹히지 않았어요. 안 그래요, 앤드레아? 당신의 입을 다물게 하는 대신에, 당신은 모든 걸 완전히 털어놓았으니까요."

"모르시겠어요?"

앤드레아가 외쳤다.

"그 약물에서 깨어나자마자, 나는 알았어요. 오늘 오후에 날 공격했던 여자는 그날 그 오두막에서 날 때리고 내 손에 쪽지를 쥐어주었던 그 여자였을 거예요. 그래서 곧장 알았죠. 그리고 확실해졌어요. ……마침내 확실해졌어요."

"뭐가요?"

빌이 멍하게 물었다.

"당신 여동생이 그 여자가 아니었다는 거요, 바보 같이! 빌, 난 루시가 그날 조를 죽이고 나까지 공격했다고는 생각하지 않았지만, 확실히는 몰랐어요. 오늘 오후에야 알게 되었죠. 루시는 지금 구치소에 있어요. 그러니까 루시가 그랬을 수는 없다고요. 모르시겠어요? 그게 마침내 내가 확신하게 되었던 거예요. 그래서 결심을 했고요. 어머니를 보호하는 것도 여전히 중요해요. 그 무엇보다도 중요하죠. 하지만 루시가 당하는 그 끔찍한 부당함은……. 그래서 이 얘기를 해야만 했어요."

"하지만 그럼 당신 어머니는……."

앤드레아가 속삭였다.

"당신 생각엔…… 혹시라도 누가……."

"우리가 여기 있는 건 아무도 몰라요, 앤드레아."

엘러리가 부드럽게 말했다.

"그리고 당신 어머니가 돌아오시면 어머니가 모르게 우리가 안전히 보호해드리도록 하죠. 하지만 이 쪽지는……. 인사말도 없고 서명도 없어요. 그거야 당연한 일이죠. 말투에서도 특별한 건 찾을 수 없습니다. 반면 메시지의 길이는 범인에게 좀 골칫거리였을 거예요. 메시지의 마지막 단어인 '소중히 여긴다면'은, 글자가 계속 희미해져서 '여긴다면'은 거의 알아볼 수도 없을 정도입니다. 이 문장의 길이를 보면 왜 그렇게 성냥이 많이 필요했는지 알 수 있어요. 코르크를 그슬려봤자 표면만 탈 뿐입니다. 한두 획만 그으면 검댕이 다 날아가고, 그러면 또 불을 가져다 대 그슬려야 하죠. 앤드레아, 오두막에 들어갔을 때, 그리고 머리를 얻어맞기 전에, 테이블 위에 끝에 코르크가 꽂힌 칼을 봤습니까?"

"아뇨. 그땐 그런 게 없었어요. 그건 제가 공격당하고 난 후 정신을 차리고서 봤어요."

"그건 중요해요. 그렇다면 당신이 공격당하기 전에 그 칼은 김볼의 심장에 꽂혀 있었다는 얘기가 됩니다. 당신이 뒤통수를 맞고 정신을 차릴 때까지 그사이에 살인자는 칼을 뽑고, 그 끝에 코르크를 꽂고, 불에 그슬리고, 포장지를 찢고, 당신에게 쪽지를 썼어요. 그리고 당신이 회복되기 전에 쪽지를 당신 손에 쥐어주고 루시의 포드를 타고 달아났습니다. 범인을 곁눈질로도 보지 못했습니까?"

"못 봤어요."

"그 여자 손이든 뭐든?"

"전혀 예상하지 못했는걸요."

"정신을 차리고 나서는 무슨 일이 있었습니까?"

"쪽지를 읽었어요. 그때는 정말로 무서웠어요. 그러고 나서 테이블 너머에 조가 있는 걸 봤죠. 조는 가슴에서 피를 흘리는 채로 바닥에 누워 있었어요. 죽은 것 같았어요. 조를 봤을 때 비명을 질렀을 거예요."

"내가 그 비명을 들었습니다. 꿈속에서도 수백 번은 들었어요."

빌이 중얼거렸다.

"가엾은 빌. 나는 가방을 움켜잡고 문으로 달려갔어요. 그때 근처 주 도로에 자동차 헤드라이트가 불빛을 밝히고 있는 걸 봤어요. 그때서야 내가 얼마나 위험한 입장에 처했는지 깨달았죠. ……죽은 의붓아버지와 홀로 남겨져 있었으니. 저는 로드스터에 올라타 차를 출발시키고, 그 차를 지나칠 땐 손수건으로 얼굴을 가렸어요. 물론 그때는 그 차가 누구 차였는지, 차에 누가 타고 있었는지는 몰랐어요. 돌아가는 길엔 주 도로가 아닌 다른 길로 돌아갔고, 어찌어찌해서 11시 반쯤에 시내로 돌아왔어요. 아무도 만나지 않고 아파트로 돌아와서, 이브닝드레스로 갈아입고, 다시 차를 몰고 월도프로 갔어요. 사람들에게는 두통이 있었다는 식으로 둘러댔고, 사람들은 저에게 질문하지 않았어요."

앤드레아는 끝없는 피로에 절어 한숨을 쉬었다.

"나머지 얘기는 두 분도 아시죠."

"그 후로 메시지를 받은 게 있습니까, 앤드레아?"

엘러리가 무심히 물었다.

"한 번요. 그다음 날에…… 전보가 왔어요. 그냥 '아무 말 말 것'이라고만 적혀 있었어요."

"그건 어딨습니까?"

"없앴어요. 전보가 필요할 거라고는 생각 못 해서……."

"발신 우체국은 어디였어요?"

"못 본 것 같아요. 말 그대로 겁에 질려서."

앤드레아의 목소리가 격앙되었다.

"아, 내가 지금 이런 얘기를 당신들에게 하고 있다니. 어둠

속에서 누군가 지켜보고 있을 텐데……. 내가 한마디만 하면
바로 어머니를 해치려 들 텐데."

"그러지 말아요, 앤드레아."

빌이 부드럽게 말했다.

"하지만 이런 내 이야기가 루시가 처한 상황을 바꿔주지 않
을까요, 빌? 당신은…… 당신은 지금부터 어머니와 나 둘 다
보호를 받을 거라고 확신하잖아요. 오늘 나에 대한 공격은 결
국 루시가 범인이 아니란 걸……."

"아뇨, 앤드레아. 법적 관점에서 그건 아무런 증거가 되지 못
해요. 폴린저는 오늘 있었던 공격이 루시의 친구들에 의해 저
질러진 것이고, 루시가 그 살인사건에 대해 무죄임을 보여주기
위해 꾸민 것이라고 주장할 겁니다."

"나도 빌의 말에 동의해요."

엘러리가 갑자기 말했다.

"이제부터 우리 계획은 완전히 달라야 합니다. 앤드레아, 지
금부터 당신에게 냉랭하게 등을 돌리겠습니다. 평범한 상황이
었다면 당신에게 관대한 선물이었겠죠. 오늘 노스쇼어 여인숙
에서 공격을 당했던 일은 아무에게도 말하지 말고요. 어머니에
게도요. 당신을 공격한 범인은 내가 당신에게서 뭘 얻어낼 가
망이 없어 당신을 포기했고, 당신은 경고를 받아들여 아무 말
도 안 했다고 생각할 겁니다. 그럼 좀 더 마음을 놓겠죠. 그것
만으로도 당신은 충분히 안전할 겁니다. 당신에게 클로로포름
을 마시게 한 사람이 누구인지는 몰라도 피에 굶주린 악당은
아니에요."

"최선이라고 생각하시는 대로 하세요."

앤드레아가 중얼거렸다.

"하지만, 엘러리……."

빌이 항의했다.

"아니, 아니야. 지금 이대로 둬도 위험할 것은 없어, 빌."

엘러리의 의자가 움직였다.

"빌, 우리는 이제 돌아가는 게 좋겠어. 앤드레아의 어머니가 곧 돌아올 텐데 여기 남아서 어색한 설명을 늘어놓을 필요는 없겠지. 우린 곧 만날 수 있을 겁니다……."

누군가 덤불을 헤치고 있었다. 엘러리는 입을 다물었다. 소리는 점점 커졌다. 마치 거대한 눈 먼 짐승이 덤불과 나무들을 헤치고 그들을 향해 더듬더듬 다가오는 것 같았다.

엘러리가 속삭였다.

"말하지 마, 빌. 이쪽으로 와. 얼른! 앤드레아, 가만히 앉아 있어요. 뭐든 눈에 띄면 죽어라고 달아나요."

빌은 어둠 속에서 엘러리를 향해 살며시 움직였다. 엘러리는 그의 팔을 잡아 꽉 움켜쥐었다. 빈터 너머의 앤드레아는 움직이지 않았다. 남자가 굵은 목소리로 외치는 소리가 들렸다.

"앤드레아!"

"버크예요."

앤드레아가 속삭였다.

"앤드레아!"

분노에 찬 울부짖음이었다.

"도대체 어디 있는 거요? 빌어먹을, 어두워서 하나도 보이질 않네."

그들은 그가 덤불의 마지막 장벽을 헤치고 빈터로 들어오는 소리를 들었다. 그의 숨소리는 마치 뛰어온 것처럼 세차게 헐떡였다.

"나 여기 있어요, 버크."

앤드레아가 조용히 왕골의자에 앉아서 말했다.

존스는 툴툴거렸다. 그는 앤드레아를 찾아다니고 있었다. 빌은 엘러리 옆에 쭈그리고 앉아서, 소리가 나는 쪽을 노려보고 있었다.

"여기 있었군."

존스의 묵직한 웃음이 공터를 울렸다.

"날 피해 다니는 거요, 앤디? 약혼자를 이렇게 고약하게 대하다니. 당신을 계속 쫓아다녔다고요. 아파트로 전화를 했더니 당신이 부인과 같이 여기에 왔다고 하인이 말해줘서. 우리 키스할까요? 이리 와요……."

"나한테서 손 떼요. 돼지처럼 취했어."

앤드레아가 말했다.

"친구끼리 한두 잔 정도가 뭐 어때서? 자, 이제 이리 와요, 앤디. 뜨겁게 키스해줘요."

빌과 엘러리가 숨은 곳까지 부스럭거리는 소리가 들려왔다. 그러다가 마침표처럼 날카로운 찰싹 소리가 들렸다.

앤드레아가 차분하게 말했다.

"나한테서 손 떼렸죠. 술 취한 인간이 더듬는 건 싫어요. 이제 가버려요, 버크."

"이렇게 나오겠단 말이지? 응?"

존스가 으르렁거렸다.

"좋아, 앤드레아. 네가 자청한 거야. 당신한테 필요한 건 옛

날 방식의 사랑이지. 자, 이제……."

"그만해, 이 더러운……."

"그 양처럼 흐리멍덩한 눈을 한 필라델피아 변호사를 더 좋아하는 거지, 응? 흠, 난 내 약혼녀가 다른 남자와 어울리는 건 원치 않아. 알겠어? 그럼, 내 약혼녀가, 절대 안 되지. 당신은 내 거야, 앤디. 내 거고 내 소유야. 이제 얼른 나한테 키스를 하라고! 빨리!"

"버크. 우린 끝났어. 이제 제발 좀 가줘요."

"끝나? 아냐, 그럴 리가. 무슨 말이야, 그게……. 끝나다니?"

"난 다 정리했어요. 우리 약혼을 파혼하겠어요. 약혼은 실수였어요. 당신은 지금 제정신이 아니에요. 술에 잔뜩 취해서. 지금은 가요. 나중에 미안해할 일을 저지르기 전에."

"지금 당신한테 필요한 건 채찍의 감촉이야. 감히 약혼을 깨다니……. 이리 와봐!"

앤드레아와 존스가 몸싸움을 벌이고 있었다. 빌은 엘러리의 손을 떨치고 단호하게 앞으로 나섰다. 엘러리는 잠깐 망설이다가 어깨를 으쓱하고는, 나무들 사이로 더 깊숙이 숨어들었다. 뭔가 찢겼는지 북 찢어지는 소리가 들렸다. 존스는 깜짝 놀라 투덜거렸다.

"이게 도대체 무슨……."

빌이 진지하게 말했다.

"내 말 잘 들어, 이 돼지 같은 놈아. 네가 보이진 않지만, 이 빈터에 네놈 냄새가 진동을 하고 있어. 그 팔은 좀 어때?"

"내 옷자락 봐, 이 망할 놈아!"

"아직 다 안 나았나?"

"당연하지! 놓지 않으면 내가…….”

주먹이 정통으로 꽂혔고, 몸뚱어리가 풀밭 위에 무너졌다.

"주정뱅이를 상대한다는 건 부끄러운 일이지. 하지만 이건 네가 자초한 거야."

어둠 속에서 빌이 으르렁거렸다.

존스는 비틀거리며 일어섰다.

"아, 이 꼬마 자식 빌이군. 맞지? 어둠 속에서 다시 만나다니.”

그는 터무니없는 말을 아주 또렷하게 말하고는 갑자기 덤벼들었다.

"빌, 하지 마요!"

앤드레아가 외쳤다.

빌의 주먹이 북을 연주하듯 연타했고, 다시 존스는 쓰러졌다.

"이제 훌륭한 꼬마 폴로 선수가 되는 법을 가르쳐주겠어, 존스. 이제 얌전히 물러나시지. 아니면 내가 쫓아내야 하나?"

"빌!"

존스는 이제 잠잠해졌다. 엘러리는 풀밭 위에 쭈그리고 앉아 있는 존스를 희미하게 볼 수 있었다. 그러다 그는 다시 벌떡 일어섰다. 몇 초 동안 빈터에는 헐떡이는 소리와 주먹이 둔탁하게 살을 때리는 소리 말고는 아무 소리도 나지 않았다. 그러다가 누군가 다시 쓰러졌다. 존스는 욕을 하며 벌떡 일어나서 휘청거리며 달아났다. 그리고 한참 후 멀리서 자동차가 멀어지는 소리가 들렸다. 엘러리는 다시 빈터로 돌아왔다.

"오, 나의 영웅이시여."

엘러리는 건조하게 말했다.

"무슨 갤러해드*인가? 자넨 바보야."

"잔소리 말고 꺼져."

빌이 반항적으로 말했다.

"난 그 추한 낯짝이 눈에 띄자마자 그 독선적이고 오만한 사교계의 덩치를 한 대 갈겨주고 싶어 근질근질했다고. 누구든 앤드레아에게 그딴 식으로 말했다간…….."

"앤드레아는 어딨지? 이상하게 조용한데."

"저 여기 있어요."

앤드레아가 중얼거렸다.

"어디요?"

"여긴 조금 사적인 공간이에요."

그녀가 부드럽게 말했다.

엘러리는 두 손을 들었다.

"꼬마 큐피드의 존재가 수사에 도움이 될 수 있다는 건 전혀 몰랐어요. 쳇! 흠, 이런 일에 대해선 나로서도 더 이상 할 수 있는 게 없겠군요. 두 사람을 축복하겠어요, 어린이들. 앤드레아, 이제 빌을 집으로 보내주겠어요, 앤드레아?"

"차에서 만나지."

빌이 꿈꾸는 듯한 목소리로 말했다. 엘러리는 어둠 속에서 씩 웃었다. 그는 두 사람이 천천히 걸어가며 멀어지는 발소리를 들었다.

다시 엘러리를 만났을 때 빌은 차분해졌고 얼굴에서는 빛이

---

* 원탁의 기사 중 1인.

353

났다. 엘러리는 듀센버그의 계기판 불빛으로 그를 한 번 힐긋 보고, 혼자 킥킥 웃고는 차를 출발시켰다. 엘러리는 차를 로슬린 도로에 세우고, 잠시 실례한다고 말한 후 서둘러 약국으로 들어갔다. 그는 한참 동안 나오지 않았다. 한참 후 약국에서 나온 그는 그 옆의 전신 사무소로 다시 들어갔다. 5분 후 그는 생각에 잠긴 얼굴로 돌아왔다.

"뭘 한 거야?"

빌이 물었다.

"전화로 몇 가지 사소한 일들을 처리했지. 한 통은 트렌튼에 걸었어."

"트렌튼?"

"엘라 아미티한테 할 얘기가 있어서. 하지만 신문사 사무실에 하루 종일 나오지 않았대. 분명히 뭔가 자신만의 일을 벌이고 있는 거야. 똑똑한 여자야. 그런 다음엔 벨리 경사에게 전화를 했지."

"아, 사적인 일 때문에?"

빌은 엘러리가 차에 기어를 다시 넣는 동안 푹 주저앉아 있었다. 다시금 꿈꾸는 듯한 표정이 그의 얼굴에 떠올라 있었다.

"사적인 일이라고 해도 돼."

엘러리는 키득거렸다.

"자네도 벨리 경사는 알지. 그야말로 바위처럼 믿음직한 사람이야. 난 언제나 힘들고 지칠 때면 그의 건장한 어깨에 기대곤 하지. 알다시피 경사는 아버지의 충실한 심복이야. 그리고 미라가 된 파라오만큼이나 입이 무거워. 벨리가 좋은 사설탐정들을 알고 있는데, 사냥개들을 즉시 풀어주겠다고 약속했어."

빌이 갑자기 벌떡 몸을 일으켰다.

"엘러리! 그럼 자네……."

"당연하지, 바보야. 오이스터 만 뒤뜰에서 자네가 했던 그 영웅적인 행동 때문에 내 계획이 바뀌었어. 난 존스가 날 보지 못하도록 일부러 숨어 있었네. 하지만 이제는 존스가 입을 여는 것만으로도 위험해질 수 있어. 자네가 그곳에서 한 짓 때문에 범인이 의심을 품을 수도 있어."

"그 자식이 그렇게 나대도록 둘 수는 없어서……."

빌이 변명을 늘어놓았다.

"아, 그래, 로미오. 물론 이해해. 그리고 그 일 때문에 이익이 된 부분도 있어. 경호라는 것은 보호를 받는 사람이 경호원의 존재를 모를 때 가장 효과적인 법이지. 벨리의 친구들이 앤드레아와 어머니에게 충분히 근접해서 두려워하지 않도록 지켜볼 거야. 그러니 우리는 가장 최상의 환경에서 그들을 보호하게 되는 거지."

"하지만 범인이 알아채지 않을까?"

엘러리는 상처를 받은 것 같았다.

"친애하는 빌. 내가 안전하게 조치를 충분히 취했다고 생각하면 자네도 분명 만족스러울 수밖에 없어. 나는 이런 섬세한 일에 대해서는 까다로운 편이거든."

"좋아, 좋아. 하지만 만일 그 여자가 안다면 난리가 날 텐데. 그 여자는 앤드레아가 털어놓은 걸 알 거고……."

"뭘 털어놔?"

"뭐?"

"앤드레아가 뭘 털어놨다는 거야?"

엘러리가 인내심을 보이며 물었다.

"그게, 앤드레아가 그날 밤 무슨 일이 있었는지 정확히 말해 줬고······."

"그래. 그래서 그게 무슨 의미가 있나?"

빌이 노려보았다.

"무슨 말을 하는 건지 모르겠어."

엘러리는 한참 동안 조용히 차를 몰았다. 마침내 그가 중얼거렸다.

"모르겠나, 빌? 범인은 그날 밤 범죄 현장에 있던 앤드레아와 어떤 것이 연관되는 걸 죽도록 두려워하고 있다는 걸? 자네도 앤드레아의 얘기는 들었지. 그래서 뭔가 새롭게 알게 된 게 있어? 앤드레아의 말이 궁극의 진실로 향하는 길을 가리키고 있던가? 탐정의 관점에서 볼 때 그게 어느 한 사람에게 손해를 끼칠 만한 내용이 포함되어 있었어?"

"아니."

빌이 인정했다.

"하지만 있어야 하거든. 만일 앤드레아가 살인자를 봤다면, 그 여자의 얼굴이나 체형, 입은 옷, 심지어 손만이라도 봤다면, 우리의 범인은 앤드레아가 입을 다물도록 경고 조치를 취해야만 했을 거야. 하지만 범인도 앤드레아가 아무것도 보지 못했다는 걸 알았어. 앤드레아는 뒤에서 공격을 당했고 즉시 의식을 잃었으니까. 그렇다면 살인자가 두려워하는 건 뭘까?"

"자네가 말해봐."

빌이 침울하게 말했다.

엘러리는 무심한 어조로 말했다.

"오늘 밤 우리 집에서 지내는 게 어때, 빌?"

그러고 나서 그는 액셀러레이터를 밟았고, 듀센버그가 울부짖자 조용히 중얼거렸다.

"아마 그럴 거야. 아마 그럴 거야."

"무슨 말이야?"

"아, 아무것도 아니야."

"전신 사무소에는 왜 들렀던 거야?"

"아! 오늘 앤드레아를 노스쇼어 여인숙으로 유인한 그 전보를 확인하러 갔었지."

"그래서?"

"아무것도. 직원은 누가 보냈는지 기억 못 하더군."

*

다음 날 아침 경감은 센터 스트리트로 나갔고, 빌과 엘러리가 퀸 아파트의 거실에서 꾸물거리며 두 번째 커피를 마시고 있을 때 초인종이 울렸다. 독자적인 판단력을 가진 주나가 문을 열고 작은 대기실에서 누군가에게 매섭게 질문을 하는 소리가 들렸다.

"주나! 누구야?"

엘러리가 아침식사가 차려진 테이블에 앉아 물었다.

"여잔데요."

주나가 거실 문 앞에 나타나며 뚱한 어조로 말했다. 어린 나이인데도 강직한 성격의 주나는 여자를 별로 좋아하지 않았다.

"맙소사!"

앤드레아 킴볼이 주나의 뒤에서 말했다.

"이 어린 괴물이 내 목을 거의 날려버릴 뻔했네요. 여기 여자 손님은 별로 찾아오지 않는 모양이에요…… 아."

빌이 반쯤 일어서, 빌려 입은 적갈색과 황갈색 파자마 바지 위로 빌려 입은 실내용 가운의 옷깃을 잡고 여몄다. 그는 겁에 질린 눈으로 침실 문을 바라보며, 앤드레아를 따라 "아!"라고 말하고는, 바보 같이 웃으며 주저앉았다.

"이 친구가 지나치게 점잔을 떨어서요."

엘러리가 미소를 지으며 말했다.

"만나서 반가워요, 앤드레아. 이렇게 말 그대로 우리의 자연스런 모습을 보시다니…… 뭐, 신경 쓰지 말아요. 들어오세요, 들어와요! 그리고 주나. 이 숙녀분께 또 한 번만 짖어댔다간 네 그 빌어먹을 목을 비틀어버릴 테다."

주나는 엘러리를 노려보고는 부엌으로 나갔다. 그러나 곧바로 깨끗한 잔과 잔 받침 접시, 냅킨, 스푼을 들고 돌아왔다.

"커피 드시겠습니까?"

그는 툴툴거리고는 다시 사라졌다.

"참 재미있는 아이인데요. 저 아이가 좋아질 것 같아요."

엘러리가 커피를 따르는 동안 앤드레아가 웃으며 말했다.

"저 아이도 당신을 좋아합니다. 저 아이는 자기가 은밀히 인정하는 사람에게 저렇게 무뚝뚝하게 대하죠."

"빌 에인절, 굉장히 당황하는 것 같네요. 독신자들은 어떠한 상황에서도 침착한 태도를 유지하는 줄 알았는데."

"파자마 차림이라서요."

빌은 여전히 바보처럼 웃으며 말했다.

"하긴 그 옷 좀 이상하긴 해요. 당신 것인가요, 퀸 씨? 고마워요."

앤드레아는 커피를 마셨다. 그녀는 생기 있어 보였고 행복해 보였다. 옷차림도 유쾌하고 발랄한 스타일이라서, 전날의 경험을 내비치는 낌새는 전혀 드러나지 않았다.

엘러리가 말했다.

"리비도가 슬금슬금 기어 나오려고 하네요. 자, 앤드레아, 오늘 아침엔 기분이 더 좋아 보이는군요."

"맞아요. 어젯밤에 정말 푹 잘 잤어요. 아침엔 공원에서 말을 타고 구보도 하고 여기 온 거예요. 당신들 두 분도 여기 있고요. 10시 반인데 아직 옷도 차려입지 않고!"

"그건 빌의 잘못입니다. 코를 골거든요. 아실지 모르겠지만, 아주 능숙하게 잘 곱니다. 정말 경이로운 기술이에요. 그래서 반쯤은 밤을 새다시피 했죠."

빌은 화를 내며 얼굴을 붉혔다.

"어머, 빌!"

"거짓말입니다. 난 평생 동안 코를 골아본 적이 없어요!"

"맙소사. 나는 코 고는 남자는 견딜 수가……."

"아, 그러세요?" 빌이 쏘아붙였다. "뭐, 그러려고만 하면 나도 코를 곱니다. 그리고 여자분이……."

앤드레아가 심술궂게 말했다.

"저런. 여기 꼬마 아이가 화가 났네요. 아, 빌. 난 그런 식으로 빛나는 당신 눈이 좋아요. 당신 지금 굉장히 우스꽝스러운 얼굴을 하고 있어요!"

엘러리가 서둘러 말했다.

"그건 그렇고, 모든 게 다 잘됐습니까, 앤드레아? 어젯밤 일 말이에요."

"아, 네."

앤드레아가 정신을 차리고 말했다.

"두 분이 떠나시고 나서 어머니가 바로 돌아오셨어요. 물론 내가 와 있는 것을 보시고 놀라셨지만, 내가 적당히 변명을 늘 어놓고 어머니에게 시내로 함께 돌아가자고 설득했죠."

"문제는 없었습니까?"

빌이 다소 근심스럽게 물었다.

"전혀요. 두 분이 문제라고 부를 만한 것은 없었어요."

앤드레아의 턱이 조금 단단히 굳었다.

"집에 돌아와보니 버크의 어머니가 완전히 흥분해서 보낸 메시지들이 잔뜩 와 있었어요. 버크의 어머니는 잘 모르시죠?"

빌은 침울한 얼굴로 툴툴거렸다. 엘러리가 무미건조하게 말했다.

"그런 영광은 누리지 못했습니다. 그분도 말을 좋아하나요?"

"그보다도 더 나빠요. 그분은 머리에 비행기를 단 것처럼, 하늘을 나는 것처럼 극단적으로 빠르게 달려요. 그래서 다른 사람들을 꽤 성가시게 만들죠. 전문 기수들도 그 부인을 무서워해요. 짧은 회색 단발머리에 코는 시저의 코처럼 생겼고 마이더스처럼 부자죠. 친애하는 존스 부인께서 꼬마 도련님 버키에게 도대체 무슨 일이 있었는지 알고 싶어 하시더군요."

"아."

빌이 말했다. 그는 새로운 근심을 띤 눈으로 앤드레아의 얼굴을 훑어보았다.

앤드레아가 중얼거렸다.

"어젯밤에 버크가 멍든 눈에, 부러진 코에, 앞니가 빠진 채로 들어간 것 같아요. 버크는 외모에 자부심이 강하거든요. 그 덕에 한동안 사교계에 나오지 못할 거예요."

"말들에게는 휴식시간이 되겠군."

빌이 중얼거렸다.

앤드레아가 말을 이었다.

"당연한 일이지만 존스 부인은 왜 내가 약혼을 파혼했는지 알고 싶다고 했어요. 그러자 어머니가 끼어드셨고, 어머니와 저는 무척이나 환상적인 시간을 보냈답니다. 나중에는 어머니가 제 방 카펫 위에서 발작을 일으키실까봐 걱정이 될 정도로요."

"그래서 어머니께……."

빌이 다시 입을 열었다.

"아, 아뇨. 아니에요."

앤드레아는 바닥을 내려다보았다.

"한 번에 감당할 충격으로는 그 정도로도 충분했을 거예요. 그 얘긴 나중에……."

그녀의 목소리가 낮아졌다. 그러더니 다시 미소를 지으며 낭랑한 목소리로 말했다.

"제가 왜 여기 왔는지 궁금하시겠죠?"

"하루에 겪을 괴로움은 그 정도로 족합니다."

엘러리가 당당하게 말했다.

"아뇨, 정말로요. 오늘 아침잠에서 깼을 때 어젯밤까지는 완전히 잊고 있던 게 기억났어요. 중요하지 않은 사소한 것일 수도 있지만, 당신이 모든 걸 알고 싶다고 말했잖아요."

"앤드레아."

엘러리가 일어서려다가 다시 앉았다.

"그날 밤 오두막과 관련된 겁니까?"

"네. 그 사악한 여자에게서 공격을 받기 전에, 뭔가를 봤어요."

"뭔가를 봤다고요?"

방 안의 들뜬 분위기를 엘러리의 근엄한 태도가 가라앉혔다.

"뭡니까, 앤드레아? 중요하고 안 중요하고는 걱정하지 말아요. 그건 내가 걱정할 테니까요. 그게 뭐였습니까?"

"성냥이요."

앤드레아가 어깨를 으쓱했다.

"접시 위에 있던 그 노란 종이 성냥개비요. 말씀드렸잖아요. 사소한 거라고. 하지만 그게, 조금 달랐어요."

빌이 갑자기 무슨 생각이 난 듯 벌떡 일어나서 창가로 갔다. 그 아래, 87번가 모퉁이에 검은색 타운카가 호화로운 모습으로 빛을 발하며 서 있었다. 몇 미터 뒤로는 특별할 것 없는 세단이 있었다. 운전석에 뚱한 얼굴의 운전자가 앉아서 담배를 피우고 있었다.

"앤드레아! 여기 오면 안 되는 것이었어요. 정신 나갔어요? 지금 막 생각났어요. 저런 고급 차를 타고 오다니. 만일 그 여자가 이 사실을 안다면……."

앤드레아는 창백해졌다. 그러나 엘러리는 성급하게 말했다.

"위험할 건 없어, 빌. 노인네처럼 굴지 마. 자, 자 앤드레아!

그 성냥이 어떻다는 겁니까? 어떤 식으로 달랐다는 거죠?"

그녀는 눈을 크게 뜨고 빌을 바라보았다.

"그렇게 많지 않았어요."

앤드레아는 가라앉은 목소리로 말했다.

"많지 않았다고요? 언제요?"

엘러리가 냉큼 물었다.

"그 여자가 제 머리를 때리기 직전, 제가 테이블 앞에 서 있었을 때요. 저는 그 접시를 또렷하게 보았어요. 모든 게 완벽하게 명료해요. 마치 사진처럼요. 아마 그때 제 신경이 무척 과민한 상태였고 제 두뇌가 마구 돌아가면서……."

엘러리는 이제 테이블 위에 기대어 있었다. 손가락 관절들이 하얗게 질려 있었다.

"그 여자가 당신을 때리기 전에 접시 위에 성냥개비 숫자가 더 적었단 말이죠. ……언제보다 적었습니까?"

"정신이 들어 손에 쪽지를 발견하고, 여자는 사라지고 조는 바닥에 쓰러져 있을 때보다요."

엘러리는 테이블을 밀어서 몸을 일으켰다.

"자, 봅시다, 앤드레아."

그는 부드럽게 말했다.

"정리를 해보죠. 당신이 오두막으로 들어왔고, 테이블을 향해 다가가면서 접시를 봤어요. 그리고 머리를 얻어맞았고, 정신을 차렸을 때 접시 위의 성냥개비가 처음보다 더 많았다는 거죠. 맞습니까? 자, 그럼 몇 개나 더 많아졌나요?"

그는 재촉하는 말투로 말했다.

"잘 생각해봐요. 난 정확한 숫자를 알고 싶어요."

앤드레아는 어리둥절해했다.

"하지만 그게 어떻게……."

"앤드레아, 내 질문에 대답해요!"

앤드레아는 진지하게 얼굴을 찌푸렸다.

"정신을 차렸을 땐 몇 개가 더 많아졌는지는 기억 안 나요. 제가 기억하는 건 오두막에 들어갔을 때의 성냥개비 개수였어요."

"그거면 됩니다."

"여섯 개였어요. 그건 확실해요. 접시 위에 성냥개비 여섯 개가 있었어요. 무의식적으로 그걸 셌던 것 같아요."

"여섯 개, 여섯 개."

엘러리는 앤드레아와 빌 사이를 서성거리기 시작했다.

"다 쓴 성냥개비였죠?"

"아, 네. 아니면 반쯤 탔거나요. 아시다시피."

"그래요. 여섯 개의 성냥개비가 사용되었다."

엘러리는 입술을 꾹 다물고 계속 서성거렸다. 그는 깊은 생각에 잠겨 있었다.

빌이 힘없이 말했다.

"하지만 엘러리. 앤드레아가 본 성냥개비 개수가 무슨 의미가 있는데?"

엘러리는 조바심이 나 몸을 움직였다. 앤드레아와 빌은 서로 마주 보았다. 처음에는 당혹스러워하다가, 엘러리가 의자에 주저앉아 손가락으로 계산을 하기 시작하자, 반쯤 흥미를 띤 눈으로 엘러리를 힐긋거렸다. 잠시 후 엘러리는 계산을 마치고 편안한 자세를 취했다.

"앤드레아, 당신이 오두막을 처음 둘러봤을 때 접시의 상태는 어땠습니까?"

"8시에 말인가요?"

"네."

"음, 접시는 비어 있었어요."

"오호, 특이하군! 앤드레아, 이건 중요한 사실이에요. 다른 건 더 없는 게 확실해요? 한 가지가 있는데……. 혹시라도……."

그는 다시 말을 멈추고 코안경을 벗어 입술을 두드렸다.

앤드레아는 얼떨떨한 표정이었다.

"글쎄요. 그런 것 같지는 않은데요. 그게 전부인 것 같아요."

"제발, 앤드레아. 집중해요. 그 테이블. 지금 보고 있는 것처럼 그 테이블을 떠올려봐요. 8시에는 그 위에 뭐가 있었죠?"

"빈 접시요. 전등은 꺼져 있었고요. 제가 전등불을 켰어요. 그 얘긴 했던 것 같은데요. 그게 전부예요."

"그리고 8시 35분에, 당신이 걸어 들어가서…… 그러니까, 공격당하기 직전에는요?"

"전등, 그리고 접시 위에 여섯 개의 다 쓴 성냥개비가 있었죠. 그리고…… 아!"

"아."

엘러리가 말했다.

"연상 기호 작용이 통했군요."

그녀는 숨도 쉬지 않고 말했다.

"다른 게 있었어요. 이제 다 기억나요. 접시 위에 성냥갑도 같이 있었어요! 닫힌 상태로!"

"아아."

엘러리가 말했다. 그는 코안경을 다시 코 위에 올려놓았다.

"흥미로운 이야기로군요."

그가 말하는 태도, 테 없는 렌즈 뒤에서 빛나는 눈동자가 빌의 날카로운 시선을 잡아끌었다.

"이 성냥갑 말입니다, 앤드레아. 거기에 대해서 뭐든 기억나는 게 있습니까?"

"그게, 아뇨. 그냥 닫혀 있었다는 것뿐. 종이 성냥 케이스였어요. 아시죠. 위쪽 성냥을 긋는 부분에 덮개를 덮을 수 있는……."

"그래요, 맞아요. 그게 전부예요, 앤드레아? 확실해요?"

"정말이지, 이게 다 무슨 일인지……. 그게 전부예요."

엘러리는 눈을 깜박거렸다.

"흠, 그럼 공격을 당하기 전까지는 다 끝났습니다. 이제 정신을 차렸을 때 테이블 위에는 뭐가 있었습니까?"

"접시 위에 다 쓴 노란 성냥개비들이 꽤 많이 있었어요—그날 밤 나중에 당신도 직접 봤죠—전등하고, 그리고 그 끔찍한 봉투칼…… 그 피 묻은 칼이 있었고, 불에 그슬린 코르크가 칼끝에 꽂혀 있었고요."

"다른 건요?"

그녀는 잠시 생각했다.

"아뇨. 다른 건 없었어요."

"성냥갑은 그때도 거기 있었습니까?"

"아뇨."

"흠."

엘러리는 잠시 동안 앤드레아를 다소 기묘한 표정으로 바라보았다. 그러더니 자리에서 일어나 빌에게 말했다.

"며칠 동안 앤드레아에게 더 바짝 붙어 있는 거 어때? 생각이 바뀌었어. 이제는 어떤 위험한 상황이 일어날 수도 있겠다는 데 동의해. 어젯밤보다는 더 위험해졌어."

"내가 그럴 거라고 말했잖아!"

빌은 화를 내며 팔을 휘둘렀다.

"앤드레아, 이건 바보 같은 짓이었어요. 이렇게 드러내놓고 여길 오다니. 내가 뭘 해야 할까, 엘러리?"

"앤드레아를 집까지 바래다줘. 그리고 거기 계속 있어. 앤드레아의 그림자가 되라고. 그렇게 힘든 임무는 아닐 거야."

"당신 생각엔 정말로……?"

앤드레아가 확신 없는 말투로 물었다.

"그게 더 안전해요, 앤드레아. 자, 자, 빌. 거기 그렇게 무슨 마담 투소 박물관의 전시물처럼 서 있지 말라고!"

빌은 서둘러 침실로 들어갔다. 그는 믿어지지 않을 만큼 재빨리 옷을 완전히 갖춰 입고 귀 끝까지 빨개진 얼굴로 돌아왔다.

"잠깐만."

엘러리도 곧바로 침실로 들어갔다 나왔다. 그의 손에는 38구경 경찰용 리볼버가 들려 있었다. 그는 총의 무게를 신중하게 가늠했다.

"이 무기도 챙기는 게 좋겠어. 장전되어 있으니까 안전장치는 만지지 마. 물론 총 다루는 법은 알고 있겠지?"

"전에 다뤄본 적 있어."

빌이 우울한 얼굴로 총을 받아들었다.

"맙소사, 앤드레아, 그렇게 불안해하는 표정 짓지 말아요! 이건 단순히 추가적인 안전 조치일 뿐이에요. 자, 이제 두 분 다 나가보세요. 그녀를 잘 보호해줘, 빌."

"앤드레아의 가족과 문제가 생길 것 같은데. 그래서 나한테 이걸 준 건가?"

빌은 권총을 흔들며 웃었다.

"그 물고기 얼굴 남자한테 사용하려면 해."

엘러리가 진지한 얼굴로 말했다.

빌은 여전히 웃음 띤 얼굴로 당황한 앤드레아의 팔을 잡고 아파트를 나갔다. 엘러리는 재빨리 창문으로 다가갔다. 그는 한참을 서서 빌과 앤드레아가 돌계단을 달려 내려가는 것을 지켜보았다. 빌은 왼손으로 앤드레아의 팔을 잡고 오른손은 주머니에 찔러 넣고 있었다. 두 사람은 고급 승용차에 올라타 떠났다. 거리 아래쪽에 세워져 있던 특징 없는 세단도 즉시 떠났다. 엘러리는 눈을 빛내며 침실 안 전화기로 달려가 장거리 전화를 신청했다. 전화 연결을 기다리는 동안 입술이 기이하게 일그러졌다.

"여보세요, 드종…… 드종 서장님입니까? 엘러리 퀸입니다. 네, 뉴욕이에요……. 네, 잘 지내고 있습니다. 그나저나 드종 서장님, 윌슨 사건의 증거물은 어떻게 됐습니까?"

"나 이거 참, 아직도 그 타령이오? 무슨 증거?"

드종이 툴툴거렸다.

"구체적으로 말하자면, 그 이 빠진 접시요. 사건이 있던 날 경찰에서 수거해 가는 걸 봤는데요. 그 접시 위에 성냥개비가 있었죠."

"아, 그건 여기 증거물 보관소에 있어요."

트렌튼 경찰서장의 목소리에 호기심이 묻어났다.

"그건 왜요?"

"지금 당장은 확실하진 않지만 뭔가 특별한 이유 때문에 그렇습니다. 날 위해 한 가지만 해주세요. 그 접시와 내용물을 함께 꺼내서……."

엘러리는 잠시 말을 멈췄다.

"성냥개비가 몇 개인지 좀 세서 알려주세요."

"뭐라고요?"

엘러리는 드종이 눈을 끔뻑이는 것이 보이는 것 같았다.

"지금 농담해요?"

"내 인생에서 이보다 더 진지한 적은 없었을 겁니다. 그 성냥개비를 세어주세요. 그리고 다시 전화해요. 기다리겠습니다."

엘러리는 번호를 알려주었다. 드종은 투덜거리며 전화를 끊었다. 기다리는 동안 엘러리는 다시 간절한 걸음걸이로 서성거렸다. 마침내 전화벨이 울렸다.

"몇 개죠?"

엘러리가 재빨리 물었다.

"스무 개요."

"스무 개."

엘러리가 천천히 말했다.

"자, 이걸 어떻게 생각해야 하나……. 고맙습니다, 드종 서장님. 정말 고마워요."

"도대체 뭔 생각이오? 성냥개비를 세라니! 도대체가……."

엘러리는 막연한 미소를 지으며 뭐라 중얼거리고는 전화를 끊었다. 그는 잠시 동안 꼼짝도 않고 서서, 생각에 잠겼다. 그러다가 침대에 몸을 던졌다. 잠시 후 일어나서 외투 주머니를 뒤져 담배를 찾았다. 담배를 피우는 동안 그는 옷장 위 거울에 비친 자신의 얼굴을 멍하니 쳐다보았다. 그러다가 다시 침대로 돌아갔다. 마침내 그는 꽁초를 재떨이에 던지고 거실로 나갔다. 주나는 아침식사 그릇을 치우는 중이었다. 집시 특유의 짙은 색 얼굴을 찡그리며 앤드레아가 사용했던 컵을 바라보고 있었다.

주나가 바로 고개를 들었다.

"그 여자분은 그분 애인이신가요?"

"응? 아, 물론이지."

주나는 마음을 놓은 것 같았다.

"그 여자분은 괜찮은 거 같아요. 꽤 예리한 구석도 있고."

엘러리는 창가로 가서 등 뒤로 뒷짐을 졌다.

"주나. 너 항상 수학에 소질이 있었지. 20에서 20을 빼면 얼마가 남지?"

주나는 의심스러운 얼굴이었다.

"그런 거야 애들도 알잖아요. 아무것도 안 남죠!"

"아냐."

엘러리는 돌아보지 않고 말했다.

"네가 틀렸어, 친구. 20에서 20을 빼면, 희한하게도…… 전부가 남아. 이상하지 않아, 주나?"

주나는 코웃음을 치고 다시 그릇을 치웠다. 이런 때는 토론을 해봐야 소용이 없다는 걸 주나는 잘 알고 있었다. 잠시 후 엘러리는, 경이로움에 잠긴 목소리로 말했다.

"전부! 맙소사, 이젠 모든 게 다 분명해졌어."

"네!"

주나가 조롱하는 투로 말했다. 엘러리는 경감님 전용 커다란 팔걸이의자에 앉아서 손으로 얼굴을 가렸다.

"방금 뭐라고 하셨죠?"

주나가 얼굴을 찌푸렸다. 그러나 엘러리는 대답하지 않았다. 주나는 어깨를 으쓱하고는 쟁반을 들고 부엌으로 들어갔다.

"모든 게 분명해졌어. 분명해."

엘러리는 갑자기 의자에서 벌떡 일어섰다.

"그래, 모든 게!"

그는 침실로 달려갔다. 그러고는 해야 할 일을 분명히 알고 있는 사람 특유의 단호한 태도로 어딘가로 전화를 걸었다.

늘 그렇듯,
독자에 대한 도전

　토머스 드 퀸시는 이런 글을 남긴 적이 있다. "대중은 추측에 영 재주가 없다." 쾌락주의자 토미의 생각이 그 시대의 대중에 대해서는 옳았을지 몰라도, 지난 100년 동안 대중은 꽤 많이 변했다. 오늘날의 범죄소설 작가들이 볼 때 현대의 대중—적어도 탐정소설에서 일상의 탈출구를 찾는 대중 중 일부—는 대단히 추측에 능하기 때문이다. 굳이 나에게도 물으신다면, 오늘날의 대중은 지나치게 훌륭하다고 말하겠다. 사실 내 머리 위로 쏟아지는 편지들로 미루어보아 트릭에 속아 넘어가는 독자들은 특별한 예외에 속하는 것이 분명해 보인다.

　그러나 우리에게도 견고한 방어 논리가 있다. 추측은 공정하지 않다. 비록 모든 작가들이 호일*이 되어 각자의 게임의 규칙을 만들긴 하겠지만, 우리 모두는 기본에 동의한다. 추측이 공정하지 않은 이유는 탐정소설에 등장하는 인물의 수가 필연적으로 제한되어 있기 때문이다. 그리고 이야기의 어느 단계에 이르면, 독자는 궁극적으로 모든 악행의 입안자로서 가면을 벗게 될 어떤 인물을 의심하게 된다.

* 카드 게임의 규칙을 만든 영국인.

　지난 몇 년 동안 나는 광야에서 외치는 소리가 되어—그리고 그게 헛되지 않았다고 믿는다—독자들에게 추측하고픈 마음을 억누르고 과학적으로 게임을 진행하라고 영웅적으로 주장해왔다. 물론 어렵겠지만, 그편이 헤아릴 수 없을 만큼 훨씬 더 재미있다.

　조지프 켄트 김볼 살인사건 문제부터 시작해보는 건 어떨까?

　이제 독자 여러분은 완벽하고 논리적인 해답을 쌓아 올리는 데 필요한 모든 사실을 다 알고 있다. 여러분의 임무는 필수적인 단서들을 지적하고, 그 단서들을 질서 있게 조합하고, 그로부터 단 한 명의 범인을 유추하는 것이다. 여러분은 물론 할 수 있으며, 해냈다는 것을 곧 알게 될 것이다 .

　만일 실패했다면, 당연히 언제라도 예전의 그 추측 작업으로 다시 돌아갈 수 있다. 만일 성공했다면, 나에게 알려주시라. 사실 이는 불필요한 부탁이다. 성공했다면 분명히 나도 알게 될 테니까. 그리고 퀸 경감이 늘 지적하듯, 어떻게 풀었는지도 알게 될 것이다!

엘러리 퀸

V. 진실

"모든 것을 조사하는 동안 때로는
전혀 예상하지 못한 곳에서 진실을 찾는다."
_ 퀸틸리아누스 (로마의 수사학자, 웅변가)

앤드레아가 여섯 개의 성냥개비에 대한 흥미로운 이야기를 들려주기 전까지, 조지프 켄트 김볼의 죽음에 얽힌 수수께끼는 운명의 어두운 손아귀에 꼭 붙들려 정체된 채 남아 있었다. 그러나 앤드레아의 이야기가 나온 후 사건은 서서히 움직이기 시작했고, 미스터리는 지식이 되었으며, 의심은 확신으로 바뀌었다. 엘러리 퀸은 운명의 어두운 손아귀에서 사건을 낚아챘다. 이후 그는 범죄 전문가로서의 지난 경험들이 가르쳐준 신중함과 정교함으로 사건을 이끌고 나갔다.

엘러리는 그날 이후 며칠 동안 대단히 바빴다. 그가 무엇을 꾸미고 있었는지는 몰라도, 모든 일을 극비로 처리했다. 트렌튼으로 급히 다녀온 두 번의 여행도 은밀히 이루어졌고, 10여 통의 전화 통화의 내용도 받는 사람 말고는 아무도 알지 못했다. 그는 냉정한 표정의 전문가들도 개인적으로 만나 상의했다. 벨리 경사에게서도 전문적인 조언을 구했다. 그리고 세상은 알지 못했지만, 자유 시민으로서의 의무를 노골적으로 무시하고 아무도 예상 못 한 불법적인 행동까지도 감행했다. 경감님이 이를 알았다면 몸서리를 쳤을 것이다.

그러던 어느 날, 그의 계획은 완성되었다. 드디어 그는 계획을 공개했다.

특이하게도 전투 개시일은 토요일이었다. 이것이 일시적인 변덕인지 아니면 냉소적인 계획의 일부인지 엘러리는 절대 설명하지 않았지만, 그 단순한 사실만으로도 긴장은 고조되었다. 사건에 관련된 사람들은 어쩔 수 없이 김볼의 심장에 차가운 금속 조각이 박히는 피비린내 나는 사건이 일어났던 그 토요일을 떠올려야 했다. 그들의 굳은 얼굴로 미루어 모두 그 기억을 떠올리는 것이 분명했다.

"제가 여러분을 이 자리에 모두 불러 모은 것은……."

그날 오후 파크 애비뉴 보든의 아파트에서 엘러리가 입을 열었다.

"단순히 제 얘기를 들려드리기 위해서가 아닙니다. 곧 바람을 타고 마법이 일어날 겁니다. 시간이 저에게 밀려오고 있습니다. 당신들 중 누군가는 무기력한 상태로 이제 다시 단조로운 예전으로 돌아갈 수 있다며 안심하고 있을 겁니다. 만일 그렇다면, 그분께는 불행한 일입니다. 저는 오늘이 지나가기 전에 여러분에게 상당히 무례할 수도 있는 얘기로 각성시켜드릴 것을 약속합니다."

"도대체 무슨 소리예요?"

제시카가 쏘아붙였다.

"우리는 좀 평화롭게 지내면 안 되나요? 그리고 당신은 도대체 무슨 권리로……?"

"법적으로 말하자면 권리 같은 건 없습니다."

엘러리는 한숨을 쉬었다.

"그럼에도 나의 작은 상상력을 달래주는 게 현명한 일일 겁니다. 아시다시피 조지프 켄트 김볼의 죽음이라는 비극은 이제 막 발굴되려는 참이니까요."

"사건을 다시 파헤칠 셈이오, 퀸 씨?"

늙은 재스퍼 보든이 씁쓸하게 입술을 반쯤 비틀며 툴툴거렸다. 그는 휠체어를 탄 몸으로 아래층에 내려오겠다고 고집을 부렸다. 그는 사람들과 함께 시체처럼 움직임 없이 앉아 있었고, 멀쩡한 한쪽 눈 하나만 생생히 살아 움직였다.

"친애하는 보든 씨, 이 사건은 묻혔던 적이 한 번도 없었습니다. 필라델피아의 루시 윌슨은 유죄 선고를 받았습니다. 하지만 선고가 내려졌다 해서 사건이 해결된 것은 아닙니다. 트렌튼에서의 기괴한 판결 이후로 어떤 힘이 꾸준하게 작용하고 있었습니다. 그 힘은 한 번도 늦춰진 적이 없었어요."

엘러리가 무미건조하게 말했다.

"나는 마침내 그 노력이 보상을 받았다고 말할 수 있게 되어 기쁩니다."

"난 그게 이 선량한 사람들과 어떤 관련이 있는 건지 잘 모르겠소."

프루 상원의원이 매섭게 말했다. 그는 수염을 어루만지면서, 기민한 작은 눈으로 엘러리를 노려보고 있었다.

"만일 새로운 증거를 찾은 거라면 먼저 카운티 검사한테 가지고 가요. 왜 우리를 계속 괴롭히는 거요? 이걸로 싸움을 걸고 싶다면……."

그는 엄숙한 어조로 덧붙였다.

"내가 기꺼이 상대해드리지. 난 규칙을 알아요."

엘러리는 미소를 지었다.

"상원의원님, 그 말씀을 들으니 특이하게도 우리 친구 마르쿠스 발레리우스 마르티알리스가 예전에 했던 말이 떠오르는군요. 그는 아프리카 사자는 황소는 공격할지언정 나비는 공격하지 않는다고 말했죠. 짧은 풍자시로서……."

법률가의 얼굴이 보라색이 되었다.

"지금 무슨 악마 같은 짓을 꾸미고 있는지는 몰라도 이 사람들은 내버려둬요!"

"매를 아껴 자식을 망치라는 말씀인가요?"

엘러리가 한숨을 쉬었다.

"절 오해하시는군요, 상원의원님. 만일 그럴 수만 있다면 당연히 그럴 겁니다. 전 의원님이 앞으로 한참을 더 역겨운 일을 견뎌야 할 것 같아 걱정스럽습니다. 그런 후엔…… 뭐, 미리 앞날에 대해 얘기하지 말기로 하죠. 결국 미래라는 것은 그 흐름을 막으려 아무리 애를 써도 가고자 하는 곳으로 흘러가게 마련이니까요."

제시카는 짜증이 난 듯 손수건을 비틀었지만, 억지로 자제력을 발휘하며 뻣뻣이 앉아 있었다. 그로브너 핀치는 불편한 듯 몸을 뒤척이며 그녀를 바라보았다. 앤드레아만 한쪽에 차분하게 앉아 있었고, 그 옆에 서 있던 빌 에인절도 아무렇지도 않은 듯 보였다. 둘 다 시선은 엘러리에게 고정하고 있었다.

"더 이상 이의 없으시죠?"

엘러리가 손목시계를 보며 중얼거렸다.

"고맙습니다. 그럼 이제 출발하는 게 좋겠습니다."

"출발? 우릴 어디로 데려가려고요?"

핀치가 혼란스러워하며 물었다.

엘러리는 모자를 집어 들었다.

"트렌튼으로 갑니다."

"트렌튼!"

앤드레아의 어머니가 숨을 헉 들이마셨다.

"사건 현장을 다시 들르려고 합니다."

엘러리의 말에 그들은 모두 창백해졌고, 잠시 동안 너무 놀라서 말도 하지 못했다. 그러다 곧 프루 상원의원이 벌떡 일어서서 뚱뚱한 주먹을 휘두르며 고함을 질렀다.

"참을 만큼 참았어! 당신에겐 이럴 권리가 없어요! 나는 내 고객을 위해……."

"친애하는 상원의원님. 범죄 현장을 방문하는 걸 반대하시는 겁니까?"

"난 거기 한 번도 간 적이 없다고!"

"마음이 놓이는군요. 그럼 결정된 겁니다. 가실까요?"

빌 말고는 아무도 움직이지 않았다. 늙은 백만장자는 낮고 굵은 목소리로 조용히 물었다.

"이런 비정상적인 절차를 통해 당신이 뭘 얻고자 하는 건지 물어봐도 되겠소, 퀸 씨? 당신이 마음속에 품은 어떤 결론을 위해 필요한 게 아니라면 이런 괴로운 요청을 할 리가 없다는 걸 잘 알아요."

"제가 뭘 원하는지에 대해서는 설명하지 않았습니다, 보든 씨. 하지만 계획은 간단합니다. 우리는 굉장히 드라마틱한 일을 시작하려고 합니다. 조지프 켄트 김볼의 살인을 재연해보려는 거죠."

눈꺼풀이 아래로 축 늘어졌다.

"그게 꼭 필요하오?"

"필요는 발명의 어머니라고 했습니다. 선생님. 그러나 지금부터 할 시연은 현실의 모방이라는 차원에서 볼 때 예술의 경지에 오를 겁니다. 그럼, 신사 숙녀 여러분. 여러분의 참여를 위해 강제로 공권력을 동원하고 싶지는 않습니다."

"난 안 갈래요."

제시카 보든이 부루퉁하게 말했다.

"난 충분히 겪을 만큼 겪었어요. 그이는 이미 죽었고요. 그 여자는⋯⋯. 우릴 좀 가만 내버려두면 안 되나요?"

노인은 멀쩡한 눈을 딸 쪽으로 향해 돌렸다.

"제시카. 가서 옷 입어라."

여자는 아랫입술을 깨물었다. 그러더니 그녀는 고분고분하게 말했다.

"네, 아버지."

그러고는 일어나서 위층 침실로 올라갔다.

아무도 말하지 않는 가운데 재스퍼 보든이 다시 한 번 침묵을 깨고 묵직하게 말했다.

"나도 가야 할 것 같군. 앤드레아, 벨을 울려서 간호사를 부르렴."

부동자세로 있던 앤드레아가 깜짝 놀랐다.

"하지만 할아버지⋯⋯!"

"내 말 안 들리느냐?"

엘러리는 문으로 물러나 기다렸다. 사람들은 이제 모두 일어나 천천히 움직이며 흩어지기 시작했다. 물고기 얼굴의 집사가 모자를 쓰고 나타났다.

"엘러리."

빌이 엘러리에게 다가와 낮은 목소리로 말을 걸었다.

"안녕, 빌. 지난 며칠간 어땠어? 상처나 흉터는 안 보이는데?"

빌은 암울한 얼굴로 대답했다.

"지옥이었어. 저 귀부인은 단연코 악마야. 오늘까지도 여기엔 전혀 들어올 수가 없었어. 하지만 앤드레아와 내가 계획을 짰지. 나는 하루 종일 바깥에서 어슬렁거리며 망을 봤어. 내가 지켜보지 않을 때 앤드레아는 아파트 밖으로 절대 나오지 않기로 합의했고. 그 외엔 밖에서 함께 지냈어."

"고귀한 마음을 지닌 젊은 한 쌍에게는 꽤 전망 있는 시작이로군."

엘러리는 웃었다.

"문제가 될 만한 건 없었고?"

"없었어."

앤드레아가 외출복을 입고 내려왔다. 그녀는 가벼운 코트를 걸치고 오른손은 주머니에 넣고 있었다. 마치 주머니 안에서 권총이라도 쥐고 있는 것 같았다. 빌은 그녀를 향해 간절한 태도로 한 발 앞으로 나섰지만, 앤드레아는 고개를 젓고, 주위를 둘러보고, 엘러리에게 푸른 눈으로 신호를 보냈다. 엘러리는 눈살을 찌푸리고 주머니를 바라보았다. 그러더니 고갯짓으로 빌에게 그 자리에서 기다리라고 신호를 보내고, 앤드레아와 함께 복도로 들어섰다.

그녀가 재빨리 속삭이기 시작했다.

"그 전에 당신에게 얘기해야 했어요……."

그러더니 말을 멈추고, 다시 주위를 걱정스러운 눈빛으로 둘러보았다.

"앤드레아, 무슨 문제라도 있어요?"

"이거요."

손이 주머니에서 나왔다.

"오늘 아침 이게 우편으로 왔어요. 싸구려 종이에 포장되어서, 제 앞으로요."

엘러리는 그것을 받지 않았다. 그의 눈은 잠시 동안 그 위에 머물렀고 그러고 나서 그녀의 얼굴을 살폈다. 물건을 쥔 손이 떨렸다. 앤드레아의 손에는 석고 반죽으로 만든 싸구려 조형물이 놓여 있었다. 얼룩덜룩한 붉은색으로 칠해진 조형물은 쪼그려 앉은 원숭이 세 마리가 받침대 위에 놓인 모습이었다. 하나는 손으로 입을 막고, 하나는 눈을 가리고, 하나는 두 손으로 귀를 막고 있었다.

"악을 말하지 말고, 악을 보지 말고, 악을 듣지 말라."

앤드레아가 속삭이는 소리로 말했다.

"뭐 대충 그런 뜻이었을 거예요. 좀 정신 나간 것 아닌가요?"

그녀는 다소 신경질적으로 웃었다.

"하지만 이걸 보니 무섭네요. 이건……."

"또 다른 경고죠."

엘러리는 눈살을 찌푸렸다.

"우리의 추적이 점점 신경이 쓰이나봅니다. 포장지는 보관해두었나요?"

"아! 그건 버렸어요. 거기에선 별로 얻을 만한 게 없었을 거예요."

"쳇. 확신에 찬 사람들이라니. 거기에 지문이 찍혀 있었더라도 그냥 그대로 버려졌겠죠. 빌에게는 알렸습니까?"

"아뇨. 걱정하게 하고 싶지 않아서요. 가엾은 빌! 지난 며칠 동안 너무 편안해해서……."

"다시 주머니에 넣어요. 누군가 오고 있어요."

엘러리가 날카롭게 말했다. 엘리베이터 문이 열리고 키 큰 남자가 밖으로 나왔다.

"아, 존스 씨로군요. 이렇게 와주시다니 감사합니다."

엘러리가 말했다.

앤드레아는 얼굴을 붉히고 아파트로 달려 들어갔다. 존스의 핏발 선 눈이 무례하게 그녀가 사라진 열린 문 쪽을 향했다.

"편지를 받았습니다."

그는 굵은 목소리로 말했다. 술에 잔뜩 취해 있었다.

"내가 왜 여기 왔는지 모르겠지만. 저 사람들은 내가 여기 오는 걸 좋아하지 않아요."

"뭐, 저 사람들은 내가 여기 오는 것도 좋아하지 않는데요."

엘러리가 쾌활하게 말했다.

"뭡니까, 셜록? 뭐 또 심각한 문제라도?"

"당신도 함께하면 좋겠다 싶었죠. 우리는 트렌튼으로 가서 실험을 할 겁니다."

존스는 웃었다.

"이런, 제기랄. 나한테는 아무려나 마찬가지야."

해는 델라웨어 너머 숲 위로 오렌지색 반원 모양으로 걸려 있었다. 그들은 선착장 근처 외떨어진 오두막에 도착했다. 듀센버그로 자동차 행렬의 선두에 선 엘러리는 트렌튼 외곽으로 우회하는 길을 따라 램버튼 로드로 조심스럽게 진입했다. 도심 거리를 배회하는 성가신 기자들의 눈에 띄고 싶지 않다는 것을 암시하는 경로였다.

후텁지근한 날이었다. 오두막 주위의 나무에 달린 잎사귀들은 움직임이 없었다. 미동도 없는 나뭇잎들이 뭔가 비현실적인 장면을 연출하고 있었다. 마치 자연을 본떠 만든 조잡하고 생명력 없는 모형 같았다. 강기슭의 수풀 너머로 보이는 강물의 수면도 유리 표면처럼 보였다. 이런 고독 속에서 오두막은 잔혹한 풍경 위에 서투르게 그린 그림처럼 적막하게 가엾은 모습으로 서 있었다.

엘러리가 주위를 휙 둘러보고 여전히 마뜩찮아하는 손님들을 오두막 안으로 안내할 동안 아무도 입을 열지 않았다. 그들은 스스로의 감정을 통제하기 위해 노력하고 있었다. 재스퍼 보든만 예외였다. 강철 같은 그의 얼굴 위로 자리 잡은 엄중한 눈은 아무것도 놓치지 않았다. 핀치와 빌 에인절은 함께 실어 온 보든의 휠체어를 조작해 집 안으로 들어가느라 조금 애를 먹었다. 그러다 마침내 그들 모두 안으로 들어갔고, 경외심에 사로잡힌 어린아이들처럼 벽을 따라 나란히 늘어섰다. 탁자 위의 전등불이 황혼의 어둠을 밝혔고, 엘러리는 무대 한가운데에 섰다.

한동안 그는 한마디도 하지 않았고, 사람들이 현장의 분위기에 서서히 젖어 들어가는 것을 만족스럽게 바라보았다. 몇 주 전 그 사건이 있던 밤 이후로 아무것도 바뀐 것은 없었다. 다만 테이블 너머 공간이 말끔히 치워져 있었고, 벽의 옷걸이에 걸린 옷들이 사라졌다. 그리고 죽음의 냄새가 가시고 없었다. 그러나 그들이 그곳에 가만히 서 있거나 앉아서 공허한 공간을 바라보는 동안, 그들의 상상력은 고통 속에 얼어붙은 킴볼의 죽은 몸을 다시 소환했고, 그들은 바닥에 누운 시체를 상상의 눈으로 바라보고 있었다.

엘러리가 문으로 성큼성큼 걸어가며 불쑥 말했다.

"이제 잠시 실례를 무릅쓰고 소도구들을 가져오겠습니다. 연극을 올리기로 했으니 전문용어를 쓰는 게 좋겠죠. 움직이지 말아주십시오, 아무도."

그는 재빨리 나가서 등 뒤로 문을 닫았다. 그리고 빌이 앞으로 나서 문에 등을 기대어 버티고 섰다. 옆문이 닫혔다. 그러자 갑자기 깊고 어색한 침묵 속에서 소음이 일었다. 사람들의 눈에 공포 비슷한 것이 서렸다. 문이 열렸다. 키가 크고 호리호리한 엘라 아미티가 문 앞에 서 있었다.

"안녕하세요."

그녀는 천천히 말하며 주위를 둘러보았다. 모자를 쓰지 않아 불빛에 비친 빨간 머리가 불타는 것 같았고, 부스스한 머리가 후광처럼 빛났다.

"꼬마 엘라예요, 여러분. 들어가도 되죠?"

엘라는 조용히 앞으로 나서 문을 닫았고, 그 자리에 서서 빛나는 눈으로 이곳저곳을 둘러보았다. 잠시 후 사람들은 시선을 돌렸다. 신문기자의 콧구멍이 떨리기 시작했다.

"그러니까 여기가 그 사람이 죽은 곳이란 말이지. 응?"

존스가 테이블 너머 마룻바닥을 핏발 선 눈으로 바라보며 중얼거렸다.

"입 다물게, 버크."

핀치가 화를 내며 말했다. 프루 상원의원의 손이 턱수염을 계속 어루만지다가 갑자기 멈췄고, 그러다 다시 기묘한 힘으로 쓰다듬기 시작했다. 앤드레아는 살인이 있던 날 루시 윌슨이 앉았던 팔걸이의자에 앉아 있었다. 조금도 움직이지 않아서 잠이 든 것 같았다. 빌이 무심히 고개를 옆으로 돌렸다. 햇볕에 그을린 뺨 위로 지나치게 상기된 기색이 역력했다.

앞문이 다시 열렸다. 사람들은 놀랐지만, 그것은 엘러리였다. 그는 커다란 수트케이스를 끌고 들어와 문을 닫고 돌아섰다.

"엘라 아미티?"

엘러리는 중얼거렸다.

"이런, 이런. 엘라. 어디서 온 거예요?"

이유는 알 수 없었지만 그는 방해를 받았다고 느끼는 것 같았다.

"오늘 어느 작은 새가 저에게 속삭여줬어요."

빨간 머리 여자는 가볍게 말했다.

"여기에서 무슨 일이 일어나고 있다고 말이죠. 그래서 여기 왔답니다. 나한테 말도 안 해주고, 이러기예요?"

"여긴 어떻게 왔어요?"

"걸어서요. 몸매를 유지하는 데 좋죠. 걱정 말아요, 달링. 내 소매 끝엔 아무것도 감추지 않았으니까요. 전과도 없고. 난 밖에서 달빛을 받으며 강가에 있었어요. 아니면 햇빛인가? 아, 상관없어요. 여기서 뭘 하려는 거예요?"

"조용히 하면 직접 보게 될 겁니다."

엘러리는 불쑥 테이블로 다가가서 수트케이스를 올려놓았다.

"빌, 자네는 시내로 가서 내 심부름을 하나 해줬으면 하는데."

빌이 투덜거렸다.

"뭔데……?"

그러나 엘러리는 빌에게 갑자기 다가가 잠시 동안 목소리를 낮춰 급하게 말을 건넸다. 빌은 고개를 끄덕였다. 그러더니 빌은 사나운 눈빛을 하고 문을 밀어 열고 밖으로 사라졌다. 엘러리는 특별히 문에 대해 신경을 쓰는 것인지 다시 문을 꼭 닫았다. 그는 말없이 탁자로 돌아와서 수트케이스를 열고 안에 든 물건들을 꺼내기 시작했다. 드종 서장이 초기 조사를 마치고 범죄 현장에서 수거해 갔던 실제 증거물들로, 현실적인 무대 소품들이었다. 그가 말없이 작업을 하는 동안, 밖에서 자동차 소리가 들렸다. 커튼이 창문에 드리워져 있어서 밖은 볼 수 없었지만, 빌 에인절이 엘러리의 알 수 없는 심부름을 하러 트렌튼으로 떠나려는 소리였다. 사람들은 불편한 시선으로 서로를 힐금거렸다. 빌이 자동차를 출발시키는 데 문제가 있었는지, 엔진을 가열시키면서 어마어마한 소음이 일었다. 그 소리가 너무 커서 엘러리가 말을 시작하자 그 말을 듣기 위해 사람들은 몸을 앞으로 숙여야 했다. 이때쯤에는 전등 불빛이 고맙게 느껴졌다. 뜻밖에도 바깥의 어둠은 상당히 짙어져 있었다.

"자."

엘러리가 마지막 물건을 적당한 장소에 내려놓고 테이블로 돌아서서 허리를 펴고 전등 불빛 안에 가만히 서 있었다.

"무대가 마련되었습니다. 여러분은 김볼의 옷이 옷걸이에 걸려 있는 것을 보게 될 것입니다. 빌 에인절에게 생일선물로 주려던 포장된 문구 세트 패키지는 다시 벽난로 선반 위에 놓였고요. 깨끗한 빈 접시가 다시 한 번 테이블 위 전등 옆에 놓였습니다. 없는 것은 단 하나, 희생자의 시체뿐입니다. 그러나 그 부분은 확신하건대, 여러분 스스로의 상상력으로 채울 수 있을 겁니다."

엘러리는 어깨 위로 한 손을 휙 움직였다. 사람들의 눈은 여기에 복종해 손이 가리키는 바닥의 한 지점으로 향했다. 아무것도 없는 황갈색 카펫 위였지만, 그 자리에는 더 이상 없는 사지를 뻗은 시체가 머릿속에서 너무 쉽게 그려졌다.

전등 불빛을 받아 눈을 빛내며, 엘러리는 사무적인 말투로 말을 이어갔다.

"자, 이제 제가 여러분을 위해 그날, 6월 1일의 선행 사건들을 되짚어보겠습니다. 지금 제가 요약하는 내용이 순차적으로 어떤 일이 일어났는지 파악하는 데 도움이 될 겁니다. 제가 작성한 시간표가 완전히 정확하지는 않겠지만, 상대적인 시간만으로도 우리 목적에는 충분할 만큼 사건들 사이의 긴밀한 연관성을 보여줄 거예요."

프루 상원의원은 끼어들려고 시도했지만, 잠시 건조한 입술부터 먼저 축였다.

"그 목적이 뭐든 간에, 이건 그야말로 터무니없는 짓이고……."

"발언권은 87번가의 신사에게 있습니다."

엘러리가 말했다.

"의원님께서는 다른 분들처럼 침묵을 지켜주시면 감사하겠습니다. 의원님도 나중에 자유롭게 심중을 털어놓을 기회가 주어질 것입니다."

"조용히 해, 사이먼."

재스퍼 보든이 입 한쪽을 움직여 말했다.

"고맙습니다, 보든 씨."

엘러리는 손가락을 휘둘렀다.

"자, 보세요. 지금은 6월 1일 토요일 오후입니다. 밖에는 비가 내리고 있습니다. 비가 많이 오네요. 비가 창문을 두드리고 있습니다. 여기엔 아무도 없습니다. 밖은 아직 밝고, 전등은 켜지지 않았고, 선물 상자는 아직 벽난로 선반 위에 없습니다. 문은 닫혀 있고요."

누군가 떨리는 숨을 내쉬었다. 엘러리는 신속하게 무자비한 목소리로 말을 이었다.

"지금은 5시입니다. 조지프 켄트 킴볼은 뉴욕의 자기 사무실에 있습니다. 그는 필라델피아에서 낡은 패커드를 타고, 여기에는 들르지 않고 곧장 뉴욕으로 갔습니다. 여기 들렀다면 패커드를 여기 두고 링컨을 타고 뉴욕으로 갔을 테죠. 패커드가 측면 진입로에 세워져 있는 것이 발견되었다는 사실은 그 차가 그가 마지막으로 사용했던 차라는 것을 의미합니다.

이제, 그는 이미 전보를 두 통 부친 상태입니다. 하나는 빌 에인절에게, 다른 하나는 앤드레아에게요. 둘 다 정확히 같은 내용이었고, 9시에 이곳에서 만나자는 약속과 이곳의 위치에 대한 상세한 설명이 적혀 있었습니다. 오후에 그는 필라델피아 사무실에 있는 빌에게 전화해 전보에 쓴 내용을 추가합니다. 오늘 밤 꼭 만나러 나오라고 재촉하는 것이었습니다.

그는 5시에 뭘 했을까요? 그는 뉴욕의 사무실을 나와서 사무실 근처에 세워둔 패커드를 타고 홀랜드 터널을 거쳐 트렌튼으로 갑니다. 차 안에는 윌슨으로서의 특징을 보여주는 엉터리 샘플 상자와 필라델피아의 워너메이커에서 어제 산 생일선물 상자가 있습니다. 매제에게 줄 선물이죠. 그는 7시 이 오두막에 도착해 옆길로 차를 진입시켰습니다. 아직도 비가 오고 있어요. 잠시 후 비가 그칩니다. 한편 비는 앞선 발자국과 타이어 자국을 모두 씻어버리고, 아무도 밟지 않은 깨끗한 평지만 남았습니다."

프루 상원의원은 "노파의 지겨운 잔소리" 같은 말을 중얼거렸지만, 늙은 백만장자가 노려보자 곧 입을 다물었다.

엘라 아미티가 쏘아붙였다.

"조용히 하세요, 의원님. 아시다시피 여기는 의회가 아니라고요. 계속해요, 엘러리. 당신이 날 매료시키고 있어요."

"김볼은 이 방에 있습니다."

엘러리는 마치 아무 일도 없었던 것처럼 냉정하게 말했다.

"그는 안을 돌아다니다가 선물을 벽난로 위에 올려놓고, 창문 앞에서 멈춰 하늘을 살펴봅니다. 그는 하늘이 맑게 갠 것을 봅니다. 아직 시간은 이릅니다. 그는 마음이 진정되지 않고, 자꾸 걱정이 됩니다. 그는 앞으로 다가올 고해라는 시련에서 마음을 돌릴 만한 것이 필요합니다. 그래서 그는 옆문을 통해 밖으로 나가서 길을 따라 터덜터덜 걸어 보트하우스로 갑니다.

단단해진 진흙 위에 그의 발자국을 남기면서요. 그는 요트를 꺼내고 마음을 가라앉히기 위해 델라웨어 강을 질주합니다. 이 때가 7시 15분입니다."

자리에 앉은 사람들은 의자의 팔걸이를 잡고 몸을 앞으로 기울이고 있었다. 서 있는 사람들은 의자 등받이를 잡고 서 있었다.

"지금까지 나는 일어났을 가능성이 있는 일을 설명했습니다."

엘러리는 말을 이었다.

"왜냐하면 지금까지의 설명은 지금은 죽어서 땅에 묻힌 남자와 관련된 것이기 때문입니다. 하지만 이제부터는 살아 있는 사람들의 이야기로 돌아오겠습니다. 앤드레아, 당신의 도움이 필요해요. 지금은 8시입니다. 당신은 지금 막 차를 타고 오두막에 도착했습니다. 존스 씨에게 빌린 캐딜락 로드스터는 캠든 방향으로 난 주 진입로에 주차해두었습니다. 그때 뭘 하셨는지 재연해주겠습니까?"

앤드레아는 말없이 일어서서 문으로 갔다. 냉랭하고 창백하게 질린 얼굴 때문에, 젊고 싱싱한 얼굴이 유령처럼 보였다.

"제가…… 밖으로 나가야 하나요?"

"아뇨, 아닙니다. 지금 막 문을 열었다고 치죠. 문이 열려 있다고 가정하고요."

"전등이, 꺼져 있었어요."

그녀가 속삭였다.

엘러리가 전등을 껐다. 방 안은 어두워졌다. 어둠 속에서 그의 목소리가, 알 수 없는 곳에서 울리면서 사람들의 등줄기를 타고 냉기가 번졌다.

"그때는 이렇게 어둡지 않았습니다. 밖에서 아직 빛이 들어오고 있었어요. 계속해요, 앤드레아!"

사람들은 앤드레아가 천천히 테이블 쪽으로 움직이는 소리를 들었다.

"난…… 난 안을 들여다봤어요. 방은 비어 있었습니다. 물론, 볼 수는 있었죠. 지금 여긴 어둡지만요. 나는 테이블로 갔고 전등을 켰어요……. 이렇게."

딸깍 소리가 나며 불이 켜졌다. 앤드레아는 테이블 옆에 서서, 얼굴을 돌리고, 손은 싸구려 전등갓 아래 줄을 잡았다. 그러다 그녀의 손이 내려왔다. 그녀는 뒤로 물러나서 벽난로와 옷걸이, 바스러지는 우중충한 벽을 둘러보았다. 그녀는 손목을 힐금 보았다. 그러더니 돌아서서 다시 문으로 갔다.

"이게 제가 한 일의 전부예요……. 그때는."

앤드레아가 다시 속삭였다.

"제1장 끝. 감사합니다. 이제 앉으셔도 됩니다."

앤드레아는 순순히 앉았다.

"앤드레아는 한 시간 일찍 왔음을 깨닫습니다. 그래서 밖으로 나가 로드스터를 타고, 캠든을 향해 드라이브를 갑니다. 아마도 덕 아일랜드로 갔을 겁니다. 그녀의 진술대로 한 시간 정도 드라이브를 하려고요."

엘러리는 간결하게 말했다.

"범인은 8시 15분에 도착합니다."

그는 말을 멈췄다. 견딜 수 없는 침묵이 흘렀다. 그들은 마치 천재지변이 아주 오랫동안 사람 모습으로 조각해놓은 바위 같왔다. 그 밤, 천장이 낮은 음침한 방, 밖에서 들리는 소름 끼치는 속삭임, 그런 것들이 그들의 의식 주위에서 비틀려 감겼고, 떨쳐낼 수 없었다.

"범인은 페어마운트 파크 루시 월슨의 집 차고에서 훔친 포드 쿠페를 타고 8시 15분에 캠든 방향에서 이곳에 옵니다. 언제 왔는지는 사실 중요하지 않아요. 그 여자는 이제 밖에 있습니다. 그녀는 조심스럽게 문밖 돌계단을 오릅니다. 그녀는 문을 열고, 재빨리 안으로 들어와서, 문을 다시 닫고, 한 바퀴를 획 돌고, 준비를 합니다……."

엘러리는 이제 문 옆에 서서, 자신의 역할을 연기해냈다. 사람들은 홀린 표정으로 그의 몸짓을 따라 시선을 돌렸다.

"하지만 그녀는 이곳이 비어 있음을 알게 됩니다. 그녀는 긴장을 풀고, 베일을 벗습니다. 잠시 동안 그녀는 혼란스럽습니다. 여기에서 자신의 희생자를 만날 거라 기대했거든요. 잠시 후 그녀는 그가 여기 오긴 왔지만 어디론가 나갔음을 깨달았죠. 패커드가 밖에 있고, 안에 있는 전등이 켜져 있었으니까요. 김볼은 근처에 있을 겁니다. 그녀는 기다립니다. 간섭을 받게 되리라고는 예상하지 않습니다. 이곳은 외진 곳이고 그녀와 김볼 말고는 이 세상 누구도 이곳과 김볼과의 관계를 알지 못한다고 믿기 때문입니다. 그녀는 쉬지 않고 서성입니다. 그녀는 벽난로 위 선물 상자를 봅니다."

그는 벽난로로 걸어가서 손을 뻗어, 상자의 포장지를 무자비하게 찢었다. 선물 세트가 드러났다. 엘러리는 선물 세트를 테이블로 가져가 그 위로 몸을 굽혔다.

"당연히 그녀는 보호용 장갑을 끼고 있습니다."

엘러리는 중얼거리며 아직도 핏자국이 남은 봉투칼과, 이제는 수많은 손을 거쳐 간 작은 카드를 들어 올렸다.

"이 여인에게 어떤 기회가 주어졌는지 보세요."

그는 허리를 펴며 날카롭게 말했다.

"그녀는 이 문구 세트가 루시 윌슨과 조지프 윌슨이 주는 선물임을 암시하는 카드를 발견합니다. 그녀는 루시 윌슨에게 누명을 씌우기 위해 루시의 차를 훔쳤습니다. 그러나 여기에, 그녀의 손안에, 더 멋진 것이 있습니다. 루시 윌슨을 범인으로 지목할 수 있는 무기가요! 범인이 사용하려던 무기가 무엇이었든 간에, 그녀는 즉시 그것을 버립니다. 그녀는 이 봉투칼을 사용하기로 합니다. 이로써 또 다른, 그리고 더 강력한 고리가 루시 윌슨과 연결될 것입니다. 물론 그녀는 자신이 얼마나 운이 좋은지 알지 못합니다. 이 칼에 루시 윌슨의 지문이 묻어 있다는 것을 범인은 알 길이 없었으니까요. 아무튼 그녀는 상자를 다시 벽난로 위에 돌려놓습니다. 그러나 칼은 돌려놓지 않았습니다. 칼은 그녀의 손에 있습니다."

사교계 여인이 굳은 입술 사이로 신음을 냈다. 그러나 스스로는 그 사실을 의식하지 못하는 것 같았다. 여전히 변함없는 멀건 시선으로 엘러리를 바라보고 있었기 때문이었다. 엘러리는 피 묻은 칼을 단단히 잡고, 옆문 쪽으로 슬며시 다가갔다.

"그녀는 발소리를 듣습니다. 강 쪽에서 다가오는 소리예요. 그녀의 희생자일 겁니다. 그녀는 이 문 옆에 서서 칼을 치켜듭니다. 문이 열리면서 그녀의 몸을 감춰줍니다. 강에서 항해를 하고 돌아온 조지프 켄트 김볼이 그 자리에 서 있습니다. 그는 신발에 묻은 진흙을 문턱에 문질러 떼어냅니다. 그는 문을 닫

고 안으로 들어섭니다. 등 뒤의 악인은 의식하지 못한 채. 시간
은 8시 30분이 조금 지났습니다. 몇 초 아니면 몇 분 정도."

엘러리가 갑자기 달려들었다.

"그녀가 움직이는 소리가 납니다. 테이블 뒤에 서 있던 김
볼이 뒤를 홱 돌아봅니다. 순간적으로 그들은 서로를 마주 봅
니다. 그녀는 다시 베일을 내렸지만 그는 그녀의 체형을, 그녀
의 옷을 봅니다. 그때 칼이 그의 심장을 뚫고, 그는 쓰러집니
다……. 그는 죽은 것 같습니다."

놀랍게도 앤드레아의 어머니가 흐느끼기 시작했다. 여전히
엘러리를 노려보면서, 눈물이 천천히 그녀의 희미하게 주름진
뺨을 타고 흘러내렸다. 그녀는 분노에 차서 흐느꼈다.

"자, 지금 무슨 일이 일어나고 있습니까?"

엘러리는 속삭였다.

"칼은 김볼의 심장에 꽂혀 있습니다. 이제 범행을 완성하기
위해 필요한 것은 도주밖에 없습니다. 그때……."

"제가 돌아왔어요."

앤드레아가 낮은 목소리로 말했다.

"맙소사."

핀치가 졸린 목소리로 말했다.

"앤드레아, 네가 그때 말하기로는……."

"조용히 해요!"

엘러리가 쏘아붙였다.

"당신이 뭘 들었든 신경 쓰지 말아요. 엄청나게 많은 허위진
술이 있었고, 그사이에서 우리는 진실에 도달하기 위해 엄청난
헛수고를 해야 했습니다. 앤드레아! 계속 합시다."

엘러리는 앞문으로 달려가 그 옆에 섰다.

"범인은 돌아오는 차 소리를 듣습니다. 누군가 오고 있어요. 계산이 잘못된 거죠! 그녀는 차가 그냥 지나가기를 바랍니다. 그러나 그러지 않고, 차는 문밖에서 멈춥니다. 그래도 그녀는 옆문으로 달아날 시간이 있습니다. 그러나 그녀는 포드를 타고 필라델피아로 돌아가고 싶습니다. 이 상황을 어떻게든 처리할 수 있다고 믿습니다. 그녀는 문 옆에 쭈그리고 앉아서……."

이제 앤드레아가 문가에 서 있었다. 그녀는 몽유병자처럼 천천히 움직여, 황갈색 카펫을 가로질러 테이블로 다가갔다. 시선은 카펫 뒤 부분에 고정되어 있었다.

"다리밖에 보이지 않습니다."

엘러리가 부드럽게 말했다.

앤드레아는 테이블 옆에 멈춰 서서, 테이블을 바라보며 망설였다. 그러다가 엘러리가 그녀 옆으로 뛰어갔고, 그의 팔이 앤드레아의 머리를 향해 내려갔다. 앤드레아는 숨을 들이마셨다.

"범인은 뒤에서 앤드레아를 공격했고, 그녀는 무의식 상태가 됩니다. 앤드레아는 바닥에 쓰러집니다. 여자는 잽싸게 움직입니다. 그녀는 이제 자신이 누굴 공격했는지 확인합니다. 경고장을 남겨야 합니다. 그런데 쓸 것을 가지고 있지 않습니다. 그래서 앤드레아의 백을 뒤집니다. 거기에도 아무것도 없습니다. 그녀는 집 안을 뒤집니다. 펜도 연필도 없습니다. 김볼이 몸에 지니고 있던 펜은 다 말랐습니다. 문구 세트에 잉크는 없습니다. 자, 이제 어떻게 해야 할까요?

그러다 그녀는 봉투칼의 끝에 꽂혀 있던 코르크를 보고 영감을 떠올립니다. 그녀는 포장지를 찢고, 테이블로 코르크를 가지고 가서, 죽은 사람의 몸에서 칼을 뽑고, 그 끝에 다시 코르크를 꽂은 후 종이 성냥으로 코르크를 그슬립니다. 그녀는 코르크를 불에 그슬리고, 글을 쓰고, 다시 그슬리고, 쓰고, 다 탄 성냥을 접시에 떨어뜨립니다. 마침내 쪽지가 완성되었습니다. 앤드레아에게 이날 밤 무엇을 보았든 간에 아무 말도 하지 말라고, 그렇지 않으면 어머니의 목숨을 앗아갈 것이라는 내용의 경고입니다."

"아, 앤드레아, 아가."

제시카가 힘없이 신음했다.

엘러리는 한 손으로 손짓을 했다.

"이 여인은 쪽지를 앤드레아의 축 늘어진 손안에 밀어 넣습니다. 그녀는 불에 탄 코르크가 꽂힌 칼을 탁자 위에 내려놓습니다. 그러고는 이곳을 나가 포드를 타고 떠납니다. 앤드레아는 9시쯤 정신이 듭니다. 그녀는 쪽지를 읽고, 시체를 보고, 그 시체가 자신의 의붓아버지임을 확인하고, 그가 죽었다고 생각해 비명을 지르고 달아납니다. 그러고 나서 빌 에인절이 도착했고, 죽은 남자에게 말을 겁니다."

엘러리는 기묘한 억양으로 말했다.

"이것이 제가 들은 대로의 내용입니다."

다시 한 번 끔찍한 침묵이 깔렸다. 그러다 프루 상원의원이 천천히, 분노나 유감의 감정 없이 담담하게 물었다.

"그게 무슨 뜻입니까, 퀸?"

엘러리가 차가운 목소리로 말했다.

"이 대본의 한 페이지가 누락되었다는 겁니다. 뭔가가 생략되었어요. 앤드레아!"

그녀는 고개를 들었다. 공기 중에 대단히 이상한 무언가가 감돌았다. 앤드레아는 경계하며, 긴장한 자세로 꼿꼿이 앉았다.

"네?"

"여기에 두 번째로 왔을 때, 머리를 얻어맞기 전에 뭘 봤습니까? 이 테이블 위에서 뭘 봤죠?"

그녀는 입술을 축였다.

"전등. 접시. 접시에는……."

"네?"

"성냥개비가 여섯 개 있었어요."

"참 흥미롭죠."

엘러리는 사람들을 향해 몸을 숙였다. 가늘게 뜬 그의 눈이 위태로워 보였다.

"들으셨습니까? 여섯 개의 성냥개비. 자, 이것을 좀 더 과학적으로 살펴보기로 하죠. 앤드레아는 공격을 당하기 전, 살인자가 아직 여기 있는 동안, 접시 위에 여섯 개의 다 탄 성냥개비가 있는 것을 보았다고 말하고 있습니다. 명백하게 중요한 사실이죠. 이것이 모든 것을 바꾸어놓습니다. 안 그렇습니까?"

그의 말투에 깃든 기묘한 느낌에, 사람들은 스스로의 혼란, 소심함, 말할 수 없는 끔찍한 생각을 확인하려 서로의 얼굴을 바라보았다. 엘러리의 목소리가 그들을 다시 끌어당겼다.

"그러나 이때는 코르크를 불에 그슬리기 전이었습니다. 따라서 이 여섯 개비의 성냥은 코르크를 그슬리기 위해 사용된 것이 아니었어요. 그건 제가 범행 이후에 스무 개의 성냥을 모두 다 썼다고 생각했을 때 내렸던 결론이었습니다. 아뇨, 아닙니다. 그중 여섯 개는 완전히 다른 목적으로 사용된 것입니다. 만일 그 성냥들이 코르크를 그슬리는 데 사용된 게 아니라면, 왜 성냥을 켰을까요?"

"왜죠? 도대체 왜요?"

엘라 아미티가 재빨리 물었다.

"간단합니다. 아주 간단해요. 지나치게 간단하죠! 일반적인 경우 성냥을 켜는 이유는 무엇일까요? 불을 붙이려던 것일까요? 하지만 이 안에 불에 탄 것은 아무것도 없었습니다. 전에도 설명한 적이 있지만, 오두막의 안에도 밖에도, 타다 남은 잔해나 재 같은 것은 전혀 없었습니다. 그 코르크를 그슬리기 위한 것도 아니었습니다. 앤드레아가 성냥개비 여섯 개를 보았다고 했을 때 칼은 아직 시체에 박혀 있었으니까요. 그러므로 코르크 때문은 아닙니다.

불을 밝혀 어둠 속에서 길을 찾기 위해서였을까요? 하지만 이 안에는 불빛이 있었고, 밖은 김볼의 발자국 말고는 다른 발자국은 없었습니다. 그러나 김볼도 바깥의 불빛이 필요하지 않았을 겁니다. 그가 돌아와 가슴에 칼을 맞았을 때는 밖이 아직 환했을 때니까요. 열을 위해서? 벽난로 쇠살대에는 재가 없었고, 부서진 낡은 석탄 난로는 사용한 적이 한 번도 없습니다. 그리고 가스도 없습니다. 그렇다면—그럴 리는 없겠지만—고문을 위해서? 논리적으로 가능하기는 합니다. 이것은 폭력적인 살인이었고, 정보를 얻기 위해 희생자를 고문했을 가능성도 생각해볼 수 있습니다. 그렇지만 제가 일전에 검시관에게 희생자의 몸에 화상 자국이 있는지 찾아봐달라고 구체적으로 부탁했었습니다. 아뇨, 그런 자국은 없었습니다. 그렇다면 도대체 이 여섯 개의 성냥은 무엇에 사용된 것일까요?"

"이상한 얘기처럼 들리는데."

존스가 중얼거렸다.

"그럴 겁니다."

엘러리가 쏘아붙였다.

"한 가지 가능성이 없었다면 말이죠. 단 하나 가능성이 남았습니다. 성냥은 흡연에 사용되었습니다."

"흡연!"

엘라 아미티의 입술이 벌어졌다.

"하지만 당신이 재판에서 그 성냥은 흡연에 사용되었을 리 없다고 말했잖아요!"

엘러리는 눈을 깜박거렸다.

"난 코르크가 그슬리기 전에 앤드레아가 여섯 개의 성냥개비를 봤다는 걸 몰랐어요. 그러니 그 얘긴 이제 접어둡시다. 앤드레아?"

"네?"

다시 한 번 긴장하면서도 멍한, 그녀답지 않은 표정이 떠올랐다.

엘러리는 수트케이스에서 봉투를 하나 꺼냈다. 그는 봉투 속 내용물을 흔들어 테이블 위 접시 위에 쏟았다. 반쯤 탄 성냥개비들이 쏟아져 나왔다. 그들은 혼란스러운 얼굴로 엘러리를 바라보았다. 그는 성냥개비 여섯 개만 남기고 나머지는 봉투에 다시 집어넣었다.

"이쪽으로 오세요."

앤드레아는 힘없이 일어서서, 뻣뻣하게 걸어 그에게 다가갔다.

"네?"

그녀가 다시 말했다.

"잘 진행되고 있죠? 안 그렇습니까?"

엘러리는 비아냥거리는 말투로 중얼거렸다.

"좋아요. 당신은 그날 밤 8시 35분에 이곳에 돌아왔고, 테이블 옆에서 머리를 얻어맞습니다. 여기 접시 위에 성냥개비 여섯 개가 있습니다."

"그래서요?"

앤드레아는 목소리마저도 지치고 기운이 없었다. 젊음의 한가운데서 인생의 막다른 끝에 부딪친 것 같았다.

"이 테이블을 봐요, 앤드레아."

엘러리의 목소리에 깃든 강철 같은 심지에 그녀는 멍한 상태에서 깨어나 화들짝 놀랐다. 앤드레아는 뒤로 한 걸음 물러나 아래를 내려다보고, 고개를 들어 테이블을 보았다.

"전등이 있고, 접시에는 성냥개비 여섯 개가 있어요. 이게 전부였습니까?"

"전부?"

"뭔가 다른 게 있지 않았습니까? 생각해요, 앤드레아! 생각하고 보고 진실을 말해요."

그는 무자비한 목소리로 덧붙였다.

"난 진실을 원해요, 앤드레아. 이번만큼은."

그의 태도 중에서 무언가가 그녀의 내면 어딘가에 살아 있는 신경을 건드렸다. 그녀는 멍한 얼굴로 집중하며 미친 듯이 노려보았다.

"난⋯⋯."

그러더니, 믿을 수 없는 일이 일어났다. 앤드레아의 시선이 테이블로, 성냥이 놓인 접시로 돌아왔다. 그 시선이 그곳에 잠시 동안 머물러 있다가, 천천히, 저항도 소용없는 어떤 힘이 잡아끌기라도 하듯이, 접시에서 10센티미터 정도 떨어진 지점으로 옮겨 갔다. 그곳에는 아무것도 없었다. 그러나 앤드레아는 그곳에서 뭔가를 봤다. 그녀의 얼굴이 그렇게 말하고 있었고, 그녀의 눈이, 움켜쥔 그녀의 손이, 빨라진 호흡이 그렇게 말하고 있었다. 압지에서 번지는 잉크처럼 그 사실이 그녀에게서 넘쳐흐르는 것이 보였다. 그것을 보고 있는 이들에게 그녀의 얼굴에 떠오른 괴로움, 망설임, 고통이 고스란히 보였다.

"아."

앤드레아가 속삭였다.

"아아, 세상에."

"이제는 무슨 거짓말을 나에게 해줄 생각입니까, 앤드레아?"

엘러리의 목소리가 채찍처럼 떨어졌다.

그녀의 어머니가 벌떡 일어났지만, 곧 멈췄다. 그로브너 핀치는 뭔가 알 수 없는 말을 했다. 프루 상원의원은 하얗게 질렸다. 버크 존스는 숨을 헐떡였다. 휠체어에 앉은 노인만이 살아서 파닥이는 이들 가운데 시체처럼 움직임 없이 앉아 있었다.

"거짓말⋯⋯?"

앤드레아는 목이 막혔다.

"무슨 말이에요? 난 당신에게⋯⋯."

"또 다른 거짓말을 하려고 했죠."

엘러리는 소름이 끼치도록 부드럽게 말했다.

"그 거짓말로 우릴 괴롭힐 필요는 없어요. 난 이젠 알아요, 젊은 아가씨. 한참 전부터 알고 있었어요. 거짓말, 전부 거짓말이었습니다. 여섯 개의 성냥개비라는 거짓말. 머리를 얻어맞았다는 거짓말. 당신이 받았다는 '경고'에 관한 거짓말. 모든 게 다 거짓이었죠! 왜 당신이 거짓말을 했는지 말해줄까요? 이 피비린내 나는 방정식에서 당신이 어떤 변수였는지 말할까요? 내가……?"

"오, 자비하신 하느님."

앤드레아의 어머니가 거칠게 말했다. 재스퍼 보든의 푸르스름한 입술 오른쪽의 반이 걷잡을 수 없이 떨리며 저항의 기색을 보였다. 나머지는 그저 가만히 앉아 있었다…….

전등 불빛 안에서 앤드레아가 바닥에 못 박힌 것처럼 꼿꼿이 서 있었다. 무엇 때문인지는 몰라도 다른 사람들에게는 명백했다. 그녀의 죄. 그녀의 입술이 할아버지의 입술처럼 움직였지만, 아무 소리도 만들어내지는 못했다. 그러더니 이미 공포에 빠져 있던 사람들의 눈길을 사로잡으며, 앤드레아는 잽싼 몸놀림으로 옆문으로 곧장 달아나더니 사라졌다.

너무 갑작스러운 일이라서 자동차 엔진의 기침 소리가 귀에 닿을 때까지 그들은 마비된 채 움직이지도 못했다. 엘러리조차도 그 자리에 꼼짝 못 하고 서 있었다. 그러다 자동차가 굉음을 내며 믿을 수 없는 속도로 내달리는 소리가 들려왔다.

프루 상원의원이 비명을 지르며 문을 향해 달렸다.

"저 여자애가 무슨 짓을 한 거야, 이런 빌어먹을?"

그의 외침이 주문을 깼다. 사람들은 정신을 차리고 그의 뒤

를 따라 쫓아 나갔다. 순간 오두막 안에는 휠체어의 노인만 남
았다. 그는 혼자 앉아서, 멀쩡한 한쪽 눈으로 초점 없이 열린
문을 바라보았다.

밖으로 나온 사람들은 서로 발을 뒤엉키며 허둥댔다. 어둠
속에서 자동차의 후미등이 재빠르게 램버튼 로드를 따라 덕 아
일랜드 쪽으로 사라지는 것이 보였다. 사람들은 각자의 차를
향해 달려갔다. 누군가 외쳤다.

"내 차가…… 움직이지 않아요!"

다른 사람의 외침도 들렸다.

"내 차도요! 이게 무슨……?"

"휘발유 냄새예요. 누군가 연료 탱크를……."

엘러리가 중얼거렸다.

"빌어먹을, 에인절이야!"

맹렬한 욕설이었다.

"앤드레아와 공모한 거야! 그 두 사람이……!"

그러자 다른 누군가가 외쳤다.

"내 차요……. 여기에는 휘발유가……."

자동차의 플라이휠이 회전하는 소리가 들렸다. 차 한 대가
진입로로 쏜살같이 올라서더니 램버튼 로드를 향해 질주했다.
그 차는 곧 첫 번째 차를 뒤따라 시야에서 사라졌다.

그들은 도로 위에 망연자실한 채로, 어둠 속에서 굳어진 채
서 있었다. 모든 것이 비현실적이었다. 이 밤, 이 도로 위, 이
오두막집 옆, 이 하늘 아래 그 무엇도 가능해 보이지 않았다.
그들은 그저 멍청하게, 짐승처럼 바라보고 숨을 쉴 뿐이었다.

그러다 엘러리가 말했다.

"멀리 가진 못할 겁니다. 자동차 연료 탱크에 휘발유가 조금씩 들어 있을 거예요. 그걸 모아서 뒤쫓아 갑시다!"

*

두 번째 차의 운전자는 신경을 곤두세운 채 마구잡이로 차를 몰면서, 저 멀리 붉은 점으로 보이는 불빛을 노려보며 달렸다. 길은 칠흑같이 어두웠다. 그들은 이미 덕 아일랜드 어딘가에 와 있었다. 밤, 하늘, 도로, 이 모든 것이 끝없이 계속되는 것처럼 보였다. 저 멀리 붉은 점이 미친 듯이 춤을 추고, 위아래로 요동하고, 떨어지다가 멈췄다. 두 번째 차가 돌진하는 동안 붉은 점은 점점 커졌다. 무슨 일이 일어났다. 지금 앤드레아는 겁에 질리고, 극도로 흥분한 상태였다. 그런 상태로 자동차를 운전할 수 있다는 것 자체가 경이로웠다.

두 번째 차의 브레이크가 굉음을 울렸고, 차가 비틀거리다 갑자기 멈췄다. 운전자의 몸이 운전대 쪽으로 쏠렸다. 길 건너편에 세워진 차 운전대 뒤로 앤드레아의 얼굴이 짙은 청색의 얼룩으로 보였다. 그녀는 운전석에 주저앉아서, 아무런 희망도 없이 바다처럼 펼쳐진 밤을 바라보고 있었다. 그녀가 도주에 선택한 차는 대형 세단이었다. 차는 도로에서 약간 벗어나 달리다가 나무를 들이받았다. 빛이라고는 저 멀리 별빛뿐이었다.

"앤드레아!"

그녀는 듣는 것 같지 않았다. 그녀의 오른손이 목으로 올라가 목을 눌렀다.

"앤드레아, 왜 도망갔니?"

앤드레아는 이제 무서웠다. 정말로 무서웠다. 공포에 압도당한 그녀는 천천히 고개를 돌렸다. 희미한 불빛 속에 그녀의 눈이 빛을 받아 반짝였다. 추적자는 두 차 사이 공간 위에, 손을 느슨하게 늘어뜨리고 차분하게 서 있었다.

"앤드레아, 애야. 날 무서워할 필요 없어. 내가 이 모든 일에 진력이 났다는 건 신께서도 아실 거다. 난 널 해치지 않을 거야. 네가 알아주기만 한다면."

두 차 사이에서 어두운 얼굴이 움직이고, 자리를 잡고, 다시 차분해졌다.

"그들이 곧 쫓아올 거야. 앤드레아, 너 그날 밤, 테이블 위에 있던 게 생각난 거지? 그것……."

앤드레아의 입술이 소리 없이 움직였다. 그녀의 성대가 공포의 압력에 눌려 마비되어버린 것 같았다.

저 멀리 도로에서 자동차 한 대가 어두운 먼지를 헤치고 달려왔다. 전조등이 곤충의 더듬이처럼 파이프 모양의 빛줄기를 내뿜으며 어둠을 헤집고, 하늘을 약간 밝히며 달려오고 있었다.

"저 사람들이 오기 전에……."

말하던 사람은 잠시 멈추고, 어린아이 같이 무기력하게 한숨을 쉬었다.

"널 해치려는 의도는 전혀 없었다는 걸 네가 알아줬으면 좋겠다. 네가 그날 밤 오두막 안에 들어와서 전혀 예상치 못하게 내 옆에 왔을 때 말이야. 난 때릴 때도 그게 너인지 몰랐어. 그러고 나서, 네가 쓰러졌을 때…… 난 널 죽일 수가 없었어, 앤드레아. 그건 정신 나간 짓이었겠지. 내가 조 깁볼을 죽인 건 그자가 더 이상 살 가치가 없는 인간이었기 때문이야. 죽음만이 그자가 한 짓을 씻어낼 수 있었고, 누군가는 그자를 보내버려야만 했어. 그게 내가 아닐 이유가 있을까? 자, 그렇게 된 거다. 다 끝났어. 그 탐정은 네가 조를 죽였다고 생각하고, 네가 달아난 게 네가 죄를 지어서 그런 거라고 생각하고 있어. 난 네가 왜 달아났는지 안다, 앤드레아. ……그날 밤 테이블 위에서 본 게 기억이 나서 그랬던 거지.

물론 네가 의심을 받고 있는데 계속 입을 다물어달라고 더 이상은 너에게 종용할 수가 없어. 난 내가 영리하게 처리할 수 있을 줄 알았어. 왜 죽어 마땅한 목숨을 끊었다고 해서 내 인생을 희생해야 하는지 그 이유를 납득할 수 없었어. 이제야 그 일을 단순하게, 아무런 계획 없이 했어야 했다는 걸, 그리고 나 자신을 포기했어야 했다는 걸 알겠다. 그랬다면…… 아마, 더 깔끔했겠지."

길 위에 서 있던 변함없던 얼굴에 힘없는 미소가 떠올랐다. 앤드레아가 갑자기 울음을 터뜨렸다. 흐느끼는 울음이 그녀의 목에서, 공포가 아닌 동정심에 의해 터져 나왔다.

앤드레아 근처에서 누군가의 손에 쥔 물체가 번쩍였다. 세단 안쪽에서 번개 같은 손의 움직임이 있었고, 그와 동시에 차분한 말소리가 들렸다.

"안녕, 앤드레아. 날 기억해다오……. 날 기억해줘. 그녀도…… 날 기억해주기를."

손이 다시 날렵하게 움직였다. 그 손은 이번에는 위쪽을 향했다.

앤드레아가 비명을 질렀다.

"아, 안 돼요!"

빌 에인절이 두 번째 차 뒤쪽에서 으르렁거렸다.

"앤드레아, 맙소사! 몸을 숙여요!"

손에 권총을 든 남자들이 도로 옆 세단 뒤에서 쏟아져 나왔다. 세단의 뒷문이 벌컥 열렸다. 빌 에인절이 도로로 달려 나왔다.

도로 위 추적자의 얼굴이 경련을 일으켰다. 손가락이 구부려지고, 충격적인 총성과 연기, 불꽃이 번쩍 터졌다. 그러나 추적자는 단순히 휘청거릴 뿐, 쓰러지지 않았다. 엄청난 충격이 그 잘생긴 얼굴 위로 떠올랐다가, 곧바로 씁쓸함과 결의로 바뀌었다.

"날 속였군!"

그가 중얼거렸다.

추적자의 형체가 쓸모없는 권총을 떨어뜨리고 앞으로 쏠리면서 빌의 멱살을 잡고 빌의 손에 들린 무기를 난폭하게 낚아챘다. 둘은 도로 위에서 한바탕 몸싸움을 벌였다. 이제 막 도착한 세 번째 차의 전조등 불빛에 이 광경이 적나라하게 비춰졌다. 도로 옆에서 튀어나온 두 남자는 개미들처럼 서로를 덮치고, 허우적대고, 서로를 움켜쥐고, 소리를 질렀다.

총성이 또 울렸다. 마치 그것이 신호였던 것처럼 몸싸움이 멎었고 두 남자는 서로 떨어졌다. 어두운 하늘 아래 정적이 흘렀다. 세 번째 차에서 쏟아져 나온 사람들은 그 자리에서 멈췄다. 이젠 조지프 켄트 김볼 살인범의 얼굴에 충격은 없었다. 오직 평화뿐이었다. 형체는 평화롭게 길 위에 누워, 죽음 안에서 안식을 취하고, 영원히 잠들었다.

앤드레아가 뻣뻣하게 말했다.

"빌, 아, 빌. 당신이 저 사람을……."

빌은 숨을 헐떡이며, 밤공기를 폐 속으로 한껏 들이마셨다. 그는 가슴을 들썩이며 조용히 형체를 내려다보았다. 빌의 권총은 여전히 시체의 손가락 안에 쥐어져 있었다.

"자살이에요. 내 총을 빼앗으려고 싸웠어요. 나는 막을 수 없었고요. 죽었나요?"

드종 서장이 도로 위에 쪼그리고 앉아, 움직임 없는 가슴 위에 머리를 대고 숨소리를 확인했다. 그러더니 엄숙한 얼굴로 일어섰다.

"죽었습니다. 퀸 씨?"

엘러리가 달려왔다.

"괜찮아요, 앤드레아?"

"괜찮아요."

그녀의 목소리는 작았다. 갑자기 앤드레아는 세단의 앞문을 더듬어 열고 밖으로 나와, 흐느끼며 빌의 품에 안겼다.

"퀸 씨?"

드종 서장이 다시 불렀다. 그는 적잖이 당황하는 것 같았다.

"다 기록했습니다. 속기사가 도로 옆에서 받아 적었어요. 그건 자백이었어요. 그리고…… 음, 그게, 아무래도 폴런저와 내가 당신에게 사과를 해야 할 것 같군요."

"사과를 받아야 할 사람은 여기 이 젊은 여인입니다."

엘러리가 말했다. 그는 빌의 목을 감고 있는 앤드레아의 차가운 손가락을 살짝 눌렀다.

"잘했어요, 앤드레아. 정말 잘했어요. 내가 마지막까지 확신할 수 없었던 한 가지는 당신이 달아났을 때 우리 친구가 보일 반응이었습니다. 당신에겐 비극으로 끝날 수도 있었어요. 나는 내 친구들 중 일부를 정확한 장소에 미리 보내 그걸 막았죠. 탄환을 공포탄으로 바꾸는 작은 수고도 들였고요. 잘했어요, 앤드레아. 내 지시를 아주 정확히 잘 따랐습니다."

세 번째 차를 탄 사람들은 아무 말도 안 하고, 아무것도 하지 않았다. 그들은 아무것도 아니었다. 그들은 그저 도로 위에 누워 있는 시체를 바라볼 뿐이었다.

*

월요일 아침, 엘러리가 말했다.

"비록 내가 바쁜 사람이긴 해도 이런 걸 놓칠 수야 없죠."

그들은 머서 카운티 법원의 아이라 V. 메낸더 판사의 개인 사무실에 모여 있었다. 전날 일요일은 공식적인 절차에 따라 루시를 석방할 수 없었다. 그러나 이날 아침 빌은 메낸더 판사에게 '새로운 증거'를 기반으로 새로운 재판을 열어달라는 요청서를 제출했고, 여기에는 폴린저 검사도 자동으로 참여하게 되었다. 그러자 판사는 곧 루시 윌슨에 대한 기존의 판결을 무효 처리했고, 폴린저는 기소를 철회하도록 조치를 취했다. 요청서는 승인되었고, 빌은 앤드레아와 함께 루시의 석방을 명령하는 공식 서류를 들고 한숨의 다리를 냉큼 건너 구치소로 달려간 것이다.

이제 그들은 늙은 판사의 요청으로 다시 돌아왔다. 루시는 갑작스런 자유에 상당히 당황하며, 행복감에 마비가 된 채로 얼굴을 붉혔다. 폴 폴린저도 조금은 멋쩍은 표정으로 그들과 함께 있었다.

"듣자 하니, 퀸 씨."

메낸더 판사는 루시에게 그녀가 겪어야 했던 시련에 대해 사과를 한 후 말했다.

"이번 사건에 당신이 제시한 해답과 관련해 뭔가 특별한 이야기가 있다고 들었습니다. 호기심이 조금 동했다는 걸 고백해야겠군요. 당신의 해답은 이상한 운명처럼 보입니다. 당신에 대한 이야기는 들어 알고 있습니다. 이번에는 어떤 마법을 부린 겁니까?"

"마법."

폴린저가 중얼거렸다.

"그래요, 그건 마법이었어요. 정말로."

엘러리는 빌과 루시, 앤드레아를 힐끗 보았다. 세 사람은 판사의 가죽 소파에 어린아이들처럼 손을 맞잡고 앉아 있었다.

"마법이라고요? 노련한 사람이라면 그런 순진무구한 방법은 쓰지 않습니다. 고대로부터 내려오는 비법이 있죠. 사실들을 선택해서 한꺼번에 넣어라. 그리고 충분한 논리와 함께 완전히 버무릴 것. 여기에 상상력을 조금 추가해주죠. 그러면, 짜잔! 완성입니다."

"맛있을 것 같군요. 하지만 썩 충분한 정보는 아닙니다."

메낸더 판사가 무미건조하게 말했다.

폴린저가 물었다.

"그건 그렇고, 그 토요일 밤에 펼쳐진 장면은 어디까지가 계획된 것이었습니까? 난 아직도 당신과 드종이 날 무시했다는

데 화가 나 있소."

"전부 다요. 아무튼 그건 우리가 해야 할 일이었습니다, 폴
린저. 앤드레아가 여섯 개의 성냥개비 얘기를 나에게 해주었
을 때, 나는 그 환상적인 사건의 진상을 전부 볼 수 있었습니
다. 논리적으로 사건을 전개시킬 수는 있었지만, 그중 어느 것
도 당신의 빌어먹을 법정에서 만족할 만한 증거로 이어지는 것
은 없었죠. 그래서 조금 영리하게 움직일 필요가 있었습니다.
나의 범인은 함정에 빠져야만 했습니다. 그동안 내내 내가 주
목한 범인의 가장 흥미로운 특징 중 하나는 이 범인이 앤드레
아를 정말로 끔찍이 배려한다는 사실이었습니다. 만일 앤드레
아가 사건이 있던 날 밤 테이블 위에서 목격한 것 때문에 범인
이 위험해졌다면, 왜 범인은 김볼처럼 앤드레아도 죽이지 않았
을까요? 그러고 나서 '경고'를 한답시고, 조심스럽게 클로로포
름을 쓰다니! 다른 살인자였다면 결국에는 앤드레아에게 정말
로 절박한 수단을 취했을 겁니다. 이 사람은 단순한 경고로 만
족했고, 힘을 가하지 않은 위협은 공허했습니다. 그래서 저는
이 범인이 앤드레아의 안전을 그토록 걱정한다면, 앤드레아를
위험에 빠뜨리는 게 논리적으로 가장 바람직한 방법이라고 판
단했습니다.

그러기 위한 최선의 방법은 내가 그녀를 살인자로 생각하는
것처럼 보이게 하는 것이었습니다. 범인은 여기에 대하여 두
가지 중 하나밖에 선택할 수 없습니다. 앤드레아를 죽여 그녀
가 알고 있는 위험한 사실을 발설하지 못하게 하는 것, 아니면
범죄를 고백함으로써 앞으로 다가올 고난으로부터 앤드레아를
구해주는 것. 당시 상황에서 후자가 가장 그럴싸했죠. 나는 이

전의 범인의 소행으로 보아 앤드레아의 목숨을 노릴 거라고는 생각하지 않았습니다. 그러나 요행에 기대지 않고 범인의 무기에서 이빨을 뽑아버렸죠. 그리고 물론, 드종과 그의 부하들에게 '탈출'하는 차가 '망가지도록' 계획된 장소에서 기다리도록 지시했습니다. 여기 있는 빌도 오두막 밖의 바로 그 차 안에서 무장한 채로 숨어 있었고요. 빌은 트렌튼으로 갔던 게 아닙니다. 그건 빌을 오두막 밖으로 내보내기 위한 구실이었습니다. 그는 자기 차로 달려갔고, 그러는 동안 드종의 부하들이 자동차의 연료 탱크를 비운 뒤 랑데부를 위해 쫓아갔습니다. 앤드레아에게는 그 전에 미리 그녀의 역할을 지시해두었습니다. 오두막에서 무엇을 언제 어떻게 해야 할지 알려둔 거죠. 그리고 다른 사람들의 차는 손을 댔지만 앤드레아와 범인의 차는 그대로 놓아두었습니다. 그렇게 함으로써 범인이 다른 사람들보다 조금 앞서 앤드레아를 쫓아가 앤드레아에게 고백할 기회를 마련해둔 거죠."

"그렇다면 당신은 누가 범인인지 미리 알았단 얘기로군요?"
검사가 물었다.

"당연하죠. 그걸 모르면 이 계획은 세울 수가 없었습니다. 누가 김볼을 죽였는지 몰랐다면 누구의 차를 건드리지 말아야 할지 어떻게 알았겠습니까?"

"지금 생각하면 악몽 같아요."
앤드레아가 한숨을 쉬었다. 빌이 그녀에게 뭐라고 말을 건넸고, 그녀는 그의 어깨에 머리를 기댔다.

"자, 퀸 씨. 그래서 그 이야기는 언제 듣게 되는 겁니까?"
판사가 물었다.

"판사님께서 원하신다면 지금 하지요. 어디까지 얘기했죠?"

엘러리는 늙은 판사와 검사를 위해 토요일 밤 오두막에서 들려주었던 이야기를 되풀이했다.

"그러니까 범인이 코르크를 그슬리기 전 앤드레아가 봤던 성냥개비 여섯 개는 흡연을 위해 사용된 것임이 분명했습니다. 그렇다면 논리적인 의문이 떠오릅니다. 흡연을 위해 그 성냥 여섯 개비를 쓴 사람은 누구였을까요?

앤드레아가 그날 밤 8시에 오두막에 처음 도착했을 때 안에는 아무도 없었고, 그녀 말에 따르면 테이블 위 접시는 아주 깨끗했고 텅 비어 있었습니다. 그때는 김볼의 차가 측면 진입로에 주차되어 있었습니다. 앤드레아가 8시 35분에 돌아왔을 때 차는 여전히 거기에 있었고, 집 앞에는 다른 차가 주 진입로에 하나 더 서 있었습니다. 그리고 오두막 안의 접시에는 다 쓴 성냥개비 여섯 개가 있었습니다.

그렇다면 그 여섯 개의 성냥개비는 앤드레아가 없을 때, 8시에서 8시 35분 사이에 사용된 것이 분명합니다. 앤드레아가 없을 때 그 오두막에는 누가 있었습니까? 당연히 돌아와서 칼에 맞은 김볼이 있었죠. 그리고 타이어 자국의 증거로 다른 차, 즉 포드 자동차가 앤드레아가 없을 때 왔던 유일한 차였다는 사실을 알 수 있습니다. 걸어온 사람은 없었습니다. 진흙에는 김볼의 발자국 말고는 다른 사람의 발자국은 찍혀 있지 않았죠. 그러므로 김볼은 앤드레아가 오두막을 나갔다가 다시 돌아오기 전 살해당했고, 그 유일한 차는 그사이에 도착했습니다. 그리고 걸어온 사람은 없었으니, 범인은 그 차를 타고 왔어야 합니다. 그러므로 그 여섯 개의 성냥을 태운 사람은 김볼과 살인자뿐입니다.

자, 만일 이 여섯 개의 성냥이 흡연에 사용된 거라면 김볼은 즉시 배제됩니다. 그는 담배를 피우지 않았습니다. 수많은 증언과 증거가 이를 입증합니다. 그렇다면 오직 범인만 남게 됩니다.

물론 이론적으로는 앤드레아 자신이 성냥개비 여섯 개를 썼다는 것도 가능합니다. 그녀가 우리에게 했던 얘기는 그 반대였지만 말이죠. 하지만 그 성냥개비를 발견한 것은 앤드레아였고, 내 해답의 모든 논리적 구조는 그녀의 이야기를 바탕으로 해서 쌓은 것입니다. 내가 앤드레아의 진실성을 의심한다면 더 이상은 앞으로 나갈 수가 없습니다. 따라서 진실을 말한다는 가정하에 앤드레아도 배제했습니다. 당연하지만 앤드레아가 오두막에 들어와서 그 성냥개비를 발견했다면, 그걸 사용한 사람은 그녀일 수가 없죠."

늙은 판사의 눈이 가늘어졌다.

"하지만, 퀸 씨……."

"네, 네, 저도 아닙니다."

엘러리가 성급하게 말했다.

"판사님들은 언제나 약점에 손가락을 겨누지요. 하지만 이건 약점이 아닙니다. 그건 제가 나중에 보여드리겠습니다. 일단 이야기를 계속하죠. 저는 이제 그 오두막에서 앤드레아가 8시 35분에 도착하기 전에 범인이 흡연을 했으며, 그 과정에서 성냥 여섯 개를 사용했다는 것을 알았습니다. 흠, 그 범죄자는 무엇을 피웠을까요? 나는 이 질문이 얼마나 중요한지, 그리고 동시에 얼마나 매력적인지를 곧바로 깨달았습니다."

"중요하겠죠. 그러나 나로서는 당혹스럽군요."

판사는 미소를 지었다.

"범인은 담배를 피웠을까요? 아니, 그건 불가능합니다."

"도대체 지금 무슨 말을 하려는 겁니까?"

폴린저가 물었다.

엘러리는 한숨을 쉬었다.

"여섯 개의 성냥은 여섯 개의 담배꽁초를 의미했습니다. 담배에 불을 붙이는 데 성냥개비 한 개 이상은 필요하지 않아요. 여섯 개의 성냥개비, 그것도 거의 다 태운 성냥은, 만일 흡연자가 담배를 피웠다면 여러 개의 담배에 불을 붙였음을 의미합니다. 좋아요. 그럼 흡연자는 그 꽁초를 어떻게 했을까요? 꽁초를 어디에 비벼 껐을까요? 우리는 범인이 그 접시를 재떨이로 사용했다는 걸 알고 있습니다. 앤드레아가 접시 위에서 성냥 여섯 개비를 발견했으니까요. 그렇다면 자연스럽게 담배꽁초도 그 접시에 비벼서 끄지 않았을까요? 하지만 앤드레아는 꽁초나 재는 발견하지 못했어요. 범인도 자신이 방해를 받으리라고는 예상할 수 없었으니, 꽁초를 다른 곳에 숨길 이유가 전혀 없었습니다.

만일 앤드레아가 도착하기 전 범인이 담배를 피우고 있었다면, 꽁초와 재가 테이블 위 접시나 카펫 위, 벽난로, 아니면 오두막 밖의 창문 아래에 있었어야 합니다. 그러나 접시에도 탁자 위에도 그런 것은 없었습니다. 오두막 안에는 카펫이든 어디든 꽁초 하나, 재 한 조각의 흔적도 없었습니다. 담배의 조각이든 뭐든 전혀 없었죠. 혹시나 담배를 발로 비벼 껐다면 카펫 위에 불에 탄 자국이 있었을 텐데, 그런 것도 없었습니다. 그리고 범인이 카펫 위에서 담배를 비벼 껐다면 재와 꽁초를 완전히 수거해 간다고 해도 흔적이 남았을 겁니다. 오두막 바깥 창문 아래에도, 진창이 된 흙 위에서는 아무것도 발견되지 않았습니다. 만일 뭔가 발견되었다면 저에게 그 얘기가 들렸을 겁니다. 그리고 오두막 밖에는 김볼의 발자국 외에 어떠한 발자국도 전혀 찍혀 있지 않았다고 들었습니다. 즉 살인자는 꽁초나 재를 창밖으로 버리지 않았고 현장에서 달아나기 전 그것을 거둬가지도 않았다는 것입니다.

이런 분석 결과에 따라, 범인은 앤드레아가 도착하기 전 흡연을 했지만 담배를 피운 것은 아니라는 사실이 분명해졌습니다."

엘러리는 어깨를 으쓱하며 말을 이었다.

"그렇다면 시가 아니면 파이프 담배만이 남게 되죠."

"그래서 그 둘 중 무엇이 배제됩니까?"

폴린저가 호기심을 가지고 물었다.

"음, 일단 시가는 꽁초는 없어도 재는 남깁니다. 재가 없어 담배를 배제한 것과 같은 논리로 시가도 배제할 수 있습니다. 하지만 파이프는 재를 전혀 남기지 않습니다. 파이프의 담배 찌꺼기를 비우기 위해 털어내지 않는 이상 말입니다. 그리고 이 상황에서 굳이 그럴 필요는 없습니다. 뿐만 아니라 성냥 여섯 개비를 사용한 것도 파이프 사용 가설과 일관성이 있죠. 파이프는 항상 불이 꺼지기 일쑤라 늘 다시 붙여야 합니다. 그러나 저로서는 파이프든 시가든 그게 중요하지는 않았습니다. 진짜로 의미가 있는 것은 담배를 배제했다는 것이죠."

폴린저가 눈살을 찌푸렸다.

"그래요, 그래. 물론입니다. 이제 나도 알겠어요."

"당연한 얘기입니다. 만일 범인이 시가나 파이프를 피웠다면, 범인은 남자입니다!"

"멋지군."

메낸더 판사는 열심히 고개를 끄덕였다.

"물론 그래요. 그런 이론에 의해서라면 여자는 자연스럽게 배제됩니다. 하지만 모든 증거는 범인이 여자임을 가리키고 있었는데요."

엘러리가 쏘아붙였다.

"그렇다면 그 모든 증거가 틀렸던 겁니다. 논리에 의존하겠다고 마음을 먹었으면 논리를 고수해야 하는 것이고, 그러지 않으려면 그냥 추측에 머물러 있어야죠. 추론의 결과는 반론의 여지를 남기지 않고 남자를 가리키고 있습니다. 증거는 여자를 가리키고요. 그렇다면 우리가 증거를 오해했거나 아니면 증거가 가짜인 것이죠. 증거는 무거운 베일을 쓴 여자가 범죄를 저질렀다고 말합니다. 추론의 결과는 범인이 남자라고 말합니다. 그렇다면 그것은 여자의 옷을 입은 남자인 것이고, 그 베일은 가려지지 않는 남자의 특징들을 은폐하는 도구로서의 의미를 갖게 되는 것입니다.

사실 이 추론을 깊이 생각하면 할수록 저는 그 진실에 점점 더 설득당하게 되었습니다. 범인의 성별에 대해 적어도 한 가지, 심리적인 확증이 있습니다. 사소하긴 하지만, 이 세상 대부분의 놀라운 발견들은 그런 사소한 사실에서 시작되곤 하니까요."

"그게 뭐였습니까?"

판사가 물었다.

"립스틱이 사용되지 않았다는 희한한 사실이었습니다."

엘러리는 미소를 지었다.

그들은 혼란스러웠다. 폴린저는 턱을 문지르며 말했다.

"립스틱이 사용되지 않았다는 사실? 맙소사, 퀸. 그건 무슨 코난 도일의 소설에나 나올 것 같은 이야기인데요."

"멋진 찬사로군요. 분명하지 않습니까? 우리는 범죄자가, 한때는 여자라고 생각했던 범인이, 앤드레아에게 쪽지를 남기기 위해 급하게 필기도구가 필요해졌음을 알았습니다. 주변에 쉽게 쓸 수 있는 일반적인 필기구는 없었고요—이 부분은 나중에 부연설명을 하겠습니다—그래서 '그 여자'는 글을 쓰기 위해 코르크를 불에 그슬려야 했습니다. 꽤 수고로운 작업이죠? 범인이 여자였다면 거의 예외 없이 자연스러운 필기도구를 항상 가지고 다닌다는 생각이 들지 않았을까요? 립스틱 말입니다. 그냥 가방을 열고 립스틱을 꺼내서 쓰면 될 것을, 왜 그렇게 번거롭고 답답하게 코르크를 불에 그슬렸을까요? 정답은, 심리적으로 볼 때 그녀에게 립스틱이 없었기 때문입니다. 이것만으로도 그 '여자'가 여자가 아니라 남자였음을 가리키는 것입니다."

"흠, 어쩌면 그 여자가 정말 여자였고 단순히 립스틱을 가지고 있지 않았을 수도 있잖소? 그것도 가능한 일이지요."

메낸더 판사가 주장했다.

"그렇습니다. 물론 가능합니다. 하지만 바닥에는 앤드레아가, 의식을 잃고 쓰러져 있었습니다! 앤드레아는 가방을 갖고 있지 않았을까요? 여성인 앤드레아가, 여인의 자연스러운 무기인 립스틱을 가지고 있지 않았을까요? 물론 가지고 있었습니다. 그건 언급할 필요도 없었습니다. 그렇다면 왜 이 '여자'는 앤드레아의 가방을 열고 앤드레아의 립스틱을 꺼내 글을 쓰지 않았을까요? 다시 한 번, 정답은 그 '여자'가 그걸 생각해내지 못했다는 것입니다. 하지만 여자라면 생각해냈겠죠. 진짜 여자라면요. 이 역시 다시 한 번 남자를 가리키는 심리학적인 단서입니다."

"하지만 오늘날의 현대 과학 수사에서는 립스틱의 화학 성분을 추적할 수 있습니다. 범인이 그걸 생각했을 수도 있죠."

폴린저가 반대했다.

"그럴까요? 멋지군요. 하지만 그렇다면 왜 범인은 앤드레아의 립스틱을 사용하지 않았을까요? 그게 추적되더라도 범인이 아닌 앤드레아로 연결될 텐데요. 아뇨, 아닙니다. 이 사실을 어떻게 바라보든 상관없이, 범인은 여성으로 가장한 남자라는 심리학적 확증이 여전히 성립합니다. 이제 우리는 사실상 살인자의 초상을 설명하는 두 가지 요소를 갖게 됩니다. 그는 남자고, 파이프 담배를 피우는 것이 거의 확실합니다."

"멋지군요. 멋져요."

판사가 다시 말했다.

엘러리는 기분 좋게 말했다.

"이제, 종이 성냥을 사용했다는 건 필연적으로 종이 성냥갑을 썼다는 것을 암시합니다. 저는 앤드레아에게 탁자 위에서 구체적으로 다른 무엇을 봤는지 물었습니다. 그때 사실 속으로는 성냥갑을 염두에 두고 물어보았던 것이지요. 물론 범인이 성냥갑을 주머니에 넣고 달아났을 수도 있지만, 그렇지 않았을 수도 있거든요. 앤드레아가 그날 밤 나타난 것은 뜻밖의 일이었고, 그때는 범행 직후라 범인이 아직 뒤처리를 미처 하지 못했을 때라는 점을 기억해보세요. 그렇습니다. 앤드레아는 접시에 여섯 개의 성냥개비와 접시 옆에 닫힌 종이 성냥갑이 놓여 있는 것을 기억했습니다. 완벽했어요! 그것이 나에게 마지막 단서를 제공해주었습니다."

"솔직히 말하자면 그게 왜 단서가 된다는 건지 모르겠군요."

판사는 유감스럽다는 듯 말했다.

"흠, 그건 아마도 앤드레아의 이야기에서 나온 추가적인 사실을 모르셔서일 겁니다. 앤드레아가 의식을 회복했을 때 성냥갑은 사라지고 없었습니다. 자, 그게 그렇게 사라졌다면 범인이 가져간 것이겠죠. 왜일까요?"

기쁨에 겨웠던 빌의 표정에 호기심이 살짝 끼어들었다.

"왜, 그러면 안 되나, 엘? 흡연자들은 항상 그러는데. 특히 파이프 흡연자는 더. 파이프를 피우려면 항상 성냥이 부족하잖아. 흡연자들은 성냥갑을 쓰고 곧바로 주머니에 다시 집어넣는데."

"정곡을 찔렀군."

엘러리가 중얼거렸다.

"하지만 핵심은 아니야, 친구. 성냥갑을 다시 주머니에 넣는 건 성냥갑 안에 성냥이 남아 있기 때문이지. 안 그래?"

"당연하지!"

엘러리는 부드럽게 말했다.

"하지만 범인이 처음 사용했던 그 성냥갑에는 성냥이 남아 있지 않았어."

"잠깐만요, 젊은이."

판사가 성급히 말했다.

"이거야말로 내가 말했던 마술 같군요. 그런 놀랄 만한 결론에는 어떻게 도달한 겁니까?"

"단순한 절차에 따른 겁니다. 접시에서 성냥개비가 몇 개 발견되었습니까? 전부 다, 흡연에 사용된 것과 코르크를 그슬리기 위해 사용된 것 모두 말입니다."

"스무 개였던 것 같은데요."

"일반적인, 흔히 볼 수 있는 싸구려 종이 성냥갑 안에는 성냥이 몇 개 있습니까?"

"스무 개요."

"정확합니다. 이것은 무엇을 뜻합니까? 범인이 그날 밤 오두막 안에서 적어도 성냥 한 갑을 통째로 사용했다는 뜻입니다. 범인이 처음에 꺼낸 것이 성냥 스무 개비가 전부 있는 새 성냥갑이 아니었다고 해도, 그러니까 이미 사용하던 성냥갑이라 성냥갑 안에 예를 들어 성냥이 열 개비밖에 없었고, 그 후 다른 성냥갑을 꺼내 스무 개비를 다 채워 사용했다고 해도, 이 과정에서 첫 번째 성냥갑은 빈 갑으로 남게 됩니다.

자, 그렇다면 빈 성냥갑 한 개가 생기죠. 그럼에도 범인은 그것을 일부러 챙겨갔습니다. 왜요? 평범한 사람들은 대개는 그렇게 하지 않습니다. 성냥갑이 비면 그냥 버리죠."

"평범한 사람들이라면, 아마도 그렇겠죠."

폴린저가 쏘아붙였다.

"하지만 당신은 이 남자가 현장에서 살인을 저지른 살인자라는 걸 잊고 있어요, 퀸. 단순히 조심스러운 마음에 성냥갑을 가져갔을 수도 있잖습니까. 단서를 남기지 않기 위해서요."

"적절한 말씀입니다."

엘러리는 능글맞은 미소를 지으며 중얼거렸다.

"단서를 남기지 않는다. 하지만 평범한 성냥갑이 어떻게 단서가 될 수 있을까요, 검사님? 광고용으로 사용되는 성냥갑에는 태양 아래 모든 것이 다 광고됩니다. 그럼 검사님은 성냥갑 표지에 인쇄된 광고물이나 장소로 인해 살인자의 거주지나 최근 행적 등 뒤를 추적할 흔적을 남길 것을 우려했던 거라고 말하겠죠. 그건 말이 안 돼요. 성냥갑 광고에 적힌 주소를 가지고 의미 있는 결론은 단 하나도 이끌어낼 수 없습니다. 뉴욕에서도 애크론, 탬퍼, 에반스빌에서 온 성냥갑을 받을 수 있는걸요. 나는 담배를 사면서 저 멀리 샌프란시스코에서 건너온 성냥을 받은 적도 있습니다. 아뇨, 아닙니다. 살인자는 성냥갑의 광고나 주소 때문에 그걸 가져간 게 아닙니다."

엘러리는 잠시 말을 멈췄다.

"그럼에도 그는 그것을 챙겨 갔습니다. 왜일까요? 성냥갑이 어떤 단서를 남길 것을 두려워했던 걸까요? 그렇다면 그 단서는 직접적이거나 간접적이거나, 분명히 범인 자신으로 연결되는 단서일 겁니다. 그의 정체와 관련된 단서."

두 남자는 진지하게 고개를 끄덕였고, 소파의 세 사람은 몸을 앞으로 숙였다.

"자, 이걸 기억하세요. 처음부터 범인은 앤드레아가 범죄 현장에서 무언가 꼼짝달싹할 수 없는 증거를 봤다는 사실을 두려워했습니다. 그의 얼굴이나 체형일 수는 없습니다. 그는 그녀를 뒤에서 공격했고 그녀는 자신을 공격한 사람을 곁눈질로도 보지 못했거든요. 그럼에도 그는 앤드레아가 뭔가 끔찍이도 중요한 것을 봤다고 생각하지 않을 수 없었습니다. 그래서 그는 범죄 현장에서 잠깐의 시간 여유를 냈어요. 희생자의 피가 흐르는 동안에도 여전히 파이프 담배를 피우며 쪽지를 쓰는 그 느리고 어려운 일을 해냈습니다. 게다가 앤드레아에게 범행 다음 날 전보로 또 경고를 했죠. 지난 토요일에도 추적에 진전이 있다고 느끼자 더 미묘한 경고를 보냈습니다. 이런 일들은 아무리 은밀히 벌인다 해도 그로서는 위험천만한 일입니다. 그런데도 그는 앤드레아에게 입을 다물라고 끈질기게 경고를 보냈습니다. 왜? 왜일까요? 그녀가 무엇을 보았기에, 또는 그녀가 무엇을 보았다고 생각하기에, 그는 이토록 불안해했던 것일까요? 그것은 오직 그가 가지고 간, 그리고 그녀가 공격을 당하기 전 테이블 위에서 여섯 개의 성냥개비와 함께 보았던, 그 성냥갑일 수밖에 없습니다.

하지만 우리는 그가 성냥갑을 가져간 이유를 찾고 있습니다. 거기에는 단 하나 현실적인 이유밖에 없습니다. 성냥갑은 닫혀 있었습니다. 그는 그것을 알고 있었습니다. 그것은 테이블 위에 고스란히 다 보이게 놓여 있었습니다. 그가 그 성냥갑에 대해 뭘 걱정했든 간에, 그것은 간단하고, 직접적이며, 한눈에 보이고, 보기만 해도 알 수 있으며, 성냥갑 바깥에 표시되어 있는 것입니다. 그는 그 성냥이 자신의 소유임을 앤드레아가 알아봤을까봐 두려웠던 것일까요? 말이 안 됩니다. 사람들은 일반적으로 성냥갑을 '알아보지' 않아요. 설령 알아본다 해도 그 성냥갑과 똑같은 것을 다른 사람이 사용할 수도 있죠. 그러므로 성냥갑에는 뭔가 상징적인, 어쩌면 이름의 첫 글자 같은 것이, 표면에 새겨져 있을 수밖에 없는 것입니다. 앤드레아가 한눈에 보고 특정 인물을 떠올릴 수 있게 말이죠."

"정말 재미있네요, 이 모든 게."

앤드레아는 목에 뭐가 걸린 것 같은 목소리로 말했다.

"이 문제의 아이러니는."

엘러리는 진지하게 말했다.

"앤드레아는 그 성냥갑의 표면과 관련해서 특별한 건 아무것도 기억하지 못한다는 것이었습니다. 그녀는 그것을 보았지만, 당시에는 너무 흥분하고 두려워서 아무것도 마음에 남지 않았던 겁니다. 며칠 전 저는 토요일 밤의 작은 연극을 기획하면서, 그 답을 추론한 후 직접적인 질문을 던져 앤드레아에게 이를 상기시켰습니다. 그러자 앤드레아는 그제야 처음으로 기억해내더군요. 하지만 범인은 그녀가 보지 못했을 요행을 바랄 수가 없었던 것이죠. 결국 그는 앤드레아가 그것을 똑바로 바라보는 걸 목격했던 것입니다. 그는 순간적으로 그녀가 그 성냥갑에 적힌 것을 읽었고 범인이 누구인지 알게 되었다고 굳게 믿었습니다. 따라서 저는 살인자를 설명할 또 다른 요소를 알게 되었습니다. 그는 남자입니다. 그는 파이프 담배를 피웁니다. 그는 표면에 그의 신원을 분명히 표시하는 정보가 새겨진 성냥갑을 사용합니다."

"놀랍군요."

엘러리가 담배에 불을 붙이려 잠시 멈추자 메낸더 판사가 중얼거렸다.

"하지만 분명히 그게 다가 아니지요? 난 아직도 모르겠는데……."

"다요? 그럴 리가요. 이것은 단지 연결고리 중 첫 번째 고리에 불과합니다. 두 번째는 그 불에 그슬린 코르크에 의해 완성됩니다. 전에 저는 만일 범인이 코르크를 필기도구로 사용했다면, 그가 떠올릴 수 있는 실용적인 필기구가 손닿는 곳에 없었기 때문이라고 설명한 적이 있습니다. '그가 떠올릴 수 있는'이라는 말을 덧붙인 이유는, 남성인 그가 립스틱을 사용할 생각을 하지 못했기 때문입니다. 그렇다면 당시 범인은 당시에 펜이나 연필을 직접 가지고 있지 않았거나―기억하시겠죠? 쪽지를 써야 할 필요성은 예기치 않게 갑작스럽게 생긴 것입니다―아니면 펜이나 연필을 가지고 있었다 하더라도 그걸 사용하고 싶지 않은 특별한 이유가 있었던 겁니다."

엘러리는 잠시 말을 멈췄다.

"폴린저, 범행이 일어난 직후에 제가 즉흥적으로 감정을 토로한 것 기억합니까? 살해당한 사람이 김볼과 윌슨 둘 중에 누구인지 정확히 알 수 없다는 점을 지적하면서요?"

폴린저는 씁쓸한 표정을 지었다.

"기억합니다. 이 사건이 해결될 때 그 문제가 얼마나 중요한지 입증될 거라고 말했던 게 기억나요."

"당시에는 저도 그게 얼마나 중요한 문제였는지 제대로 이해하지 못했어요. 이 문제는 해답이 나오고서야 정말로 중요했음이 밝혀졌습니다. 이걸 알지 못했다면, 죽은 사람이 윌슨인지 김볼인지를 알지 못했다면, 최종적인 논리적 소거법은 절대 성립하지 않았을 겁니다. 이걸 알아야만 살인자의 가장 적나라한 특징이 밝혀집니다. 이 문제에 답을 하지 못한다면 살인자의 초상은 막연하고 의미 없는 모습이었을 겁니다. 이 문제가 사건의 전체적인 그림을 완성하고 있어요. 그 중요성은 아무리 강조해도 지나치지 않아요."

"굉장히 꺼림칙한 말처럼 들리는군요."

판사가 말했다.

"살인자에게는 꺼림칙한 것이 되었죠."

엘러리는 무미건조하게 대답했다.

"자. 우리의 희생자는 어떤 인격으로 살해당한 것일까요? 김볼일까요, 윌슨일까요? 저는 이제 이 문제에 답을 할 수 있습니다.

지금부터 절 잘 따라오세요. 살인자는 희생자를 죽이고 루시 윌슨에게 살인 누명을 씌웠으므로, 경찰이 의심할 만한 강력한 동기를 루시 윌슨이 가지고 있다는 사실을 알고 있었어야 합니다. 믿을 만한 동기를 가지고 있다는 걸 모르는 상태에서 무고한 사람에게 누명을 씌울 수는 없으니까요. 루시가 희생자의 아내라는 사실만 가지고 그녀에게 누명을 씌운다는 건 논리적으로 앞뒤가 맞지 않습니다. 그럼 루시 윌슨의 '동기'는 무엇이었습니까? 실제로 그 재판 과정에서 그녀의 동기라고 알려진 내용은 무엇이었을까요? 여기 있는 우리의 영리한 친구에 의해 지적된 내용은 이렇습니다. 첫째, 루시는 범행 전 조지프 윌슨이 실제로는 조지프 켄트 김볼이라는 것을 알게 되었고, 자신의 진짜 정체를 그녀에게 속이고 10년 동안이나 가짜 인생을 살았음을 알게 되었다는 것, 그리고 이를 알게 됨으로써 그녀의 사랑이 증오로 바뀌었다는 것. 둘째, 그가 죽음으로써 루시가 백만 달러를 손에 넣게 된다는 것입니다. 이것이 루시의 동기라고 말했습니다. 다른 동기는 없습니다. 루시와 윌슨은 이상적인 가정생활을 해왔거든요. 그러나 살인자가 이 루시 윌슨의 동기로 일을 꾸몄다는 것은 결국 살인자가 이를 알고 있었음을 의미합니다. 그렇다면 그는 조지프 윌슨이 실제로는 조지프 켄트 김볼이었음을 알았다는 것입니다. 그렇다면 그는 조지프 윌슨의 사망으로 인해 조지프 켄트 김볼의 보험 수익자로서 루시 윌슨이 백만 달러를 수령할 수 있음을 알고 있었습니다. 이 두 가지 사실을 알려면 살인자는 어떤 식으로든 그가 노린 희생자가 김볼이자 윌슨이라는 사실을 알았어야 합니다. 즉 몇 년 동안이나 이중생활을 해온 사람이라는 걸 말입니다.

그러나 만일 희생자가 이중생활을 해왔다는 사실을 범인이 알았다면, 그는 자신이 조지프 켄트 김볼만을, 조지프 윌슨만을 죽이는 것이 아니라 둘 다를 죽인다는 사실을 알고 있었어야 합니다. 그렇다면 죽은 남자는 구체적인 한 인격으로 살해당한 것이 아니라 두 인격 모두인 상태로 살해당한 것이죠. 이것이 얼마나 중요한지는 여러분에게 판단을 맡깁니다."

"그 판단은 당신에게 맡겨야 할 것 같은데요."

폴린저가 웃으며 말했다.

"휴우! 만일 살인자가 김볼-윌슨을, 이중생활을 했던 남자를, 자신이 김볼-윌슨을 죽이는 것을 똑똑히 알고 살해한 것이라면, 필연적인 문제가 생깁니다. 살인자는 어떻게 그 사실을 알았을까요? 그는 어떻게 사교계의 인사인 뉴욕의 김볼이 동시에 필라델피아의 떠돌이 외판원이라는 것을 알게 되었을까요? 지난 몇 년간 김볼은 자신의 이중생활을 비밀로 지키기 위해 온갖 주의를 다 기울였습니다. 몇 년 동안 아무도 의심하지 못했고요. 몇 년 동안 김볼은 실수를 전혀 저지르지 않았고 의심도 받지 않았습니다. 그리고 윌슨은 같은 기간 동안 김볼의 정체성도 완벽하게 비밀로 지켰습니다. 그는 여기 있는 빌과 많은 얘기를 나누었고, 그 내용에 따라 빌은 범죄가 있던 날 드종과 나에게 그가 아는 사람 중 누구도 이 오두막의 존재를 아는 이가 없다고 알려주었습니다. 그럼에도 살인자는 이 중간의 집을 범죄 현장으로 선택했습니다. 그렇습니다. 김볼은 그날 밤 자신의 비밀을 빌과 앤드레아에게 털어놓을 생각이었지만, 그 목적을 이루기 전에 살해당했습니다. 그가 설령 제3자에게 말할 생각이었다고 해도, 살인이 있던 날보다 더 일찍 말했을 리는 없습니다. 그럼에도 살인자는 모든 것을 알고 있었습니다. 그렇다면 도대체 어떻게 살인자는 이를 알게 되었을까요?"

"당연히 논리적인 문제로군요."

판사가 고개를 끄덕였다.

"그리고 여기에는 논리적인 해답이 있습니다."

엘러리가 느릿느릿 말했다.

"하지만 그 사람이 순전히 우연으로 모든 걸 알게 되었을 수도 있잖아?"

소파에 앉은 빌이 물었다.

"가능은 하죠. 물론입니다. 그렇지만 굉장히 있을 법하지 않은 일입니다. 확실한 소식통으로부터 전해들은 바로는, 김볼은 절대 경계를 풀지 않는 사람이었습니다. 행여 살인자가 두 통의 전보를 손에 넣었다 해도, 전보의 내용은 이 중간의 집의 위치 말고는 아무것도 알려주는 바가 없습니다. 그건 그렇고 전 이 '중간의 집'이란 말이 정말 마음에 드네요! 살인자가 알아낸 것이 그 집의 위치뿐이라면, 그것으로는 충분치가 않았습니다.

살인자는 김볼이 전보를 보낸 날, 그러니까 그가 죽은 날보다 더 이전에 김볼의 두 인격에 대한 모든 것을 알고 있었어야 합니다. 중간의 집의 위치뿐 아니라 김볼의 진짜 아내의 정체, 그녀가 사는 곳, 그녀의 성격이나 배경에 대해서도 어느 정도는 알아야 했습니다. 그는 범행 계획을 세우고, 루시의 자동차를 찾아내고, 그녀가 토요일 밤에 영화를 보러 나가는 습관이 있어 알리바이를 증명하지 못하는 시간을 확보해야 하는 등 이런저런 것들을 알아야 할 시간이 필요했습니다. 이 모든 작업들은 틀림없이 시간이 꽤 걸렸을 겁니다. 하루로는 안 되죠. 만일 그자가 남모르게 이런 일들을 조사했다면, 틀림없이 그랬을 테지만, 아마도 일주일 이상은 걸렸을 겁니다. 아니야, 빌. 우연히 발견했을 가능성은 거의 없어."

"그럼 어떻게?"

폴린저가 외쳤다.

"어떻게요? 살인자가 이를 알 수 있었던 방법은 한 가지가 있습니다. 너무 명백한 방법이라 도저히 무시할 수가 없었죠. 살인자가 우연히 김볼의 이중생활에 대해 알아냈을 거라는 의심은 순수한 논리에 따라 완전히 배제할 수 없지만, 반면 명확한 근거로는 배제할 수 있습니다. 김볼은 두 가족의 대표자들에게 자신의 곤경을 털어놓고 이중생활을 고백하기로 결심하자마자 죽었습니다. 고백의 첫 번째 과정이 보험 약관의 수익자를 가짜 아내인 제시카에서 진짜 아내 루시로 변경하는 것이었음을 고려한다면, 이 사실은 우연이라기엔 너무 압도적이 됩니다. 모르시겠습니까? 마침내 그의 이중생활의 기록이 남은 겁니다. 원래 서류의 새 수익자의 이름과 개정된 약관 여덟 건에 적힌 것을 통틀어, 전부 아홉 건의 기록이 남은 거죠! 이 기록들이 남겨지고 바로 뒤이어, 그는 살해당했습니다. 그렇다면 김볼이 윌슨이고 윌슨이 김볼이라는 사실을 살인자가 알게 된 수단이 바로 이것임을 제가 어떻게 의심할 수 있겠습니까? 수익자 변경에 대해 알게 된 사람이라면 누구든, 또는 약관 서류에 접근할 수 있었던 사람이라면 누구나, 이 내용을 조사할 수 있었을 것이고, 루시의 이름과 주소로부터 김볼의 비밀을 알아낼 수 있었을 겁니다. 그는 김볼을 추적하면서 이 중간의 집에 들르는 것을 목격했을 겁니다. 그리고 2주 동안 김볼을 죽이고 루시에게 누명을 씌우는 데 필요한 모든 것을 알아낼 수 있었을 겁니다."

루시는 조용히 울었다. 앤드레아는 허리를 펴고 앉아 흐느끼는 여인을 따뜻이 감싸 안아주었다. 그 광경에 빌은 다소 얼빠진 듯 미소를 지었다. 사랑스러운 아이들의 모습을 바라보는 자랑스러운 아버지 같은 미소였다.

엘러리가 말했다.

"이렇게 해서 저는 범인의 완전한 특징을 알게 되었습니다. 그 특징을 숫자를 붙여 나열하겠습니다.

1. 범인은 남자입니다.

2. 범인은 흡연자고, 아마도 파이프 담배를 피웁니다. 그리고 담배에 심하게 중독되어 있습니다. 범행을 계획하고 희생자를 기다리는 현장에서도 담배를 피워 위안을 얻을 정도면 만성적인 중독자일 테니까요.

3. 살인이 일어난 시점에 범인은 이름이나 아니면 그와 비슷하게 자신의 정체가 드러날 내용이 새겨진 성냥갑을 가지고 있

었습니다.

4. 범인은 김볼과 윌슨 부인 모두에게 적대적인 동기가 있습니다.

5. 범인은 개인적으로 필기도구를 소지하지 않았거나, 가지고는 있었지만 그것을 사용할 경우 추적당할 위험이 있어 사용하기를 꺼렸습니다.

6. 범인은 아마도 김볼 쪽 관계자일 가능성이 높습니다. 그가 고의적으로 루시에게 누명을 씌웠다는 사실이 이를 암시합니다.

7. 범인은 앤드레아에게 우호적입니다. 이는 그런 급박한 상황에서도 앤드레아에 대한 공격이 심하지 않았다는 점에서 알 수 있습니다. 심지어 앤드레아의 어머니에게는 한층 더 깊은 우호적인 감정이 있습니다. 김볼 부인을 해치겠다고 위협만 했지 한 번도 시도하지 않았기 때문입니다. 그런 시도는 아무리 가벼운 것이라 해도 굉장히 효과가 좋았을 것이고, 앤드레아의 입을 영원히 막을 수 있었을 텐데 말이죠.

8. 검시관의 말에 따르면 김볼에게 가해진 공격은 오른손으로 가해졌다고 합니다. 따라서 범인은 오른손잡이입니다.

9. 범인은 김볼이 보험 수익자를 변경한 사실을 알고 있습니다.”

엘러리는 미소를 지었다.

“여러분도 알다시피 수학에서는 숫자 9를 가지고 아주 많은 트릭을 보여줄 수 있습니다. 이제 여러분께 같은 숫자를 이용해 살인사건에서 만들 수 있는 작은 트릭들을 보여드릴까 합니다. 이 아홉 개의 구체적인 살인범의 성격을 알고 있으면, 이후의 분석은 어린아이 장난이나 마찬가지로 쉽습니다. 제가 해야 했던 건 용의자 목록을 훑으며 각각의 인물과 이 아홉 개의 특성을 대조해보는 것뿐이었습니다."

"굉장하군요. 이런 방법으로 그렇게 결정적인 결론에 도달할 수 있었다는 말입니까?"

메낸더 판사의 표정이 밝아졌다.

엘러리가 말했다.

"이런 방법으로 단 한 명을 제외하고 모든 용의자를 제거할 수 있었습니다. 이제 한 사람씩 검토해보겠습니다.

물론 애초에 1번 항목으로 여자들은 단번에 제거됩니다. 범인은 남자여야 했으니까요. 그럼 남자는 누가 있을까요? 흠, 먼저 재스퍼 보든 씨부터……."

"오오!"

앤드레아가 숨을 헉 들이마셨다.

"이 지독한 사람! 한순간이라도 할아버지를 의심했다는 말인가요?"

엘러리는 씩 웃었다.

"친애하는 앤드레아. 객관적인 분석에서는 모든 사람이 다 용의자가 됩니다. 나이가 많고 노쇠하다고, 또는 젊고 아름답다고 해서 감상에 빠질 여유를 부릴 수는 없습니다. 다시 말하지만 재스퍼 보든입니다. 흠, 여러분은 보든 씨는 아니라고 하겠죠. 그는 집을 나온 적이 없습니다. 이것은 활동적인 남자가 저지른 범죄입니다. 이는 모두 사실입니다. 하지만 지금 이게 탐정소설이고 이 이야기 안에서 보든 씨의 장애가 완전히 가짜라서 아무도 나다니지 않은 야심한 밤에 몰래 파크 애비뉴

의 아파트를 기운차게 빠져나와 밤의 장막을 누비고 다니며 온
갖 끔찍한 짓을 저지르고 다닌다고 가정해봅시다. 논리적으로
말해서 우리는 재스퍼 보든에 대해 어떤 사실을 주장할 수 있
을까요? 자, 그는 두 가지 요소에서 완전하게 배제됩니다. 그
는 더 이상 흡연을 하지 않습니다. 이 얘기는 증인을 앞에 두고
저에게 직접 말한 것입니다. 증인은 항상 우울한 얼굴의 간호
사인데, 그 간호사는 보든 씨의 말이 사실이 아닐 경우 이를 부
정할 수 있는 입장이었습니다. 게다가 지금 이 얘기는 탐정소
설이 아니므로, 우리는 보든 씨가 반신불수이고 범죄를 저지를
수 없다는 것을 잘 알고 있습니다.

다음은 빌 에인절입니다.”

빌은 소파에서 반쯤 일어섰다.

“이런, 이 빌어먹을 유다 같은 놈! 자네 정말로 내가 범인일
가능성을 고려했다는 거야?”

빌은 씩 웃었고, 엘러리는 차분하게 대답했다.

“물론이지. 내가 자네에 대해 아는 게 뭔가, 빌? 난 자네를
지난 10년 넘게 못 만났어. 그사이에 자네가 냉혈한의 범죄자
가 되었을지도 모르잖아. 하지만 진지하게 따졌을 때, 자네는
몇 가지 점에서 배제되었어. 4, 5, 6번이야. 그러니까 자네는
김볼에 대해서는 적대적인 동기가 있을 수 있지만, 여동생인
루시에게 누명을 씌울 만큼 적대적 동기는 없어. 그리고 5번,
범인은 사용할 수 있는 필기구를 개인적으로 소지하지 않았다
고 했지. 아! 하지만 자넨 아니거든!”

“그걸 어떻게 알지?”

빌이 놀라서 물었다.

"참 단순한 사람이군."

엘러리는 한숨을 쉬었다.

"세상에서 가장 쉬운 방법을 통해서야. 직접 봤으니까. 기억나? 심지어 스테이시 트렌트 호텔의 바에서 가벼운 대화를 나누면서 그 말을 한 적도 있어. 주머니에 잘 깎은 연필을 하나 가득 넣어 가지고 다니는 걸 보면 대단히 바쁜 사람인 것 같다고. 흠, 그때는 살인이 일어나고 몇 분밖에 안 지났을 때였어. 만일 자네가 범인이고 주머니 하나 가득 연필을 가지고 있었다면, 앤드레아에게 쪽지를 쓸 때 분명히 그 연필을 썼을 거야. 연필이라는 것은 모든 과학적 수단을 총동원하더라도 추적이 불가능하잖아. 그리고 6번, 범인은 김볼 측 관계자일 것이라고 했지. 분명히 자네는 아니야. 따라서 자네는 논리적으로 배제되지."

"흠, 무슨 이런 얘기가 다 있담."

빌은 힘없이 말했다.

"이제, 우리의 으리으리한 친구 프루 상원의원입니다. 그리고 어떻게 됐는지 아십니까? 그야말로 놀라운 일이죠! 프루 상원의원이 모든 조건에 딱 들어맞는 것을 보고 저는 정말이지 깜짝 놀랐답니다! 그러니까 논리적으로는 가능하다는 말이죠. 하지만 이분의 경우 범인의 특징 목록에 포함되지 않은 단 한 가지 사실로 인해 충분히 배제될 수 있었습니다. 그런 면에서는 이 내용도 포함시키면 좋았을 뻔했죠. 그건 바로 수염을 길렀다는 것입니다. 저 수염은 가짜로 꾸밀 수가 없습니다! 그 수염은 몇 년 동안이나 의원님의 자부심이고 기쁨이었습니다. 오랫동안 신문에서 언급되기도 했고요. 하지만 이분처럼 가슴까지 내려오는 긴 수염을 기른 사람이라면, 베일을 쓰더라도 수염을 감출 수가 없습니다. 베일을 쓴 '여자'를 아주 분명히 본 증인이 한 명 있습니다. 주유소 사장이죠. 만일 그 '여자'가 수염을 기르고 있었다면 증인은 이를 못 보고 지나쳤을 수가 없습니다. 베일은 턱 아래까지도 내려오지 않으니 수염은 분명히 보였을 겁니다. 게다가 증인의 말에 따르면 그 '여자'는 체격과 키가 컸습니다. 프루는 키가 작고 뚱뚱합니다. 그리고 심지어 프루가 범죄를 위해 면도를 했다고 해도, 그는 사건 이후에도 수염을 과시했습니다. 그것이 가짜 수염이었을까요? 그가 수염을 그렇게 소중히 여기는 태도를 보면 말도 안 되는 얘깁니다. 만일 아직도 마음속에 의심이 있다면, 지금 바로 직접 잡아 당겨보시면 알겠죠.

이제 우리의 친구 버크 존스로군요. 존스는 8번에 의해 곧바로 배제됩니다. 그가 폴로 게임에서 팔이 부러져 고생을 했다는 사실에는 어떠한 교묘한 속임수도 있을 수 없습니다. 이 소식은 언론에 보도되었을 뿐만 아니라 수백 명의 관중에 의해 직접 목격되었습니다. 그리고 존스의 부러진 팔은 오른팔이었습니다. 범인은 오른손으로 치명적인 일격을 가했습니다. 따라서 존스는 물리적으로 범죄를 저지를 수 없었습니다."

엘러리는 조용히 말했다.

"초상화는 완성되었습니다. 그리고 용의자 배제의 과정도 완성되었죠. 저는 지금까지 단 한 명의 그림을 그려왔고, 아홉 개의 특징에 모두 들어맞으며, 너무나 완벽해서 다른 의심은 존재할 수가 없습니다. 물론 그 인물은 그로브너 핀치입니다."

긴 막간이 이어졌고, 그사이 들리는 소리라고는 지치고 조금은 행복하게도 들리는 루시의 흐느끼는 소리뿐이었다.

"놀라워."

메낸더 판사는 목청을 가다듬으며 다시 말했다.

"전혀 그렇지 않습니다. 순전히 일반 상식인걸요. 핀치는 어떻게 들어맞습니까?

1. 그는 남자입니다.

2. 그는 흡연에 중독됐고, 그것도 파이프 담배에 중독됐습니다. 제가 그의 사무실을 방문했던 날 비서인 재커리 양은 저에게 그가 개인적으로 피우는 파이프 담배를 권했습니다. 그것은 유명한 담배 상인이 그를 위해 따로 블렌드를 한 제품이었습니다. 자기 담배를 따로 취향에 따라 블렌딩을 하는 수준이면 고질적인 파이프 흡연자라고 할 수 있죠.

3. 그는 논리로 가리킬 수 있는 것 이상으로 분명하게 남들과 다른 성냥갑을 소유하고 있습니다! 같은 날 그의 비서는, 제가 핀치의 담배를 대단히 마음에 들어 하자 저에게 핀치가 거래하는 담배 상인에게 연락해서 핀치의 선물로 담배를 보내주겠다고 약속했습니다! 5번가의 피에르는 이후 담배 1파운드를 보내주었습니다. 그리고 담배와 함께 성냥갑 상자를 보내왔는데 성냥갑 하나하나에 제 이름이 새겨져 있었습니다! 피에르는 이것이 그의 사업에서 일반적으로 행하는 관행이라는 쪽지까지 친절히 보내주었죠. 만일 피에르가 고객에게 보내는 담배와 함께 성냥갑을 보낸다면, 그리고 이것이 일반적인 관행이라면 분명히 핀치도 자기 이름이 새겨진 성냥갑을 많이 가지고 있을 겁니다! 이름의 앞글자도 아니고, 가문의 문장도 아닌, 그의 이름이 통째로 새겨진 성냥갑을요. 그가 걱정을 했던 것도 이상

할 게 없습니다. 빈 성냥갑을 챙겨간 것도 이상하지 않고요. 그로서는 앤드레아가 성냥갑 겉면에 그로브너 핀치라는 이름이 새겨진 것을 보았다고 충분히 믿을 만한 이유가 있었습니다."

"맙소사."

폴린저가 두 손을 들며 외쳤다.

"4. 범인은 김볼과 윌슨 부인에 적대적인 동기가 있었습니다. 이것은 범인이 김볼의 이중생활에 대해 알게 된 결과로부터 파생된 것입니다. 이것은 잠시 후 설명하겠습니다. 그러나 이것을 알게 된다면 김볼 쪽 관계자는 누구라도 김볼의 죽음을 바랄 이유를 품게 됩니다. 김볼은 제시카의 수치를 만들어낸 장본인이니까요. 그리고 김볼의 이중생활의 살아 있는 상징인 루시를 향해 복수의 방향을 정했을 수 있죠. 그리고 핀치는 제시카와 대단히 가까운 인물입니다.

5. 필기도구요? 흥미로운 요소입니다. 제가 핀치의 사무실을 방문했던 바로 그날, 그는 저에게 내셔널 생명보험회사를 위해 사건을 조사해줄 것을 의뢰하며 그 비용으로 수표를 제시했습니다. 제 눈앞에서 그는 그 수표에 만년필로 서명을 했고, 저는 핀치가 주머니에서 만년필을 꺼내는 것을 보았습니다. 그가 저에게 수표를 보여주었을 때 그 위에는 녹색 잉크로 쓴 서명이 있었습니다. 녹색 잉크! 특이하죠. 전혀 일반적이지 않습니다. 그는 범죄 현장에서 그 잉크로 글을 쓰는 우를 범할 수 없었습니다. 그래서 다른 수단을 찾아야 했던 것이죠. 당연히 그는 펜을 가지고 있었습니다. 이제 그가 죽었으니 그가 그날 밤 무슨 옷을 입었는지 정확한 진실은 영영 알 수 없게 되었지만, 아마 **바지를 걷어 올리고 여자 옷을 그 위에 걸쳐 입었을 겁니다. 그**

가 입은 코트가 목선을 가려주었을 것이고요. 그래서 성냥과 파이프를 가지고 있을 수 있었겠죠. 그런 소지품은 겉에 입은 여자 옷 아래 남자 옷의 주머니 안에 있었을 겁니다.

6. 분명히 그는 김볼 쪽 관계자입니다. 그는 김볼과 보든 가족과 몇 년 동안이나 친밀하게 지내왔습니다.

7. 그가 앤드레아에게 우호적인 감정을 품고 있었다는 것은 명백합니다. 우리는 그동안 그 증거가 될 만한 행동을 여러 차례 봐왔습니다. 앤드레아의 어머니에 대해서는, 글쎄요. 뭔가 뚜렷한 의견을 낼 만한 구체적인 사실은 없습니다만 부인을 향한 배려, 김볼의 죽음 이후 부인 곁에서 꾸준히 동행했던 점, 그런 것들이 부인을 향한 우호적 감정 이상의 무언가가 있었음을 암시하는 것 같습니다."

"그 말은 맞는 것 같아요."

앤드레아가 낮은 목소리로 말했다.

"저는 그분이…… 그분이 어머니를 사랑했다고 확신해요. 한발 뒤에서요. 그분은 물론 늘 독신이셨어요. 어머니는 종종 저에게 어머니가 저의 아버지, 저의 진짜 아버지인 리처드 페인 몬스텔과 결혼했기 때문에 그분이 절대 결혼하지 않는 거라고 말하곤 하셨죠. 그리고 아버지가 돌아가시고 나서 어머니는 조와 결혼하셨고……."

"제가 핀치를 당신 의붓아버지의 살인자로 규정할 수 있는 타당하면서도 유일한 이유가 바로 그가 당신 어머니에 대해 품고 있던 사랑입니다, 앤드레아. 김볼이 중혼으로 당신 어머니를 배반한 것을 알게 되고, 그가 다른 도시에서 다른 여인과 대부분의 시간을 보내고 있다는 사실을 알게 되고, 그 자신의 희생이 아무 쓸모없는 것이었음을 알게 되자, 핀치는 당신 어머니의 배신자를 죽이기로 결심했던 겁니다.

8. 범인은 오른손잡이이거나, 아니면 적어도 치명적인 일격을 가했을 때 오른손을 이용했습니다. 이 특징은 핀치와 완벽히 연결시키기가 쉽지 않았습니다. 그러나 다른 여덟 가지 압도적인 증거가 뒷받침하는 상황에서, 이는 그렇게 중요하지 않았습니다. 적어도 핀치가 오른손을 사용했다는 것은 가능한 일이었습니다.

9. 마지막이자 여러 가지 면에서 가장 중요한 점입니다. 핀치가 백만 달러짜리 보험의 수익자가 변경된 사실을 알았다는 것입니다. 이 점은 쉽게 풀립니다. 이 수익자 변경 사실은 누가 알고 있었습니까? 두 사람입니다. 하나는 김볼 그 자신입니다. 그러나 김볼은 아무에게도 말하지 않았습니다. 이에 대한 근거는 이미 알고 있었고요. 다른 하나는 핀치입니다. 살인 용의자들 가운데 유일하게 핀치만이, 사건 이전에 수익자 변경 사실을 알고 있었습니다."

엘러리는 생각에 잠겨 담배를 피웠다.

"아시다시피 이 마지막 요소는 전혀 간단하거나 쉽지 않았습니다. 제 이론에서 굉장한 난제가 되었었죠. 김볼의 이중생활에 대한 단서를 찾을 유일한 방법은 보험 서류와 약관에 접근하는 것뿐이었습니다. 그러나 수익자가 변경된 시점부터 김볼이 빌에게 밀봉한 봉투를 맡길 때까지, 그 약관에는 오직 보험회사만 접근할 수 있었습니다. 서류 작업에 관련된 보험회사 직원들은 단순히 불가능하다는 이유 하나만으로 용의선상에서 배제할 수 있습니다. 그러나 핀치는 배제할 수가 없습니다. 그는 스스로도 수익자 변경 사실을 알고 있었다고 고백했고, 김 볼의 담당 직원 자격으로 김볼이 수익자 변경 서류를 제출했다 는 사실을 회사로부터도 통보받았습니다.

따라서 자연스러운 의문이 듭니다. 핀치는 아니라고 극구 부 인했지만 그가 다른 사람에게 이 사실을 발설했는가, 그래서 그 사람이 이 중대한 단서를 알 수 있는 처지에 놓일 수 있었는 가 하는 것입니다. 저는 핀치가 아무에게도 이 사실을 알리지 않았다고 주장함으로써, 그 상황에서는 그 자신에게 가장 위험 한 진술을 했다는 사실을 무시하겠습니다. 왜냐하면 그는 사실 상 그 중요한 사실을 알고 있는 사람이 오로지 그뿐이라고 단 정 지었기 때문입니다. 그 사실이 자신에게 어떤 영향을 끼치 는지 그가 알았다면, 분명히 그는 그 얘기를 다른 사람에게 해 서 용의자의 범위를 넓혔을 겁니다.

하지만 핀치의 말을 믿지 않는다고 해도, 논리적으로 생각할 때 그가 도대체 누구에게 이 사실을 알릴 수 있었겠습니까? 여 성들이요? 김볼 부인, 그러니까 그 당시 김볼 부인이었던 부인 에게요? 하지만 여성으로서 부인은 용의자 선상에서 제외됩니 다. 범인은 남자니까요. 부인이 다른 여자에게 말을 했다 해도, 이 다른 여자 역시 같은 이유로 제외됩니다. 부인이 다른 남자 에게 말했다면, 아니면 핀치가 다른 남자에게 직접 말했다면 우리는 사건과 관계가 있을 이 남자가 지금까지 논의해온 범 인의 특성에 들어맞는지만 확인하면 됩니다. 자, 그래서 어떻 게 됩니까? 이 특성에 완벽하게 들어맞는 남자는 핀치 외에 아 무도 없습니다. 따라서 우회적인 경로를 통해서도 핀치가 아무 에게도 말하지 않았다는 결론에 도달하게 됩니다. 행여 핀치가 누군가에게 말했다고 해도, 그가 사실을 누설한 행위는 그 이후 살인이라는 결과물로 이어지지는 않았습니다.

그다음부터 일어난 일은 제가 이미 재현해 보였습니다. 핀치가 의심을 품고, 은밀히 필라델피아를 방문하고, 상황을 파악하고, 중간의 집을 발견하고, 범행 계획과 누명 계획을 세우고, 그런 것들이요."

"물론 변장도 필요했겠죠."

폴린저가 중얼거렸다.

"아, 네. 루시가 범행한 것처럼 보이려면, 루시의 쿠페를 여자가 운전했다는 증거가 있어야 합니다. 물론 베일도, 남성적인 특성을 가리기 위해 사용해야 했죠. 당연히 그날 밤 주유소 사람에게 말을 할 수 없었을 겁니다. 목소리가 들리면 변장이 들통나버릴 테니까요. 제가 일전에 지적했듯이, 그는 고의적으로 주유소에 들러 루시의 흔적을 남긴 것이었습니다! 핀치는 변호사가 아닌 탓에, 루시를 모함하기 위해 짠 정황증거가 얼마나 허술한지 깨닫지 못했습니다. 만일 그가 운 좋게 봉투칼을 발견하지 못하고 루시가 그 전날 밤에 그녀의 집에서 그 칼을 만지지 않았다면 루시는 분명 무죄 선고를 받았을 겁니다."

"지문 증거가 없었다면 나는 피고 측 변호인이 처음으로 기각을 요청했을 때 사건을 기각했을 겁니다."

판사가 고개를 저으며 말했다.

"사실, 그 증거로도 성립하기 어려운 사건이었어요. 미안하오, 폴. 하지만 당신도 그건 깨닫고 있으리라 생각해요. 배심원단이 일을 제대로 못 한 거요. 그건 그냥 윌슨 부인을 믿느냐 아니냐 하는 문제로 귀결되는 것이었는데, 왜 그 사람들이 윌슨 부인의 얘기를 믿지 않았는지 지금도 난 모르겠소."

"그 뚱뚱한 부인 때문이죠."

엘러리가 침울하게 말했다.

"뭐, 아무튼 그렇게 되었던 겁니다. 이제 마술 같은 건 없죠, 안 그렇습니까, 판사님? 그냥 일반 상식일 뿐이에요. 이래서 이런 일을 어떻게 했는지 사람들 앞에서 설명하면 안 되는 거였는데. 사람들의 환상이 깨지거든요."

뉴서지의 두 변호사들이 웃었다. 그러나 빌은 갑자기 정색을 했다. 그는 침을 두 번 삼키고는 정중한 목소리로 말했다.

"메낸더 판사님……."

"잠깐만요, 에인절 씨."

늙은 판사는 앞으로 몸을 숙였다.

"그런데 퀸 씨. 뭔가 하나를 빠뜨린 것 같군요. 내가 방금 지적했던 약점은 어떻게 설명하시겠소? 당신은 '가정' 위에서 추론했다고 말했지요. 그 가정이란…… 아가씨를 앤드레아라고 불러도 되겠지요? ……여기 이 앤드레아가 당신에게 성냥이나 그런 것들에 대해 진실을 말했다는 가정이었죠."

판사는 엄숙하게 물었다.

"그렇다면 그런 걸 가정할 근거는 무엇이오? 나는 당신의 추론이 규칙에 따라 사실들을 쌓아 올리는 것이라고 생각했어요. 만일 이 젊은 여인이 거짓말을 했다면, 당신이 내놓은 해답의 모든 구조는 허물어지는 것이오."

"법률가 정신이군요."

엘러리는 웃었다.

"법률가들과 이런 일을 논하는 게 얼마나 즐거운지 모르겠습니다. 그 말씀은 완전히 옳습니다, 판사님. 제 추론은 모두 무너집니다. 하지만 그렇지 않았죠. 왜냐하면 앤드레아가 사실을 말했기 때문입니다. 저는 정신적 여행의 끝에 도달했을 때 그녀가 진실을 말했음을 알았습니다."

"나로서는 조금 이해가 가지 않는군요. 그걸 도대체 어떻게 알았다는 말이죠?"

폴린저가 물었다.

엘러리는 끈기 있게 다시 담배에 불을 붙였다.

"왜 앤드레아가 거짓말을 해야 했을까요? 그래야 할 이유가 있다면 그건 앤드레아 자신이 김볼을 죽였기 때문에 추적을 혼란스럽게 하려는 의도밖에 없었을 겁니다."

그는 연기가 피어오르는 담배를 휘두르며 말했다.

"하지만 앤드레아의 말이 거짓이었다면, 그 거짓말의 결말은 무엇입니까? 그로브너 핀치가 범인이라는 것입니다. 얼마나 멍청한 짓입니까! 앤드레아가 진범이고, 원래 의도가 루시 월슨에게 누명을 씌울 목적이었다면 말이죠! 그리고 루시 월슨은 그때 어디에 있었습니까? 유죄 판결을 받고 구치소에 있었습니다. 앤드레아가 진범이었다면 그녀의 관점에서 루시를 모함하려는 계획은 성공했던 겁니다. 그런데 거짓말을 함으로써 저로 하여금 핀치를 범인으로 생각하게 해요? 루시 월슨이 이미 유죄 판결을 받았는데! 따라서 묻겠습니다. 그녀가 완전히 다른 사람에게 죄를 뒤집어씌움으로써 보기 좋게 성공한 누명 씌우기를 없던 일로 만들었을까요? 그녀의 범죄는 안전하게 진행되었습니다. 그녀의 살아 있는 희생자는 안전하게 감옥으로 갔습니다. 그런 재판에 굳이 혼란을 더하는 것은 완전히 쓸모

없는 짓입니다. 따라서 저는 앤드레아가 진실을 말하고 있음을 알았던 겁니다."

"당신은 당신 아버지도 의심할 사람이에요!"

앤드레아가 말했다.

"악의적인 말을 하고 싶으셨겠지만."

엘러리가 웃었다.

"결과적으로는 예리한 추측이 되었네요. 사실 얼마 전에 사건을 조사하면서 바로 그런 일이 일어난 적이 있었어요. 모든 논리가 제 아버지인 퀸 경감님을 범인으로 가리키는 겁니다! 흠, 그래서 꽤 골치가 아팠어요. 그건 분명합니다."

"그래서 어떻게 되었소?"

메낸더 판사가 열을 올리며 물었다.

"그건 다른 이야기라서요."

엘러리가 말했다.

"이 이야기는 아직 안 끝났어요."

폴린저가 약간 유머러스하면서도 진지한 태도로 말했다.

"옹졸한 놈으로 보이고 싶진 않지만, 내가 볼 때 핀치가 보험 변경 건에 대해 알았다는 사실이 당신의 해결책에서 그토록 중요한 것이었다면, 그렇게 훌륭하게 해결한 것도 아닌 것 같군요, 퀸. 아무튼 당신은 핀치가 그 사실을 알고 있었다는 걸 사건 초기부터 계속 알지 않았습니까."

"아, 맙소사."

엘러리가 신음했다.

"왜 내가 법률가들을 청중으로 선택했던 걸까요? 영리합니다, 폴린저. 실로 빈틈없는 태도예요. 하지만 당신이 놓친 게

있습니다. 핀치가 보험 수익자 변경을 알았다는 사실은 사건의
여러 가지 추론이 완성될 때까지 전혀 아무 의미도 없었어요.
그 사실은 범인이 수익자 변경을 알아야 했다는 사실을 논리적
으로 입증하기 전까지는 아무 의미도 없는 것이었습니다. 범인
이 수익자 변경을 알아야 했다는 것은 범인이 김볼의 이중생활
에 대해 알고 있어야 했기 때문이었습니다. 그리고 범인이 김
볼의 이중생활을 알고 있어야 했다는 것은 그가 고의적으로 윌
슨 부인에게 누명을 씌웠기 때문이었습니다. 그리고 범인이 윌
슨 부인에게 누명을 씌웠다는 것을 알게 된 것은 범인이 남자
이므로 윌슨 부인이 무죄임을 알았기 때문이었고요. 이 모든
단계 없이 최종 사실만 가지고는 아무 의미도 없었던 것입니
다."

"증명 완료."

빌이 성급하게 말했다.

"굉장해. 멋져. 브라보. 저, 그런데 메낸더 판사님……?"

"뭔가요, 젊은이?"

늙은 판사는 조금 성급하게 말했다.

"만일 그 보험금 때문에 걱정하는 거라면, 절차에 아무 문제
가 없을 거라고 내가 약속하지요. 당신 동생은 보험금 전액을
받게 될 겁니다."

"아뇨, 아닙니다, 판사님. 그런 게 아니라……."

빌은 말을 더듬었다.

"난 그 돈 원치 않아요."

울음을 그친 루시가 단호하게 말했다.

"그 돈은 만지지도 않을 거예요……. 난……."

루시는 몸서리를 쳤다.

"하지만 부인."

메낸더 판사가 부드럽게 말했다.

"그 돈은 받아야 합니다. 부인 돈이에요. 부인이 그 돈을 받는 게 고인의 유지였어요."

그늘지고 지친 루시의 검은 눈에, 갑자기 미소가 깃들었다.

"그게 제 돈이란 말이죠. ……그럼 제가 원하는 대로 써도 되는 거죠?"

"물론입니다."

판사가 말했다.

"그럼 그 돈은……."

루시는 앤드레아의 가냘픈 어깨를 감싸 안으며 말했다.

"곧 저와 가족이 될 분에게 드리겠어요……. 받아주시겠어요, 앤드레아? 저와…… 조의 결혼선물로서?"

"오, 루시!"

앤드레아는 흐느끼기 시작했다.

"그 말씀을 드리고 싶었던 겁니다, 판사님."

빌이 다급하게 말했다. 그의 뺨은 붉게 달아올라 있었다.

"그러니까, 루시는 앤드레아가…… 보시다시피, 그게, 지난주에 앤드레아와 저는 하루 외출을 해서…… 저기, 판사님."

그는 마침내 주머니에서 뭔가를 꺼내며 불쑥 말했다.

"여기 혼인 허가서입니다. 저희들의 혼인을 승인해주시겠습니까?"

판사는 웃었다.

"기꺼이 해드리지요."

"진부해, 진부해."

엘러리가 침울하게 말했다.

"상상력이 아주 부족하군, 빌. 항상 이런 식이야. 남자 주인공과 여자 주인공은 결혼해서 오래오래 행복하게 살았습니다. 결혼이 진짜로 어떤 의미인지 자네 알고 있나? 결혼은 주택 담보 대출을 신청하고 새벽 2시에 젖병을 데우고 출퇴근을 하고 현명한 작가라면 가볍게 무시해버리는 온갖 지독한 일들을 해내야 하는 걸 뜻한다고."

빌은 신경질적인 미소를 지으며 말했다.

"아무튼 자네가 내 신랑 들러리가 되어주면 좋겠어, 엘러리. 앤드레아도 바라고 있어!"

"아. 그럼 얘기가 다르지."

엘러리는 가죽 소파로 걸어가 몸을 숙이고 눈물에 젖은 앤드레아의 얼굴을 들어 올린 후 멋지게 키스했다.

"자! 이건 들러리의 특권 맞지?"

그는 웃으며 손수건으로 입술을 부드럽게 두드렸다.

"적어도 나는 내가 받을 보상을 받았어!"

작품 해설

지금까지 엘러리 퀸 컬렉션이 발간되는 것을 꾸준히 지켜봐 온 독자분들 중에는《중간의 집》은 도대체 언제쯤 나오나 기다리신 분도 꽤 계실 것 같다. 엘러리 퀸의 작품들은 대개 1기 국명 시리즈, 3기 라이츠빌 시리즈 하는 식으로 구분지어 언급되는 경향이 많다 보니, 시리즈 외곽에 모호하게 자리를 잡은《중간의 집》은 내용이나 작품성에 비해 상대적으로 언급되는 경향이 적어 비슷한 처지의《꼬리 많은 고양이》와 함께 '숨은 걸작'으로 평가받곤 한다. 검은숲의 엘러리 퀸 컬렉션도 시리즈별로 출간되다 보니 이제야《중간의 집》이 빛을 보게 되었다.《중간의 집》은 국명 시리즈의 마지막 작품《스페인 곶 미스터리》가 출간된 바로 다음해인 1936년에 발표되었으며, 공식적으로는 2기의 첫 작품으로 꼽힌다. 초기 엘러리 퀸 특유의 연역법 기반 사고와 화려한 논리가 눈길을 끌며, 그와 동시에 드라마적인 요소도 가미되어 재미를 더한다.

엘러리 퀸 작품을 시기별로 분류할 때 2기 작품들은 1기 국명 시리즈나 3기의 주축을 이룬 라이츠빌 시리즈와 비교하여 플롯이나 트릭, 스토리 면에서 높은 점수를 받지 못하며, 작품의 편수 자체도 상대적으로 적은 편이다. 사실 이 시기의 엘러리 퀸 형제는 소설 집필보다는 할리우드 활동에 집중하고 있었기 때문에, 2기 작품들을 고전 추리소설의 황금기를 이끌었던 1기나 인간 본성에 관한 고찰과 문학적 원숙미가 돋보이는 3기 작품들과 같은 선상에 놓고 비교하는 것은 공정하지 않다. 그러나 새로운 시대로의 전환을 알리는 《중간의 집》은 고전 추리소설로서의 특징과 인물들 사이의 드라마에 집중하는 이후 작품의 특징을 모두 담고 있는 흥미로운 수작으로 평가받아 마땅하다. 엘러리 퀸의 시그니처인 '독자에 대한 도전'도 그대로 유지되었고, 성냥개비라는 사소한 단서에서 출발해 실오라기가 술술 풀리듯 사건의 전체 그림을 그려내는 탄탄한 논리 구조와 연역적 추리 기법도 전성기 때의 실력 그대로지만, 나라 이름이 들어가지 않는 제목, (이에 대해 J. J. 맥은 왜 이 책의 제목이 '스웨덴 성냥 미스터리'가 되면 안 되느냐고 따지는데, 아마도 엘러리 퀸은 서문을 통해 독자들의 당연한 궁금증에 미리 대응했던 것 같다. 솔직히 '스웨덴 성냥 미스터리'라는 제목이 붙었어도 전혀 손색없었을 것 같기도 하다.) 그리고 강렬하게 부각되는 인물들 간의 갈등 요소는 엘러리 퀸이 고민했던 새로운 변화가 반영된 것이었다.

이러한 변화는 이미 1기 작품에서도 조금씩 예고되었다. 국명 시리즈의 마지막 작품인 《스페인 곶 미스터리》의 말미에서 엘러리 퀸은 "나는 종종 인간들의 방정식이 나에겐 아무 의미도 없다고 자랑하곤 했습니다. 하지만 의미가 있어요. 젠장, 의미가 있다고요!"라는 의미심장한 대사로 작풍의 변화를 예고

했다. 《중간의 집》은 과도기적인 작품이라 아직 극중 캐릭터들, 특히 여성 캐릭터를 다루는 데는 많이 미숙하지만, 인물들의 감정선은 이전보다 훨씬 더 섬세하게 그려지고, 재판 장면을 통해 고조되는 갈등 관계를 폭발적인 클라이맥스로 끌고 가는 솜씨도 일품이다. 특히 이 재판 장면은 이 작품에서 가장 눈길을 끄는 대목이다. 엘러리 퀸의 작품에서는 보기 드문 극적인 장면이면서도 묘사가 생생해 잘 만든 한 편의 드라마를 보는 듯한 긴장감을 자아내며, 그 안에서 고민하는 인물들도 훨씬 현실감 있게 다가온다. 이 같은 변화는 이후 영화나 라디오, 그리고 3기 작품에서 선보인 드라마의 출발점이 되었다. 모든 면에서 엘러리 퀸의 새로운 시도는 가히 성공적이었다고 평가할 수 있겠다.

세상에 나온 지 100년 가까이 되는 작품이 현대의 언어로 새롭게 독자들에게 소개된다는 것은, 이 작품이 시대를 초월하는 힘을 지닌 고전이라는 사실을 반영하는 것이다. 새로운 번역으로 이 책을 소개하면서, 나 역시도 J. J. 맥처럼 제목에 관한 이야기를 짚고 넘어가야 하겠다. 이 책의 원제는 'Halfway House'로, 긴 여행 중 마을과 마을 사이에 잠시 쉬어갈 수 있는 숙박시설을 의미한다. 우리와 다른 문화를 담고 있는 단어인 만큼 이것과 딱 떨어지는 우리말은 없다. 기존 번역서에서는 '중간지점의 집'이나 '중간지대' 같은 제목을 사용했지만, 이 작품에서 오두막은 엘러리 퀸이 지적한 것처럼 장소가 아닌 심리적인 중간에 자리한 집이라는 의미가 강하므로, 군더더기를 배제하고 간단히 《중간의 집》이란 제목을 택했다. 새로운 제목으로 소개되는 《중간의 집》이 세월을 뛰어넘는 새로운 재미를 독자들에게 선사하기를 바란다.

마지막으로 이 작품이 익숙한 팬들을 위해 순전히 재미로 사족을 달아본다. (범인을 추측할 수 있으니 이 책을 다 읽으셨거나 내용을 잘 아시는 분들만 보셨으면 좋겠다.) 엘러리 퀸의 전기작가 프랜시스 M. 네빈스는 《엘러리 퀸: 탐정학의 예술 (Ellery Queen: The Art of Detection)》에서 《중간의 집》에 다음과 같은 허점이 있음을 지적한다.

1. 범인은 그날 그 시간에 김볼-윌슨이 그 집에 있을 것을 어떻게 알았는가? 2. 제시카의 중혼이 세상에 알려지는 것을 가장 꺼렸을 범인이 왜 하필 그 집에서 김볼-윌슨을 죽였는가?

솔직히 나도 이 소설을 꽤 여러 번 읽었지만 한 번도 생각해 본 적 없었던 문제여서 놀랍고 신선했다. 그러나 '이런 미친 놈!'이라고 외치는 브라운 신부님도 논리적으로 완벽하게 만들어낼 수 있는 엘러리 퀸이라면, 이 문제에 대해서도 얼마든지 멋진 해답을 내놓을 수 있을 것 같다. 엘러리 퀸을 사랑하는 독자라면 그가 어떤 답을 내놓을지 상상해보는 것도 재미있을 것이다.

배지은

옮긴이 배지은

서강대학교 물리학과와 동대학원을 졸업하고, 휴대전화를 만드는 엔지니어로 일했다. 그 후 이화여자대학교 통역번역대학원에서 번역학을 전공하고 소설과 과학책을 번역하고 있다. 엘러리 퀸의 《샴쌍둥이 미스터리》《열흘간의 불가사의》《최후의 일격》《꼬리 많은 고양이》《퀸 수사국》을 비롯해, 《밤의 새가 말하다 1, 2》《무니의 희귀본과 중고책 서점》《맹인탐정 맥스 캐러도스》《입자 동물원》《엿보는 자들의 밤》《엔리코 페르미 평전》 등을 우리말로 옮겼다.

Halfway House

중간의 집

2019년 7월 10일 초판 1쇄 인쇄
2019년 7월 22일 초판 1쇄 발행

지은이 | 엘러리 퀸
옮긴이 | 배지은
발행인 | 윤호권

책임편집 | 박윤희
책임마케팅 | 정재영

발행처 | (주)사공사
출판등록 | 1989년 5월 10일(제3-248호)
브랜드 | 검은숲

주소 | 서울 서초구 사임당로 82 (우편번호 06641)
전화 | 편집 (02) 2046-2852· 마케팅 (02) 2046-2883
팩스 | 편집·마케팅 (02) 585-1755
홈페이지 | www.sigongsa.com

ISBN 978-89-527-3635-2 (04840)
    978-89-527-6337-2 (set)

국명 시리즈
Country Series

로마 모자 미스터리 The Roman Hat Mystery

로마 극장, 가장 인기 있던 연극의 2막이 끝나갈 무렵 발견된 한 남자의 시체.
두 사촌 형제의 역사적인 첫 공동 작업.

프랑스 파우더 미스터리 The French Powder Mystery

프렌치 백화점 전시실에서 튀어나온 시체. 용의자를 모으고 소거한 후
범인을 지적하다. 미스터리 역사상 가장 멋진 결말.

네덜란드 구두 미스터리 The Dutch Shoe Mystery

네덜란드 기념 병원, 이동식 침대에서 발견된 시체. 흰색 바지와 흰색 신발
한 켤레를 바탕으로 펼쳐지는 놀라운 추리.

그리스 관 미스터리 The Greek Coffin Mystery

미술품 중개업자의 죽음, 사라진 유언장. 최강의 적과 맞닥뜨린
엘러리 퀸의 당혹. 미국 미스터리를 대표하는 걸작.

이집트 십자가 미스터리 The Egyptian Cross Mystery

T자형 십자가에 매달린 목이 잘린 시체. 희생자는 더 늘어날 수 있는 상황.
엘러리 퀸의 치열한 추적이 시작되다.

미국 총 미스터리 The American Gun Mystery

2만 명이 모인 로데오 경기장에서 발생한 죽음. 25구경 자동권총의 행방은?
두 번째 살인 사건 이후 마침내 도달한 진상은?

삼쌍둥이 미스터리 The Siamese Twin Mystery

화재에 쫓겨 산 정상에 있는 은퇴한 의사의 집에 도착한 퀸 부자.
다음 날 발생한 기이한 살인. 피해자의 손에 쥐어진 스페이드 6 카드의 비밀은?

중국 오렌지 미스터리 The Chinese Orange Mystery

모든 것이 뒤집어진 이상한 사무실에서 뒤집어진 차림새의 시체가 발견된다.
신원을 알 수 없는 이 시체는 왜 이상한 차림으로 죽어 있는가?

스페인 곶 미스터리 The Spanish Cape Mystery

대서양을 향한 반도, 월스트리트 약탈자의 거대한 저택에서 발견된
목 졸린 시체. 그는 왜 망토로 온몸을 감싸고 있었을까?

XYZ 비극 시리즈
Tragedy Series

X의 비극 The Tragedy of X
전차 안에서 서서히 쓰러지는 한 남자. 수십 개의 독바늘이 박힌 코르크 공.
은퇴한 셰익스피어 극 명배우 드루리 레인의 인상적인 첫 등장.

Y의 비극 The Tragedy of Y
미치광이 집안이라 불리는 해터가의 주인이 바다에서 시체로 발견된다.
끊임없이 이어지는 죽음의 징조들. 진실에 다가갈수록 드루리 레인은
고민 속으로 빠져든다.

Z의 비극 The Tragedy of Z
두 번의 비극으로부터 10년 후. 은퇴한 섬 경감은 딸 페이션스와 함께
사건을 조사하던 중, 상원의원의 시체와 마주하게 된다.
드루리 레인이 펼치는 아름다운 소거법과 놀라운 진실.

드루리 레인 최후의 사건 Drury Lane's Last Case
변장을 한 수수께끼의 남자, 그가 남긴 의문의 봉투, 도난당한 셰익스피어의
희귀본. 숨겨져야만 했던 역사의 진실은 과연 무엇일까?
드루리 레인 최후의 사건.

라이츠빌 시리즈
Wrightsville Series

재앙의 거리 Calamity Town
사라진 지 3년 만에 돌아온 약혼자 짐과 행복한 결혼식을 올리는 노라.
그러나 그의 필체로 쓰여진 의문의 편지들은 사랑하는
아내의 죽음을 예고하고 있는데…….

폭스가의 살인 The Murderer is a Fox
전쟁 영웅이 되어 고향 라이츠빌로 돌아온 데이비 폭스.
하지만 내면이 부서져버린 그는 자기 손으로 사랑하는 아내를
죽일 것이라는 강박에 시달리는데…….

열흘간의 불가사의 Ten days' Wonder
모든 것을 다 가진 듯했던 한 가족을 파국으로 몰아간 치명적 비밀.
역사상 가장 정교하고 거대한 '악'에 맞닥뜨린 엘러리의 운명은?

더블, 더블 Double, Double
〈마더 구스〉의 노랫말을 따라 사람들이 연이은 죽음을
맞이하면서 공포에 휩싸인 라이츠빌!
불길한 노래가 가리키는 마지막 희생자는 누구인가?

킹은 죽었다 The King is Dead
군수업계의 거물 킹 벤디고에게 연이어 날아든 살인 예고장.
수사에 나선 엘러리와 퀸 경감은 범인의 정체를 밝히고 그를 가둬두는데…….
불가능한 살인에 도전하는 범인과 그에 맞서는 엘러리. 과연 최후의 승자는?